U0051882

文學菁選 17

Wuthering Heights
咆哮山莊

作者／愛蜜莉・勃朗特
（Emily Bronte）

目錄

作品導讀

扭曲的人性與愛的救贖

——愛蜜莉・勃朗特與她的天才作品

英國著名作家和詩人愛蜜莉・勃朗特，一八一八年七月三十日出生在英國北部約克郡桑頓村（Thornton）一個清貧的牧師家庭。她的父親派崔克・勃朗特原是個愛爾蘭教士，一八一二年，三十五歲的教士與英國人瑪麗亞・布蘭威爾結婚，並在八年內陸續有了六個孩子，依次是瑪麗亞、伊莉莎白、夏綠蒂、兒子布蘭威爾，以及愛蜜莉和安。一八二〇年，勃朗特前往氣候十分惡劣的豪沃斯（Haworth）任職，一家人定居在鄰近荒原的一處偏僻地方，愛蜜莉就是在那裡度過了她孤獨、短暫的一生，並完成了她唯一的一部小說《咆哮山莊》。

愛蜜莉的父親勃朗特先生不僅是個牧師，而且還是個詩人，他生性沉默寡言、待人和氣、精神憂鬱，時常沉湎於幻想之中，將自己全部的熱情和精力都傾注在文學上。受到父親的影響，這個家庭的孩子們培養出對文學的熱愛。在父親的指導下，幾個孩子平時閱讀的書籍大多是經典名著，如《天路歷程》、愛迪生和十八世紀的詩人司各特等，還有莎士比亞和一些歷史著作，當然還有不可或缺的《聖經》及宗教書籍。不過奇怪的是，他們從沒讀過任何一本兒童書籍。與其他家庭不同，勃朗特家的幾個孩子平時多半待在一個小書房裡，藉由閱讀打發一天的時光，有時手牽手在荒原上散步，幾乎沒有其他玩伴。

愛蜜莉三歲多時，母親患癌症去世了，到了六歲，她跟著三個姊姊進了一所專門收容窮困牧師女兒的寄宿學校。這所學校教規嚴厲，生活條件惡劣，但費用卻很低廉，食宿加學費一年才十四英鎊。不幸的是，第二年學校裡不少孩子感染了肺病，愛蜜莉的兩個姊姊瑪麗亞、伊莉莎白也受了感染，很快便相繼死去。愛蜜莉和姊姊夏綠蒂不得不結束寄宿學校的生活，回到家中與哥哥布蘭威爾、妹妹安一起學習。

在寂寞的童年時光，愛蜜莉除了讀書以外，開始把興趣轉移到寫作詩歌、散文，以及編寫一些富於傳奇色彩的故事中。十七歲時，愛蜜莉曾到夏綠蒂當教師的學校學習，但因思念家人，四個月後返回荒原邊緣的家。由於家庭經濟十分拮据，勃朗特三姊妹不得不出外謀生，以教書或當家庭教師來貼補家用。一八四二年，夏綠蒂打算開辦一個學校，於是愛蜜莉跟隨姊姊到比利時的布魯塞爾學習法語、德語，但九個月之後又回到家鄉，夏綠蒂的願望始終未能實現。

一八四六年，勃朗特三姊妹在倫敦以化名自費出版了一本詩集，沒有引起任何人的注意，只賣掉了兩本。一八四七年，三姊妹仍以化名先後各出版了一本小說，即夏綠蒂的《簡愛》（化名 Currer Bell）、愛蜜莉的《咆哮山莊》（化名 Ellis Bell）、安的《愛格妮絲．格雷》（化名 Acton Bell），然而只有《簡愛》獲得了成功，夏綠蒂一夕成名。

一八四八年，愛蜜莉的哥哥布蘭威爾由於長期酗酒、吸毒，後來也感染了肺病，於九月死去。儘管布蘭威爾脾氣暴躁、自甘墮落，但他的死仍然讓敏感的愛蜜莉受到巨大刺激，她完全忘記了他的過錯，取而代之的是對哥哥深深的憐憫和悲痛。同年十二月，愛蜜莉鬱鬱而終，年僅三十歲。

十九世紀英國現實主義女作家葛絲蓋爾夫人在她的《夏綠蒂・勃朗特傳》一書中，描寫了愛蜜莉・勃朗特在生命最後一天的情景：「十二月的一個星期二早晨，她像往常一樣起了床，安詳地梳洗妝扮一番，之後開始做自己的事情。她偶爾會停下來，但始終沒說什麼，仍然做著自己的事情，甚至還竭力拿起針線活來，但她那令人窒息的急促呼吸和呆滯目光已經預示了什麼。僕人們在一旁不安地走動著，小心翼翼地注意著她；夏綠蒂和安憐憫地看著她，雖然內心充滿對生離死別的恐懼，但仍抱有一絲希望……到了中午，愛蜜莉喘著氣說：『如果要請大夫，我現在就要見他。』然而一切都太遲了，兩點鐘左右她死了。」

第二年五月，她的妹妹安也離開了人世。

愛蜜莉性格內向，沉默寡言，性情孤傲，喜歡獨自在荒原上徘徊，一生幾乎都生活在英國北方的僻壤之鄉，家境貧寒、相貌平平的她從沒享受過世間的愛情——這就是現實世界中的愛蜜莉。然而，在愛蜜莉的內心世界，一定擁有世上最熾熱的情感，包括埋藏在她靈魂深處的愛情和幸福，她的心靈為之敞開、為之歡呼雀躍，如果不是這樣，世間又怎麼會有《咆哮山莊》這樣一部充滿最強烈的愛和最猛烈的恨的天才作品呢？

大約在一八四五年，愛蜜莉開始寫作《咆哮山莊》，一八四七年出版後，《咆哮山莊》遭到了猛烈抨擊，它被稱為一部恐怖的、令人作嘔的小說，而且在近半個世紀的時間裡，一直不為世人所理解，就連夏綠蒂也無法充分認識愛蜜莉作品的非凡價值。所幸，人們終於發現《咆哮山莊》的藝術價值，使它在世界文學史上像一顆璀璨的寶石，永遠閃耀著令人眩目而神祕的光芒。

《咆哮山莊》的最大爭議來自於冷酷無情的男主角希克利夫，以及他所締造、統治的那個扭曲人性，彷彿魔鬼般的地獄世界，這不僅讓作者飽受不公正的指責，也給作品本身帶來了一場災難。當小說的價值被承認之後，人們不得不努力去解讀希克利夫這個缺乏正面人格的暴君式人物。除此之外，小說的結構、人物以及主題、風格、象徵意義等，都引起了人們濃厚的興趣。然而，近百年來，這本書就像古埃及的斯芬克斯之謎一樣，人們百般解讀卻無法透徹，使這部傑作更增添了神祕魅力。

作為一部十九世紀五〇年代寫作的小說，《咆哮山莊》的藝術結構在當時可以說是絕無僅有的，它沒有採用通行的順序或倒敘的方式，而是採取了戲劇性的敘事方式。小說是從故事接近結束的時候展開的（洛克伍德第一次到咆哮山莊作客），之後故事便朝著兩個方向發展，即沿著時間順序向前推進、透過女管家艾莉・迪恩的回憶展現過去，懸念不斷湧現，緊扣讀者的心弦，而當劇情臨近尾聲時，整個故事的全貌才呈現在讀者面前，高潮的到來又是那麼震撼人心。

要研究《咆哮山莊》的主題，就必須探討希克利夫這個暴君式的人物。概括地說，學術界主要有兩種觀點：一種為階級說，以英國評論家阿諾・凱特爾為代表的學者認為，希克利夫最初是個被壓迫者，後來由一個復仇者演變為一個殘酷無情的暴君，他的行為是「毫不留情地用敵人的武器來對付敵人」，這是種「粗獷的、精神上的正義」，希克利夫是個反抗階級壓迫的、正義的叛逆者，因此他的復仇是可以理解的。另一種為人性說，認為希克利夫曾經是受欺凌的孤兒，他的遭遇令人同情，然而，當他由一個被壓迫者完全變成了殘酷無情的壓迫者時，他的內心已經變成魔鬼的居所，他的人性已徹底墮落，他像暴君一樣扭曲人性、泯滅愛情，陶醉於自己非人間的偉大愛情之中。希克利夫對人類的恨源自於他那受壓抑的愛，但他對凱薩琳・恩休最強烈的愛與對世人最猛烈的恨比起來，顯得多麼微不足道啊！然而，人性之愛並不因希克利夫的暴虐而消失，在光禿禿的岩石縫隙中、在貧瘠的荒原上，死者已經安睡，扭曲的人性恢復了本來的模樣，美好的愛情復活了，並且以那麼強大的力量出現在我們的面前（「恐怕連撒旦和他的魔鬼大軍來了，他們也敢去迎戰吧！」見第三十四章），因為愛的存在，兩個年輕的靈魂得到了救贖，人間依然充滿著愛。這應該就是愛蜜莉這位天才作家的非凡作品帶給我們的主題吧！

愛蜜莉善於發掘人的內心世界，在《咆哮山莊》中，她所關注的不是人物的道德力量，而是周圍環境對每個人的心理所帶來的影響，以及由此形成的獨特人物命運。

《咆哮山莊》講述了一個奇異而複雜的故事。在咆哮山莊和畫眉山莊這樣一個封閉的世界裡，一個陌生人偶然闖了進來，揭開了兩個家族一段令人震驚的歷史。心地善良的咆哮山莊老主人恩休先生收養了孤兒希克利夫，並且寵愛有加，但老主人的兒子亨德萊卻認為希克利夫剝奪了他本應享受的父愛，因而非常痛恨希克利夫。老主人死後，亨德萊成了咆哮山莊的新主人，他百般欺凌希克利夫，還把他降為僕役。希克利夫和亨德萊的妹妹凱薩琳・恩休非常相愛，彼此把對方視為自己的靈魂，凱薩琳甚至喊出了「他（希克利夫）比我更像我自己」、「我就是希克利夫」。然而，希克利夫卻無法得到他的人間至愛，凱薩琳最後嫁給了畫眉山莊的艾德格・林敦，並天真地想用她丈夫的錢來幫助希克利夫掙脫她哥哥的魔掌。希克利夫消失三年後，重返咆哮山莊，懷著對所有人刻骨的恨（除了凱薩琳）開始他的復仇計畫。他霸占了咆哮山莊的財產，將亨德萊的兒子哈里頓扔進了愚昧和粗野的泥沼中，就像咆哮山莊的幾株樅樹和荊棘，在寒風肆虐下變得歪歪扭扭、毫無生機。他來到畫眉山莊，誘騙了艾德格・林敦的妹妹——天真無邪的少女伊莎貝拉・林敦，目的是為了攫取畫眉山莊的財產。當凱薩琳因精神錯亂而死之後，希克利夫陷入更加瘋狂的行動中，人性越發墮落。艾德格・林敦失去愛妻心都碎了，他帶著凱薩琳留下的女兒凱西（凱薩琳・林敦）過著與世隔絕的隱居生活，然而希克利夫並未放過他們。十幾年過去了，希克利夫得到了他的兒子林敦・希克利夫，之後他設下陷阱，脅迫純真得不知道什麼叫罪惡的凱西到咆哮山莊，強迫她與自私自利的、羸弱不堪的小林敦結婚，他終於霸占了兩個家族的財產，而且把凱西變成了一個冷漠傲慢的少婦。然而，愛是不能泯滅的，即使它生長在貧瘠的荒原，凱西與哈里頓相愛了，希望又回到了人間。希克利夫，這個把人間變成恐怖地獄的暴君，這個朝思暮想與凱薩琳永遠在一起的孤魂，聽到了出沒在荒原中的凱薩琳遊魂的呼喚，頓時失去了作惡的力量，火熱洶湧的情感終於找到了歸屬——在凱薩琳死後十八年，希克利夫得到了他超人間的愛，和凱薩琳成為遊魂情侶，雙雙出沒在寒風呼號的荒原上。

愛蜜莉不僅是個天才作家，而且還是個優秀詩人，這位富於浪漫氣質和獨特魅力的女性，用她的詩歌為我們展現了她那孤獨的內心世界。讓我們以她的一首詩作《歌》的片斷，作為對這位非凡女性的懷念吧！

即使永遠望著她，
即使淚已枯乾，
她也靜靜地安睡著，不會回答，
哪怕是一聲長嘆。

吹吧！西風，輕拂這寂寥的墳塋，

※作品導讀

夏天的溪水啊！小聲歡唱，
這裡不需要別的聲音
安慰我愛人的夢。

咆哮山莊

第一章

一八〇一年。

我剛從房東那裡作客回來，他是個孤獨傲慢的人，今後打交道不免會有一番麻煩。這裡可真是個美麗的鄉村！①我敢打賭，英國找不出任何一個地方像這裡一樣與喧囂的世界完全隔絕開來。真是個厭世者的天堂啊！我和我的房東希克利夫先生，正好是相配的一對，可以分享這片淒涼的景色。

希克利夫先生真是個絕妙的人啊！當我騎馬上前，他眉毛下一雙烏黑的眼睛裡，透露出因為猜忌而不斷退縮的眼神；當我通報了姓名，他的手指更加使勁地插入背心口袋，擺出一副不願與人打交道的姿態，剎那間，從我心底湧起一種親切感。

「希克利夫先生？」我問。

他點點頭，算是回答。

「我是洛克伍德，你的新房客。希克利夫先生，我一到此地就急著來拜訪你，為的是向你表達我的歉意：我再三懇請並一定要租下畫眉山莊，希望沒有給你帶來什麼不方便，因為昨天我聽說你打算——」

「畫眉山莊是我的，先生。」他打斷了我的話：「只要我做得到，就絕不容許別人來妨礙我。進來！」

這一聲「進來」幾乎是咬牙切齒地說出來的，語氣中分明帶著「去他媽的」含義，而他也沒打開身後柵欄的意思。這麼一個人引起了我的興趣，看來他比我還要矜持傲慢，也許正是這個原因，我決定接受這個奇特的邀請。

不過，當我的馬快撞上柵欄的時候，希克利夫先生還是伸手打開了拴柵欄的鎖鏈，很不情願地帶我進去。我們一走進院子，他就喊道：

「約瑟夫，把洛克伍德先生的馬兒牽走，再拿些酒來。」

「大概這家人只有這麼一個僕人吧！」聽到他的吩咐，我不禁暗想道：「難怪石板縫裡長出了雜草，籬笆牆也只有靠牛羊來『修剪』了。」

約瑟夫是個上了年紀的人——也許已經很老了吧！儘管看起來還很健壯結實。他從我手裡接過韁繩，氣鼓鼓地瞪了我一眼，喉嚨裡恨聲怨氣地嘀咕著：「上帝保佑吧！」我心裡沒好氣地想：他是在乞求上帝幫助他消化肚子裡的午飯吧！跟我這個不速之客毫不相干。

希克利夫先生的這棟房子叫做「咆哮山莊」。「咆哮」這個的詞有點特殊，指的是在氣候惡劣的日子裡，這個山莊要承受暴風驟雨的肆虐。那麼，一年到頭住在這裡，清新涼爽的空氣一定不用愁了吧？你只須看看房子旁邊那幾株傾斜的、毫無生機的樅樹、那一排瘦削的、倒向一邊的荊棘（它們好像伸出手來，可憐巴巴地乞求陽光），也許就能體會到沿著山脊颳來的北風之猛烈了。噢！幸虧建築師有先見之明，把房子蓋得特別結實——狹窄的窗子深深嵌入牆壁中、外牆角包裹著大石塊。

進門之前，我停下來欣賞了大門正面及周圍那些稀奇古怪的石雕一會兒。門楣上刻著密密麻麻的怪獸和赤裸裸的小天使，在那些剝落碎裂的雕刻塑像中，我依稀辨認得出一個「一五〇〇」的年份和一個「哈里頓・恩休」的名字。本來我打算發表幾句感想，並向臉色陰沉的房東請教一下這棟房子的歷史，可是看他站在門口的姿勢，分明是要我馬上進去，或是乾脆回頭走人——我可不想在還沒進門之前就把房東惹火了。

一進門就是起居室，這裡的人把它叫做「正廳」，通常包括客廳和廚房。不過，我相信咆哮山莊的廚房在另外的屋子裡——至少我聽見裡面傳來喋喋不休的說話聲、廚房用具的碰撞聲，而在這間屋子的大壁爐四周，卻看不出有任何燒煮、烘烤、煎炒東西的痕跡，牆上也沒什麼銅鍋、銀器在閃閃發光，倒是從屋子另一邊反射出一些光亮，原來是個橡木大櫥櫃，裡面放著一排排的銀盤、銀壺以及銀盃，一直疊放到櫃子頂部，不計其數。你根本不必擔心看不到櫥櫃裡的東西，因為它前面除有個擱著麥餅、牛腿、羊肉、火腿的木架外，一切都讓人一目瞭然。在壁爐的架子上，有幾支蹩腳的舊槍、一對馬槍，還有三個色彩鮮豔的茶葉罐，這些就算是屋子裡的裝飾品了。地板是由光滑的白色石頭鋪成的，簡陋的高背椅塗成綠色，在屋子陰暗的地方，還有一兩把笨重的黑色椅子。此外，櫥櫃下有個圓拱形空間，裡面躺著一隻巨大的深褐色母獵狗，牠的周圍是一窩嗷嗷待哺的小狗，而別的狗只好在屋子的其他地方安身了。

像這樣一間屋子及其擺設，在當地原本是再尋常不過的了。假如這棟房子的主人是個普通的北方農民，有著同樣一張倔強的臉、一雙粗壯的腿（如果這雙腿再穿上短褲和綁腿，那才叫真正道地特色呢），在這個山區周圍五、六英哩的範圍內，類似這樣的人隨處可見，尤其是在吃過飯後的一段時間裡，他們悠閒地坐在椅子裡，面前的圓桌上放著一大杯浮著泡沫的麥芽酒。然而，希克利夫先生和他屋子裡的擺設、生活方式卻形成了奇特的鮮明對比。從外表上來看，他是個皮膚黝黑的吉普賽人，而從服裝、舉止上來看，他又像一位紳士——就像一般鄉間地主那樣的紳士，也許衣冠並不見得整齊，但還不至於讓人看不順眼，而且他的身材不錯，很挺直的——不過，他那張陰沉的臉難免令人聯想到，他多少有點缺乏教養的傲慢。

但我能理解他，和他之間有種情感上的共鳴，知道外表和內在根本是兩回事。我認為他那種矜持和傲慢純粹是基於討厭他人賣弄情感、討厭人與人之間的那種親近，而他的愛和恨全都隱藏在心裡，而且，如果有人要愛他或恨他，那都是極不恰當的事。哦！我好像扯得太遠了，只顧一味地拿自己的性格去揣測他，說不定希克利夫先生有他完全不同的理由，以至於遇到誰想和他交個朋友，手卻反而更加使勁地插在口袋裡，而這與我打算這麼做時的理由完全不同。我的脾氣算得上世間罕見的了，我那親愛的母親總是說我永遠也別想有個溫暖的家，果然，去年夏天發生的一件事證實了她的說法。

那時，我正在海濱享受著好天氣，沒想到遇見了一位最最迷人的女孩——在我眼裡，她真是個女神——我就這樣一直癡癡地望著她，而她卻沒有理會我。儘管我沒有吐露我的愛情，但如果眉目能夠傳情的話，那麼即使是個白癡也能看得出來，我已經完全墜入了愛河。後來，那個女孩終於懂得我的心意，回報我一個秋波——啊！別提有多甜蜜了，你儘管去想像吧——可是接下來我做了什麼啊？說出來真是丟人現眼——我竟然像隻蝸牛似的，冷冰冰地縮了回去，那女孩每向我這邊瞅一眼，我的表情就變得越冷漠。可憐的天真女孩，後來竟懷疑起自己的感覺來，以為鬧了個大笑話，窘迫得不得了，硬是催促著她的媽媽一起離開了。正因為有這樣古怪的脾氣，我得了個冷酷無情的名聲。唉！有多冤枉啊！這一點只有我自己心裡清楚。

我坐在壁爐旁的椅子上，希克利夫先生坐在壁爐的另一邊，我倆相對而坐，一時無話，我便伸手去撫摸那隻母狗。母狗離開了牠的小寶貝們，像狼一樣悄悄爬到我的腿後，齜牙咧嘴地躺在那裡，不停流著口水，彷彿想咬人一口。我剛撫摸了母狗一下，便聽見牠的喉嚨裡發出咆哮聲，接著就是一陣狂吠。

「你最好別碰這隻狗，」希克利夫先生也高聲咆哮著說，同時使勁跺腳，更加兇狠的吠聲立即消失了。「我養的又不是貓，牠從來沒有被這樣寵過。」然後，他大步走到門口，大聲喊道：「約瑟夫！」

約瑟夫在地下室裡，嘀咕了幾句什麼，之後便沒有任何動靜了。希克利夫先生鑽進了地下室，丟下了我和那隻母夜叉似的母狗以及另外兩隻兇惡的、蓬毛的牧羊狗。只見幾雙狗眼警惕地盯著我的一舉一動。當然，我並不急於和牠們的牙齒打交道，安分地坐在原地。不過倒楣的是，我以為嘲弄這幾個畜牲沒什麼關係，便對著牠們擠眉弄眼，不知哪個鬼臉惹惱了那隻母狗，牠立即跳起來，撲向我的膝蓋，我慌忙甩開牠，並拉過一張桌子擋在中間。這下子可不得了啦！激起了全體狗兒們的公憤，六、七隻大大小小的狗像魔鬼一樣從陰暗的地方衝了出來，直撲向我，我的腳後跟和上衣下襬成了牠們集中攻擊的目標。情急之下，我一邊揮舞著撥火棍，努力擊退那幾隻兇惡的大狗，一邊大聲呼救。

令人氣惱的是，儘管這邊鬧得天翻地覆，可是希克利夫先生和他那個僕人仍不慌不忙地登上地下室的台階，至少他們的腳步聽起來並不覺得緊迫。這時，從廚房那邊衝過來一個健壯女人，兩頰緋紅，袍子捲起，光著雙臂，手裡揮舞著一隻煎鍋，嘴裡大聲吆喝著。她的辦法立即收到了奇效，剎那間，一場驚天動地的混亂給鎮壓下去了。等她的主人上場時，只剩她獨自坐在那裡，喘得就像狂風席捲過的波濤洶湧的海洋。

「見鬼！發生了什麼事？」他問道，隨後瞪了我一眼。我受到如此不禮貌的接待，卻還要遭受希克利夫先生的白眼，真讓人難以忍受。

「是啊！真是活見鬼了！」我咕嚕著：「即使是一群魔鬼附身的豬②，也不過像你的那些畜牲一樣厲害罷了。希克利夫先生，與其如此，倒不如把我丟給一群老虎算了。」

「只要你不去碰什麼，牠們是不會那樣的，」他一邊說，一邊把酒瓶放在我面前，把桌子拉回原處：「狗的本分就是看家嘛！來杯酒嗎？」

「不，謝謝。」

「沒被咬著吧？」

「要是被咬著了，我可是會狠狠地教訓這咬人的東西，在牠的身上留下印記。」

希克利夫先生咧開嘴，臉上露出了一點笑容。

「行啦！行啦！」他說道：「洛克伍德先生，讓你受驚了，喝點酒吧！不過老實告訴你，我這裡很少有客人來，我和我的狗都不懂得該怎麼接待客人。先生，祝你健康！」

我禮貌地鞠了一躬，舉起酒杯，回敬了他。此時，我的心情輕鬆多了，感覺自己為了那些狗的失禮而坐在那裡生悶氣實在有點傻；另外，現在我成了這傢伙的笑料，我可不願意繼續成為他取笑的對象。這個時候，也許是基於理智的考慮吧！希克利夫先生可能覺得得罪了一個好房客不划算，態度稍稍緩和了些，言語中也不再有那麼多的代名詞、副詞等等，顯得平和了不少，而且還主動談起畫眉山莊的優缺點，以為我會有極大的興趣。聽他說話，我發現他是個非常有見識的人，臨別的時候，我已經對這次作客感到很滿意了，表示明天將再來拜訪。然而，顯然他並不希望我再來打攪，我才顧不了那麼多。真有意思，我是夠孤獨倨傲的了，可是和他比起來，已經算得上非常擅於交際了。

①作者在此用的是反諷，實際上是指這裡是個荒涼的鄉村。本書中，作者多次運用這類嘲諷的手法。

②有鬼附體的豬——見《聖經・新約・路加福音》第八章。

第二章

昨天下午，天氣十分陰冷，還起了霧，我本想在書房溫暖的壁爐旁消磨時光，不想踩著荒原上泥濘的小路到咆哮山莊去。不過，吃過午飯（我在十二點與一點鐘之間吃午飯，而可以視為這棟房子的女管家、一位慈祥的太太卻不能，或者並不願理解我請求在五點鐘開飯的用意）之後，當我走上樓梯，走進書房的時候，卻看見一個女僕跪在地上，身邊放著掃帚和畚箕，正用一堆煤渣來熄火，弄得滿屋子都是灰塵。見此情景，我立刻下樓，拿上帽子，走了四英哩路，到希克利夫先生的花園門口，這個時候，天空開始飄起鵝毛般的雪片。上帝保佑！我剛好躲過了一場大雪。

在那荒涼的山頭上，泥土表面已經結了一層黑冰，變得十分堅硬，凜冽寒風凍得我渾身發抖。我怎麼也打不開柵欄的鏈子，於是跳了進去，順著兩旁胡亂長著醋栗樹的石板路快步走去，來到了大門前。我敲了一會兒門，直到我的手指都敲痛了也沒人應聲，狗也狂吠起來。

「活該這家人永遠離群索居！」我心裡嚷道：「太缺德了，對客人如此怠慢，至少我還不會大白天就把門閂上。不管那麼多了，天氣這麼冷，無論如何我都得進去。」於是我抓住門把，使勁搖晃，約瑟夫從穀倉的一個圓形窗戶裡探出頭來，一副很生氣的樣子。

「你幹什麼呀？」他喊道：「主人在羊圈裡，從穀倉那邊繞過去。」

「難道屋裡沒人開門嗎？」我也大聲喊道。

「除了太太沒有別人，不過，哪怕你鬧到半夜，她也不會開門。」

「為什麼？你就不能告訴她我是誰嗎？約瑟夫。」

「我才不管呢！和我有什麼關係？」他咕噜著，腦袋縮回了穀倉。

雪越下越大了，我抓住門把又試了一次，還是沒人應聲。這時，從院子後面走出個年輕人，他的肩上扛著叉耙，但竟然沒穿上衣，他讓我跟著他走。我們經過一間洗衣房和一片平坦區域，那裡有堆煤的屋子、抽水機房和鴿子籠，之後來到上次接待我的那間溫暖舒適的「正廳」。壁爐裡燃燒著煤、炭和木材，熊熊火焰映照著屋子，發出明亮、愉悅的紅光。桌上已擺好了餐具，只等豐盛的晚餐端上來。餐桌旁，我很榮幸地見到了那位「太太」，以前我從不知道還有這麼一個人存在。我上前鞠躬致意，等她請我坐下，可是她看了看我，往椅背上一靠，一動不動地坐在那裡，什麼也沒說。

「好大的風雪啊！」我說道：「希克利夫太太，妳家的僕人太會偷懶了，我費了好大的力氣，大門都快敲破了，他們才聽見我的敲門聲。」

她仍然一言不發，我不禁驚訝地瞪大了眼睛，而她也直直地瞪著雙眼——至少她把眼光停留在我身上——透著一股咄咄逼人的寒氣，令人感到窘迫不安。

「坐下吧！」那個年輕人粗聲粗氣地說：「他就來了。」

我尷尬地乾咳了一聲，坐了下來，連忙跟那隻惡母狗「朱諾」打招呼。我們已經是第二次見面，牠總算賞臉，搖晃著尾巴，表示認識我。

「好漂亮的狗啊！」我又開始說道：「妳是否打算把那些小狗留下來呢？太太。」

「牠們不是我的。」可愛的女主人說，語氣比希克利夫還要冷漠。

「啊！妳喜歡的小東西一定在這裡啦！」我轉身看著陰暗處的一個靠墊，上面好像有一堆貓。

「哼！喜歡這些東西？那才怪呢！」她輕蔑地說。

倒楣，原來那是一堆死兔子！我又乾咳了一聲，向壁爐湊近了些，再一次說到今晚糟糕的天氣。

「你本來就不該出門。」說完她站了起來，伸手取壁爐架上兩個彩色茶葉罐。

原先她坐在光線的陰暗裡，什麼也看不清楚，直到這時我才看清她的身材和容貌。我生平從未見過如此美麗絕倫的女孩，她的身材苗條，體態優雅，臉蛋秀麗，皮膚白皙，淡黃色的鬈髮——或者說金黃色更為恰當——蓬鬆地垂在細嫩的脖子上。她的一雙眼睛最是嫵媚動人，如果含著笑意，那將令人難以抗拒，不過，此刻對於多情的我來說真是幸運，它們流露出的只是輕蔑或近似絕望的眼神，與那張姣美的臉蛋極不協調。

她搆不到茶葉罐，我站起來想幫助她，殊不知她突然轉過身來面對著我，臉上的神情就像守財奴看見別人數他的金子似的。

「不要你幫忙，」她斷然拒絕道：「我自己能拿到。」

「對不起！」我連忙表示歉意。

「是請你來喝茶的嗎？」她把一條圍裙繫在光潔的黑裙子外面，站在那裡，手裡拿著一匙茶葉。

「能喝一杯熱茶真是太好了。」我回答。

「你是受邀來的嗎？」她又問。

「沒有，」我帶著一絲笑容說：「妳請我不是很合適嗎？」

她把茶葉連同湯匙一起扔回罐中，把茶葉罐放回壁爐架，然後坐回椅子上。看得出她在發脾氣，皺著雙眉，噘起紅紅的下嘴唇，像小孩子要哭的樣子。

這時，那個穿著十分破舊衣服的年輕人出現在壁爐前，用眼角盯著我，那眼神就像我們之間有什麼不共戴天之仇。我心裡納悶，這個人究竟是不是這家的僕人。他的衣著和談吐都顯得很粗俗，完全沒有希克利夫先生和他太太身上那種優越氣質，他那濃密的棕色鬈髮像一團亂麻，鬍子布滿面頰，雙手看得出經常幹活，陽光將它們曬成了深褐色，可是，他的舉止卻很隨便，一點都沒有僕人對女主人那種應有的殷勤備至。既然搞不清他的身分，我想最好還是別理會他。五分鐘之後，希克利夫進來了，多少算是解救了我，我終於鬆了一口氣。

「瞧，先生，我說過要來的，真的如約而至啦！」我裝著很高興的樣子說：「這場大雪恐怕要困住我半個鐘頭呢！要是你能讓我在這裡躲一下，我將感激不盡。」

「半個鐘頭？」他一邊說，一邊抖落身上的雪片：「我不明白你為什麼要挑個大雪天出門，難道你不清楚陷入沼澤地的危險？就連熟悉這一帶的人在這樣的夜晚也會迷路的，而且我可以告訴你，目前天氣是不會轉好的。」

「或許你的一位僕人可以給我帶路吧！讓他送我回去，明天早上再回來。你能給我找一位嗎？」

「不，我不能。」

「噢！真是的，那只得靠我自己啦！」

「哼！」

「妳還不沏茶？」穿著破舊衣服的年輕人問道，把他那惡狠狠的眼光從我身上轉到了年輕太太身上。

「請他喝嗎？」她問希克利夫。

「行啦！快去把茶端上來。」希克利夫不耐煩地說。

如此蠻橫的腔調嚇了我一跳，完全體現出他真實的壞脾氣，讓我再也不想稱希克利夫為一個絕妙的人了。

茶沏好之後，他對我說：「好吧！先生，把你的椅子拉過來。」算是請我喝茶了。於是，我們幾個人，包括那個粗野的年輕人，圍著桌子坐下來，安靜地品嘗著茶點，氣氛十分沉悶。

我想，無論他們的脾氣有多糟糕，總不至於每天都這麼陰沉著臉吧！如果不愉快的氣氛是我造成的，那我就有責任改變它。

「真奇怪，」我在接過第二杯茶的時候說道：「習慣對我們的生活有多麼大的潛移默化影響啊！希克利夫先生，大多數人無法想像，像你這樣過著與世隔絕的生活有什麼樂趣，可是在我看來，你有這麼一位可愛的太太，像女神一樣守候著你和你的家……」

「我可愛的太太！」他打斷了我的話，臉上幾乎露出猙獰的譏笑：「她在哪裡──我那可愛的太太？」

「我的意思是說希克利夫夫人，你的太太。」

「哦！不錯啊！你的意思是說，儘管她的肉體死亡了，但她的靈魂還在保佑著咆哮山莊，是不是這樣？」

我一下子發覺自己搞錯了，本該看出雙方的年齡相距太大，不像是夫妻的。一個是

四十歲左右的男人，正值心智最為成熟的時候，這個時期的男人往往十分現實，很少還會抱有女孩因為愛情而嫁給他的那種幻想——那不過是留給我們老年時聊以自慰的東西；而另一個則是看上去還不滿十七歲的女孩。我想要彌補自己的過失，於是轉念一想：坐在我身旁的那個大老粗——用盆喝茶、不洗手就拿麵包吃的人——也許就是她的丈夫吧？沒問題，他一定就是小希克利夫了，希克利夫先生的兒子。天哪！嫁到這裡來就好比活埋了。她是如此美麗，竟然嫁給了這樣一個粗野的人，太可惜了！只怕她是因為不知道天底下還有更好的人呢！我得當心，別讓她對自己的婚姻產生後悔的念頭。

我最後的想法似乎有些抬高自己，然而看看我身旁這個令人生厭的人，其實一點也不。根據以往的經驗，我知道自己多少還是有些吸引力的。

「希克利夫太太是我的兒媳婦。」希克利夫先生的話證實了我的猜測。他轉過頭以一種非比尋常的目光——一種憎恨的目光——看了她一眼，除非他天生就一副奇特的表情，無法像常人一樣表現出他心中的想法。

「啊！我明白了。」我轉過頭對身旁那位年輕人說道：「你真有福氣，原來這位美麗的天使是你的。」

我的話剛說完，年輕人已經脹紅了臉，緊握著雙拳，一副想要動手打人的架式，但隨即他控制住自己，衝著我咕嚕了一句粗野的話，我只當沒聽見。

「可惜呀！先生，你猜錯了，」我的房東說：「我們兩個都沒有得到你說的這位天使的福氣。我說過她是我的兒媳婦，她當然是嫁給了我的兒子，不過她的丈夫死啦！」

「這位年輕人是——」

「當然不是我的兒子。」

希克利夫笑了起來，那神情彷彿把他稱為那個粗野的人的父親，簡直就是對他的褻瀆。

「我的名字叫哈里頓・恩休，」年輕人大吼著說道：「我奉勸你最好對它放尊重些。」

「我並沒有不尊重呀！」我回答道，心裡卻暗笑他說出自己姓名時的那種莊重神態。

他的雙眼死盯著我，最後我不得不避開，否則，我可能耐不住性子，不是給他一記耳光，就是大笑起來。現在，在這樣一個可愛的家裡，我終於感到忐忑不安，那種精神上的壓抑感使得包圍我的溫暖的物質享受變得索然無味。我想最好識趣些，小心為妙，別再碰釘子了。

茶點用畢，誰都沒有說一句客套話。我走到窗邊，眼前是一片淒涼的景象：黑夜提前降臨，暴風雪在空中怒吼狂舞，天地變得渾沌不清。

「如果沒人給我帶路，恐怕我回不了家啦！」我不禁叫嚷起來：「道路一定讓大雪淹沒了，即使有路，一步之外也看不清。」

「哈里頓，把那十幾隻羊趕到穀倉走廊上去，要是把牠們留在羊圈裡，就得蓋點東西，前面也要擋塊木板。」希克利夫說。

「我該怎麼辦呢？」我更加焦急地說道，然而，沒人理我。

我回過頭來，看見約瑟夫提了一桶粥進來，那是狗兒們的食物；希克利夫太太把身子湊近火堆，正燒著火柴玩，那些火柴是她剛才把茶葉罐扔回壁爐架時碰落下來的。

約瑟夫放下桶子之後，帶著挑剔似的神情，扯著破嗓子嚷道：「真奇怪，別人都出去幹活了，偏偏就妳閒得無聊。我看妳就是沒出息，跟妳說了也是白費勁——妳的毛病一輩子都改不了，妳是鐵了心要到魔鬼那裡去，跟妳死去的媽一個樣。」

我以為這老混蛋在罵我，氣得不得了，快步向他走去，準備一腳把他踢到門外，這時希克利夫太太的話讓我停了下來。

「你這胡說八道的老東西、假正經！」她說道：「你提到魔鬼，難道不怕被魔鬼活捉去了嗎？我警告你，不要招惹我，否則看我不求魔鬼把你捉了去。你別走！看這裡，約瑟夫，」她從書架上取出一本大開本的黑色的書，接著說道：「瞧瞧，我的『魔法』精通到什麼地步了，不久以後就可以把這裡的一切都施以魔法。要知道，那頭紅母牛可不是無緣無故死掉的，而你的風濕病總不至於是上帝在顯靈吧？」

「噢！惡毒啊！惡毒！」老頭喘息著：「但願上帝把我們從魔鬼手裡拯救出來吧！」

「哈！該遭報應的老東西，上帝早把你拋棄了——滾出去！不然我會讓你瞧瞧我的厲害，讓你吃盡苦頭。我要用蠟和泥捏出你們一個個的模樣，誰越過了我定的界限，我就要——現在我不會說出他要遭受什麼樣的報應——等著瞧吧！快滾！我的眼睛正盯著你呢！」①

小女巫瞪著那雙美麗的眼睛，臉上充滿惡毒的神情。約瑟夫嚇得要命，身子直發抖，趕緊往外跑，不停地禱告著，還大聲喊道：「惡毒啊！」

我想她一定是閒得無聊，鬧著玩玩，現在屋子裡只剩我們倆了，於是我把目前急須解決的難題告訴她，希望得到她的幫助。

「希克利夫太太，」我懇切地說：「請原諒我打擾妳。我相信，像妳這樣容貌美麗的女孩，心地一定也很善良。請妳指點指點吧！以便我找到回家的路，我完全不知道該怎麼走，就像妳不知道怎麼去倫敦一樣。」

「順著你來的路走回去，」她仍然坐在椅子上，面前點著一支蠟燭，那本黑色的書攤開著，回答道：「答案很簡單，也是我能給你的最好建議了。」

「那麼，要是妳以後聽說我死在蓋滿積雪的沼澤或泥坑裡，妳的良心會不會譴責自己也有過錯？」

「怎麼會呢？我又不能送你走，他們不允許我走到花園護牆之外。」

「妳送我？在暴風雪的夜晚，如果我為了自己而讓妳走出家門，我的心是難以接受的。」我嚷道：「我只是請妳告訴我該怎麼走，而不是要妳給我帶路，要不然就麻煩妳對希克利夫先生說，派一位嚮導給我吧！」

「派誰呢？他算一個，加上恩休、齊拉、約瑟夫和我，你要哪一個呢？」

「山莊裡沒有男孩子嗎？」

「沒有，就這幾個人。」

「這麼說來，我不得不在這裡過夜了。」

「那你自己去跟主人商量吧！我可管不了。」

「我希望這對你是個教訓，以後少在山裡東遊西蕩。」希克利夫嚴厲的聲音從廚房那邊傳來：「至於住在這裡，我沒有為客人預備床鋪，你只能跟哈里頓或約瑟夫睡一張床。」

「我可以睡在這間屋子的椅子上。」我說。

「不行！無論有錢還是沒錢，陌生人總歸是陌生人，我不允許任何人進入我防範不到的地方，這不合我的習慣。」那個沒有禮貌的無賴說。

受到這樣的侮辱，我的忍耐達到了極限，憤怒地罵了他一句，然後怒氣沖沖地跑到院子裡，一頭撞到恩休的身上。這時，周圍已經一片漆黑，我完全看不見出口在哪裡，正在亂轉的時候，聽見他們在說話——這是多麼有教養的一個例子啊！

剛開始的時候，那個年輕人似乎對我還算友善，他說：「我只陪他走到樹林那裡。」

「你陪他下地獄好了。」他的主人——不管是他的什麼人——喊道：「可是誰來照顧馬呢？呃！」

「一個人的命總比一晚上沒人照顧馬要緊得多吧！總得有個人去的。」希克利夫太太說道，我沒想到她的心地有這麼好。

「用不著妳來命令我！」哈里頓大聲衝她喊道：「妳要是真的不放心他，最好別吭聲。」

「那麼，但願他的鬼魂來纏住你，我還希望直到畫眉山莊坍塌了，希克利夫先生也找不到第二個房客。」

「聽聽，聽聽，她在詛咒他們啦！」約瑟夫咕嚕著，這時我正向他那邊走去。

他坐在不遠處，藉著一盞燈光在擠牛奶。我一把搶過燈，大聲說明天派人送回來，就跑到最近的一個門。

「主人，主人，他把燈搶走啦！」老頭子一邊大喊，一邊追趕我：「嗨！奈希，咬他！沃爾夫，逮住他！別讓他跑了。」

我剛推開門，兩個毛絨絨的怪物就直撲向我的喉嚨，我頓時驚慌失措，腳下一滑，跌倒了，接著燈也滅了。只聽得希克利夫與哈里頓放聲大笑起來，我憤怒到了極點，同時感到極大的羞辱。幸虧那兩個畜牲只是耍一耍威風，儘管張牙舞爪，並不想把我生吞活剝，可也不容許我站起來，我不得不躺在那裡，等著牠們惡毒的主人什麼時候高興，再來解救我。後來，我的帽子也掉了，氣得渾身發抖，我命令這些惡棍立即放我出去，假如再讓我多待一分鐘，他們會後悔莫及——我發誓此仇必報，還口吐一連串威脅性的話，就像李爾王②詛咒他兩個忤逆的女兒一樣惡毒。

我怒火中燒，繼續大聲咒罵，也不停地流鼻血，而希克利夫還在大笑。這個時候，要不是來了一個比我頭腦清醒、比房東仁慈的人，我真不知事情該怎麼收場，這個人就是齊拉。健壯的廚娘聽到吵鬧聲越來越大，出來瞧瞧是怎麼一回事。她看見我的一副尊容後，知道他們在戲弄我，可又不敢得罪主人，便向那個年輕惡棍開火。

「好啊！恩休先生，」她高聲嚷道：「我不知道你下次還要做什麼好事！要在我們家裡鬧出人命嗎？這個家我可待不下去啦──瞧瞧這可憐的小伙子，都氣得快斷氣了。好啦！你快別生氣了。來，我給你弄弄，就這樣，別動。」說完，突然把一桶冰冷的水倒在我的脖子上，又把我拉進了廚房。希克利夫先生跟了進來，他臉上難得一見的歡樂很快就消失了，取而代之的又是慣常的那種陰鬱。

我頭昏腦脹，難受得不得了，只好在他家借住一宿。他叫齊拉給我一杯白蘭地，隨後便進臥室去了。齊拉看我可憐的樣子，好言安慰了一番，又依照主人的吩咐，給了我一杯白蘭地，見我恢復了一些，這才帶我去睡覺。

①傳說巫師施法術時，先用眼睛盯著對方，使其無法逃脫魔法。

②李爾王──Kinglear，莎士比亞名劇之一，劇中主角即李爾王。

第三章

她帶我上樓的時候，叮嚀我別讓燭光透出臥室，也不要弄出聲音，因為她的主人從來不允許任何人到那間臥室住過。我問她原因，她也不知道，她來咆哮山莊才一兩年，這裡古怪的事本來就多，也就沒有特別在意。

我頭昏腦脹的，沒有再多問什麼。關上房門以後，我四下張望，看看床在什麼地方。房間裡全部的家具只有一把椅子、一個衣櫥和一個很大的橡木櫃子——靠近櫃子上面開了幾個方孔，像馬車的窗子。我往「窗子」裡一看，才發現裡面是一張老式的床。設計真是獨具匠心，也相當實用，這樣不必每人占用一個房間，實際上，這張床就像一間小小的密室，與它所在的房間完全隔絕開來，裡面還有一個窗台，可以當桌子用。我推開橡木櫃子，拿著蠟燭走了進去，然後把門關上，突然覺得自己安全了，不再擔心希克利夫或其他什麼人找到我了。

我把蠟燭放在窗台上，發現角落裡堆著幾本發霉的書，窗台的油漆面也刻滿了大大小小的字跡，無非是同一個名字——凱薩琳・恩休，有的地方又變成了「凱薩琳・希克利夫」或「凱薩琳・林敦」。

我無精打采地把頭靠在窗子上，不斷地念著凱薩琳・恩休——希克利夫——林敦，直到我的眼睛闔上為止。可是，大概不到五分鐘，黑暗中突然閃出一個個明亮刺眼的字母，就像幽靈出沒一般，剎那間，空中到處都是「凱薩琳」的字樣。我跳了起來，想要趕走那些恐怖的名字，發現燭芯歪倒在一本古老的書上，空氣中瀰漫著一股烤牛皮的氣味。我剪短了燭芯，燭光明亮起來。由於受了風寒，我頭昏腦脹，感到噁心想吐，乾脆坐了起來，把那本烤壞了的書放在膝蓋上，翻了起來。

那是一本《聖經》，字體細長，有股濃烈的霉味，扉頁上有一行字——「凱薩琳・恩休的書」，還寫了一個日期，那是二十多年以前了。我合上書，一本接一本地翻閱窗台上的書，把它們大致翻看了一遍。凱薩琳的藏書是經過精挑細選的，而且從那些書的磨損情況來看，它們曾被人經常使用，雖然未必真正有用。幾乎沒有一頁沒用墨水筆寫了評語——至少像是評語——凡是書中空白的地方都是墨水筆的戰場。評語有的是單獨的句子，有的則可以算得上是一篇日記——從那些歪歪扭扭的字跡上判斷，必定是出自一個小孩子之手。在一張沒有印刷內容的書頁中（當初發現這張空白紙的時候，一定如獲至寶吧），上端有一幅出色的幽默漫畫肖像，那是我們的朋友約瑟夫，畫得雖然粗糙，可是十分吸引人，我頓時對這位素昧平生的凱薩琳產生了興趣，開始饒有興趣地閱讀她那已經褪色的、難以辨認的字跡來。肖像畫的下面有一段文字：

一個倒楣的禮拜日！但願我的父親還能回來，誰想要亨德萊管我們！——他對希克利夫太兇了，希克利夫和我準備反抗，今天晚上我們勇敢地邁出了第一步。

整天都下著大雨，我們無法到教堂去，約瑟夫便把大家聚集在閣樓上做禮拜。亨德萊和他太太在樓下烤著火，愜意得很，我敢說他們連一行《聖經》也不會去讀。而希克利夫和我，以及那個不幸的、整天幹活的孩子，卻不得不聽從命令，爬上閣樓去祈禱。我們排成一排，坐在一袋糧食上，哼哼唧唧地念著，冷得直哆嗦。我們希望約瑟夫也冷得發抖，這樣他也許會為了他自己，少講點道。不過，這完全是癡心妄想——禮拜進行了整整三個鐘頭。可是，我那殘暴的哥哥看見我們下樓時，竟然還忝不知恥地嚷道：「怎麼，這麼快就結束啦？」

從前，星期天晚上都是我們的玩樂時間，只要我們不大聲吵鬧，可是現在我們哪怕只是笑一聲，也可能受到懲罰——站牆角。

「你們忘記家裡還有個家長啦！」那個暴君說：「誰惹我發脾氣，他就是活得不耐煩了，我絕不允許有任何吵鬧。啊！孩子，是你在玩手指嗎？法蘭西絲，親愛的，妳過來時扯扯他的頭髮。」

法蘭西絲非常樂意做這樣的事，她使勁地扯了他的頭髮，然後走到她的丈夫身邊，他們就像兩個吃奶的嬰兒似的，一個勁地在那裡接吻、私語——全都是愚蠢的甜言蜜語，我們都不好意思說出口。

為了不發出聲響，我們只好蹲在餐桌下，盡量讓自己舒服點。我剛把餐巾結在一起掛起來當布幕，誰知約瑟夫從馬房那邊走了進來，一把扯下我的手工藝，給了我一耳光，並扯開他那破嗓子罵道：

「老主人才入土，安息日還沒過完，經文還在你們耳邊響著，你們居然就敢玩耍了，不要臉的東西！壞孩子，給我起來坐好，只要你們肯看書，好書多得是。給我坐好，想想你們的靈魂吧！」說完，他塞給我們沒用的經文，強迫我們坐好，讓我們藉助遠處的爐火發散出的一線微弱紅光看書。

我才不願意讀那破書呢！一把就將書扔到了狗窩裡，詛咒說我討厭這類書，希克利夫把他那本書也扔到了同一個地方。這下子可不得了了，像捅了馬蜂窩一樣。

「亨德萊主人！」我們的牧師大叫起來：「主人，快來呀！凱薩琳小姐把《救世之盔》的書殼撕下來啦！希克利夫使勁踩《毀滅之路》的第一卷。如果你縱容他們，這樣下去可不得了。唉！要是老主人還活著的話，一定會好好地揍他們一頓，可惜他不在啦！」

亨德萊從他壁爐旁的天堂衝了過來，抓住我們倆，一個抓領子，另一個抓手臂，把我們丟到後面的廚房裡。約瑟夫斷言「老魔鬼」一定會把我們活捉去，逃也逃不掉。受到如此安慰，我們各自趕忙找了個角落躲起來，靜待魔鬼的到來。

我踮起腳尖，從書架上摸到了這本書和一瓶墨水，便把通往客廳的門推開一點，透進一絲亮光，然後坐下來寫東西。大約過了二十分鐘，希克利夫不耐煩了，他建議披上擠牛奶女工的外套，到曠野上跑一會。哦！這個主意不錯！——假如那個壞脾氣的老頭進來，沒看見我們，還以為他的預言應驗了呢——在雨裡我們也不會比在這裡更濕更冷。

這件事凱薩琳寫到這裡就結束了，我想她的計畫應該實現了吧！因為接下來她又說起了另一件事，變得傷感起來。

* * *

我做夢也沒想到亨德萊會這麼做，我痛哭流涕，頭好疼喲！疼得都不能放在枕頭上，可是即使這樣，我還是忍不住傷心欲絕。可憐的希克利夫，亨德萊罵他是流氓，再也不許他跟我們在一起坐、一起吃飯，也不許他和我一起玩了，而且假如我們膽敢違抗命令，他就要把希克利夫趕走。

亨德萊一個勁地責備父親（他竟然敢責備父親），說他太放縱希克利夫了，並發誓要讓希克利夫明白自己是什麼東西……

* * *

讀著模糊不清的字跡，我開始打盹，目光遲鈍地移動著，瞄見印刷的文字中有一行帶花邊裝飾的紅色標題——《七十乘七，七十一中的第一條——傑伯斯・博蘭德翰牧師在吉姆屯・松教堂的佈道文》。我迷迷糊糊地猜想著傑伯斯・博蘭德翰牧師將如何講解這個題目，漸漸進入了夢鄉。唉！都是倒楣的茶和壞脾氣的錯，要不我怎麼會經歷這麼可怕的一夜呢？我從來沒有像今夜這樣難過。

我開始做夢，幾乎在我還沒忘記自己在哪裡的時候就開始做夢了。彷彿已經是早晨了，我正走在回家的路上，約瑟夫在前面給我帶路。積雪已有好幾碼深，我們一路掙扎著向前。約瑟夫不停地嘮叨著，令人生厭。他埋怨我連一根禱告用的枴杖都不帶，說沒有這根枴杖，我休想進那棟房子，還得意地揮舞著一根大木棍，我想那就是所謂的枴杖了。我覺得很好笑，幹嘛非得有這麼一件武器才能進自己的家門呢？後來我感到我們並不是去畫眉山莊，而是去聽那位大名鼎鼎的傑伯斯・博蘭德翰牧師佈道《七十乘七》，而且，不知是約瑟夫，還是牧師，或者是我，犯下了「七十一中的第一條」的罪過，將會被當眾揭發，驅逐出教會。

我們來到了教堂，它坐落在兩山之間一個山谷裡，靠近一片沼澤，我平日散步時會經過這裡幾次。教堂裡停放著幾具屍體，據說沼澤地散發出的濕氣對屍體有防腐作用。教堂至今完好無損，但是這裡教士的收入每年只有二十鎊，外帶一棟有兩個房間的房子，而且恐怕馬上就要變成一間了，所以沒有一個教士願意來這裡做牧師，特別是傳言說這裡的信徒寧可餓死牧師，也不願從他們的腰包裡多掏一分錢來養活牧師。不過，在我的夢裡，教堂裡來了很多信徒，正專心地聽傑伯斯佈道。上帝，這是什麼樣的佈道啊！一共分為四百九十節，每一節相當於一次普通的佈道，每一節討論一種罪過，真不知道他從哪裡蒐集這麼多的罪過。他的佈道字字句句都有獨到之處，彷彿信徒們每一次都會犯下不同的罪過，而且是我過去從未想到過的一些稀奇古怪的罪過。

呵！真令人疲倦啊！我感到坐立不安，一會打呵欠、打盹，隨即又清醒過來，一會掐自己、擰自己、揉揉眼睛、站起來、坐下，又用胳膊肘推了推約瑟夫，要他在牧師佈道結束時告訴我一聲。唉！看來我所遭受的罪過就是聽完他的佈道了。最後，他講到了「七十一中的第一條」，這時，一個靈感在我腦海中閃現，不由自主地站起來譴責傑伯斯・博蘭德翰牧師犯下了基督徒無法寬恕的罪過。

「牧師，」我大聲喊道：「坐在這四壁之中，我已經耐著性子聽了你的佈道，也寬恕了你長達四百九十節的佈道。我曾經有四百九十次拿起帽子打算離去，可是又四百九十次可笑地坐了下來，現在，這第四百九十一我實在是忍無可忍了。受難的教友們，別放過他，把他拖下來，揍扁他，從此再也不用在講壇上見到這個人了。」

「罪孽深重的那個人是你！」一陣短暫的靜穆之後，傑伯斯雙手撐在坐墊上，身子前傾，然後高聲說道：「你四百九十次伸懶腰、打呵欠，我四百九十次在靈魂深處對自己說：瞧啊！這就是人類的弱點，但仍是可以得到寬恕的。現在，你犯下了『七十一中的第一條』罪過。兄弟姊妹們，按照上帝的旨意來裁判他吧！所有的聖徒都有這樣的光榮。」

牧師的話剛講完，全體教徒舉起枴杖向我湧來。我兩手空空，沒有自衛的武器，便從離我最近也是最兇狠的約瑟夫手中搶過手杖。一大群人揮舞著棍子向我打來，有的棍子相互交叉在一起，有的棍子看準我打來，卻落在別人的腦袋上，剎那間，人們相互攻擊，整座教堂亂成一團。傑伯斯也沒閒著，用他的熱情拚命敲打著講壇牆壁，發出巨大響聲……我猛然驚醒了，感到一種說不出來的輕鬆。究竟是什麼聲音令我做了這麼一個混亂不堪的夢呢？在那場混戰中，傑伯斯弄出的巨大聲響又是怎麼回事呢？我定了定神，原來窗外狂風呼嘯，樅樹枝拍打著窗格子，它那堅硬果子碰在玻璃窗上發出了「啪啪」的響聲。我滿腹狐疑地聽了一會，確認那就是讓我做了這個混亂不堪的夢的原因，之後翻個身又睡去了，然後又做起夢來——這個夢比先前的那個更糟。

我記得自己躺在房間裡那個橡木櫃子裡，清楚地聽見狂風的怒吼聲、看見漫天的大雪。我又聽見樅樹枝不斷發出惱人的聲音，不過我已經不會再上當了，可是它令我心煩意亂，於是我決定讓它安靜下來。我想我一定從床上爬了起來，並試著打開那扇窗子，但窗鉤與鉤環焊在一起了——我醒的時候有看見，但在夢中又忘了。「不管怎麼樣，我非制止這種聲音不可。」我嘀咕著，一拳打爛了玻璃，伸出一隻手去抓那惱人的樹枝。不料沒抓到樹枝，卻碰到了一隻冰涼小手的手指頭。一陣強烈的恐怖立刻襲遍我的全身，我極力想把手縮回來，可是那隻小手卻緊拉住不放，一個極其淒慘的聲音嗚咽著說：

「讓我進來吧！讓我進來吧！」

「你是誰？」我問，同時拚命地想掙脫出來。

「凱薩琳・林敦，」窗外的聲音顫抖著回答（我為什麼會想到「林敦」？我二十次都將「林敦」念成了「恩休」)，「我回來啦！我在荒原上迷路了。」

她說話時，我模模糊糊地辨認出一張小孩的臉向窗戶裡探望。看來很難擺脫這個小東西，恐懼讓我狠下心來，於是把她的手腕拉到窗戶的碎玻璃上，來回地摩擦，直到鮮血浸透了床單。可是她還是哭叫著哀求道：「讓我進來吧！」並緊緊抓住我，簡直快把我嚇瘋了。

「我怎麼能夠呢？」我終於說：「如果妳要我放妳進來，就要先放開我。」小手指果然鬆開了，我急忙把手抽回來，把書堆得高高的抵住窗戶，捂住耳朵，不忍聽那淒慘的哀號。大約一刻鐘以後，我放下了雙手，可是那悲慘的聲音還在苦苦哀求。

「走開！」我高聲喊道：「我絕不會放妳進來，妳就是求我二十年也沒用。」

「已經二十年了。」那淒慘的聲音哭訴著：「二十年了，我已經在外流浪了二十年了。」

接著，外面響起了一陣輕微的聲音，那堆書也晃動起來，似乎有人要把它往裡推。我想跳起來，可是四肢不能動彈，在極度恐懼中大聲叫喊了起來。令我深感不安的是，我發現自己剛才的叫聲並非虛幻。

一陣急促腳步聲走近我的房門，接著使勁地把門推開，一道光線從床頂的方孔中照了進來。我坐在那裡，嚇得直發抖，不停地抹著額頭上的冷汗。那闖進來的人似乎猶豫不決，嘀咕了幾聲，最後輕聲問道：「這裡有人嗎？」顯然他並不期望得到回答。我聽出是希克利夫的聲音，如果我不吭聲，他或許會進來搜查，我想最好還是承認在這裡，於是翻起身推開了嵌板。我這個舉動所產生的效果，將讓我久久難以忘懷。

希克利夫站在門口，只穿著襯衣襯褲，手裡拿著一支蠟燭，任由燭油滴落到手指上，臉色蒼白得就像他身後的牆一樣。橡木櫃子發出了一聲「嘎吱」響，竟使他像觸電般，驚得手裡的蠟燭甩出了好幾英呎遠，他的情緒激動得難以控制，幾乎無法把蠟燭拾起來。

「只不過是你的客人罷了，先生。」我大聲嚷道，以免他再度驚慌失措，在我面前露出膽怯的樣子而困窘難堪：「我做了個惡夢，不禁大叫起來，很抱歉驚擾了你。」

「啊！上帝懲罰你吧！洛克伍德先生。但願你下地獄！」我的房東說。他發現自己已經無法拿穩蠟燭，便把它放在椅子上，他接著問道：「誰帶你到這間屋子裡來的？」為了抑制面部肌肉的顫動，他咬緊牙關，指甲也掐進了手掌肌肉裡：「是誰帶你來的？我真想把他們攆出門去。」

「是你的女僕齊拉。」我一邊回答，一邊跳下床匆忙穿上衣服：「希克利夫先生，你想這麼做，我才不管呢！說實話，你若真的趕她走也不過分，她完全是在利用我，好進一步證明這地方鬧鬼。噢！這屋子裡是鬧鬼——到處都是妖魔鬼怪。我想你有理由把這間房子鎖起來，凡是在這麼一個『洞』裡睡過覺的人是不會感謝你的。」

「你這是什麼意思？」希克利夫問：「你在幹嘛？給我躺下，睡完這一夜，既然你已經在這裡了，可是，看在上帝的份上，別再發出那種可怕的叫聲啦！否則我是不會饒了你的，除非刀子架在你的脖子上。」

「那個小妖精要是從窗戶進來了，大概會把我掐死。」我不滿地說：「我再也無法忍受你那些殷勤好客的祖先們的迫害了。傑伯斯・博蘭德翰牧師是你母親那邊的親戚嗎？還有那個瘋丫頭，凱薩琳・林敦，或是恩休，不管她姓什麼吧——她一定是個『調包』了的孩子——一個惡毒的小精靈！她告訴我，她在荒原上流浪了二十年——毫無疑問，那正是她罪孽深重的報應，她罪有應得。」

話剛出口，我立刻想起了那本書中所述的希克利夫和凱薩琳的關係，不由得為自己的粗心而臉紅起來，不過幸好記起來了。為了掩飾自己的冒失，我急忙說道：「事實上，剛入睡的時候，我在——」說到這裡我又打住了。我原想說「閱讀那些舊書」，但那豈不是表明我知道了書中用筆寫出的內容了？於是馬上改口說：「反反覆覆拼讀刻在窗台上的幾個名字，想藉助這種單調東西催眠，就像數數一樣，或者——」

「你沒完沒了地說了一大堆，究竟是什麼意思？」希克利夫大吼一聲，終於發作起來：「你怎麼敢這麼放肆？在我的家裡？——上帝呀！他真是瘋啦！」他氣惱得拚命敲著自己的額頭。

我不知道是該生氣，還是繼續解釋，可是見他那個樣子彷彿受到了巨大的刺激，不禁憐憫起他了，於是繼續說我的惡夢，並強調我以前從沒聽過「凱薩琳・林敦」這個名字，只是反覆叨念才有了深刻印象，在我的夢中她竟然變成活生生的人了。在我說話的時候，希克利夫慢慢地靠近床邊，最後坐了下來，幾乎把自己隱藏在床上。聽著他那急促的、不均勻的呼吸聲，我想他此刻一定是心思澎湃，並拚命地想要壓抑過分強烈的情感。我不想讓他知道我已覺察出他內心的掙扎，穿衣服時故意發出很大的聲音，再看看懷錶，抱怨今夜太漫長了：「還沒到三點，我還以為已經六點了呢！時間似乎停止不動了，我們準是八點就回房睡覺了。」

「在冬天總是九點睡，四點起床。」我的房東說，同時把一聲呻吟強壓了下去。看他手臂影子的動作，我想他從眼裡抹去了一滴眼淚。「洛克伍德先生，」他又說：「你到我的屋子裡去吧！這麼早下樓也會妨礙別人，何況你這麼大喊大叫已經把我的睡魔趕走了。」

「我也睡意全無，」我回答：「我去院子裡散散步，天亮了就走，你不必擔心我再來打攪了，我想我這喜歡交友的毛病——不管是在鄉間或在城裡——現在已經治好了，一個有見識的人應該清楚自己就是自己愉快的夥伴。」

「愉快的夥伴！」希克利夫咕嚕著：「把蠟燭拿去，你愛去哪裡就去哪裡吧！我馬上來找你。不過，你別去院子裡，幾隻狗都沒拴，還有客廳——『朱諾』在那裡站崗，還有——不，你只能在樓梯和走道走走。你去吧！我過兩分鐘就來。」

我聽從了他的告誡，走出了房間，由於不知道那條狹窄的走道通往哪裡，因而站住了，不料卻無意間看見我的房東做出十分迷信的舉動。真沒想到他的行為會如此不得體，看來不過是虛有其表罷了。他上了床，用力扭開窗鈎，然後打開窗戶，熱淚不可抑制地從眼眶中噴湧而出：「進來吧！進來吧！」他一邊抽泣，一邊輕聲呼喚：「凱薩琳，來吧！啊！來呀——再來一次吧！啊！我親愛的！這次妳就聽我的吧！凱薩琳，至少聽我一次吧！」幽靈顯示出無常的本性，偏偏不肯出現，只有一陣強勁的風雪席捲進來，甚至吹到我站立的地方，撲滅了蠟燭。

這段瘋狂的語言伴隨著一股強烈的痛苦、悲哀，我的內心憐憫之情油然而生，再也不覺得他的舉止很愚蠢可笑了。我走開了，一邊生自己的氣，不該聽到他這番話，一邊又埋怨自己告訴他那荒唐的惡夢，帶給他無比的痛苦，儘管我不知道究竟是為什麼。

我小心翼翼地下了樓，來到廚房，那裡還有些火苗，我重新點燃了蠟燭。屋子裡沒有一點動靜，只有一隻花斑貓從一堆灰燼中爬出來，氣沖沖地和我打了個招呼。

爐子前放著兩條長凳，擺成半圓形，幾乎把爐子圍了起來。我在一條凳子上躺下，花斑老母貓跳上了另一條，我們倆開始打盹，不料被人打攪了。在天花板上有一道活動門，約瑟夫放下了一個木梯，我猜想上面就是那本書中提到的約瑟夫的閣樓吧！他陰森森地望了一眼爐子裡被我撥弄起來的火苗，把花斑貓從凳子上攆走，自己安坐下來，開始把菸葉填進三英吋長的菸斗裡。很顯然，我擅自闖進他的聖地，在他看來是極其鹵莽的，完全不必理睬我。他把菸斗放進嘴裡，兩臂交叉，吞雲吐霧了起來。我懶得去打攪他，任由他自得其樂。他吸完最後一口菸，深深嘆了一口氣，然後站起來，就像進來時一樣嚴肅地走了。

接著傳來一陣輕快的腳步聲，我張開口正要說早安，可是又閉上了，把「早安」硬生生地嚥了下去。哈里頓．恩休正在屋子角落找一把鏟子或是鐵鍬去鏟積雪，不知道的人還以為他在小聲地念早禱文呢！因為他碰到每樣東西都要發出一連串的咒罵。他從長凳背後望了我一眼，鼻孔張得老大，看來沒有要跟我打招呼的意思，就像對我那個貓夥伴不用講什麼禮節一樣。看他所做的準備工作，我想現在我走是得到許可的了，便起身打算跟著他走。他看出我的心思，就用鏟柄戳了戳一扇門，發出含混不清的聲音，意思是如果我要挪動地方，就非得從這裡走不可。

那扇門通往正廳，女人們已經在那裡了。齊拉鼓動著巨大的風箱，壁爐裡的火焰直往煙囪裡竄。希克利夫太太跪在壁爐旁，藉著火光讀著一本書。由於壁爐的熱氣太強，她用手擋著眼睛，似乎全神貫注於書的內容，只有火星落在身上、責備齊拉的時候，或者狗兒把鼻子一個勁地往她臉上湊的時候，才分一下神。令我感到驚異的是，希克利夫已經在那裡了。他站在壁爐旁，背對著我，剛剛連珠炮似的數落了齊拉一番，因為她在幹活時不停地撩起圍裙，還發出哼哼的聲音。

「還有妳，妳這個沒出息的──」我走進去的時候，他正轉過去對他的兒媳婦大發脾氣，還使用了諸如鴨呀、羊呀之類無傷大雅的詞，不過有些話他把這類詞收了回去，只用一個短暫的停頓來表示。「瞧妳，又在那裡弄妳那些無聊的把戲了，人人都忙著掙飯吃，妳卻依靠我的施捨過日子。把妳那廢物扔了，找點事做做。算我倒楣，妳老是出現在我眼前，我遲早會和妳算這筆帳的。聽見沒有，妳這該死的賤貨！」

「我會扔掉我的廢物的，假如我不扔，你是不會罷手的。」少婦回答道，合上了書，把它扔在一張椅子上。「可是我什麼事都不會去做，任憑你咒爛了舌頭也沒用，除非我願意，否則你別想強迫我。」

希克利夫揚了揚手，顯然希克利夫太太知道那隻手的份量，馬上跳開了，與他保持一個較安全的距離。

我可不想欣賞貓狗打架的場面，便快步走上前去，就像急於到壁爐旁取暖，完全沒有要打斷這場爭吵似的。兩個人總算給自己留了些面子，沒有繼續吵下去。希克利夫把兩個拳頭放進衣服口袋裡，免得發癢想揍人，希克利夫太太則噘著嘴，坐到遠遠一張椅子上，在我待在那裡的那段時間，她就一直那麼坐著，彷彿成了一座雕像。我沒有逗留多久，謝絕與他們共進早餐，待到東方露出魚肚白，便找個藉口逃到外面。戶外的空氣清新而寧靜，凜冽得像一塊無形的冰。

我還沒有走到花園盡頭，我的房東便叫住了我，表示願陪我走過曠野。幸虧有他陪著我。大地已變成白茫茫一片，彷彿波濤起伏的白色海洋，許多坑都被填平了，昨天我走過時記下的地形——周圍的山崗、石坑的殘跡——完全抹掉了。我記得路邊每隔六、七碼遠就立著一塊石碑，一直延續到荒原盡頭，石碑上還塗了石灰，為了便於夜行者分辨方向，或者遇到像這樣一場大雪天，便於路人分辨兩邊的沼澤與堅實的小路。然而，路邊的石碑都不見了，只零星露出了一些黑點。我的同伴不時警告我向左或向右轉，而我還以為自己是沿著彎曲的道路正確前進呢！一路上我們很少交談，當來到畫眉山莊的林苑大門時，他停下腳步，說到這裡後我就不會迷路了。我們匆忙一鞠躬便算告別了，然後我得靠自己回到山莊，因為現在林苑的門房還沒有看守之人。從林苑大門到山莊有兩英哩，我估計大約走了四英哩，有時在樹林裡迷了路，有時又陷入雪坑裡，積雪覆蓋到脖子深。唉！箇中苦楚只有經歷過的人才能體會。當時鐘指向十二點的時候，我總算回到家，依照咆哮山莊到這裡的路程計算，每一英哩我足足走了一個鐘頭。

我那富有同情心的管家和其他僕人衝出來歡迎我，七嘴八舌地說她們都以為我沒指望了，猜想我昨晚已倒斃在雪地裡，正不知該怎麼去尋找我的屍體。我叫她們安靜點，不是看見我回來了嗎？我快被凍僵了，拖著沉重的腳步上樓，換上乾衣服。為了恢復元氣，我在房裡來回踱步了大約三、四十分鐘。之後來到書房，整個人癱軟得像隻小貓，一點精神也沒有，就連僕人為我準備的溫暖爐火和提神的熱咖啡，我都沒法享受了。

第四章

人是多麼善變啊！我原本決心隔絕與世俗的一切來往，還感謝上帝，覺得自己運氣不錯，終於找到一個幾乎與世隔絕的地方。唉！我是個多麼懦弱的可憐蟲啊！獨自待在書房裡，起初還頑強地與孤寂、無聊鬥爭，可是當夜幕降臨的時候，卻支撐不住了，不得不認輸。迪恩太太送晚飯來時，我只是說想多瞭解山莊的情況，要她在我吃飯的時候談談，真心希望她是個健談的老太婆。

「妳在此地住很久了吧？」我問道：「妳說過有十六年了？」

「十八年了，先生。我是在小姐出嫁的時候，跟著過來伺候她的，她去世後，主人留下我做了管家。」

「是嗎？」

接下來便無話了。我擔心她不是個愛嘮叨的人，除非是關於她自己的事，那可不是我感興趣的。她沉思了一會，把拳頭放在膝蓋上，紅潤的臉上浮現出冥想的神態，然後嘆道：

「唉！這十多年來變化多大呀！」

「是啊！」我說：「我想妳感受了不少變化吧？」

「是的，也見過不少傷心事呢！」她說。

「啊！得把話題轉到我房東的身上。」我心裡想道：「這個話題是個不錯開場白，還有那個漂亮的小寡婦，我很想知道她的身世——她是本地人，還是個外鄉人？——因此才導致性情古怪的本地人跟她合不來。」這樣想過之後，我便問迪恩太太，為什麼希克利夫要出租畫眉山莊，自己寧可住在地點與房屋都差得多的山莊。

「難道他沒錢好好整頓一下這份產業嗎？」我問。

「他很有錢哩！先生。」她回答道：「誰也不清楚他有多少錢，而且每年都在增加。哦！不錯，他大可以住在一棟比這裡更好的房子裡，可是他很吝嗇——荷包看得很緊，即使他有意搬到畫眉山莊來，可是只要有個好房客，他就絕不肯失去一年多賺幾百英鎊的機會。唉！真難以理解，一個人怎麼會這麼愛錢，可是他並沒有任何親人在世啊！」

「他好像有過一個兒子？」

「是呀！他有過一個兒子，但已經死了。」

「那位年輕的太太，希克利夫太太，是他的遺孀吧？」

「是的。」

「她是哪裡人？」

「噢！先生，她就是我已故主人的女兒呀！她以前的名字叫凱薩琳・林敦，是我把她帶大的，可憐的東西！我真希望希克利夫搬到這裡來，那我和她又可以在一起了。」

「什麼！凱薩琳·林敦？」我吃驚地喊道，但細想一下，立即明白不是指那個幽靈凱薩琳。我接著問：「那麼，這所房子以前的主人是林敦？」

「是啊！」

「那恩休又是什麼人呢？——哈里頓·恩休，住在希克利夫先生家裡的那個。他們是親戚嗎？」

「不，他是過世林敦夫人的侄子。」

「是那位年輕太太的表兄了？」

「是的，她的丈夫也是她的表兄弟：一個是母親的內侄，一個是父親的外甥——希克利夫娶了林敦先生的妹妹。」

「我在咆哮山莊看見大門上刻著『恩休』，這可是個古老的世家？」

「非常古老，先生。哈里頓是那個家族的最後一個人了，就像我們的凱西小姐也是這個家族的最後一個——我是說林敦家族。你去過咆哮山莊嗎？請原諒我這麼問，可我很想瞭解她怎麼樣了？」

「希克利夫太太嗎？她氣色很好，也很漂亮，可是她看上去並不快樂。」

「我才不感到奇怪呢！你覺得那位主人怎麼樣？」

「一個粗暴的傢伙。迪恩太太，他的性格一向就是這樣嗎？」

「像鋸齒一樣地粗暴，像岩石一樣地堅硬，越少跟他打交道越好。」

「他一定經歷了不少人生坎坷，才會變成這麼粗暴的人。妳知道他的經歷嗎？」

「他的經歷就像一隻布穀鳥（學名杜鵑。這種鳥從不孵化自己的子女，而是把蛋生在別的鳥巢中，靠其他鳥為牠孵化後代。譯者注）的經歷，先生。除了他生在哪裡、父母是誰，以及當初是怎麼發財的，別的我都知道。還有，哈里頓像隻羽毛未豐的小鳥被趕出了家門，整個教區內，只有這個不幸的孩子不知道自己一直受到欺騙。」

「迪恩太太，拜託妳，告訴我一些鄰居家的事吧！即使我現在上床也睡不著，拜託妳坐下來聊一個鐘頭吧！」

「啊！當然可以，先生。我這就去把針線活拿來，你要我陪你聊多久都行。可是你著涼了，剛才看見你在打寒顫，你得喝點稀粥去去寒。」

迪恩太太拿針線活去了，我蜷縮著身子，靠爐火近些。我的額頭發燙，身上卻發冷，再加上神經受到刺激，感覺頭昏腦脹的。對此我倒沒覺得有什麼不舒服，我擔心的是昨晚和今天的遭遇會給我的身體造成嚴重的後果。不久，迪恩太太回來了，帶了個針線籃以及一鍋熱氣騰騰的稀粥。她把鍋子放在爐火旁，再把椅子拉過來靠近我些。顯然，她很高興我待人如此親切，不用我再次拜託，她就開始講起了往事。

我來到畫眉山莊之前，一直住在咆哮山莊。我母親把亨德萊・恩休先生——就是哈里頓的父親——從小帶大，我是隨母親一起去的。我和孩子們一起玩耍，也幫著做點雜事，比如割草什麼的。我一天到晚都在山莊裡東走西逛，不管誰叫我做什麼我都樂意幫忙。

有一年夏天——記得正是收割麥子的季節，一個晴朗的清晨，老主人恩休先生穿著出遠門的衣服走下樓來。他先吩咐約瑟夫這幾天要做些什麼，然後轉過身面對亨德萊、凱薩琳和我——我們正在喝粥。老主人對他的兒子說：「喂！英俊的小伙子，今天我要去利物浦，想要我給你買點什麼禮物？喜歡什麼儘管說，不過得挑小一點的東西，因為我來回都得走路，光單程就有六十英哩，這可是很遠的路程。」亨德萊說要一把小提琴。他又問凱薩琳小姐想要什麼。那時她還不到六歲，可是已經能騎馬廄裡任何一匹馬了，她要了一根馬鞭。恩休先生也沒忘掉我——他有一顆仁慈的心，雖然有時候有點嚴厲——他答應帶給我一袋蘋果和梨。然後，他親親孩子們，說了聲再見便上路了。

他走了三天，我們只覺得時光漫長，小凱薩琳時常問爸爸什麼時候回來。第三天晚上，恩休太太認為他應該在晚飯時回來，於是把晚飯時間一小時一小時地往後延，可是看不到一點他會回來的跡象。後來，孩子們等得不耐煩了，不再一次次跑到大門口張望。天黑下來了，母親要孩子們上床睡覺，可是他們苦苦哀求，允許他們等待爸爸回來。大約十一點鐘左右，門輕輕開了，主人走了進來。他一屁股坐下來，倒在椅子上，又是大笑，又是喘氣，還叫大家別靠近他。他說他累壞了，即使把英倫三島送給他，也不願再走這麼一趟了。

「到這段路程的最後，我就跟奔命似的。」他一邊說，一邊解開裹成一團抱在懷裡的大衣。「瞧！太太，我一生中從沒被什麼東西搞得如此狼狽過。儘管這小東西黑呼呼的，就像從地獄裡來的一樣，可是妳得把它當作上帝賜予的禮物。」

大家圍攏過去，我的視線越過凱薩琳小姐的頭望見了一個小男孩。那個孩子骯髒不堪，穿得破破爛爛，長著一頭黑髮，大約是剛剛能說會走的年齡，可是那張臉看上去比凱薩琳還要老氣橫秋。當他站起來後，只是瞪著眼四處張望，嘴裡嘰嘰咕咕地不斷重複著幾句沒人能懂的話。我感到害怕極了。恩休太太則恨不得把他扔出門外，她一下子跳了起來，質問恩休先生怎麼把一個野孩子帶回家，不是已經有兩個孩子需要撫養了嗎？他打算怎麼辦？是不是瘋了？

在恩休太太的一片責罵聲中，我只聽個大概情況：主人在利物浦大街上發現了那個流浪的孩子，快要餓死了，誰也聽不懂他說什麼，相當於一個啞巴。於是他帶著孩子四處打聽他的家，可是誰也不認識那個孩子。他的時間有限，身上的錢也不多，與其毫無結果地找尋孩子的家，還不如把他帶回家來，他不能眼看著孩子流落街頭而不顧。最後的結局是女主人不再說什麼了，而恩休先生則吩咐我幫孩子洗澡、換上乾淨衣服，並帶他跟孩子們一塊睡。

亨德萊和凱薩琳一直安靜地待在一旁，等到父母不再爭執之後，馬上奔向父親，翻父親的口袋，找他們的禮物。哥哥已經是十四歲的男孩，可是當他從大衣裡掏出那把壓得粉碎的小提琴時，竟然放聲大哭了起來。凱薩琳得知父親為了照顧這個陌生的孩子而弄丟了她的馬鞭，便把一股怒氣發洩到那個小男孩身上，對著他齜牙咧嘴，還吐了一口唾沫，她的父親卻給了她一記響亮的耳光，算是給她一個教訓，以後行為要規矩點。

兩個孩子斷然拒絕和那個孩子同床共枕，甚至在他們的屋子裡睡也不行。當時我也不太懂事，便把那孩子放在樓梯口，希望明早起來時他已不知去向。不知是湊巧，還是那孩子聽見了主人的聲音，他爬到恩休先生的房門前，主人一打開門就發現了他。當主人追問這是怎麼回事時，我不得不承認是我做的。因為我的懦弱和缺乏同情心的行為，我被主人攆出了家門。

這就是希克利夫最初來到咆哮山莊時的情形。過了幾天，我回到了山莊（我才不認為我被永遠逐出門了呢），他們已經替他取了個名字「希克利夫」——那原是他們死在襁褓中兒子的名字——從此，這既是他的名，也是他的姓。凱薩琳小姐現在跟他很要好，可是亨德萊卻恨他，老實說我也恨他，於是我和亨德萊便可恥地折磨他、欺負他。我那時還不太懂事，還意識不到自己的行為是多麼的錯誤，而女主人見那孩子受委屈也從不責備我們。

希克利夫看起來像個悶悶不樂、能忍受一切的孩子，也許是由於受盡虐待而變得習以為常了。亨德萊用拳頭接連不斷地打他，他連眼都不眨一下，也不掉一滴眼淚。我使勁地掐他，他也只是深吸一口氣，睜大眼睛，就像是他自己不小心弄傷，怨不得別人似的。當老恩休發現自己的兒子虐待可憐的孤兒時，希克利夫這種逆來順受的性格著實使老恩休很生氣。奇怪的是，主人特別喜歡他，相信他所說的一切（其實他難得開口，要說也總是說實話），而且愛他遠勝過愛凱薩琳——凱薩琳真是太調皮、太不規矩了，不配受到寵愛。

因此，從一開始，希克利夫在這個家裡就引起了大家的反感。

不到兩年時間，恩休太太去世了，這時小主人已經把他的父親看成一個壓迫者，而不是朋友，把希克利夫當作一個篡奪他父親的愛和他的特權的人，而且他一直無法忘記自己受到的傷害，變得十分苛薄。有一段時間我很同情亨德萊，但後來孩子們同時出痲疹，我擔負起一個女人的責任——看護他們，這時我改變了想法。希克利夫的病情很嚴重，當他病得最厲害的時候，要求我在他的床邊陪著他。我想，在他看來我幫了他不少忙，卻不清楚我是迫不得已才這麼做的。不過，說老實話，沒有哪個護士照料過這麼安靜的孩子，他和另外兩個孩子完全不同，使我對他的看法改變了一些。凱薩琳和她哥哥把我累得要命，他卻像隻羔羊似的不知道抱怨——儘管那是因為倔強，而不是基於寬厚——很少給我添麻煩。

他的病好了，大夫說這多虧了我，還稱讚我看護得好。我得意極了，因而對那個讓我備受稱讚的孩子也就心軟了，這樣亨德萊便失去了最後一個同盟者，不過，我仍然無法喜歡希克利夫。我時常感到納悶，主人究竟在這個滿面陰沉的孩子身上發現了什麼，竟然如此喜歡他？在我的記憶中，這個孩子從來不曾對老人有過什麼感激的表示，這倒不是因為他對自己的恩人不屑一顧，只是他不在乎這樣的寵愛，儘管他完全知道已經贏得了老人的心，而且只要他一開口，一家人都不得不遷就他。

舉個例子，記得有一次，恩休先生從市集上買回兩匹小馬，兩個男孩一人一匹，希克利夫挑了最漂亮的一匹，可是不久馬腿跛了，當他發現後便對亨德萊說：

「把你的馬換給我，我不要我的那匹了，如果你不換，我就去告訴你爸爸，說你這星期打過我三次，讓他看看我的手臂，有一隻一直是烏青的。」

亨德萊向他吐了吐舌頭，然後打了他一個耳光。

「你最好馬上和我換，」他毫不鬆口，並追到了門廊那邊（當時他們在馬廄裡），「你非換不可，要是我去告狀，說你打了我幾拳，那你可要連本帶利還我了。」

「滾開，你這條狗！」亨德萊大聲喊道，並拿起一個秤馬鈴薯和乾草的秤砣來威脅他。

「你扔吧！」他一動不動地站在那裡說道：「我還要告發你，你說等他一死就要把我趕出去，我倒想看看他現在就把你趕出去。」

亨德萊怒不可遏，把秤砣向希克利夫扔了過去，正好打在他的胸部上。他一頭栽倒在地，可是隨即又搖搖晃晃站了起來，臉色慘白，喘不過氣。要不是我極力勸阻，他真的要去找主人，只須把身上的傷給主人一瞧，說出誰是施暴者，便會馬上報仇。

「吉普賽人，把我的馬拿去吧！」小恩休說：「但願牠摔斷你的脖子，騎著牠去地獄吧！你這個該死的，討飯的礙事者！把我父親的東西都騙去了，以後可別叫他看出你是什麼東西，小魔鬼！讓你嘗嘗我拳頭的滋味。我真恨不得它一腳把你的腦袋踢破。」

小恩休說話的時候，希克利夫正走過去解開韁繩，準備把馬牽到自己的馬廄裡。當他走到馬身後，不料亨德萊突然揮拳向他打來，然後拔腿就跑，一刻也沒有停，甚至沒有回頭看一眼他的成果如何。希克利夫一下子摔倒在馬蹄下。可是令我非常吃驚的是，這孩子竟然毫無表情地掙扎著站起來，繼續做他的事——換馬鞍等等，然後才在一堆乾草上坐下來，等這記重拳所引起的噁心過去之後，他回到了屋裡。

希克利夫聽從了我的勸告，同意我告訴主人他身上的傷和瘀痕是小馬造成的。其實，只要他想要的東西到手了，他才不在乎瞎編什麼呢！儘管這次他傷得很厲害，但是並沒有跑到主人面前去哭訴，我以為他不是那種有仇必報的人，可是我完全錯了，以後你就知道了。

第五章

隨著時光流逝，恩休先生的身體一天天垮了下去。他原本十分健壯、活躍，誰知精力一下子就不行了。當他只能癱坐在壁爐邊的時候，脾氣變得異常暴躁，真叫人受不了。他經常莫名其妙地發怒，一旦他認為自己的權威遭到了蔑視，更是暴跳如雷，特別是當有人想要欺侮他的寵兒的情況下，他的壞脾氣表現得尤為明顯。

老恩休先生千方百計呵護著那個孩子，唯恐有人傷害他。在主人看來，因為自己愛希克利夫，所以其他人才恨他，並且想傷害他。然而，這對希克利夫的成長並不利。心地善良的人不願惹主人生氣，也就迎合了他的偏愛，百般遷就希克利夫，大大滋長了他的驕傲和乖僻，而且假如我們不這樣做還不行。有幾次，亨德萊當著他父親的面流露出看不起希克利夫的神情，這可把老主人氣壞了，他拿起手杖就要打亨德萊，可是又打不著，只能在原地氣得渾身發抖。

最後，我們的助理牧師（那時請了個助理牧師，他教林敦和恩休家的孩子讀書，還種一點地，再加上一點俸祿，以此維生）勸老恩休先生把亨德萊送去讀大學。儘管老恩休先生同意了，但並不情願，因為在他看來「亨德萊沒什麼出息，不管到哪裡也不會有好結果」。

我真希望從此我們可以太太平平過日子了。一想到老主人自己做了善事，反而搞得父子不睦，我就感到十分難過。我以為他年老多病、脾氣暴躁，大多是由於家庭不和造成的，他自己也這麼想，事實上是因為他老糊塗了。唉！假如不是因為兩個人——凱薩琳小姐和僕人約瑟夫，我們本來可以安安靜靜過生活。我想你在那邊已經看見約瑟夫了吧！他十足是個最令人討厭、自以為是的法利賽人①！他翻來覆去地讀《聖經》，只是為了把上帝的恩賜留給自己，把所有的詛咒扔給別人。憑著談經論道和所謂對上帝的虔誠，約瑟夫居然贏得了主人的信任。主人越來越糊塗，他更是把主人越來越緊緊地握在手裡，毫無憐憫地折磨主人，令主人整日為自己的靈魂感到惴惴不安，還讓主人嚴厲管教孩子。他不斷挑唆，讓主人視亨德萊為敗家子。每到晚上，他總是在老主人面前說一大堆希克利夫和凱薩琳的壞話，並且總是把最嚴重的過錯推到凱薩琳身上，以迎合老恩休先生的弱點。

不過，凱薩琳的確是個任性的女孩，我從沒見過哪個孩子比她更煩人。她在一天內能讓所有人失去耐心不下五十次，從她起床下樓那一刻起，直到上床睡覺為止，搞不清她什麼時候會調皮搗蛋。她總是興高采烈，小嘴總是停不下來——一天到晚又唱又笑，誰不跟著她鬧，她就糾纏不休，真是個瘋野的小東西！不過，在整個教區裡，她有一雙最漂亮的眼睛、最甜蜜的微笑、最輕巧的步子，這一點無人能及。話說回來，我相信她的心腸並不壞，一旦她真的把你弄哭了，很少不陪你哭的，讓你不得不反過來去安慰她。

凱薩琳非常喜歡希克利夫，對她最嚴厲的懲罰就是不許他們在一塊，為了他，她比我們任何一個人所受到的責罵都還要多。在玩耍的時候，她最得意的是扮成小主婦，對同伴們發號施令，還出手打人。她也想這樣對付我，可是，我叫她放明白點，我不願聽她使喚、挨她的打。

老恩休先生並不理解孩子們的嬉鬧，總是以嚴厲古板的態度對待孩子們。凱薩琳一點也不明白，為什麼年老多病的父親比年輕時更不耐煩、更容易發脾氣，他的責罵反而引起她調皮搗蛋的興趣，故意去惹惱父親。她最高興的是有人責罵她，她擺出一副大膽的、挑釁的神情，憑藉一張巧舌如簧的利嘴來周旋：把約瑟夫虔誠的詛咒當成笑料來嘲諷、捉弄我，還做出她父親最痛恨的事——說她的傲慢（其實是假裝出來的，而他卻信以為真）比他的慈愛對於希克利夫更有威力，這個男孩對她的話完全百依百順，而對他的命令則是想聽就聽、想做才做。這麼胡鬧了一整天之後，到晚上往往又去父親跟前撒嬌，想求得和解。「不，凱薩琳，」老人家會這麼說：「我沒法愛妳，妳比妳哥哥還壞。去，禱告去吧！孩子，求上帝饒恕妳吧！只怕妳母親和我都後悔養育了妳。」這番話最初還弄得她哭了一場，後來由於經常受到奚落，她也變得倔強起來，要是我叫她向父親認個錯，請求原諒，她反而笑起來。

老恩休先生結束塵世煩惱的時候終於到了。十月的一個晚上，他坐在壁爐邊椅子上烤火，就這樣悄悄去了。天氣並不冷，可是狂風圍繞著山莊咆哮，在煙囪裡怒吼，就像暴風雨般席捲而來。我們都待在一個屋子裡——我離壁爐稍遠一些，正忙著織毛線，約瑟夫在桌子旁讀《聖經》（那時僕人們做完事之後經常坐到客廳裡）。凱薩琳小姐病了，安靜地靠在父親的膝上，希克利夫躺在地板上，頭枕著她的腿。

我記得主人在打盹之前，還撫摸著凱薩琳那頭漂亮的頭髮——見她這麼溫順，他高興地說著：「妳為什麼不能永遠做個好女孩呢？凱西。」她揚起臉來看著父親，大笑著說：「你為什麼不能永遠做個好男人呢？父親。」但見他又生氣了，凱薩琳便去親他的手，還說要唱首歌讓他入睡。她開始低聲唱起來，唱著唱著，老主人的手指從她手裡滑落了下來，頭垂在胸前。我連忙叫凱薩琳安靜，也別動，怕驚醒了他。我們就這樣像小耗子似的不聲不響待了半個鐘頭，本來還可以待更久一點，可是約瑟夫讀完了一章《聖經》，站起來說得把老主人喚醒，讓他做了禱告上床睡去。他走上前，喊老主人的名字，碰碰他的肩膀，可是他一動不動，於是他拿來一支蠟燭，移到他的面前照了照。當他放下蠟燭的時候，我感到出事了，便兩手分別抓著兩個孩子的手，小聲跟他們說：「快上樓去，別出聲，今晚你們可以自己禱告，約瑟夫還有事做。」

「我要向父親道聲晚安。」凱薩琳說。我們還沒來得及攔住她，她已經伸出手摟住了他的脖子。可憐的小東西立即發現她已失去了父親，尖聲大叫：「啊！他死啦！希克利夫！他死啦！」兩人不由放聲大哭，哭聲真令人心碎。

我也和孩子們一起哭了起來，聲音既響亮又悲傷，可是約瑟夫卻對我們說，對一位已經升天的聖人，這樣哀號算什麼意思！他叫我趕快穿上大衣，奔到吉姆屯去請大夫和牧師。我猜不透請這兩個人來有什麼用，可是我還是冒著風雨去了。我把大夫請了來，牧師說明天早上過來。約瑟夫向大夫解釋情況，而我則奔向孩子們的房間。房門半開著，雖然已經過了半夜，但他們卻沒有睡，只是安靜了些，不需要我去安慰了。兩個小精靈相互安慰著，他們所說的天真爛漫的話比我所能想到的更能慰藉人的心靈，世上沒有哪個牧師能把天堂描畫得像他們所敘述的那樣美麗。我一邊哭泣、傾聽，一邊不禁祝願我們大家都能平安地到達天堂。

①在《聖經》中，即偽君子。

第六章

亨德萊先生回家奔喪了，不過有件事令我們大吃一驚，也令左鄰右舍議論紛紛——他帶回來一位太太。他沒有告訴我們她是什麼人、哪裡出生的，大概她既沒有錢，也沒有什麼值得誇耀的家世吧！否則亨德萊也不會向他的父親隱瞞這段婚姻。

她不是那種為了自己而把全家攪得不安寧的人。她一走進家門，對每樣東西和周圍發生的每件事都感到興奮，只除了辦喪事和弔唁者的到來。不過，從她的舉動中，我認為她有些瘋瘋癲癲。辦喪事的時候，她跑進臥室，還叫我也跟著進去，儘管這個時候我該替孩子們穿孝服。她緊握著手，坐在那裡直發抖，並反覆地問：「他們走了沒有？」接著，她歇斯底里地說她一看見黑色，心裡就有多麼難受，一副心驚肉跳的樣子，哆嗦個不停，最後竟哭了起來。當我問她怎麼回事時，她也說不出個所以然，只覺得她非常怕死。我想，她和我一樣不至於很快就會死的。

她很清瘦，可是年輕，氣色很好，一雙眼睛像寶石似的閃爍著光彩。不過，我注意到她上樓時氣喘吁吁的，一點意外的輕微聲響都會嚇得發抖，有時候還咳嗽得很厲害。我一點也不知道這些症狀預示著什麼，也毫不憐憫她。通常，我們是不跟外地人親近的，洛克伍德先生，除非他們主動親近我們。

年輕的恩休離開這裡已經三年了，他的外貌發生了很大的變化。他消瘦了些，臉上沒有血色，談吐衣著也跟從前不一樣了。他回來的第一天就吩咐約瑟夫和我從此在後廚房待著，把客廳留給他。他原本打算收拾出一間屋子，鋪上地毯，糊上壁紙，當作小客廳，可是他的太太對客廳的白石地板、火光熊熊的大壁爐、銀盤子和陶製器皿、狗窩，以及可以活動的寬大空間，都表示很喜歡，因此他認為沒有必要另外布置一間客廳，於是打消了原來的念頭。

她見到凱薩琳後，原本為多了一個妹妹而感到高興。開始的時候，她跟凱薩琳說個沒完，親吻她，跟她到處跑，還送給她許多禮物。但不久以後，她的熱情就消退了。當她的脾氣變壞的時候，亨德萊也變得專橫起來，她只須說出一兩句話，表示不喜歡希克利夫，就足以把他對這個孩子的仇恨完全激發起來。亨德萊把希克利夫趕到僕人那裡，不許他聽助理牧師講課，強迫他跟山莊裡其他的小伙子一樣在田地裡辛苦地工作。

希克利夫的身分就這樣被降低了，起初這個孩子還能忍受，因為凱薩琳把她所學的都教給他了，還陪他在田地裡工作、玩耍。他們倆像原始人一樣粗野地成長，對於他們的舉動，年輕的主人一概不管，他們也樂得避開了他。亨德萊甚至沒有留意到星期天他們是否去了教堂。不過，當約瑟夫和助理牧師見他們沒去教堂，責備他不該放縱他們時，這才提醒了他給希克利夫一頓鞭打、讓凱薩琳餓一頓午飯或晚飯。可是，他們倆最大的樂趣是一大早就跑到荒原上去玩一整天，也不在乎因此而得到的懲罰，僅僅把它當作小事一笑置之。儘管助理牧師可以規定凱薩琳背誦許多章節的《聖經》，約瑟夫也可以狠狠地抽打希克利夫，直到自己的手臂痠痛，可是只要他們聚在一起，就把什麼都忘了——至少在他們想出什麼捉弄人的報復計畫時。

看著這兩個舉目無親的孩子一天比一天放肆，我本想勸說他們，可是又怕說錯了話，失掉我在他們面前還保留的一點小小威信，只好暗自哭泣。在一個星期天晚上，他們因為太吵或是類似的一個小過失，被攆了出去，等我去叫他們吃飯時，到處都找不到他們。我們搜遍了整棟房子，院子和馬廄也找過了，可是連個影子也沒有。最後，亨德萊發火了，叫我們閂上大門，命令今夜誰也不許放他們進來。全家人都去睡了，我焦急得不得了，便打開我房間的窗子，伸出頭去傾聽——儘管正在下雨——並決定只要他們回來，不管主人下的禁令，我都要放他們進來。過了一會，我聽見路上有腳步聲，一盞提燈的光一閃一閃地來到大門前。我急忙把披肩裹在頭上跑去開門，以免敲門聲把恩休先生吵醒了，沒想到只見到希克利夫一個人，這可把我嚇了一大跳。

「凱薩琳小姐在哪裡？」我急忙問道：「但願沒出什麼事吧？」

「她在畫眉山莊。」他回答道：「本來我也想留在那裡，可是他們太無禮，沒有留我。」

「好呀！這下你可要倒楣啦！」我說：「你非得讓人家把你趕走才會滿意？你們為什麼要跑到畫眉山莊去？」

「艾莉，讓我換掉濕衣服，再從頭講給妳聽吧！」他回答道。

我叫他小心別吵醒了主人。在他脫下衣服、我準備吹滅蠟燭的時候，他開始講了起來：「凱薩琳和我從洗衣房溜了出去，想在荒原上自由自在地蹓躂一番。後來，我們看見山莊的一點燈火，便想去看看林敦家星期天晚上是怎麼過的——是不是孩子們站在牆角發抖，而他們的父母卻又吃又喝、又唱又笑，在壁爐前烤得眼珠都冒火了？妳認為他們是這樣過的嗎？或是在讀《聖經》，並考男僕們問題，要是他們答不上來，就被處罰背誦一長串《聖經》中的名字？」

「恐怕不會。」我回答：「他們都是好孩子，不會像你們一樣盡做些壞事而受處罰。」

「廢話！別教訓人，艾莉。」他說：「我們一口氣跑到畫眉山莊的林苑，這場賽跑凱薩琳完全輸了，因為她光著腳，妳明天得到沼澤地裡去找她的鞋子。我們從破籬笆處鑽了進去，沿著小徑一路來到那棟房子外。客廳窗戶下有個花壇。遠遠望見的燈火就是從客廳裡透出來的。他們還沒把百葉窗關上，窗簾也只是半掩著。我們站在地上，手扶著窗台，看見了屋內的情況。我們看見——啊！多美啊！——一個金碧輝煌的地方，裡面鋪著深紅色地毯，桌子、椅子上都覆蓋著紅色繡花布，純白天花板上鑲著金邊，一大串玻璃墜子像下雨似的從吊燈中央的銀鏈子上垂下來，一支支小蠟燭閃著柔和的光亮。老林敦夫婦不在那裡，艾德格和他妹妹兩個人占據了整個屋子。難道他們還不快樂嗎？換成是我們的話，會以為是在天堂呢！可是，妳猜猜妳所說的『好孩子』在做什麼？伊莎貝拉——我想她有十一歲，比凱薩琳小一歲——躺在客廳那頭高聲尖叫，好像巫婆用燒得通紅的針刺她。艾德格呢？他站在壁爐旁默默地哭。桌子中央坐著一隻小狗，爪子抖個不停，『汪！汪！』直叫。從他們的爭吵中我們明白了，他們差點把小狗扯成兩半。白癡！這就是他們的樂趣。竟然為了誰抱那堆暖和的狗毛而爭吵，到頭來兩人都哭了，在一番搶奪之後，又都不肯要那隻小狗了。我們笑了起來——這麼兩個寶貝，我們瞧不起他們。妳什麼時候見過我跟凱薩琳爭奪東西？或是發現我們各自在一間屋子的兩邊，又哭又鬧，在地上打滾，把這當成我們的樂趣？哪怕就是讓我再活一千次，我也不願和艾德格交換他在畫眉山莊的位置，即使我可以把約瑟夫從高高的屋頂上扔下來、把亨德萊的血塗抹在房子上，我也不幹。」

「噓！噓！」我打斷他，「希克利夫，你還沒有告訴我，怎麼把凱薩琳丟在畫眉山莊了？」

「我說過我們笑了，」他說：「林敦兄妹聽見我們的笑聲，像箭似的衝到門口。起初沒吭聲，接著大聲喊叫了起來：『啊！媽媽，媽媽！啊！爸爸！啊！媽媽，快來呀！

啊！爸爸，啊！』我們覺得更可笑了，便故意弄出可怕的聲音，把他們嚇得不得了。因為聽見開門的聲音，我們覺得還是溜掉得好。我抓住凱薩琳的手，拖著她跑，忽然她跌倒了。『快跑，希克利夫，快跑！』她小聲說：『他們放開牛頭犬，牠咬住我了。』艾莉，這個魔鬼咬住她的腳踝了，我聽見牠那討厭的鼻息聲。她沒有喊叫——不，就是瘋牛的角戳她，她也不會喊叫的——可是我大聲喊叫起來，還發出一連串惡毒的咒罵。我撿起一塊石頭塞進狗嘴裡，拚盡全身力氣把石頭往牠喉嚨裡塞。」

「這時，一個傭人提著燈出現了，叫道：『咬住，斯考克，咬住！』可是，當他看見斯考克的獵物，聲調一下子就變了。狗被叫開了，牠那紫色的大舌頭掛在外面足足有半呎長，嘴巴流著帶血的口水。那個人把凱薩琳抱起來，她已經昏過去了——我肯定那不是嚇得而是痛得昏過去了——他把她抱進去，我跟在後面，嘴裡嘟囔著咒罵和報仇的話。

「『抓到什麼啦！羅伯特？』林敦先生站在門口喊道。

「『先生，斯考克捉住了一個小女孩。』他回答：『這裡還有個男孩，』說著便一把抓住了我，『他倒像個內行的呢！很可能是強盜叫他們從窗戶爬進來，等我們睡覺了，便替那夥人開門，好從容地把我們殺掉。閉嘴 ！你這嘴巴不乾淨的賊！你會為此上絞刑台。林敦先生，先別把槍收起來。

「『不，羅伯特，』那個老混蛋說：『這幫壞蛋精明得很，知道昨天是我收租的日子，想來算計我。進來吧！我要招待他們一番。約翰，把大門的鏈子鎖好。詹妮，給斯考克喝點水。真是膽大包天，竟敢闖到一位地方長官的家裡來，而且還是在安息日！怎麼能如此無法無天？啊！親愛的瑪麗，過來看看，別害怕，只是個男孩子——可是他的臉上明顯露出一副無賴相，趁他的壞本性只是流露在表面，還沒有表現在行動上之前，就把他絞死，不算是給鄉里做了件善事嗎？』

「他把我拉到吊燈底下，林敦太太戴上眼鏡，抬起雙手，表示極度震驚。那兩個膽怯的孩子也躡手躡腳地走近了些，伊莎貝拉口齒不清地說：『可怕的東西！把他關進地窖裡去吧！爸爸。他很像偷走我那隻寶貝山雞的算命人的兒子，不是嗎，艾德格？』

「他們正審查我時，凱薩琳甦醒了過來，聽見了最後一句話，不禁大笑起來。艾德格．林敦好奇地盯著她，總算是定下了一點神，認出了她。妳知道，儘管我們彼此很少在別的地方碰面，但他們在教堂見過我們。『那是恩休小姐。』他低聲對母親說：『瞧斯考克把她咬成什麼樣子——她的腳流著血呢！』

「『恩休小姐？胡說！』那位太太嚷道：『恩休小姐跟個吉普賽人在鄉里亂跑！可是，親愛的，這孩子穿著喪服呢——當然是啦——她也許會終身殘疾了。』

「『竟有這樣不負責任的哥哥！』林敦先生高聲說道，然後轉過身去面對凱薩琳。

『我從希爾德那裡聽說（先生，希爾德就是我們那個助理牧師），亨德萊一直聽任她在異教中長大。可是這個人又是誰？她從哪裡找到這樣一個玩伴？哼！我知道了，他一定是我那已故的鄰居，去利物浦旅行時帶回的奇怪東西——一個東印度水手的小子，或者一個美洲人或西班牙人的棄兒。』

「『不管怎麼樣，反正是個壞孩子，』那個老太太發表意見說：『完全不配到一個體面的家裡來。你注意到他說什麼沒有？林敦，要是我的孩子們聽見這些話，我可真要嚇壞了。』

「我又咒罵起來——別生氣，艾莉——他們就叫羅伯特把我帶出去，要我離開畫眉山莊。但沒有凱薩琳我是不會走的，他把我強行拖到花園裡，塞給我一盞提燈，還說一定要把我的行為通知恩休先生，叫我馬上走，然後關上了門。客廳窗簾還是半掩著的，我站在窗外向裡面張望，並打定主意，如果凱薩琳想回家，我就把大玻璃窗打個粉碎，除非他們讓她出來。她安靜地坐在沙發上，林敦太太為她脫去我們出門時向擠牛奶女工借來的外套，並搖著頭，我想是在勸告她吧！因為凱薩琳是一位小姐，他們對待她和我大不相同。接下來，女僕端來一盆溫水替她洗腳，林敦先生調製了一杯甜酒，伊莎貝拉把滿滿一盤餅乾倒在她的腿上，艾德格則站得遠遠的，張開著嘴傻看。後來，他們把她美麗的頭髮擦乾、梳好，給她拿來一雙尺碼很大的拖鞋，用輪椅把她推到壁爐旁。我看見她高高興興地把她的食物分給小狗和斯考克，斯考克吃的時候，她還捏牠的鼻子，便獨自離開了畫眉山莊。她讓林敦一家人失神的藍眼睛裡閃現出一點生命的火花——那是她迷人的臉蛋所帶來的、淡淡的連鎖反應。我看見他們個個臉上都表現出愚蠢的讚美神情，和他們比起來，她高貴無比——也遠勝過世上每一個人，不是嗎，艾莉？」

「這件事遠比你所想像的要難處理得多。」我替他蓋好了被子，熄了燈，說道：「你是沒救啦！希克利夫，亨德萊先生一定會拿出狠招來對付你，等著瞧吧！」

我的話果然靈驗了，這件事令恩休先生大為光火。第二天早上，林敦先生為了此事親自拜訪了我們，還在年輕主人面前進行一場演說，要他好好想想該怎麼管理家務。林敦先生的一番話打動了他，他開始認真了起來。這一次，希克利夫沒有挨鞭子，可是得到警告：不許跟凱薩琳小姐說話，否則立即滾出家門。而凱薩琳小姐呢？等回家的時候，由恩休夫人負責管束，當然是用委婉的方式，而不是高壓手段──想強迫她是絕對行不通的。

第七章

凱薩琳在畫眉山莊住了五個星期，直到耶誕節才回到咆哮山莊。那時候，她的腳踝已經完全好了，舉止也大有進步。這段期間，亨德萊太太時常去看望她，並開始實施改造她的計畫，那就是用漂亮衣服和奉承話來提高凱薩琳小姐的自尊心，而她也高興地接受了。因此，回家那天，她不再是個不戴帽子的、粗野的小野人，會一下子跳進屋子衝過來把我們摟得喘不過氣，而是從一匹漂亮的小黑馬上下來的一個非常高貴的人，頭戴一頂插著羽毛的海狸皮帽，棕色的髮鬈從帽緣垂下來，身上穿著一件長棉布騎馬服，雙手提著衣裙走進屋子裡來。

亨德萊扶她下馬的時候，高興地大聲說道：「嗨！凱薩琳，妳真是個美人！我差點認不出妳了，現在才像個小姐啦！伊莎貝拉・林敦可比不上她，是吧！法蘭西絲？」

「伊莎貝拉沒有她的天生麗質，」她的太太回答：「可是她得記住，不能回到家裡又變野了。艾莉，幫凱薩琳小姐脫掉外套，別動，親愛的，妳會把髮鬈弄亂了——讓我來解開妳的帽帶吧！」

我脫下她的騎馬服之後，感覺完全與以往不同。她穿著一件大方格子的絲長袍、白色褲子，以及光亮的皮鞋，眼睛裡閃爍著快樂的光芒。這時候，小狗們也撲過來歡迎她，可是她不敢摸牠們，怕小狗們弄髒她漂亮的衣裳。她輕輕吻了我一下：當時我正在做耶誕節蛋糕，麵粉弄了一身，擁抱我可不行。然後，她的眼睛四下找尋希克利夫。恩休先生和太太在一旁焦急地注視著，因為他們認為，根據兩人會面的情形，多少可以判斷出他們拆散這對朋友的希望有多大。

起初，沒有找到希克利夫。如果說凱薩琳在家之前他就是邋里邋遢、沒人管的話，那麼後來他更是糟糕十倍。在這個家裡，除了我沒人理他，甚至沒人肯仁慈地叫他一聲髒孩子，吩咐他一星期洗一次澡，而像他這麼大的孩子，原本就對肥皂和水沒有什麼好感的。所以，姑且不提他那滿是泥和灰的、已經穿了三個月的衣服，也不提他那濃密的、從不梳理的頭髮，單單瞧瞧他的臉和手，已經是夠髒的了，上面蒙上了一層污垢，黑亮黑亮的。當他一看見走進屋子裡的是一位漂亮優雅的小姐，而不是他所期望的蓬頭垢面的、跟他配得上的人，就躲到了高背椅子後面。

「希克利夫不在這裡嗎？」她一邊問，一邊脫下手套，露出了白嫩的手指，那是因為整天待在屋裡，又不工作的緣故。

「希克利夫，你過來好了。」亨德萊先生高聲喊道，希克利夫那副狼狽樣令他心花怒放，他就是要讓這個令人作嘔的小流氓出來丟人現眼：「你可以過來像其他僕人一樣向凱薩琳小姐表示歡迎。」

凱薩琳一眼看見她的朋友藏在什麼地方，便飛奔過去擁抱他，一口氣在他臉上親了七、八下，然後停下來，退後一步，開心地大笑起來，嚷道：「嗨！瞧你多髒，古里古怪的，而且還多麼可笑，緊繃著臉。不過，那是因為我看慣了艾德格和伊莎貝拉。行啦！希克利夫，你把我忘了嗎？」

她這樣問是有道理的。此刻，因為羞恥和自尊，希克利夫臉上籠罩了雙重的陰影，使他動彈不得。

「握握手吧！希克利夫。」恩休先生裝著大方地說：「偶爾一次是允許的。」

「我不，」這男孩終於開口說話了：「我不能讓人當作笑話，我受不了。」

他想要從人群裡衝出來，但是凱薩琳小姐拉住了他。

「我並沒有取笑你的意思呀！」她說：「我只是忍不住笑起來了。希克利夫，至少也得握握手吧！幹嘛不高興呢？你看起來只不過有點怪罷了，要是洗洗臉、梳梳頭，就可以了，可是你真的很髒啊！」

她關心地看著握在自己手裡的黑手指，又看看自己的衣服，擔心他的手指會給自己的衣服添上什麼不美觀的裝飾。

「妳不用碰我！」他注意到她的眼光，就把手抽了回來，回答說：「我高興多髒就多髒，我喜歡髒，我就是要髒。」

一番表白之後，他一頭衝到了屋外，這讓主人和他的太太心花怒放，而凱薩琳則心慌意亂，不明白她的話怎麼會惹他發這麼大的脾氣。

我伺候剛回來的小姐之後，又把蛋糕放在烘爐裡，在客廳和廚房升起熊熊爐火，營造出耶誕節前夕的氣氛。做完這些之後，我準備坐下來，唱幾首聖誕頌歌，讓自己高興，儘管約瑟夫認定我所選的那幾首歡樂的曲子根本稱不上是歌①。

約瑟夫已經回到自己房間禱告去了，恩休夫婦正給凱薩琳小姐看各式各樣漂亮的小玩意，那是為她買來送給林敦兄妹的，以此表示感謝。他們還邀請了林敦兄妹第二天來咆哮山莊，他們接受了邀請，不過有個條件：林敦太太請求不要讓那個「下流、粗野的男孩」接觸她的寶貝兒女。

因此，大家都去忙自己的事了，只剩我一個人在這裡。我聞到了加熱香料發出的濃郁香味，欣賞著那些擦得晶亮的廚房器具，那些用冬青葉裝飾的、擦亮了的鐘，那些擺在盤子裡的銀杯——晚餐時用來盛加香料的麥酒，尤其讓我感到得意的是，經過我特別擦洗過潔白無暇的地板。我在心裡對每樣東西都讚美一番，於是記起了從前。那時，在一切收拾得當之後，老恩休先生總是走進來誇我是個好女孩，並把一個先令塞到我的手裡，算是給我的聖誕禮物；想到老恩休先生，我不禁想起他對希克利夫的寵愛，他總是擔心死後沒人照顧希克利夫；很自然地，我不免想到那個可憐的孩子眼前的處境。我原本在唱歌，可是唱著唱著竟然哭了起來。但隨即想到，與其在這裡為他掉眼淚，還不如彌補一下他所受的委屈更有意義，於是我站起來，到院子裡去找他。他就在不遠馬廄裡給一匹新買的小馬刷平有光澤的鬃毛，又像往常一樣給其他牲口餵飼料。

「趕快，希克利夫！」我說道：「廚房裡挺舒服的，約瑟夫正在樓上呢！快來，在凱薩琳小姐出來之前，讓我把你打扮得整整潔潔，這樣你們就可以坐在一起，整個火爐歸你們享用，而且，你們可以痛痛快快地談話，直到上床睡覺。」

他只管做他的工作，連頭都不回。

「來呀——你來不來呀！」我繼續說：「我給你們一人留了一小塊蛋糕，差不多了，你得花半個鐘頭才能打扮好呢！」

我等了五分鐘，沒有得到任何回應，便走開了。凱薩琳和她的哥哥嫂嫂一起吃晚飯。約瑟夫和我一起吃了一頓不愉快的飯，他不時訓斥我，而我毫不相讓。希克利夫的蛋糕和乾酪一直擺在桌上，只有留給半夜來訪的神仙享用了。他一直做到九點鐘才結束，然後板著臉一聲不響地回房去了。為了招待新朋友們，凱薩琳有一大堆事要吩咐，因此待到很晚才回房睡覺。她到過廚房一次，想跟她的老朋友說說話，可是他已經回房了，她只問了聲他怎麼啦！便又回到客廳去了。第二天一早他就起來了。這天正是耶誕節，他卻悶悶不樂地獨自去了曠野，直到全家都去了教堂時才回來，飢餓和思考彷彿使他的精力更好。他在我面前蹓躂了一陣，然後鼓起勇氣，突然高聲宣布：

「艾莉，把我打扮得整潔些，我要學好啦！」

「正是時候，希克利夫，」我說：「你已經傷了凱薩琳的心，我想她很後悔回家來。看樣子你好像在嫉妒她，因為大家都很關心她，而不關心你。」

當然，說「嫉妒凱薩琳」，他是不能理解的，但他十分清楚「讓她傷心」的意思。

「她說她傷心啦？」他追問，一副很認真的樣子。

「今天早上，我告訴她你又不知道去哪裡了，她哭了。」

「唉！我昨天晚上也哭了，」他回答說：「我比她更有理由哭呢！」

「是啊！你有理由帶著一顆驕傲的心和一個飢餓的肚子上床，」我說道：「驕傲的人只會自尋煩惱和痛苦。你昨天無緣無故鬧彆扭，弄得她十分不開心，如果你覺得慚愧，記住，等她回來，你一定得道歉，走過去親吻她，就這麼說……你知道該怎麼說，只是要親親熱熱就行了，不要看到她穿上漂亮的衣服就變成陌生人似的。現在我準備去做飯了，不過仍然可以抽出時間把你打扮好，讓艾德格・林敦和你比起來，就像一個洋娃娃似的——他的確很像洋娃娃。儘管你比他小，但我斷定你一定長得比他高，肩膀也比他寬一倍，可以一眨眼工夫就把他打倒。你不覺得你可以嗎？」

希克利夫的臉一下子開朗起來，可隨後又陰沉下來，他嘆了口氣。

「可是，艾莉，就算我打倒他二十次，他也不會變得難看，我也不會變漂亮些。我真恨不得自己也有淡淡的頭髮、白白的皮膚、穿著漂亮的衣服、舉動優雅，而且將來變得和他一樣有錢。」

「嗯！還要像他一樣，動不動就哭著喊媽媽；」我添上一句：「只要村子裡的孩子向你一揚拳頭，就嚇得直發抖；一下大雨就整天待在家裡，哪裡也不敢去。噢！希克利夫，你真令我失望！來，過來照照鏡子，我要讓你明白你應該希望自己是什麼模樣。看到了嗎？兩隻眼睛中間那兩條皺紋，還有那兩道濃濃的眉毛——別人的中間是弓起來的，而你的卻低垂著。另外，那對深陷的黑色小魔鬼，從來沒有見到它們坦蕩地打開過『窗戶』，卻總是閃躲地轉來轉去，像魔鬼的探子。你希望撫平那陰沉沉的皺紋嗎？那就坦率地抬起你的眼睛吧！把那一對小魔鬼變成可以信賴的、純潔的小天使，不再胡亂猜疑，把不能斷定是仇敵的人當作朋友吧！不要像惡狗一樣，明知被踢幾下是應該的，因為吃了苦頭，不但恨踢牠的人，而且對整個世界都懷恨在心。」

「換句話說，我希望能有和艾德格・林敦一樣大大的藍眼睛和光潔的額頭，」他回答：「我是真的希望，可是這又有什麼用呢？什麼也不會改變。」

「只要心地善良，相貌自然會變得好看起來，我的孩子，」我接著說：「哪怕你是個道地的黑人。一個人如果心地不好，即使有張最漂亮的臉，也會變得醜陋無比。現在，你臉也洗了，頭也梳了，脾氣也發了，那麼，告訴我，你是不是覺得自己挺漂亮的？告訴你吧！我就是這麼想的。在我看來，你簡直就像一個化了妝的王子，說不定你父親是中國的皇帝，你的母親是印度的皇后，誰知道呢？他們任何一個人一星期的收入就能把咆哮山莊和畫眉山莊都買過來。而你只是被惡毒的水手拐騙到了英國。如果我是你，就要把自己的出身想得很高貴，而且一想到自己本該是什麼樣的人，就有勇氣和尊嚴來對付那個小農場主的壓迫。」

我喋喋不休地說著，希克利夫眉頭漸漸舒展開了，變得高興起來。正在這時候，從大路上傳來一陣車聲，打斷了我們的談話。他跑到窗前，我奔到大門口，剛好看見林敦兄妹從馬車裡下來，身上緊裹著皮裘大衣，恩休一家人也下了馬——在冬天，他們習慣騎馬去教堂。凱薩琳一手牽著一個，把林敦兄妹帶到客廳裡，安置在火爐前，那兩張慘白的臉很快有了點血色。

我催促希克利夫趕快出去，讓大家看看他眉開眼笑的樣子，他高興地順從了。可是倒楣的是，他剛打開廚房通往客廳的門，亨德萊也正好打開另一邊的門，兩人碰個正著。主人看到希克利夫一副乾乾淨淨、高高興興的樣子，反而很生氣——或者，他一心要對林敦夫人信守諾言吧——他伸手一推，猛然將希克利夫推了回去，還怒氣沖沖地吩咐約瑟夫：「不許這傢伙走進這間屋子——把他送到閣樓去，等吃過午飯再說。哼！要是一分鐘沒有人看住他，他就會去亂抓果醬蛋糕，還會偷吃水果。」

「不會的，先生，」我忍不住搭腔了：「他什麼也不會碰的，他不會的，而且我想他和我們一樣，也有一份點心吧！」

「要是在天黑以前我在樓下見到他，我就賞他一巴掌，」亨德萊吼道：「滾開，你這個流氓！怎麼，想打扮成一個王子？等著瞧，等我抓住那些漂亮的鬈髮，看我會不會把它拉得長長的？」

「已經夠長啦！」林敦少爺從門口向裡面張望，插嘴說道：「我倒是挺納悶，這一頭濃密的頭髮怎麼沒讓他頭痛，垂在眼睛上就像馬鬃似的！」

他的話本來沒有侮辱的意思，可是希克利夫的火暴性子卻不能容忍別人的一點取笑，更何況那時候他幾乎已經把林敦少爺視為情敵來仇恨了。他一把抓起一盆熱的蘋果醬——這是他順手抓到的東西——向對方的臉上和脖子上潑去。那孩子馬上哭喊起來，伊莎貝拉和凱薩琳連忙跑過來看個究竟。恩休先生氣急敗壞地抓起這個罪犯，把他拖進自己的臥室。毫無疑問，主人採用了強硬措施才鎮壓了他那股蠻橫脾氣，因為恩休先生回來時滿臉通紅，而且喘著粗氣。

我拿起擦碗布，沒好氣地給艾德格擦了鼻子和嘴巴，並告訴他活該倒楣，這是他多管閒事的報應。他的妹妹在一旁哭著要回家。凱西站在那裡不知所措，這一切讓她感到臉紅。

「你就不該跟他說話，」她埋怨林敦少爺說：「正在發脾氣呢！這下可好了，你把這次拜訪搞砸了，他還要挨鞭子——這是我最討厭的事，我不願意他挨鞭子，我吃不下飯了。你為什麼跟他說話呀！艾德格？」

「我沒有呀！」少年抽泣著，從我手裡掙脫出來，掏出他的白麻紗手絹，把沒有擦到的地方擦得乾乾淨淨。「我答應過媽媽，一句話也不跟他說，我沒有說。」

「好啦！別哭啦！」凱薩琳輕蔑地說：「你又沒有被人殺死，別再惹麻煩了。我哥哥來啦！安靜些！噓！伊莎貝拉，別哭了！有人傷著妳了嗎？」

「噢！孩子們，坐到你們的位子上去吧！」亨德萊匆忙走進來大聲說道：「那個小畜牲把我的手腳弄得挺暖和。下一次，艾德格少爺，你用自己的拳頭來教訓他好了，這會讓你胃口大開的。」

香味四溢的筵席一擺上桌，幾個人便將剛才的不愉快全忘了。他們從教堂騎馬乘車趕來，肚子早就餓壞了，更何況並沒有發生什麼大不了的事。恩休先生為每個人切了一大盤肉，女主人談笑風生，逗得大家十分開心。我站在凱薩琳的椅子背後伺候著，看著她毫無眼淚的眼睛，神情漠然地切著盤子裡的鵝翅膀，我難過極了。

「沒心沒肺的孩子！」我心想：「她的朋友正在受罪，她卻輕易地把這事拋在一邊。

唉！沒想到她竟是這麼自私。」

她又起一塊肉送到嘴邊，隨後又放下了。她的臉脹紅，眼淚湧了出來。她的叉子滑落到地板上，她趕緊鑽到桌子下面，好掩飾自己的感情。沒過多久，我就再不能說她「沒心沒肺」了，因為我看出她一整天都在受罪，苦苦想找機會脫身，獨自待著或是去看望希克利夫——他已經被主人關起來了，這是我想私下送食物給他時發現的。

到了晚上，我們要舉行個舞會，凱薩琳請求把希克利夫放出來，因為伊莎貝拉沒有舞伴。但她的請求並沒有得到允許，我奉命來補這個缺。舞會讓大家興奮不已，一切煩惱都拋諸腦後，吉姆屯樂隊的到來更增添了我們的歡樂。樂隊共有十五個人——有一個小號、長號、單簧管、巴松管、法國號、低音大提琴，其餘的是歌手。每年耶誕節，他們到有名望的人家裡巡迴演出，並獲得一些捐款。對我們來說，能夠聽到他們的演奏是件了不起的樂事。照例演唱了幾首耶誕頌歌之後，我們便請他們演唱民歌和重唱。恩休太太很喜愛音樂，所以他們演奏了很多曲目。

凱薩琳也愛好音樂，可是她說如果在樓上欣賞，聽起來會更美，於是摸黑上了樓，我也跟了上去。樓下大廳擠滿了人，門是關著的，根本沒人留意我們走開了。她到了樓梯口沒有停下來，而是往上走，一直走到禁閉希克利夫的閣樓上。她輕聲叫他，起初他沒有理睬，她便一聲聲地叫，最後他終於隔著木板與她說話了。我沒有去打擾他們，由著兩個可憐的小東西談話，直到我認為演唱就快結束，歌手們就要吃茶點了，才上樓提醒她。

可她不在門外，卻從閣樓裡傳來了她的聲音。這鬼靈精從閣樓的天窗爬上了房頂，再從另一個天窗鑽進了閣樓。我費了好大勁才把她哄出來。當她出來時，希克利夫跟在她的後面，她堅持要我把他帶到廚房去。幸好約瑟夫到鄰居家去了，說是免得聽見「魔鬼的頌歌」。我告訴他們，我不能幫他們玩這種把戲，只是那小囚犯從昨天午飯以後，什麼東西也沒吃，我才同意欺瞞亨德萊一回。

他下樓來，我在火爐旁放了個凳子，讓他坐在那暖暖身子，又拿來一大堆好吃的東西給他。可是他病了，吃得很少，我的熱心算是白費了。他的手臂撐在膝蓋上，雙手托著下巴，不聲不響地沉思著。我問他想些什麼，他嚴肅地說：

「我在想如何向亨德萊復仇，我不在乎等多久，只要最後能報仇就行，但願他不要在我報仇之前就死掉了。」

「你竟然說得出口，希克利夫？」我說道：「懲罰惡人是上帝的事，我們應該學會寬恕他人。」

「不，我會復仇的，就是上帝也不能奪走我這份快樂和滿足，」他回答：「我現在只想知道什麼是最好的方法。讓我一個人靜一靜，我會想出一個好主意來，而且想著這件事的時候也就不覺得痛苦了。」

＊　＊　＊

「洛克伍德先生，我忘了這樣的故事是不能給你解悶的。唉！真氣人，想不到我竟會這麼嘮嘮叨叨。你的粥已經冷了，你也想睡了，你要聽的只是希克利夫的身世，本來我可以三言兩語就說完的。」

女管家突然打斷了自己的話，站起身來，打算放下她的針線工作。可是我仍然覺得冷，離不開壁爐，而且一點睡意也沒有。

「坐著吧！迪恩太太，」我說道：「再坐半個鐘頭，你這樣慢條斯理地講故事，很合我的心意，沒有比這更好的了，你就這樣繼續把故事講完吧！我對你提到的每個人或多或少都有興趣。」

「鐘打十一下了，先生。」

「沒關係。我一向習慣晚上十二點以後睡覺。對於一個睡到上午十點鐘才起床的人來說，凌晨一兩點鐘睡覺已經夠早的啦！」

「你不該睡到十點鐘才起床啊！到十點鐘的時候，早晨的大好時光已經過去了，如果一個人這時還沒有做好一天工作的一半，剩下的那一半恐怕也做不了了。」

「迪恩太太，還是再坐下來吧！明天我打算一覺睡到下午呢！我有個預感，明天我會生病，至少會患重感冒。」

「希望不會這樣，先生。好吧！我繼續講，不過你得允許我跳過三年時間，在那幾年裡，恩休太太——」

「不，不，我不容許這樣講下去！妳可曾體會過那樣一種心情：妳獨自坐在那裡，聚精會神地看著老貓在妳面前地毯上舔牠的小貓，但到後來老貓漏舔了小貓的一隻耳朵，讓妳心裡很不舒服？」

「我得說，那是一種慵懶的心情啊！」

「恰恰相反，那是一種緊張得令人心煩的心情，而現在我的心情正是如此，所以妳還是原原本本地講下去吧！我認為，這裡的人和城裡人的區別，就像是地窖裡的蜘蛛與廁所裡的蜘蛛，自然是得益許多。我之所以有這樣深刻的印象，倒不是因為我是個旁觀者，而是他們確實活得更真實坦率、更悠然自得，不在乎那些虛浮的東西和瑣碎的事物。我想，忠貞不渝的愛情在這裡幾乎是可能的，而我向來不相信有什麼愛情能夠維持一年，這就像是讓一個飢餓的人吃一盤菜，他的注意力會全部集中在這盤菜，吃得津津有味。但如果讓一個飢餓的人去吃一頓法國佳餚，他可能從一桌美味菜餚中得到了一樣的享受，但在他當時的注意力中以及日後的回憶裡，每道菜都只占極小的一部分。」

「哦！在這方面我們跟其他地方的人沒什麼區別，等以後你跟我們熟悉了就明白了。」迪恩太太說。我想她多半對我剛才的一番話似懂非懂。

「請原諒，」我說道：「迪恩太太，我的好朋友，妳本人正是妳那句斷言的顯著反證。妳除了有一點土氣外，妳的行為舉止中，並沒有那種我一向認為你們那個階層的人固有的習氣。我敢說，妳比一般僕人想得要多一些，妳之所以培養自己的思考能力，是因為妳不願把生命浪費在無聊的瑣事中。」

迪恩太太笑了起來。

「是啊！我認為我是個穩重理智的人。」她說：「儘管我住在山裡，一年到頭看見的只是那幾張面孔和老套的動作，但我受過嚴格訓練，它給了我智慧，而且我讀過的書比你想像的還多，洛克伍德先生。書房裡的書，沒有哪一本書我沒有讀過，並且從中受益匪淺——除了希臘文、拉丁文和法文書籍，我只能分辨出它們是什麼文字——對於一個窮苦人家的女兒來說，所能期望的最多也只不過是如此了。話說回來，如果你真的希望我像聊天一樣把我的故事詳細地講下去，那好吧！此外，在時間上也不要一下子跳過三年，就從第二年夏天講起吧！也就是一七七八年的夏天，差不多是二十三年前。」

①當時，歐洲教會實行精神上的專制統治，仇視各種文學藝術。在約瑟夫的心目中，民間歌曲是損害人們心靈的東西，是「魔鬼的讚美詩」。

第八章

六月的一個晴朗早晨，第一個由我照料的小寶貝——古老的恩休家族中最後一個人——

誕生了。當時，我們正在遠處一塊地裡忙著耙草，平時給我們送早飯的那個女孩提前一個鐘頭就跑來了。她穿過牧場，奔上小路，一邊跑一邊喊我。

「啊！多漂亮的一個小嬰兒呀！」她喘著氣說：「我從來沒見過這麼惹人愛的小傢伙！可是我聽見大夫對亨德萊先生說，太太恐怕不行了，她有肺癆病，已經好幾個月了，現在沒什麼辦法可以救她，恐怕捱不到冬天就要死了。妳得馬上回家，孩子要交給妳帶呢！艾莉，用糖和牛奶餵養他，天天照顧他。真希望我是妳，因為等到太太不在了，那孩子就歸妳啦！」

「她病得很重嗎？」我問，一邊丟下耙子，一邊戴上帽子、繫上帽帶。

「我想是的，可是她看起來精神滿好的，」那女孩回答：「聽她說話的樣子就好像她能夠看著孩子長大成人似的。我想她一定是高興得糊塗啦——那小東西實在是太漂亮了！我要是她，怎麼也死不了，只要看他一眼，病就會好起來了，才不管坎尼斯大夫怎麼說呢！我真恨死坎尼斯大夫了！當奧傑太太把這小天使抱下樓，給待在正廳裡的主人看的時候，主人的臉上剛有了一點喜色，那個老傢伙就插嘴說道：『恩休先生，你的太太總算給你留下了這麼一個兒子，真是幸運啊！她剛來的時候，我就看出她活不了多久，現在我不得不告訴你，恐怕她過不了冬天。你也不必太難過，別為這事太煩惱，那是沒有辦法的事。再說，當初你本來就應該理智點，不該娶這麼一個病懨懨的女孩。』」

「主人是怎麼回應的？」我追問道。

「記得他咒罵了他幾句，我沒太在意，那時只顧盯著孩子看。」接著，她又興奮地描述起小寶貝。受到她的感染，我的心裡也熱呼呼的，急急忙忙趕回家，想親眼看看那小東西的俏模樣——儘管我也為亨德萊先生感到難過。在主人的心裡，只容得下兩個人——他太太和他自己。他兩個都愛，而且崇拜其中一個，那就是他的太太，假如真的失去了她，叫他以後怎麼過啊？

我們回到咆哮山莊的時候，亨德萊先生正站在大門口。我從他身邊經過時問道：「孩子好嗎？」

「都快到處亂跑了，艾兒（艾莉的暱稱）！」他回答道，做出一個愉快的笑容。

「女主人呢？」我大膽問道：「大夫說她是……」

「去他媽的！」他打斷了我的話，臉脹得通紅：「法蘭西絲好好的，到下星期這個時候，她就完全康復了。妳上樓嗎？請轉告她，只要她答應不說話，我就去探望她。她總是說個不停，我不待在她的身邊，就是為了讓她安靜些——妳告訴她，這可是坎尼斯大夫吩咐的。」

我把這些話轉告恩休太太。她看起來很開心的樣子，笑吟吟地說道：

「艾莉，我幾乎什麼也沒有說呀！他倒哭著出去兩次呢！好吧！妳就說我答應不說話，可不能笑都不許我笑呀！」

可憐的人兒！直到臨死前一個星期都是這麼快樂，而她丈夫怎麼也不肯相信——不，是一口咬定，她的健康狀況是一天比一天有所好轉。當坎尼斯大夫坦率地告訴亨德萊，他的太太病到這個地步，吃任何藥都沒用了，找他看病也是白費錢。然而，他卻口氣硬梆梆地說：

「你不必來了——她已經好了——她不再需要你了，她根本就沒得過肺病，這次不過是發燒而已，現在已經退了，她的脈搏跳得和我的一樣平緩，臉也和我的一樣涼。」

他對太太也說同樣的話，而她好像相信了。可是，一天夜裡，她靠在丈夫肩上，正說著她覺得明天可以下床了，誰知話還沒說完，她就咳嗽起來——一陣輕微的咳嗽。亨德萊把她抱起來，她用雙手摟著他的脖子，臉色一變，死了。

不出那女孩所料，恩休太太去世後，她的孩子哈里頓完全交給我照顧了。恩休先生從不在乎孩子哭鬧，只要孩子身體健康，就什麼事也不管了。至於他自己，則變得脾氣暴躁。他的悲傷來自他內心深深的絕望，是那種哭不出來的悲傷。他既不哭泣，也不禱告，只是一個勁地咒罵，既憎恨上帝，也憎恨人類。他完全放縱自己，過著荒唐放浪的生活。

僕人們看不慣他的行為，更受不了他那盛氣凌人的態度，不久都走了，只有約瑟夫和我願意留下來。我沒有離開，是因為不忍心扔下那個孩子不管，而且，我的母親是恩休先生的奶娘，我和他算得上是吮一個乳頭長大的兄妹，也就比旁人更能寬容他一些。約瑟夫之所以留下來，是為了能夠繼續欺壓那些佃戶和雇工，因為詛咒別人正是他最喜歡做的事情，而這裡可以罵的事很多，很符合他的胃口。

主人放蕩的生活以及他那些狐朋狗友，真是給凱薩琳和希克利夫樹立了一個好榜樣！他對待希克利夫的手段，足以使一個聖徒變成惡魔——老實說，在那一段時期，那孩子真像有魔鬼附體似的。看到亨德萊沉迷於放蕩的生活不能自拔，一天比一天更加蠻橫、殘暴，希克利夫顯得幸災樂禍。

那時，我們這個家被搞得烏煙瘴氣，簡直沒法形容。到後來，助理牧師不肯來了，沒有一個體面的人願意接近我們，只有艾德格．林敦例外，他時常來探望凱薩琳小姐。

凱薩琳十五歲的時候，變成了一個傲慢、任性的漂亮女孩，是這山村一帶獨一無二的女王，沒有人比得上她。我得承認，自從她的童年時代過去後，我就不喜歡她了。我總是想要打壓她的傲氣，因而常常惹惱她，可是她從來沒有真正記恨過我，她對於故交總是那麼一往情深，懷舊之情十分少見。即使希克利夫變成那副模樣，她也仍然喜愛他，一點沒有改變，而年輕的林敦儘管各方面條件都比希克利夫優越，但卻很難在她心目中占有相同的位置。

* * *

林敦後來成為了我的主人，掛在壁爐上的就是他的肖像。原本他的肖像掛在一邊，太太的掛在另一邊，可是她的肖像已經被拿走了，否則你可以看看她從前的模樣。你看得清楚那肖像嗎？

艾莉舉起蠟燭，我看見了一張輪廓柔和的臉，模樣很像咆哮山莊的那位年輕夫人，只是神態溫柔和藹得多，似乎在思考著什麼。這是一幅非常可愛的畫像——在額上微微鬈曲的淺色長髮、一雙大而明亮的眼睛，身材幾乎優雅至極。為了這麼一個人，凱薩琳・恩休可以忘記希克利夫，對此我並不感到奇怪，可是令我感到驚異的是，如果林敦的內心就像他的外貌一樣可愛，那他對凱薩琳・恩休的看法，怎麼會和我一致呢？

「一幅討人喜歡的肖像，」我對艾莉說：「像不像他本人？」

「非常像，」她回答：「不過，當他十分開心的時候還要更好看些。這是他平時的樣子，總是缺少那麼一點精神。」

自從在畫眉山莊住了五個星期之後，凱薩琳一直和林敦一家人有來往。和他們在一起的時候，她沒有機會展示她那野性的一面，更何況他們對她始終是以禮相待，因此她也不好意思撒野。因為她的乖巧伶俐，竟然得到了老林敦夫婦的喜歡，贏得了伊莎貝拉的愛慕和她哥哥的心。這些收穫令她十分得意，原來這女孩滿有心思的。不過，在不知不覺中，她變成了一個有著雙重性格的人，儘管她並沒有刻意去欺騙誰的想法。每當她聽見別人把希克利夫稱作「下賤的小壞蛋」和「比畜牲還不如的東西」的時候，她會留意避免自己做出像他一樣的舉動來。可是，一旦回到家裡，她才不講究那些令人發笑的禮貌呢！不過她收斂起自己的野性，因為那樣做並不會為她帶來什麼聲譽和讚美。

艾德格難得有勇氣來咆哮山莊拜訪，恩休先生的名聲令他感到畏懼，不敢跟他接近。不過，我們總是小心地接待林敦，唯恐有失禮的地方。亨德萊清楚他來山莊的目的，也盡量避免得罪他，如果他不能做到心平氣和的話，就索性躲開。在我看來，有他在場反而讓凱薩琳不開心。

凱薩琳小姐從不耍心計，也不賣弄風情，因此總是盡力避免她的兩個朋友見面。每當遇到希克利夫當面向林敦表示輕蔑時，她不能像林敦不在場時那樣附和希克利夫，而當林敦對希克利夫流露出厭惡的情緒時，她也不能漠視希克利夫的感受，好像別人輕視她的朋友和她沒什麼關係似的。為此，凱薩琳小姐煩惱不已。我時常嘲笑她夾在兩人中間不知如何是好，她實在受不了，於是處處想瞞我，可是她根本瞞不過去。我知道我不該取笑她，可是她太傲慢了，我才不願體諒她的苦處，除非她謙虛些。當然，最後她還是向我吐露了心事。不過說實話，在這裡除了我，誰也幫不了她。

一天下午，亨德萊先生出去了，希克利夫決定放自己一天假。我想，他那時應該有十六歲了吧！相貌不醜，智力也不差，可是渾身上下給人一種厭惡的印象（現在你從他身上是看不到這種痕跡了）。首先，他早年受到的良好教育，到這時已經完全不起作用了。一年到頭不間斷地勞動，早起晚睡，扼殺了他曾有過對書本和學習的喜愛，以及對知識的欲望。他童年時因為受到老恩休先生的寵愛而產生的優越感，現在也已經消失了。有很長一段時間，他努力想要跟上凱薩琳學習的步伐，最後卻不得不放棄，儘管他沒有說什麼，可是看得出來，他的內心充滿痛苦。這一次，他是徹徹底底放棄了，當他發覺不可避免又會回到他以前的水準時，誰也無法勸他繼續努力了。隨後，他的外表和舉止也變得和他的內心一樣頹廢。他走起路來萎靡不振，看起來一臉的壞相；他的性格原本就很孤僻，現在變得更加不近人情；他也不在乎少數幾個熟人對他產生反感，卻故意惹惱他們，從惡作劇中獲得一種樂趣。在他工作休息時，凱薩琳還是經常跟他作伴，可是他再也不跟她說什麼親密的話了；她孩子氣似的偏要跟他在一起，他卻氣惱地不許她靠近，還滿腹猜疑，彷彿納悶對他如此溫柔甜蜜有什麼好呢！

那天（即希克利夫決定給自己放假的那天。編者注），他走進屋裡，宣布他什麼也不做的時候，我正在伺候凱薩琳小姐穿衣服。她事先沒有料到他會突然想要玩一天，以為她可以獨享整個正廳，因此通知艾德格她哥哥今天不在家，而且正準備接待他。

「凱薩琳，今天下午有事嗎？」希克利夫問：「妳要到什麼地方去嗎？」

「不，在下雨呢！」她回答。

「那妳穿那件絲綢衣服做什麼？」他說：「沒有人要來吧？」

「我不清楚。」小姐結結巴巴地說道：「可是你現在該去田裡工作了，希克利夫。吃過飯已經一個小時了，我還以為你已經走了呢！」

「亨德萊這個討厭鬼難得有幾次不在，」這男孩說：「今天我不去工作了，我要跟妳在一起。」

「啊！可是約瑟夫會去告狀的，」她拐著彎說：「你最好還是去吧！」

「約瑟夫在磐尼頓山岩裝運石灰呢！要忙到天黑才回來，他不會知道的。」

他一邊說，一邊踱到壁爐旁坐了下來。凱薩琳皺著眉頭想了一下，覺得還是告訴他為妙。沉默了一會，她說道：

「伊莎貝拉和艾德格說過今天下午要來，既然下雨了，我想他們不見得會來。不過他們也許會來，要是他們真來了，那你可能又會白白地挨罵了。」

「叫艾莉去回絕他們，就說妳有事好了，凱薩琳，」他堅持說道：「不要為了那兩個可憐又愚蠢的朋友，反而把我趕出去。有時候，我真的氣憤得不得了，忍不住想要說他們簡直——可是我還是不說吧……」

「他們什麼呀？」凱薩琳高聲問道，臉上帶著不高興的神情。「噢！艾莉！」她氣沖沖地嚷起來，把她的頭從我手裡掙脫了出來：「妳把我的髮髮都弄直了！夠了，別管我！——你剛才忍不住想說什麼，希克利夫？」

「沒什麼——看看牆上的日曆吧！」他指著掛在窗戶旁一張鑲在木框裡的紙說道：「那些打叉的日子是妳跟林敦一起消磨的傍晚，畫小圓點的是跟我一起度過的。看見沒有？我每天都做記號的。」

「看見了。真無聊，好像我會留意這個似的。」凱薩琳沒好氣地說：「但這又能表示什麼呢？」

「好讓妳知道，我都留意著這些事呢！」希克利夫說。

「我應該總是陪著你嗎？」她質問道，火氣越來越大：「那對我有什麼好處？你跟我說過些什麼呀？你說過一句讓我高興的話沒有？或者做過什麼逗得我開心？——你還不如做個啞巴，或是一個嬰兒呢！」

「以前妳從沒嫌我話太少，或是不喜歡和我作伴，凱薩琳。」希克利夫激動地叫起來。

「根本談不上作伴！誰見過什麼都不懂、不吭一聲的夥伴呢？」她嘀咕道。

希克利夫一下子站了起來，可是他來不及表白他的感情了，因為石板路上傳來了馬蹄聲，之後是輕輕的敲門聲，接著林敦進來了。意外得到凱薩琳小姐的召喚，令他臉上滿是喜悅。當林敦從門口進來的時候，希克利夫正從另一個門出去，毋庸置疑，凱薩琳清楚地看到了兩個人之間截然不同的氣質——一個彷彿是山巒起伏的荒涼煤區，另一個是美麗富饒的蒼翠山谷。而且，林敦的語調舉止與他的容貌一樣，都是那麼的溫文儒雅，和希克利夫形成了鮮明對比。他的聲音低沉而悅耳，和你的差不多——柔和動聽，不像我們這裡的人說話都粗聲粗氣。

「我沒太早來吧？」林敦問道，然後看了我一眼。我在屋子裡擦盤子，清理櫥櫃最上面的幾個抽屜。

「不，」凱薩琳回答道：「妳在幹嘛？艾莉！」

「做我的工作，小姐。」我回答（亨德萊先生曾吩咐我，如果林敦獨自來見凱薩琳，我得和他們待在一起）。

她走到我背後，沒好氣地低聲說道：「拿著妳的抹布到外面去，有訪客來的時候，不許在客人面前打掃房間。」

「主人很討厭我收拾這些東西，趁他出去，正好可以打掃一下。」我大聲說道：「相信艾德格先生是不會介意的。」

「可是我討厭妳在我面前收拾東西，」凱薩琳小姐蠻橫地說道，不讓林敦有說話的機會。看來，和希克利夫發生小小的爭執後，她還沒有平靜下來。

「那真是太抱歉了，凱薩琳小姐。」我回答說，然後繼續做我的事。

她以為艾德格沒有看見——她從我手裡把抹布搶了過去，使勁掐我的手臂，而且一直沒有鬆手。我剛說過我不愛她，而且總想要打壓她的傲氣，更何況她現在真的把我掐得很痛，所以我馬上跳起來，大聲叫嚷：「哎呀！小姐，妳這手段太缺德了，妳沒有權利掐我，我不吃妳這套。」

「誰碰妳了，妳這說謊的東西！」她喊道。此時，她一定恨不得再掐我一把。她又氣又急，滿臉通紅到了耳根。她從來不掩飾自己的情緒，發怒時臉總是脹得通紅。

「看呀！這是什麼？」我才不管她下不下得了台，指著手臂上明顯的瘀痕說道——這可是駁斥她的有力證據。

她使勁地跺腳，一時之間沒了主意。可是她已經氣急敗壞，絕不肯甘休，一伸手狠狠給了我一巴掌。我感到臉上火辣辣的，淚水一下子湧入了眼眶。

「凱薩琳！親愛的，凱薩琳！」林敦見狀，連忙插進來勸解。親眼目睹自己的崇拜對象又撒謊又打人，犯下了雙重錯誤，不禁令他大為震驚。

「給我出去，艾莉！」她厲聲說道，渾身都在發抖。

小哈里頓平時都是跟我在一起的，這時正坐在地板上。看見我在流淚，他也「哇！哇！」地大哭起來，嘴裡不停地說著「壞姑姑凱薩琳！」這下可不得了，她轉而把怒火發洩到孩子頭上。她抓住他的雙肩，狠狠地搖晃，那可憐的孩子臉色都發白了。艾德格急忙去救孩子，想也沒想就去抓她的雙手。不料她一隻手掙脫了出來，年輕人只感覺自己的臉上挨了一耳光，而且下手之重，絕不可能是在開玩笑，他頓時嚇呆了。我把哈里頓抱起來走進了廚房，卻故意開著門，想看看他們之間的這個風波怎麼收場。

被侮辱的客人走到他放帽子的地方，臉色蒼白，嘴唇不住地顫抖。

「這就對了！」我心裡說道：「這是給你的警告，快走吧！感謝上帝，讓你見識到了她那野蠻的本性。」

「你要去哪裡？」凱薩琳問道，逕自向大門奔去。

他讓開了一下，又打算過去。

「你可不能走。」她語氣堅決地嚷道。

「我要走，而且非走不可。」他壓低了聲音說道。

「不行！」她堅持著，握緊門把：「你現在不能走，艾德格・林敦。坐下來，你不能氣呼呼地一走了之，那樣的話，我整夜都會難過的，我不願意為你難過。」

「妳打了我，我還能留下來嗎？」林敦問道。

凱薩琳沒有吭聲了。

「妳讓我害怕，我為妳感到羞恥，」他接著說：「我不會再到這裡來了。」

她的眼睛裡開始閃著光亮，眼皮也在眨動。

「而且妳還故意說謊。」他說。

「我沒有！」她喊道：「我所做的任何事都不是故意的。好吧！你要走就走吧！隨你的便——快走吧！現在我要哭啦——我要哭得死去活來。」

她跪到一張椅子前，真的痛哭起來。

艾德格毅然離去的決心只維持到他走到院子裡，然後他猶豫了，在那裡躊躇不前。我著急起來，決定給他打打氣：

「沒見過像小姐這麼刁蠻任性的，先生，」我大聲說道：「慣壞了的孩子就是這個糟糕樣子。你還是騎馬回家吧！否則她會又哭又鬧，把我們折騰得要命。」

這個軟骨頭從窗戶往屋子裡張望。我敢說，假如他離得開這裡，就好比是貓能夠放棄半死的老鼠或是吃了一半的鳥兒。唉！他已經無可救藥了，命中注定他逃脫不了她的手掌心。不出所料，他猛地轉回身來，急忙往屋子裡奔去，並隨手關上了門。

過了一會，我進去告訴他們恩休先生回來了，已經喝得酩酊大醉，看樣子可以把整座房子毀掉（他一喝醉，脾氣會變得異常暴躁）。這時候，我看見這場風波反而使他們的關係更加親密了——林敦羞怯的屏障已經被打破，而且他們拋棄了友誼的外衣，那股親熱勁表明他們已經是一對戀人了。

一聽見亨德萊先生回來了，林敦急忙騎馬跑了，凱薩琳也奔進她的臥室。我趕忙把小哈里頓藏了起來，又去把主人獵槍裡的彈藥取出來。他在發酒瘋時喜歡動這玩意，任何人惹惱了他，或者引起他的注意，就會有生命危險，因此我想出了這個把彈藥取出來的主意，即使他真鬧到動槍的地步，也不至於闖下大禍。

第九章

他走進門來，不停叫罵著，簡直不堪入耳。當時，我正要把哈里頓藏進碗櫥裡，不料被他看見了。哈里頓一聽說爸爸回來了，便嚇得不得了。他的父親對他不是像野獸般疼愛得要命，就是像瘋子一樣折磨得他死去活來，對父親他有種恐懼之感，因為亨德萊疼愛他的時候，緊緊的擁抱可能把他擠個半死，或者被吻得喘不過氣，而折磨他的時候，可能把他丟進火爐裡，或者往牆上撞。所以，無論我把他藏在什麼地方，這可憐的小東西都不會動彈一下或發出聲響。

「啊哈！這回總算被我捉住啦！」亨德萊大叫起來，一把抓住我脖子後面的皮膚，就像抓住一條狗似地往後拖：「我指天對地發誓，現在我終於明白這孩子為什麼總不在我身邊，原來是你們已經發誓要謀害他。可是，魔鬼會幫助我的，我要讓妳吞下這把切肉刀，艾莉。妳不用笑，剛才我已經把坎尼斯一把扔進了黑馬沼澤地裡。殺一個是殺，殺兩個也是殺，我要殺掉你們中的幾個，不然我就不安心。」

「可是我不喜歡切肉刀，亨德萊先生，」我說：「這把刀剛切過燻青魚。要是你願意的話，我寧願被槍打死。」

「妳還是下地獄吧！」他說：「而且妳就是想跑也跑不掉。英國法律沒有一條是禁止人把他的家治理妥當，可是現在我的家卻亂七八糟。張開妳的嘴！」

他握住刀子，把刀尖往我的牙齒縫裡插，但我從來不太害怕他的胡鬧。我吐了一口唾沫，說味道糟透了。

「喔！」他放開了我說道：「我看清楚了，這個可惡的小鬼不是哈里頓，請原諒我，艾莉。假如真是他的話，就應該活剝他的皮——為什麼他不出來迎接我，還要大聲尖叫，好像我是個妖怪似的。小兔崽子，過來！你竟敢欺騙一個好心腸的父親，我要好好地教訓教訓你。看啊！要是把這孩子的頭髮剪短一點，是不是好看些？狗的毛剪短就顯得兇惡得多，我就喜歡兇惡、整潔的東西。給我拿把剪刀來！還有，真他媽見鬼了！耳朵這種邪惡的東西，我們竟然把它們當成寶貝似的。要知道，我們就是沒有耳朵，也夠像驢子的了。噓！孩子，噓！別出聲！好啦！我的心肝寶貝，別哭啦！擦乾你的眼淚吧——這才是個乖寶貝！來，親親我。怎麼，不肯嗎？來，親親我，哈里頓！該死，親親我！上帝呀！好像我願意養這麼一個怪小鬼似的。我非把你這野種的脖子擰斷不可。」

可憐的哈里頓在他父親的懷裡又踢又叫，拚命掙扎，後來，當他把哈里頓抱上樓，把他舉到欄杆外時，哈里頓叫喊得更加厲害。我一邊大聲喊著他會把孩子嚇瘋的，一邊跑上樓去救哈里頓。我跑到他們跟前的時候，卻發現亨德萊似乎被樓下的什麼聲音吸引住了，從欄杆上探頭出來仔細傾聽，幾乎忘記了手裡還托著東西。「是誰？」聽到有人走近樓梯，他問道。我已經聽出是希克利夫的腳步聲，於是也探身出去，想給希克利夫打個手勢，叫他不要走過來。就在這時，哈里頓猛然一動，便從那心不在焉的父親手掌中掙脫出來，跌下樓去。

幾乎在我們還沒有體驗到恐怖感覺的時候，這個小東西就已經獲救了。當時，希克利夫正好走到樓下，他本能地伸出手接住了孩子，把他放在地上後，這才抬起頭來，看看究竟是誰惹的禍——竟然是恩休先生！——啊！即使是個守財奴以五分錢的價格將一張幸運彩票出售給他人，第二天卻發現自己損失五千英鎊時，也不能比希克利夫看見樓上的人時，那副茫然若失的神情，那副表情分明顯示出內心最強烈的苦痛——他竟成了阻撓自己復仇計畫的工具。假如天黑的話，我敢說，他會在樓梯上把哈里頓腦袋打個粉碎，以彌補自己的過錯。然而幸運的是，我們親眼看見孩子得救了。

我立刻衝下樓去，緊緊抱著我那寶貝孩子。亨德萊從容不迫地走下來，這時他酒醒了，也覺得很內疚。

「這是妳的錯，艾莉。」他說：「妳該把他藏起來不讓我看見，妳該把他從我手裡搶過去。他受傷了沒有？」

「受傷？」我氣憤地喊道：「他要不是運氣好，即使沒有摔死，也會變成白癡。噢！他的母親怎麼不從墳墓裡出來，瞧瞧你是怎麼對待這個孩子的。你這樣對待你的親骨肉，比一個野蠻人還要壞。」

他想摸摸孩子。這時，孩子差不多已經從剛才的恐懼中回過神來，正乖乖地在我懷裡輕輕啜泣。可是，不料他父親的手指頭剛碰到他，他又大聲哭叫起來，比先前更加尖銳，同時拚命掙扎。

「你不要碰他啦！」我說：「他恨你——他們都恨你——這可是實話。瞧你的家庭多麼美滿呵！你真會做人呵！」

「以後還會更好呢！艾莉。」這頹廢的人大笑起來，又變成了鐵石心腸：「現在你把他抱走吧！還有你，希克利夫，給我聽好了！你也走開，別讓我看見或聽見……今晚我不會殺你，除非……只要我高興，也許我會一把火燒了這房子。」

說著，他從櫥櫃裡拿出一小瓶白蘭地，倒了些在杯子裡。

「不，別喝了！」我請求道：「亨德萊先生，聽聽勸告吧！就算你不愛惜你自己，也要可憐一下這個不幸的孩子吧！」

「任何人都比我更能好好照顧他。」他回答。

「那就可憐一下你自己的靈魂吧！」我一邊說，一邊想從他手裡搶下杯子。

「才不呢！恰恰相反，如果我的靈魂能夠下地獄，也算是對造物主的懲罰，我是再高興不過的了。」這個褻瀆神明的人喊道：「為靈魂甘願永墮地獄，乾杯！」

他喝光了酒，不耐煩地叫我們走開，最後的吩咐是一連串可怕的咒罵，我可不願再把它複述一遍。

「可惜的是，喝酒也要不了他的命。」在走開之前，希克利夫也回敬了一連串的咒罵：「他這是在找死，可惜他的身體卻頂得住。坎尼斯大夫願意用自己的馬打賭，說在吉姆屯一帶，沒有誰比他活得更長了，等他跨進墳墓的時候，已經是個白髮蒼蒼的罪人，除非他遇上了什麼意外。」

我走進廚房，低聲哼唱著小曲，哄我的小羔羊入睡。我以為希克利夫到穀倉去了，後來才發覺他躺在高背椅後靠牆的一個長椅上，把自己藏在陰影中，而且不吭一聲。

我把哈里頓放在膝蓋上，一邊輕輕地搖晃，一邊哼著歌，那曲子是這樣的——

夜深沉了，孩子們哭著入睡了。
墳墓裡的媽媽喲！聽見了呀——

這時凱薩琳小姐把頭探進來——剛才她在房間裡聽見了那場虛驚——悄悄問道：

「妳一個人嗎，艾莉？」

「是的，小姐。」我回答。

她走了進來，靠近壁爐站著。我以為她想說些什麼，便抬起頭望著她，只見她臉上滿是焦慮不安的神色。她的嘴唇微微張開，好像有話要說，她深吸了一口氣，但卻化為一聲嘆息，沒有開口說話。我繼續哼我的歌，沒有忘記今天下午她是怎麼對我的。

「希克利夫呢？」她打斷了我，問道。

「在馬廄裡工作。」我回答。希克利夫並沒有糾正我，也許他已經睡著了。

接著，屋子裡又是一陣沉默。這時，我看見一兩滴水從凱薩琳的臉上滴落到石板地上。她是為自己的可恥行為而羞愧嗎？我在心裡自忖。假如真是這樣的話，那倒是件稀罕事呢！不過，如果她願意，也不是做不到。唉！管她呢！反正我不會去幫她。不，任何事只要與她無關，她是不會放在心裡的。

「啊！上帝哪！我太難受了。」她終於說了出來。

「可惜，」我說：「要討妳的歡心真不容易，妳有這麼多朋友，生活無憂無慮，還這麼不知足。」

「艾莉，妳能為我保守祕密嗎？」她纏著我，跪在我旁邊，抬起她那嫵媚的眼睛望著我，就算你有天大的怒氣，面對她那迷人的神態都會消失殆盡。

「什麼事值得如此保密？」我問道，不再板著臉了。

「是的，它讓我煩躁不安，我一定得說出來不可，我想知道我該怎麼辦。今天，艾德格‧林敦向我求婚了，我已經給了他答覆。現在，暫且不告訴你我的答覆是接受還是拒絕，我要妳告訴我，究竟該怎麼辦？」

「老實說，凱薩琳小姐，我怎麼知道呢？」我回答說：「今天下午妳當著他的面發了一頓脾氣，然後他向妳求婚，照這情形看來，我認為拒絕才是明智的，因為他在發生了那件事之後還請求妳嫁給他，他要不是個沒出息的傻瓜，就是個不計後果的笨蛋。」

「如果妳這麼說，我就不跟妳說什麼了。」她抱怨道，隨即站了起來：「我接受了他的求婚，艾莉。快說呀！我是不是做錯了？」

「妳接受了？那還討論這事幹什麼呢？妳答應了就不能反悔啦！」

「可是我該不該這麼做——妳說呀！」她急躁地嚷起來，眉頭緊鎖，反覆地搓著雙手。

「要正確回答妳的問題，先得考慮許多事情，」我說教似的講著：「首先，妳愛不愛艾德格先生？」

「誰能不愛呢？當然愛他。」她回答。

接下來，我提出了一連串問題要她回答。對於一個二十二歲的女孩來說，能提出這樣的問題已經算是有見識了。

「妳為什麼愛他，凱薩琳小姐？」

「無聊！我愛他——已經足夠了。」

「不行！妳一定要說為什麼。」

「好吧！因為他長得英俊瀟灑，我和他在一起感到很快樂。」

「糟糕！」我評論道。

「因為他年輕又充滿活力。」

「還是糟糕！」

「因為他愛我。」

「這一點無關緊要。」

「將來他會很有錢，我會成為這一帶最尊貴的女人，以有這麼一個丈夫為傲。」

「糟糕極了！現在說說看，妳怎樣愛他？」

「真好笑，艾莉，還不是跟其他的人戀愛一樣。」

「一點也不好笑——回答我。」

「我愛他腳下的土地、頭上的天空，我愛他碰觸過的每一樣東西、出口的每一個字，我愛他每一個表情、每一個動作，我愛他的全部，可以了吧？」

「為什麼呢？」

「哦！妳是在趁機取笑我，太可惡了！我沒有把這事當作玩笑。」凱薩琳小姐皺著眉，轉過臉對著爐火。

「我才不跟妳開玩笑呢！凱薩琳小姐。」我說道：「妳愛艾德格先生，是因為他年輕、有錢、英俊瀟灑、充滿活力，而且他還愛妳。最後這一點，幾乎沒什麼意義——也就是說，即使他不愛妳，妳也可能愛他；而即使他愛妳，如果他不具備前面四個優點，妳也不一定愛他。」

「當然不會，我只有可憐他了。如果他是個粗人、長得醜，說不定還很恨他。」

「可是，世界上既富有又漂亮的年輕人還有很多，也許比他更富有、更漂亮，妳怎麼不去愛他們呢？」

「如果有這樣的人，我們也碰不上啊！在我心目中，沒有誰比得上艾德格。」

「總會碰上一些那樣的人，而他也不會永遠年輕、漂亮，或許還不會永遠有錢。」

「他現在是呀！我只看重眼前，希望妳說話合乎情理點。」

「既然妳只看重眼前，事情不就結了，妳嫁給林敦好了。」

「我是要嫁給他，我並非想徵得妳同意，可是妳還沒告訴我，我做得對不對。」

「如果一個人結婚只看重眼前的一切，那妳做得完全正確。現在，讓我們來看看究竟是什麼這麼令妳不開心。妳哥哥一定會高興的，老林敦夫婦也不會反對，而且妳將逃離一個亂七八糟、沒有歡樂的家，走進一個富裕而有聲望的家庭，還有就是妳愛艾德格，艾德格也愛妳。一切看起來似乎都很稱心如意，那麼問題出在哪裡呢？」

「在這裡！在這裡！」凱薩琳回答，一隻手拍著前額，一隻手拍著胸：「在我靈魂所在的地方。啊！在我的靈魂裡、在我的心靈深處，我清楚地感覺到我錯了。」

「太奇怪了！我搞不懂。」

「那是我的祕密，要是妳不取笑我，我就講給妳聽。這件事我也說不清楚，可是我要讓妳感覺我是怎樣感覺到的。」

她又在我身旁坐了下來，神情變得憂傷、凝重起來，兩隻緊握著的手不住地顫抖。

「艾莉，妳從來沒做過稀奇古怪的夢嗎？」她沉思了幾分鐘後，忽然問道。

「有時做過。」我回答。

「我也是。我以前做過一些夢，之後這些夢就一直糾纏著我，還改變了我的思想。這些夢在我心裡來回穿梭，就像酒摻入水中一樣，改變了我心靈原本的色彩。有這麼一個夢……我要開始講了，妳得注意聽，可是無論妳聽到什麼，都別笑我。」

「唉！凱薩琳小姐，還是不要講了。」我嚷道：「用不著裝神弄鬼來糾纏我們，我們已經夠慘了。好啦！好啦！高興點，像妳本來的樣子。瞧瞧小哈里頓，他的夢中可沒有什麼傷心事，他笑得多甜啊！」

「是啊！他父親在寂寞無聊時也詛咒得多甜啊！我敢說，妳一定還記得小亨德萊，他那時和這個胖呼呼的小東西差不多大，也一樣的天真爛漫。艾莉，妳一定得聽我講，我的話並不長，要不然今晚我就高興不起來了。」

「我不聽！我不聽！」我趕緊說道。

那時候我很迷信夢，現在依然如此。那天晚上，凱薩琳的臉上有種異常陰鬱的神情，我擔心她的夢裡出現不祥的預兆，使我預見到一個可怕的災禍。我不願聽她的夢，儘管她很生氣，可是並沒有講下去。這會，她看起來似乎又在想別的事了。過了一會，她又說道：

「如果我升入天堂，艾莉，我會很痛苦。」

「因為妳不配到那裡去，」我回答：「有罪的人在天堂裡都會感到痛苦。」

「噢！不，不是因為這個而痛苦。有一次，我夢見我在天堂裡。」

「我說過，我不想聽妳的夢，凱薩琳小姐。我要去睡覺了。」我打斷了她。她笑了，按住我坐下，因為我正要從椅子上起身離去。

「這沒什麼呀！」她說道：「我只是要說，在夢裡我覺得天堂不像我的家，於是我傷心地哭起來，鬧著要回到人世中，惹得天使們大怒，把我扔了下來，我落在荒原中的咆哮山莊，我高興得哭醒過來。姑且不說別的，單單這個夢就足以解釋我的祕密了。我心裡很清楚，我嫁給艾德格・林敦，就像我並不適合到天堂去一樣。如果那個惡毒的人沒有把希克利夫變得這麼卑微低賤，我連想都不會想要嫁給林敦。而現在，假如我嫁給希克利夫，就會降低我的身分。所以，他永遠也不會知道我是多麼的愛他，而我愛他並不是因為他長得英俊。艾莉，而是因為他比我更像我自己。不論我們的靈魂是用什麼材料做成的，他的和我的是一樣的，而林敦的靈魂與我們的全然不同，就像月光與閃電，或者冰雪與烈火。」

這段話還沒說完，我發覺希克利夫在屋子裡。我感覺到一個人影一晃，我回過頭去，看見他正從長椅上站起來，一聲不響地出去了。原來，他一直在聽我們說話，當聽到凱薩琳說嫁給他就會降低她的身分時，就再也聽不下去了。凱薩琳坐在地上，被高背椅椅背擋住了，沒看見他在這裡，也沒看見他離開，可我嚇了一跳，叫她別出聲。

「幹嘛？」她問，神經質地向四周張望。

「約瑟夫來了，」我答道，這時候恰好聽見他的車輪碾壓路面的聲音：「希克利夫會和他一起進來的，說不定現在就在門口呢！」

「噢！他在門口也聽不見我說什麼。」她說：「把哈里頓交給我，妳去準備晚飯，今晚我和妳一塊吃。儘管我的良心感到不安，但我不得不欺騙自己，並相信希克利夫一點也不懂戀愛是怎麼一回事。他不懂，對吧？他不知道愛的滋味吧？」

「我看不出有什麼理由就只有妳懂得愛，而他卻不懂。」我回答：「如果他愛的人是妳，那他就是天下最不幸的人了。妳一旦變成林敦夫人，他不僅失去了朋友，還失去了愛情以及一切。妳想過沒有，你們兩個一旦分開，妳將怎麼忍受這種分離之苦，而他在這個世界上將再也沒有一個親人了，心裡又會是怎麼一種滋味？因為，凱薩琳小姐……」

「再也沒有一個親人了！我們兩個分開！」她憤怒地大聲說道：「請問，誰把我們分開？那他們將會遭到麥洛①的命運！只要我還活著，艾莉，誰也休想把我們分開。縱使人世間有無數個林敦，但對我來說他們個個都無足輕重，我絕對不答應拋棄希克利夫。啊！嫁給林敦原本不是我打算的——那不是我的本意。假如要付這麼一個代價，我不會去做林敦夫人的。他和我將來會一如既往，就像當初我們在一起時一樣。艾德格得消除對希克利夫的反感，至少要容忍他。當他知道了我對希克利夫的真實感情，他會做到的。艾莉，現在我懂了，妳以為我是個自私自利的人，可是，難道妳從來沒想過：如果我和希克利夫結了婚，我們就得去討飯；如果我嫁給了林敦，我就可以幫助希克利夫挺起胸膛做人，再也不必受到我哥哥的欺辱了？」

「用妳丈夫的錢嗎？凱薩琳小姐！」我問：「妳會發覺他不是妳想像的那麼順從，而且，雖然我不敢下斷言，但我認為，妳打算嫁給林敦並講了許多理由，這個動機是最糟糕的。」

「不，」她反駁道：「這是最好的動機，其他的動機都是為了滿足我的虛榮心，也是為了滿足艾德格願望，而這個動機卻是為了別人，我在他身上所寄予的感情，既包含著我對艾德格的感情，又包含著我對自己的感情。唉！我沒法說清楚，可是我們每個人，包括妳，總該明白這個道理吧：除了妳自己之外，還有另一個妳——應該還有另一個妳存在。如果只有一個我，我的一切完全都在這裡，那麼上帝把我創造出來又有什麼用呢？在這個世界上，希克利夫的痛苦就是我最大的痛苦，他的每一絲痛苦我都感同身受，他是我生命中最最牽掛的人。如果一切都毀滅了，唯有他還存在，那麼，意味著我依然存在；如果他毀滅了，而一切都還存在，那麼，這個世界對我來說將是個陌生的地方，我不再是它的一部分，我將感覺不到我的存在。我對林敦的愛，就像林中的樹葉，時光會改變它，當冬季來臨的時候，葉片紛紛凋零、枯萎了；我對希克利夫的愛，恰似恆久不變的岩石，清澈的泉水從其間潺潺流出，儘管帶給我們的快樂很少，卻是必不可少的。艾莉，我就是希克利夫，他永遠在我心中，但他並不是作為一種快樂而存在，就像我自己不能總是快樂一樣，而是作為我自己而存在，因為他就是我自身的存在。所以，不要再跟我說『我們兩個分開』之類的話了，那是不可能的，絕對辦不到。再說……」

她說不下去了，把臉埋到我的裙子裡，可是我閃開了，我再也無法忍受她的癡狂。

「如果我從妳的胡言亂語中聽出點什麼，小姐，」我說：「那就是讓我相信，妳一點也不懂得在婚姻中所要承擔的責任，要不然妳就是個惡毒的、品行不好的女孩。妳不要再來煩我了，我不能答應替妳保守祕密。」

「這些祕密妳不會說給別人聽吧？」她焦急地問。

「不，我不能答應，」我重複說。

她還想繼續堅持，這時約瑟夫進來了，我們便結束了談話。凱薩琳搬了一把椅子到角落裡，幫我照顧哈里頓，我去做飯了。晚飯做好後，我和一個工作的老頭為誰該送飯去給亨德萊而起爭執，直到飯菜都快涼了，也沒有爭論出個結果，因為當他獨自一人時，我們都特別怕接近他。最後，我們還是達成了協定：如果他想吃飯，就自己來吃。

「到這個時候了，那個沒出息的東西怎麼還沒從田裡回來？他幹什麼去了？太會偷懶了。」這老頭一邊說，一邊四處張望地找希克利夫。

「我去喊他，」我回答：「他一定在穀倉裡。」

我來到穀倉大聲叫喊，可是沒有得到回應，於是折了回來，然後低聲對凱薩琳說，她說的話他可能大部分都聽到了，而且正當她抱怨亨德萊對他十分惡劣的時候，他就離開了廚房。她吃驚地跳起來，把哈里頓往高背椅上一扔，就慌忙跑出去找希克利夫，也來不及想他對她的話會有什麼樣的反應。

她去了很久都沒有回來。約瑟夫提議不要再等了，他認定他們「壞得無惡不作」，是故意不回來，免得聽他的長篇禱告。那天晚上，他照例在飯前做了一刻鐘的祈禱，又為「壞得無惡不作」的兩個人加了一段特別祈禱。晚飯結束時，他原本打算感恩詞後面再為那兩個人禱告一番，這時，凱薩琳小姐衝了進來，急迫地命令他立刻到路上去找希克利夫，不管他在什麼地方，反正必須找到他，並叫他立即回來。

「我必須跟他說清楚，在我上樓以前，我一定得和他談談。」她說道：「大門敞開著，他跑出去了，並且跑得遠遠的，聽不見我們的喊叫，因為我在山莊的高處拚命地大聲喊叫，也沒有聽見他的回答。」

約瑟夫起初不肯，但她態度強硬，由不得他反對，於是他戴上了帽子，嘀咕著出去了。

凱薩琳坐立不安，在屋子裡走來走去，情緒激動地嚷道：「他跑到什麼地方去了呢？奇怪，我怎麼就想不出他能跑到哪裡去呢？我到底說了些什麼呀？艾莉！我都想不起來了。今天下午我的脾氣是很糟，他是不是在怪我發脾氣？親愛的，告訴我，我究竟說了什麼傷了他的心？我真的想要他回來，真的想要他回來呀！」

「妳別這麼大呼小叫的。」我嚷道，儘管我也感到有些不安：「有什麼好擔心的？難道希克利夫就不能趁著月光，獨自在荒原上遊蕩一番？或者他就躲在乾草堆裡，根本不想理我們？我敢說他一定躲在那裡，我不把他搜出來才怪。」

於是，我跑到乾草堆那邊去，結果失望而歸，約瑟夫也沒找到人，兩手空空地回來了。

「這野小子，越來越不像話了。」他一進門就說道：「他打開大門，小姐的小馬也跑出去了，踏倒了兩行小麥，並在泥地裡亂轉，最後跑到牧場上去了。等著瞧吧，明天主人知道了會氣得雙腳直跳，一定會大鬧一場。他竟然忍受這個四處惹禍的可怕壞蛋這麼久，真夠有耐心的。不過，這次他可不會有耐心了——等著瞧吧！你們都等著瞧吧！他一定不會放過觸怒他的那個傢伙。」

「找到希克利夫沒有，你這個蠢驢？」凱薩琳打斷他。「你有沒有照我吩咐去找他？」

「我寧願去找一匹馬，」他回答：「也比找他更有意思。可是今晚外面黑漆漆的，人就像鑽進了煙囪裡似的，叫我怎麼找？再說，希克利夫就是聽見了我的聲音，也不見得會出來，說不定妳去喊他，他還有可能出來呢！」

在夏天，今夜算得上是漆黑一片，天空烏雲密布，像要打雷雨了。我勸大家坐下來，暴風雨就要來了，他一定會往家裡跑，不用太擔心。但是凱薩琳不肯坐下來，她不停地從大門口到院子裡來回走動，顯得非常焦躁不安。後來，她一動不動地站在靠近馬路的一面牆邊，不管我怎麼勸，也不管轟鳴的雷聲，以及大雨點在她周圍噼啪飛濺，她就像一根木樁似的站在那裡，一會高聲喊叫「希克利夫」，一會仔細聽聽，然後放聲痛哭起來，任何孩子的哭鬧都比不上她。

大約午夜時分，我們還坐在那裡沒有睡，暴風雨如金戈鐵馬般席捲而來。山莊的上空狂風怒吼、雷聲驚天動地，從院子一角傳來一聲巨響——一棵大樹倒了，粗大樹幹壓在房頂上，毀壞了東邊的煙囪，石頭和煤灰唏哩嘩啦落到了廚房爐火中。接著，一道閃電伴隨著巨大的雷聲在我們頭頂炸響，我們還以為被擊中了呢！約瑟夫慌忙地跪在地上，祈求上帝不要忘了諾亞和羅得②，就像當初降下滔天洪水時一樣，懲罰那些有罪的人，放過信奉上帝的人。我彷彿也覺得末日降臨了，在我的心目中，恩休先生就是約拿③。我走到他的臥室門口，搖動門把，想看看他是不是還活著。他回答得有氣無力，而約瑟夫則喊叫得更厲害，好像要上帝表明，像他這樣的聖人和像他主人這樣的罪人是界限分明的。不過，二十分鐘之後，暴風雨過去了，我們都安然無恙，只是凱薩琳拒絕進來，渾身都濕透了。在剛才的暴風雨中，她沒有戴帽子，也沒有披上披巾，依然文風不動地站在那裡，任憑雨水傾瀉。

她終於走了進來，躺在高背椅上，渾身上下濕漉漉的。她轉過頭去，臉對著椅背，雙手掩住了臉。

「瞧啊！小姐。」我撫摸她的肩頭說道：「妳這不是自尋死路，對吧？妳知道現在幾點了？十二點半啦！來，睡覺去吧！不要再等那個傻東西了，他一定去了吉姆屯，現在只能待在那裡了，因為他沒想到這麼晚我們還在等他，一定以為只有亨德萊先生沒有睡，他怎麼可能讓主人替他開門——那不是自找麻煩嗎？」

「不，不，他不可能在吉姆屯，」約瑟夫嚷道：「一定是掉進泥塘裡淹沒了。剛才這場災禍可不是鬧著玩的。小姐，我勸妳留點神，下回就該是妳了。感謝上帝！這一切都是為了賜福給他從罪惡世界裡挑選出來的好人。你們知道《聖經》上怎麼說……」他接著引用了幾段經文，又指點我們怎麼去查閱。

我好言好語地懇求凱薩琳去換衣服，可是這執拗的女孩就是不肯，我只好作罷，任由她冷得渾身發抖，我便帶著哈里頓睡覺去了，而約瑟夫還在那裡讀他的經文。小哈里頓睡得好香啊！好像人人都沉入了夢鄉。我聽見約瑟夫念了一會經文後邁著遲緩的腳步上了樓，接著，我就睡著了。

第二天，我比平時稍晚一點下樓。藉著從百葉窗縫隙中射進來的陽光，我看見凱薩琳小姐還坐在壁爐旁。正廳的門依然半開著，從一扇打開著的窗戶中透進了亮光。亨德萊已經下樓了，站在廚房火爐旁，一副睡眼惺忪、無精打采的樣子。

「什麼事這麼難過？凱西。」我走進廚房時他正在說：「看妳那失魂落魄的樣子，就像從水裡打撈起來、奄奄一息的小狗。妳的臉色怎麼這麼蒼白，身上怎麼這麼濕呢，孩子？」

「我淋濕的，」她勉強回答：「現在我還感到冷，就這麼回事。」

「噢！她又不聽話了。」看得出主人現在還算清醒，我便嚷嚷道：「昨晚下大雨的時候，她就站在雨裡，又在這裡坐了整整一夜，我怎麼勸她都沒用。」

恩休先生吃驚地看著我們。「坐了整整一夜！」他重複著：「她為什麼不去睡呢？不會是害怕打雷吧？可是幾個鐘頭以前就沒打雷了。」

我們都不想讓亨德萊知道希克利夫出走的事，盡可能地瞞住他，於是我回答說，我不知道凱薩琳小姐究竟是怎麼了，竟然獨自坐了一夜，她聽了我的話之後也沒說什麼。

早晨的空氣清新、涼爽，我打開窗戶，屋裡立刻充滿了從花園裡飄來的陣陣花香。可是凱薩琳卻焦躁地叫我道：「艾莉，關上窗戶，我快凍死了。」她凍得上下牙齒直打顫，身子蜷縮成一團，趕忙靠近了一些快要熄滅的火爐。

「她病了，」亨德萊摸著她的手腕，說道：「看來這是她不肯睡覺的原因。真他媽的！我可不願這裡有人再生病了。妳跑到雨裡去幹嘛呢？」

「就像往常一樣，去追那些小伙子呀！」約瑟夫直著脖子說道，聲音像老鴉一樣難聽。趁我們不知道該怎麼說的時候，這老東西立即口吐惡言：「如果我是你，主人，不管他們的身分怎麼樣，我都會先給他們一人一巴掌，然後關上大門。只要你出去，林敦那隻公貓哪一次沒有偷偷摸摸地來？還有艾莉小姐，她真是個了得的僕人！她就坐在廚房裡把風，你一進這個門，他就從那個門溜出去了。而我們那個千金小姐呢？竟然自己跑到外面去談情說愛，多體面的行為啊！夜裡十二點鐘過了，還跟那個吉普賽人野種、壞透了的下流胚子希克利夫鑽進田地裡胡鬧。她們以為我是瞎子，我才不瞎呢！一點也不瞎。我看見了小林敦進來，也看見他走出去，還看見了妳（他指著我說），妳這沒用的懶婆娘，一聽見主人回來的馬蹄聲，就趕忙跳起來，奔到正廳通風報信。」

「閉上你的嘴，你這個偷聽別人說話的壞蛋！」凱薩琳嚷道：「當著我的面，不許你胡說八道。艾德格．林敦昨天是碰巧來的。亨德萊，後來也是我叫他走的，我知道你一直不想見到他。」

「凱薩琳，妳在撒謊。」她哥哥回答：「毫無疑問，妳是個沒腦的大笨蛋！但現在暫且別去理會林敦的事。妳告訴我，昨晚是不是和希克利夫在一起？要說實話，妳不必擔心我會因此而傷害他。儘管我一直很憎恨他，但不久前他為我做了件好事，我便不忍心再去擰斷他的脖子了。為了避免鬧出不體面的事情，我今天早上就趕他走。不過，等他走之後，我奉勸你們都小心點，否則我會對你們不客氣。」

「昨天夜裡我根本沒看見希克利夫，」凱薩琳一邊說，一邊又開始傷心地哭起來，「你要是把他趕出門，我就跟他一起去。可是，恐怕你永遠也不用想趕他走了，可能他自己已經走了。」說到這裡，她不禁放聲痛哭起來，誰也聽不懂她還說了些什麼。

亨德萊被激怒了，他破口大罵了她一頓，難聽的話一句接著一句，後來又命令她立刻回到自己的房間，否則將遭到嚴厲的懲罰。我懇求她順從亨德萊的意思，可是，當我們來到她的房間時，我永遠忘不了那可怕的一幕——當時，我以為她瘋了，就求約瑟夫快去請大夫。果然，她得了熱病，神經錯亂剛剛開始。坎尼斯大夫一看見她，就說她病情危急，她正在發高燒。他給她放了血，又吩咐我只能餵她牛奶和稀飯，還要小心提防她跳樓或者跳窗，然後就走了。大夫在這個教區裡夠忙的，在這一帶，從這一家到那一家，中間相隔兩三英哩是很平常的。

儘管我說不上是個體貼入微的好看護，約瑟夫和主人也不見得比我好多少，再加上我們這位病人十分難伺候，沒有哪個病人比她更不聽話了，但是，她的病還是漸漸好起來。這期間，老林敦夫人來探望過幾次，百般挑剔，把我們都罵了一頓，還吩咐我們應該做什麼、不應該做什麼。在凱薩琳康復期間，她堅持要把她送到畫眉山莊去，我們都大大鬆了口氣，真的很感謝她。只是不知這位可憐的太太後來是不是十分懊悔，因為她的慈愛，她和她丈夫都被傳染了熱病，幾天之內兩人便相繼去世了。

我們的小姐被送回到咆哮山莊，性子比以前更急躁、更傲慢，脾氣也更大，動不動就發火。自從那個雷雨之夜後，希克利夫便杳無音訊。有一天，她惹我十分生氣，我便把希克利夫的失蹤全歸罪於她——是啊！這件事不怪她又該怪誰呢？我想這點她自己也明白。活該我倒楣！從那時起，有好幾個月時間，她一直不理我，即使跟我說話，也完全是一副主人對僕人的腔調。約瑟夫也得到同樣的待遇，儘管這樣，但他還是要一本正經地教訓她，就像她依然是個小女孩似的。然而，她把自己當作一個成年女人，是我們的女主人，並認為因為她最近生了這麼一場病，大家都應該遷就她，這是她的特權。不過，偏偏大夫確實吩咐過，不能跟她發生爭執，要順從她的心意。因此在她看來，誰要是在她面前說個「不」字，就等於是謀殺她。

對於恩休先生和他的朋友，她倒是遠遠避開。她哥哥聽從了坎尼斯大夫的告誡，擔心她因為狂怒而導致痙攣發作，因此對她總是有求必應、小心翼翼，避免惹惱她，但這樣反而放縱了她，讓她變得更加驕橫、傲慢。其實，他這樣遷就，對她百依百順，並不是基於濃濃的兄妹之情，而是基於一種虛榮——他盼望她嫁給林敦，為恩休家族增光添彩。只要她不去惹他心煩，即使她把我們當奴隸一樣使喚，他也不會去管。

艾德格．林敦，就像人世間千百年來無數的男男女女一樣，讓愛情迷住了。他父親去世三年後，他和凱薩琳一起走進了吉姆屯教堂，那一天，他相信自己是全天下最幸福的人了。

我並不願意來這裡，但在他們百般勸說下，我才離開咆哮山莊，陪她來到畫眉山莊。小哈里頓差不多五歲了，我剛開始教他認字，我們分別的時候痛哭流涕，場面很淒慘。可是凱薩琳的眼淚比我們更有力量——當我拒絕跟她去，並且她發覺她的請求不能打動我時，就到她丈夫和哥哥跟前去哭訴。她丈夫答應給我優厚的工錢，她哥哥叫我捲舖蓋走人，說現在家裡已經沒有女主人，不再需要女僕了。至於哈里頓，助理牧師不久就會來管教他了。因此，我只有一條路可以選擇——聽從他們的吩咐。我對主人說，他把所有正派的人都趕走了，只會讓這個家衰敗得更快些。我親親哈里頓，和他說再見，從此以後他和我就變成陌生人了——想起來也覺得真奇怪。我敢說，他早把艾莉・迪恩忘得一乾二淨了，更忘記了他曾經是我的一切，而我也曾是他的一切。

艾莉的故事講到這裡，偶然瞥了一眼壁爐台上的時鐘，吃驚地發現已經凌晨一點半了。她站了起來，說什麼也不願意再多待一秒鐘。老實說，我也寧願她把故事留待以後再講。

她已經走了，我又沉思了一兩個小時，儘管我的頭腦和四肢疼痛得厲害，我一點也不想動彈，可我還是得鼓起勇氣強迫自己回房睡覺了。

①麥洛（Milo），古希臘摔跤手，力大無窮。傳說他想要把一棵大樹劈成兩半，不料雙手卻被夾在樹縫中，最後被狼吃了。

②諾亞（Noah）和羅得（Lot），見《聖經》舊約創世記。上帝因人類罪孽深重而降洪水於大地，虔誠的信徒諾亞受神示，造方舟將其家和各種家禽置於舟中，逃過了洪水。在約旦河谷有一城，叫所多瑪，上帝突降大火焚燒這座罪惡之城，信奉神明的羅得倖免於難。

③約拿（Jonah），見《聖經》舊約約拿書。約拿因違抗上帝旨意，乘船逃往海上，上帝令颶風乍起，約拿葬身海底。

第十章

我的隱居生活一開始可真算得上是妙不可言啊！我臥病在床整整四個星期，經受著痛苦的折磨，時常是輾轉反側，夜不能眠啊！噢！那淒厲的寒風，那陰霾的北方天空，那艱險的道路，那慢調子的鄉村大夫！還有，唉！我幾乎見不到一個人影。還有，最糟糕的是，坎尼斯大夫告訴我，不到春天我別想出門，這太可怕了！

大約七天前，希克利夫先生送給我一對松雞——應該是這個季節最後的兩隻吧！剛才，希克利夫先生又來探望我。壞蛋！我患這場病，他可脫不了關係，我真想把這點當面說出來。可是，唉！他好心好意來看我，坐在床邊和我足足聊了一個鐘頭，還沒有用藥丸、藥水、藥膏、水蛭之類的東西來煩我，我怎麼好意思得罪他呢？

不過，難熬的日子終於過去了，我現在感覺舒服多了。不過，我的身體還太虛弱，沒法看書，但適當享受一點有趣的東西還是沒問題的。幹嘛不繼續聽迪恩太太講故事呢？我還記得她講過的主要情節，上次她講到希克利夫跑了，三年都杳無音訊，而凱薩琳則和林敦結婚了。我想，要是她知道我已經能夠愉快地聊天，一定會很高興。我正準備搖鈴，迪恩太太來了。

「先生，要再過二十分鐘才吃藥呢！」她說。

「去他的！我才不想吃藥呢！」我回答：「我只想要……」

「醫生說你得停止服用藥粉了。」

「感謝上帝！來，妳坐過來，千萬不要去碰那一排排苦藥瓶子，把妳的毛線工作拿出來吧——好啦！現在繼續妳的故事吧！上次說到希克利夫出走了，現在就從那裡開始。他是不是到歐洲接受教育，變成一個紳士回來了？或是他獲得了某個大學公費生的名額？或是他逃到了美洲，在這個第二故鄉靠著賺取黑心錢而有了成就呢？或是乾脆在英國各個道路上打劫發了財？」

「也許這些事他都做過，洛克伍德先生，可是他究竟做了什麼，我並不清楚，也不清楚他是怎麼賺到錢的，更不清楚他原本已經變得粗野無知，怎麼回來像換了個人似的。對不起，如果你不反對的話，我將按照自己的方式把故事講下去，只要你覺得高興而不膩煩就行。今天早上你覺得好點了嗎？」

「好多了。」

「真是個不錯的消息。」

我隨凱薩琳小姐來到畫眉山莊。在這裡，她的行為舉止令我感到高興，同時又有幾分失望，她比我想像的堅強多了。她愛林敦先生似乎有些過了頭，甚至對他的妹妹，她也表現得格外親熱。當然，林敦兄妹對她非常好，可以說是無微不至。在這個家裡，根本就不存在相互遷就的問題，因為每個人都得順從她。既然沒人頂撞她，也沒人輕視她，那她還能使什麼性子、發什麼脾氣呢？

我看得出，艾德格先生從心裡害怕惹惱了她，但他在她面前掩飾了這種心理。可是，當她盛氣凌人地命令這命令那的時候，只要他聽到我頂撞她，或者見到別的僕人有不服氣的表示，他就會皺起眉頭，臉色立刻陰沉下來，而他為了自己的事還從來沒有生過我們的氣。他三番五次用嚴厲的口吻對我說，對他太太不許這麼沒規矩，看見她心煩意亂他就難過，不如拿小刀戳他。為了不讓仁慈的主人太難過，我逐漸學會了克制。大約有半年時間，這個家很平靜，那桶火藥就像靜靜躺著沙子一樣沒事，因為沒有誰去招惹她，也就缺乏引爆的火種。每隔一段時間，凱薩琳就會陷入一種憂鬱狀態，常常沉默不語，也不知在想什麼，她的丈夫總是尊重她的意願，默默地陪伴在她身旁。在他看來，她以前充滿活力，從來沒有這麼憂鬱過，這都是因為那場病所引起的體質上變化。而當她恢復過來，像陽光再次照耀，他也就會從心裡發出歡呼，以同樣燦爛的陽光迎接她。我相信，他們正享受一種深沉的、日益增長的幸福。

可是，這種幸福很快就宣告結束了。其實呀！人總是自私的，都在為自己打算，溫和慷慨的人和那些傲慢自私的人比起來，只不過稍微少幾分自私罷了。當某件事發生，讓兩個人彼此明白了對方並不關注自己的需要，自己在對方心中並不占有重要位置的時候，幸福就走到了盡頭。

九月一個醉人的黃昏，我從花園採摘了一籃子蘋果回來，這時天色朦朦朧朧，月亮升起來了，從院子高牆外照過來，房子凸出部分在地上投下了陰影，那陰影裡彷彿潛伏著什麼。我把籃子放在後門石階上，停下來歇口氣，呼吸著夜晚甜美的空氣，抬頭望著月亮，這時我是背對著大門的。忽然，我聽見身後傳來了一個聲音：

「艾莉，是妳嗎？」

那是個低沉的外鄉口音，可是聲音聽起來卻十分熟悉。我感到有些害怕，慌忙轉過身去，看是誰在說話，因為門是關著的，我走近時也沒看見有人在那裡。門廊裡似乎有什麼東西在動，我走近一看，是個身材高大的男人，一身深色衣服，黑色頭髮，因為他站在陰影裡，顯得臉也是黑的。他斜靠著牆，手指放在門閂上，彷彿打算自己開門進來。

「是誰呢？」我心裡想：「恩休先生嗎？啊！不會是他，聲音完全不像。」

「我已經等了一個鐘頭了，」他接著說道。我一直盯著他看，努力回想他是誰：「四周一片死寂，我不敢進去。妳認不出我了嗎？仔細瞧瞧吧！我並不是陌生人啊！」

這時，一縷月光照在他的臉上，只見他兩頰發黃，被黑色的鬍鬚遮蓋了大半，雙眉低聳，眼睛深陷，顯得與眾不同。我記起這雙眼睛。

「什麼！」我情不自禁地叫了起來，不知他是人是鬼，震驚得連忙舉起雙手：「什麼！真的是你嗎？你回來啦？」

「是我，希克利夫。」他回答道，目光從我身上移到我身後的窗戶上。在那一排玻璃窗上閃爍著許多月光，但裡面卻沒有一絲亮光：「他們在家嗎？她在哪裡？艾莉，妳並不感到高興，用不著這麼驚慌呀！她在嗎？說話呀！我要跟她，也就是妳的女主人說句話。妳去告訴她吧！說有個人從吉姆屯來想見見她。」

「聽到這個消息，她怎麼受得了？」我大聲說道：「她將會怎麼辦呀？這件事太突然了，我真不知道該如何是好。這下可好了，非把她搞得暈頭轉向了。你真的是希克利夫？可是完全變了——不，是讓人猜不透。你當兵了嗎？」

「快幫我送個口信吧！」他不耐煩地打斷我的問話：「現在我就像在地獄裡備受煎熬哩！」

他開了門，我從他身邊走了過去。當我來到客廳門口時，發現林敦夫婦正在客廳裡，我幾乎邁不開步子了。最後，我決定進去問他們要不要點蠟燭，於是推開了門。

他們肩並肩坐在窗前，窗戶開著，向內貼著牆。從裡面望出去，可以看見花園的樹木、寬廣蒼翠的林苑，還有那秀麗的吉姆屯山谷，白霧像銀鏈子似的繚繞著整座山峰（也許你會注意到，一過了教堂，有條由涓涓細流匯成的小溪隨著山谷蜿蜒）。咆哮山莊就聳立在那銀白色的雲霧中，只是它在山崗另一面，我們無法看見它。

一切都是那麼的靜謐，包括這間屋子和裡面的人，以及他們所眺望的景色。看著眼前的情景，再想到我的使命，我退縮了。在問過是否點亮蠟燭的話之後，接下來我什麼也沒說，轉身準備離開，可我心裡又覺得不說不行，於是轉過身去，低聲說道：

「從吉姆屯來了一個人，他想見妳，太太。」

「他有什麼事？」凱薩琳問。

「不知道，我沒有問他，」我回答。

「好吧！拉上窗簾，艾莉，」她說：「把茶送來，我馬上就回來。」

她走出了客廳。艾德格先生隨口問道：「艾莉，來人是誰？」

「是太太想見到的人，」我回答：「就是那個希克利夫。你記得他吧？先生，他原來住在咆哮山莊。」

「什麼？那個吉普賽人？那個鄉巴佬？」他大聲叫起來：「妳為什麼不對凱薩琳說清

楚呢？」

「噓！你可不能這麼稱呼他，主人，」我說道：「要是讓她聽見了，會很不高興的。要知道，他跑了之後，她的心幾乎都要碎了。我想，他再度出現對她來說可是件大喜事呢！」

林敦先生走到朝向院子的一扇窗戶前，推開窗，探出身去，大聲說道：

「別站在那裡，親愛的！要是貴客，帶他進來吧！」

沒多久，我聽見拉開門閂的聲響，緊接著，凱薩琳氣喘吁吁地飛奔上樓，興奮得要命，幾乎不知道該怎麼表達自己那種快樂——要是讓一個不明就裡的人看見，還以為她將大難臨頭了呢！

「噢！艾德格！艾德格！」她用雙手摟著他的脖子說道：「噢！艾德格，親愛的！希克利夫回來啦！他回來啦！」她一邊說，一邊把他摟得更緊。

「好啦！好啦！」她丈夫說道：「別為了這個把我勒死了，我從沒想過他是這麼一個稀世寶貝，妳也用不著樂得發狂吧！」

「我知道你不喜歡他。」她回答說，那種強烈的快樂情緒稍稍受到一點抑制：「但是為了我，你們現在得做朋友。我叫他上來，好嗎？」

「到這裡來？」他說道：「到客廳裡來？」

「不是到這裡，難道還能到哪裡？」她問。

他有些生氣了，馬上說在廚房接待他比較合適。

凱薩琳看了他一眼，對他那種俗世的等級觀念，只覺得既生氣又好笑。她稍稍頓了一下，說道：

「不，我不能在廚房裡接待他。艾莉，在這裡擺兩張桌子吧！一張給你的主人和伊莎貝拉小姐，他們是上等人；另一張給希克利夫和我，我們是下等人。這樣你該高興了吧？親愛的！是不是還不行，需要我另外找個地方生起火來？如果是這樣，儘管說吧！我要趕緊下樓去見我的客人，真擔心這樣令人高興的事不是真的。」

她正要飛奔下樓去，可是艾德格把她攔住了。他對我說：

「艾莉，妳叫他上來吧！」然後又對他太太說到：「凱薩琳，儘管妳很高興，但別做得太過分，免得讓人笑話。還有，用不著讓全家上上下下都看著妳把一個逃跑的下人當作兄弟一樣歡迎。」

我下樓時，看見希克利夫在門廊處等著——顯然早已料到要請他進去。他沒說一句話，逕自就跟著我走了進去。我把希克利夫帶到客廳時，見林敦夫婦滿臉通紅，一看就知道剛才發生了一些爭論。不過，當他出現在她的面前時，凱薩琳緋紅的臉上又閃現出一種快樂的光芒。她奔上前去，拉著他的雙手，來到林敦面前，然後，也不管林敦是否願意，她抓過丈夫的手，硬塞到希克利夫的手中。

這個時候，在爐火和燭光的照耀下，我更加驚訝地發現，希克利夫徹徹底底的變了，完全成了另一番模樣。他現在已經是個成熟的男人，身材高大而勻稱，身體十分強健，而站在他身旁的艾德格先生和他比起來，則顯得文弱而稚嫩。他站立的姿態十分挺直，讓人不得不想到他曾經當過兵。他臉上的神情以及透露出來的那種堅毅，與林敦先生比較起來，也顯得老練成熟得多——那是一張富有才智的臉，絲毫看不到從前那種愚鈍低賤的痕跡，兩道深鎖在眼睛上的眉毛，以及跳動著黑色火焰的雙眼裡，依然隱藏著幾分野性，只是被抑制住罷了。他的舉手投足已經沒有過去的粗野，顯得很莊重，不過卻給人優雅不足、太過嚴峻的感覺。林敦先生的驚訝程度甚至超越了我，一時之間，竟不知該如何稱呼眼前這個他一直口口聲聲叫做「鄉巴佬」的人。希克利夫放下他那纖小的手，冷冷地站在那裡，眼睛望著他，等著他開口說話。

「坐下吧！先生。」他終於說道：「我太太是個十分念舊的人，她要我熱誠地接待你。當然，我很樂意讓她感到快樂。」

「我也是，」希克利夫回答道：「假如我真能使她感到高興的話，我很樂意在這裡待一兩個鐘頭。」

他在凱薩琳對面的一張椅子上坐了下來。她一直盯著他看，彷彿她一挪動目光，他就會消失似的。而希克利夫卻不大抬眼看她，只是不時飛快地瞥一眼，可是每次他都從她的眼睛裡看到毫不掩飾的喜悅，這給了他自信，而且一次比一次更有信心。他們完全沉浸在快樂之中，再也沒有絲毫的窘迫感。看著眼前的情景，艾德格先生非常氣惱，臉色變得蒼白，而等到他太太站起來，走過地毯，再次握住希克利夫的雙手，忘我地大笑時，他的忍耐已達到了極限。

「到了明天，我會以為這是一場夢呢！」她叫道：「我簡直不敢相信我又看見了你、觸摸到你，還跟你說話呢！可是，狠心的希克利夫，你不配受到這樣熱切、真誠的歡迎，你竟然一去就是三年，而且杳無音信，從來沒有想過我的感受。」

「我比妳更受思念的煎熬吧！」他小聲嘀咕道：「要知道，凱薩琳，我聽說妳在不久以前出嫁了。剛才在樓下等妳來的時候，我還這麼想著呢——只見妳一面，看看妳瞪著眼、一副吃驚的樣子，也許還會假裝高興呢，然後就去找亨德萊報仇，接著就自殺。現在看到妳這麼高興，我打消了這個念頭，可是妳得當心，下次見到我不要又換了副模樣！哦！不，妳不會再把我趕走了。當初我走了，妳真的難過嗎？唉！妳完全有理由啊！自從我離開妳之後，一直在苦苦打拚，總算熬過來了。妳一定得原諒我，因為我所付出的全部努力只是為了妳。」

「凱薩琳，別耽擱了，茶都快涼了，請到桌子這邊來吧！」林敦打斷了他們的談話，並竭力保持平常說話的語調和禮貌：「再說無論希克利夫先生今晚住在哪裡，都要走上很長一段路呢！而且我也渴了。」

她走到桌邊坐了下來，面前擺放著茶壺。伊莎貝拉小姐聽見鈴聲也來了。我替他們把椅子挪了挪，更靠近桌子一些，然後就離開了。不到十分鐘，這頓晚茶就結束了。凱薩琳的杯子裡根本沒倒茶，她興奮得什麼也吃不下。艾德格的杯子裡倒是有不少的茶，但也幾乎一口都沒喝。

那天晚上，希克利夫在山莊只待了不到一個鐘頭。臨走時，我問他是不是到吉姆屯去。

「不，到咆哮山莊去。」他回答說：「今天早上我拜訪了恩休先生，他請我到他那裡住。」

他拜訪了恩休先生！恩休先生請他去住！在他走後，我苦思他說的話，百思不得其解。難道他變得虛偽了嗎？他回來是不是想做什麼壞事？我這麼想著，心裡驀然有了一種不祥的預感——但願他從來不曾回來過。

約莫夜半時分，剛進入夢鄉的我就被搖醒了——是凱薩琳。她溜進我的房間，扯著我的頭髮叫我。

「我睡不著，艾莉。」她說道，算是表示歉意：「我快活得要死，需要有個人分享我的快樂。艾德格在和我鬧彆扭，因為他一點興趣都沒的事我卻興奮不已。他怎麼都不肯說話，一開口說的也是賭氣的瘋話，說我既自私又狠心，他身體不舒服而且疲倦極了，我卻非要纏著他說話。他就是這樣，一鬧情緒就說自己生病了。我只不過稱讚了希克利夫幾句，不知他是真的頭痛還是嫉妒，竟然哭了。就這樣，我起身下了床，乾脆走開了。」

「妳在他面前稱讚希克利夫，有什麼好處？」我說道：「他們從小就彼此討厭，要是妳在希克利夫面前稱讚他，一樣會惹惱希克利夫的，這是人之常情呀！妳要是不想看到他們倆公開吵架，在他面前就別再提到希克利夫了吧！」

「可是，這豈不說明他的性格有很大的問題嗎？」她說道：「我就不會吃醋。妳瞧，伊莎貝拉有頭漂亮的金髮、雪白的皮膚，儀態嬌美優雅，全家上上下下都喜歡她，我就從來沒因此而覺得煩惱。艾莉，就拿妳來說吧！每當我和伊莎貝拉發生爭執，妳一向是替她說話，最後我總是像個溺愛孩子的媽媽一樣認輸了，叫她幾聲心肝寶貝，把她哄得高高興興的，這樣一來，她哥哥看到我和她親密無間，心裡會很高興的，而這也使我很高興。可是，他們兄妹倆太相像了，都被寵壞了，以為這世界是為他們而存在的。儘管我總是遷就他們，可是我認為好好地懲罰他們一下，或許可以改變他們。」

「妳搞錯了，林敦太太，」我說道：「現在不是妳在遷就他們，而是他們在遷就妳，否則這個家不知會亂成什麼樣。只要他們對妳百依百順，妳想怎樣就怎樣，那麼，妳在無關痛癢的事情上也可以做到順順他們的心意。可是，假如有一天你們遇到了一件雙方都互不相讓的事情，到時候你們就會吵起來，而那些被妳稱為軟弱的人或許會變得和妳一樣倔強。」

「到那個時候，我們就會拚個你死我活，是嗎？艾莉！」她笑著說：「不，我告訴妳，我堅信林敦對我的愛，我相信即使我殺了他，他也不會想要報復的。」

我勸告她，為了他這份真摯的愛情，也應該格外尊重他。

「我是尊重他呀！」她回答道：「可是他也犯不著為了一點小事就哭呀！這未免太孩子氣了。我只不過對他說，誰都會尊敬現在的希克利夫，哪怕是第一等的鄉紳與他結交，也會引以為榮的，不會感到辱沒了自己的身分，可是他聽了之後就傷心地哭了。其實，在我看來，他不但不應該這樣小器，反而還應該和我一起這樣說，而且由於我們能夠彼此理解對方，真正地心心相印，他還會感到快樂呢！他一定得接受他，或者喜歡他也未嘗不可。想想吧！希克利夫應該更有理由討厭他，可是我敢說希克利夫的態度就非常豁達。」

「他去咆哮山莊了，妳有什麼想法？」我問道：「啊哈！他表現得就像一個基督徒，似乎徹底改過了，還向他的敵人伸出了友誼之手！」

「他已經向我解釋過了，」她回答：「因為我跟妳一樣感到奇怪，所以問了他。他說他為了打聽我的消息，先去了咆哮山莊，他以為妳還在那裡。約瑟夫通報了亨德萊，他出來後沒有馬上讓希克利夫進屋，而是在門外詢問了他出走後的一些情況，比如做什麼，生活過得怎麼樣等等，之後就叫他進去了。當時，屋子裡有幾個人正在賭牌，希克利夫也加入了。我哥哥輸了一點錢給他，而且又發現他有很多錢，於是就請他晚上再去，他也答應了。亨德萊真是胡來，不知結交朋友也須看對方是什麼人，他就沒有好好想想，他是不是該提防一個從前受過他虐待的人。不過，希克利夫對我說，他之所以願意和一個從前傷害過他的人打交道，無非是為了住在一個離畫眉山莊不遠的地方，可以徒步往返，便於經常往來，還有就是他對我們一起住過的房子也有一種依戀之情。此外，他內心還有這樣一個想法，他住在那裡，我可以經常去探望他，如果住在吉姆屯，我就不太方便去了。他打算拿出一筆數目不小的金額，作為住在山莊的租金。毫無疑問，亨德萊是個見錢眼開的人，一定會答應的。我哥哥實在太貪婪了，不過總是一手抓過來，另一手又揮霍掉了。」

「這真是那年輕人的好去處。」我說：「妳不擔心以後會出什麼事嗎，林敦太太？」

「我才不為希克利夫擔心呢！」她回答：「他那機敏的頭腦會讓他躲過危險的，倒是亨德萊有些令人放心不下。我想，他在道德上不會更加墮落了吧！此外，我會維護我哥哥的，不會讓他受到皮肉傷害。我曾經憤怒至極，詛咒上蒼是多麼不公平，今晚的事情，讓我不再怨天尤人了。啊！我曾經備受煎熬，忍受多麼巨大的痛苦啊！艾莉。假如艾德格知道我所遭受的痛苦折磨，他就會為自己的行為感到羞愧，後悔不該在我徹底擺脫痛苦的這一天對我發火。我沒有告訴過他我的痛苦，是因為不希望他也跟著我受罪，如果我向他吐露我全部的痛苦，那他就會有和我一樣的體會，多麼盼望從痛苦的深淵中解脫出來啊！不過，現在一切都過去了，也不想再跟他計較什麼，而且我相信，今後無論有多大的痛苦，我也能夠承受，即便世上最低賤的東西打了我一巴掌，我也不會動怒，不但要把另一邊的臉給他打，還要請他原諒我惹他生氣。為了證明這一點，我現在就要跟艾德格講和。晚安！我變成一個天使了。」

她就這樣信心百倍地走了，臉上洋溢著喜悅。

第二天早上，一看便知她實現了自己的願望。林敦先生的怒氣已經煙消雲散了（雖然他看起來仍然不像凱薩琳那樣歡樂無比），而且對凱薩琳下午提出要帶伊莎貝拉一起去咆哮山莊的建議也沒有表示反對。對此，她熱烈地回報了他纏綿而甜蜜的愛情。接連好幾天，這個家就像變成了歡樂的天堂，每個人都生活在她那燦爛的陽光裡。

希克利夫——以後我得稱他為希克利夫先生了——起初表現得十分謹慎，沒有常常到畫眉山莊來拜訪，彷彿在試探主人對他的來訪究竟能忍耐到什麼程度。凱薩琳也認為，接待他的時候，要控制一下自己的情緒，不要把滿心歡喜都表露在臉上。就這樣，他逐漸取得了隨時來此地拜訪的權利。他從小就沉默寡言，現在依然沒有多大改變，因此，旁人很難從他的外表看出他所思所想。林敦先生的不安總算暫時平息了，可在不久以後發生的事再次讓他感到不安，只不過那是另一方面的事情罷了。

新的煩惱根源完全出乎意料，那就是伊莎貝拉。那時，她已經是個十八歲少女，長得嫵媚動人，頭腦機敏，感情激烈，發脾氣時也很激烈。不幸的是，她對希克利夫突然產生一種不可抗拒的愛慕之情。她的哥哥一直很疼愛她，當他知道她竟然荒唐地愛上希克利夫，簡直是驚恐萬狀。林敦先生認為，姑且不論和一個沒名沒姓的人聯姻會辱沒了身分，也姑且不論萬一他沒有男孩繼承家業，他的財產很可能會落入這個人手中，就單單說希克利夫的本質，他算是太瞭解了，也十分清楚在他完全改變的外表下那永遠不會改變的本質，而且這種本質令他害怕。一想到把伊莎貝拉的一生託付給他，他就感到恐懼。不過，假如他知道她的愛情僅僅是單相思，對方毫不動情，那他會更加不安了，因為當他一發現這件事之後，便認定希克利夫在搞鬼，是故意勾引她。

那段時間，林敦小姐整日心神不寧、心煩意亂，脾氣也變得糟透了，動不動就和凱薩琳吵，也不再理會她的耐性有限，萬一發作起來了怎麼辦？我們大家都讓著她，只當她身體不好。就這樣，眼看著她一天比一天消瘦、憔悴。

有一天，她鬧得特別凶，怎麼也不肯吃早餐，並且開始抱怨起來，說什麼僕人不聽她的吩咐；凱薩琳對她所受到的怠慢不理不睬，艾德格也不理她了；房門老是敞開著，害得她受了涼；我們故意讓客廳的爐火熄滅了，好惹她發脾氣等等。凱薩琳嚴厲地命她上床睡覺，並痛罵了她一頓，還嚇唬她要去請大夫來。一提到坎尼斯大夫，她馬上大聲說她好好的，沒什麼病，只因為凱薩琳對她太壞了，讓她感到不高興而發脾氣。

「我對妳太壞！這話從何說起呢？妳這頑皮的寶貝？」女主人聽了她的指責，吃驚地嚷起來：「妳真不知好歹！我什麼時候苛刻妳了？說吧！」

「昨天，」伊莎貝拉抽泣著說：「還有現在。」

「昨天！」凱薩琳疑惑不解地說：「昨天有什麼事發生嗎？」

「昨天，我們正在荒原上散步，妳要我自己去蹓躂，把我打發走，然後妳卻跟希克利夫先生一起到處逛。」

「所以，妳認為我對妳太壞？」凱薩琳問道，同時笑了起來：「這並不表示嫌棄妳，認為妳是個多餘的人啊！其實，我們並不在意妳是不是和我們在一塊，我只是認為希克利夫的談話妳不會覺得有趣的。」

「噢！不，」伊莎貝拉哭著說：「妳明明知道我喜歡留在那裡，可是妳卻故意要我走開。」

「她瘋了嗎？」凱薩琳問我道：「伊莎貝拉，我把我們的談話一個字、一個字地說給妳聽，然後妳說說其中有什麼話妳覺得有趣。」

「我才不在乎你們說什麼呢！」她回答說：「我只是要跟……」

「怎麼？」凱薩琳看出她有些吞吞吐吐的。

「要跟他在一起，我不願總是給人打發走。」她接著說，激動起來：「妳是牛槽裡的狗①，凱薩琳，除了妳自己，妳再也不希望還有人被愛了。」

「妳真是個不知好歹的東西！」凱薩琳驚訝地大聲說道：「我簡直不敢相信，妳居然動了這樣愚蠢的念頭。妳是不可能得到希克利夫的愛慕的——妳竟然認為他是個值得愛的人！但願我是誤解妳的話了，伊莎貝拉。」

「不，妳沒有誤會，」那個神魂顛倒的女孩說：「我愛他勝過妳愛艾德格，如果妳肯放手的話，他或許會愛上我的。」

「天啊！妳瘋了，簡直沒腦子！現在就算妳是皇后，我也不願意是妳。」凱薩琳毅然決然地說道，似乎說的是真心話：「艾莉，妳幫我讓她清醒過來，告訴她希克利夫是怎麼樣的一個人——一個純粹的野蠻人，他沒有教養，野性不改，是只有荊棘和岩石的荒野，簡直就是一片不毛之地。瞧那籠子裡的小金絲雀，我都不忍心在冬天把牠放回樹林裡，難道我會勸妳把心交給他嗎？傻孩子，可惜妳不瞭解他的性格，正因為如此，才會讓你產生那樣的幻想。妳千萬別以為，在他那嚴峻的外表下埋藏著仁慈和柔情，他可不是一塊未經開鑿的有鑽石的石頭、一個含有珍珠的蚌，而是一個像狼一樣兇惡的、無情的人。我從來不會這麼對他說：『放過你的仇人吧！因為如果傷害了他們，那你就是一個心胸狹隘的、殘酷的人。』我會這麼對他說：『放過你的仇人吧！因為我不願意有誰傷害他們。』伊莎貝拉，如果他發現妳是個負擔，他會把妳毀掉的，就像捏碎一個麻雀蛋似的。我知道，他是絕不會愛林敦家任何一個人的，可他又完全能做到——為了妳的錢和妳的財產繼承權和妳結婚。貪婪的欲望根植在他的心中，和他一起成長，變成了永遠無法擺脫的罪惡。這就是我所認識的希克利夫，我全照實告訴妳了，都是為了妳好，而我還是他的朋友呢！假如我不想維護妳，而維護我的朋友的話，如果他真的打算把妳弄到手的話，也許我會保持緘默，讓你掉進他的陷阱。」

林敦小姐憤怒地瞪著凱薩琳。

「不害臊！不害臊！」她生氣地重複著：「妳比二十個仇人還壞，妳這惡毒的朋友！」

「啊！妳不相信我？」凱薩琳說：「妳以為我說這些是基於自私自利的險惡用心？」

「妳就是，我心裡清楚得很，」伊莎貝拉毫不示弱地說道：「而妳讓我感到害怕。」

「夠啦！」凱薩琳叫起來：「如果妳真這麼想，那去試試吧！我跟妳這個不知好歹的人沒什麼好說的。」

「她太自私了，為此我得生活在痛苦中。」當凱薩琳離開屋子後，她哭泣著說：「一切，一切都在反對我。她毀掉了我唯一的安慰，可是她說的是謊話，是不是？希克利夫先生不是個惡魔，他有一個真摯而高貴的靈魂，不然怎麼還會記得她呢？」

「把他從妳的心裡攆出去吧！小姐，」我說：「他是一隻不祥的鳥，不配做妳的丈夫。凱薩琳說得太可怕了，但我無法駁倒她，因為她比我、比任何人都更瞭解他，而且她也絕不會把他說得比他本人更壞。只有誠實的人，才不會隱瞞他們所做過的事。想想吧！他在離開這裡之後的那段日子是怎麼過的？又是怎麼發的財？他為什麼要住在咆哮山莊，住在他所痛恨的人的房子裡？聽說自從他到了那裡之後，恩休先生越來越墮落了，除了打牌喝酒，什麼事也不管。他們經常徹夜喝酒、賭博，亨德萊已經把他的地押出去了。這是我在一星期以前聽說的——我在吉姆屯遇見了約瑟夫，是他親口告訴我的。『艾莉，』他說道：『我們那個家差點請驗屍官來驗屍啦！我們的主人為了不讓自己被另一個人一刀宰了，用手去擋那刀子，差點把自己的手指給砍掉了。你知道嗎？我們的主人罪孽深重，夠格去接受審判了。可是他才不怕那些審判官呢！無論是保羅、彼得，還是約翰、馬太②，他誰都不怕，他就喜歡……他還想厚著臉皮去見他們哩！還有那個好孩子希克利夫，妳得小心他，他真了不得，哪怕真是魔鬼在開玩笑，他也照樣會發笑，絕不比別人差。他到山莊去的時候，從來沒有說過他在我們這裡做了些什麼事嗎？我告訴妳吧！每天太陽下山時起床、擲骰子、喝白蘭地、關上百葉窗、點上蠟燭，直到第二天中午，然後那兩個賭棍才不停咒罵地回到他們的臥室裡。聽到他們的滿嘴髒話，懂得羞恥的人都會捂住耳朵。那個壞蛋希克利夫，他手上有的是錢，又吃又喝，還到鄰居家跟人家的老婆瞎搞。當然啦！他會告訴凱薩琳小姐她父親的錢是怎麼流進他的口袋裡去的，她父親的兒子正向墮落的道路奔跑，而他還跑到前頭去為他打開路上一個個的柵欄呢！』林敦小姐，儘管約瑟夫是個老混蛋，但是絕不是個撒謊的人。如果他所說的是真的，那妳不會想要這麼一個丈夫吧！不會吧？」

「妳跟其他人是串通一氣，艾莉！」她說道：「我才不聽妳這些污衊和誹謗的話呢！妳們真是惡毒，竟然想讓我相信這世界上再也沒有幸福了。」

如果讓她自己去想，她最後會從妄想中清醒，還是會永遠沉迷，我說不清楚。不過，她沒有太多時間思考了。第二天，附近鎮上有個審判會議，林敦先生必須出席。希克利夫知道他外出了，來得比平時更早。凱薩琳和伊莎貝拉坐在書房裡，還在生對方的氣，不過誰也沒有說什麼。小姐想到自己最近的行為有些過分，昨天又在發脾氣時洩露了內心的祕密，心裡難免會感到不安。凱薩琳則把這件事仔細地想了想，覺得自己完全是為了伊莎貝拉好，可是她一點也不領情，對她真的很生氣，決定要好好取笑她一番，讓她知道這不是什麼鬧著玩的事。當她看見希克利夫走過窗前時，她笑了起來。當時我正在打掃爐子，看見她臉上露出了狡黠的笑容。不知伊莎貝拉是在認真讀書，還是出神地想心事，什麼都沒有察覺到，直到門打開還呆坐在那裡，這下子就是想躲開也太遲了。

「進來，來的正是時候。」凱薩琳開心地嚷道，拖一把椅子放在爐火邊：「這裡的兩個人正需要一個第三者來讓她們冰釋前嫌，而你正是我們都滿意的人。希克利夫，我好得意呀！因為我終於找到一個比我更愛你的人，希望你為此感到榮幸——不，不是艾莉，不要看著她。我的妹妹呀！真是怪可憐的，一直在暗地裡想著你美好的形體和心靈，想得心都碎了。現在，就看你願不願意做艾德格的妹夫了。噢！不，伊莎貝拉，別跑！」她滿面笑容，裝著只是鬧著玩似的，一把抓住了那個又羞又惱的女孩——她正氣憤地站了起來：「希克利夫，為了你，我們像兩隻貓似的，吵得不可開交，都誇耀自己對你的愛是如何深情，我可是完全比不上人家了。另外，她還警告我，如果我識相一點，站一邊去，那我的情敵——她自認為是我的情敵——就會把丘比特的神箭一箭射中你的心，從此你會永不變心，並把我從你的心中永遠抹去。」

「凱薩琳！」伊莎貝拉嚷道。為了保持自己的尊嚴，她已經停止了掙扎，不再試圖從凱薩琳的手掌中掙脫出來：「多謝妳了！不過，還是實話實說吧！不要加油添醋地亂說，即使是開玩笑。希克利夫先生，煩勞你叫你的這位朋友放我走吧！她忘了我和你並不熟悉，她覺得這樣好玩，但我覺得是在受苦呢！」

然而，希克利夫並沒有理睬，坐在那裡動也沒動，看起來，她對他懷著什麼樣的情感，他似乎根本不屑一顧。她只得轉過身，低聲懇求凱薩琳放開她。

「我可不會輕易放妳走，」凱薩琳說道：「免得再被別人叫做『牛槽裡的一隻狗』，妳得待在這裡。嗨！希克利夫，聽到這個好消息為什麼不得意洋洋呢？艾德格那麼愛我，可是伊莎貝拉發誓說，艾德格對我的愛，與她對你的愛比起來，根本算不了什麼。我保證她說過這類的話。艾莉，是不是？而且，自從前天散步回來以後，她就一直不吃不喝，又是發脾氣，又是傷心不已，只因為我把她從你身旁打發走了，而我原本以為她跟你在一塊會覺得難受呢！」

「我想妳在取笑她，可是妳搞錯了，」希克利夫說道，把椅子轉過來朝著她們：「至少現在她就不願意和我待在一起。」

說完，他盯著那個被談論的對象，那神情就像在盯著一個稀奇的、令人反感的動物——比如說一條印度蜈蚣，儘管牠的樣子令人生厭，但在好奇心驅使下，人們還是會仔細觀察牠的。這個可憐的東西承受不住這樣的眼光，臉上白一陣紅一陣，淚水盈滿了眼眶。她拚命地想用纖細的手指掰開凱薩琳緊緊抓著她的手，可是她剛掰開了一個手指，再去掰另一個手指時，先前那個手指又壓在她的手臂上，根本無法掙脫。情急之下，她伸出尖尖的指甲，在那緊抓著她的手背上留下了幾道鮮紅的月牙印。

「好一隻母老虎！」凱薩琳大叫起來，立即鬆開了手，疼得使勁搖晃她的手：「看在上帝的份上，滾吧！趕快把妳那潑婦的臉藏起來。太愚蠢了，居然當著他的面露出妳的爪子，難道不擔心他會怎麼想嗎？瞧，希克利夫，這就是她抓人的東西——可得當心你的眼睛啊！」

「要是她膽敢對我揮舞她的爪子，看我不把她的指甲從手指頭上拔下來！」他野蠻地回答。這時她已經跑出去了，並關上了門：「可是凱薩琳，妳也真是多事，取笑她是什麼意思？妳說的不是真的吧？」

「我保證說的全是實話。」她回答：「好幾個星期以來她就一直苦苦地想著你，昨天早餐的時候還為此大發了一頓脾氣，把我臭罵了一頓，因為我坦白說了你的不是，好讓她對你死了這個心。好啦！你不必再理會這件事了，我只不過是想懲罰一下她的壞脾氣。親愛的希克利夫，我太喜歡她了，怎麼捨得讓你把她抓住生吞活剝呢！」

「我太不喜歡她了，怎麼會去打她的主意，」他說道：「除非不怕倒胃口。要是我跟那個讓人噁心的蠟臉同居，那妳可有不少稀奇古怪的新鮮事聽了，每隔一兩天就要叫她的白皮膚上出現道道彩虹，叫她的藍眼睛變成黑眼睛，這還是最輕鬆平常的呢！算不了什麼。那雙眼睛太令人厭惡了，與林敦就像一個模子裡刻出來的。」

「是太令人喜歡了。」凱薩琳說：「那是一雙鴿子的眼睛——天使的眼睛。」

「她是她哥哥的繼承人吧？」沉默了一會之後，他問道。

「如果我回答『是』，那我會很難受的③。」凱薩琳回答：「不過，你放心，只要上帝慈悲，會有半打的侄子來取消她的繼承權的。你還是拋開這個念頭吧！別打什麼壞主意。你太貪念別人的財產了，可是你記住，這家的財產是我的。」

「如果是我的，那還不是一樣？」希克利夫說道：「雖然伊莎貝拉沒有頭腦，可是並不瘋，而且……算了，聽妳的，不說這件事了。」

他們表面上果然沒有再提這件事。也許凱薩琳說完之後就忘了，可是在那天晚上，我卻真切地感覺到另一個人一直在想這件事。每當凱薩琳一離開那間房子，我就看見他在發笑——簡直是在獰笑——然後陷入沉思中，神情陰森恐怖。

我決定觀察他的動向。我的心始終是向著林敦先生的，而不是向著凱薩琳的，因為在我看來，林敦先生善良、正直、信任他人；而凱薩琳雖然不能說截然不同，但是她卻太隨意行事，讓我很難相信她為人處世會有原則性，更難對她的喜怒哀愁產生共鳴。我真希望發生什麼事，可以讓咆哮山莊和畫眉山莊擺脫希克利夫，讓我們能夠像過去一樣寧靜地生活。對我來說，希克利夫的拜訪就像可怕的夢魘，我想對我的主人來說也是如此吧！他在咆哮山莊住下來，給人帶來一種難以言說的壓抑感。我心裡總是有一種感覺，覺得上帝已經丟下了那迷途的羔羊——伊莎貝拉，任牠迷惘，而在黑暗中，一隻惡狼逡巡在羔羊周圍，伺機猛撲過去吃掉牠。

①引自《伊索寓言》。一條狗躺在牛槽裡，牛來吃草，狗對牛狂吠，不許牛吃草。最後牛說：你自己不吃草，還不讓別人吃草，這算什麼嘛？

②保羅、彼得、約翰、馬太，均是耶穌的門徒。

③老林敦的遺囑規定，在林敦沒有男孩的情況下，他的財產由其妹妹繼承。

第十一章

有時候，我獨自思考著這些事情時，一種恐懼感會突然襲來，於是我戴上帽子，決定立即動身前往山莊，去看看那裡的情形究竟怎樣了。儘管大家都在指責亨德萊先生，但我的良心讓我覺得自己有責任去警告他。但是，隨即我又想到他已是惡習難改、無可救藥了，我懷疑自己所說的話他是否聽得進去，因此，我又停下了腳步，不敢再次踏進那破敗不堪、面目全非的宅子。

大約就在故事正講到的那段時期，一次我到吉姆屯去，特地繞道從那座古舊的宅子旁邊經過。那是個晴朗而寒冷的午後，地面上寸草不生，道路又乾又硬。我來到那塊界碑處，大路在這裡岔開成幾條路，左邊一條通往荒原。所謂界碑，就是用一根粗糙的砂石豎立起來的柱子，作為去畫眉山莊、咆哮山莊和鎮上的路標。界碑上面刻著道路通向各個地方的英文縮寫，北面是「咆哮山莊」，東面是「吉姆屯」，西南面是「畫眉山莊」。太陽照在灰色界碑的頂上，呈現金黃顏色，不禁讓我想起了夏天。我說不出是什麼原因，在一剎那間，我彷彿回到了童年時代。二十年前，亨德萊和我最喜歡這個地方，時常來這裡玩耍。最初一段時間，我們只是看著這塊被風吹雨打的岩石，後來無意中，我發現靠近界碑底座的地方有個洞，裡面滿是蝸牛和小石子，於是我們把最喜歡的小玩意和一些不易保存的東西藏在那裡。我回想著過去的美好時光，那時的情景栩栩如生地浮現在我的眼前，彷彿看見我那童年的夥伴坐在乾枯的草地上，方正的頭顱俯向地面，小手正用一塊石片挖著泥土。

「可憐的亨德萊！」我情不自禁地叫出聲來。有那麼一瞬間，我的眼睛彷彿看見幼年時的亨德萊抬起頭來，一雙純潔無暇的眼睛望著我，一眨眼工夫又消失了。這個情景把我嚇了一跳，一種不可抑制的念頭在我腦海中蔓延——到山莊去，而且迷信的觀念也促使我聽從了這種衝動。也許他已經死了，或者快要死了。——但願這不是死亡的預兆吧！

離那座老宅子越近，我的心就越激動，等到看見它的時候，我的手腳不停地發抖。我又看見了剛才幻覺中的幽靈，它已經趕到我前面，就站在那裡，隔著柵欄望著我——當我一眼看到一個頭髮蓬亂、眼睛棕褐色的男孩，紅撲撲的小臉靠在柵欄橫木上時，腦中就閃過了這樣一個念頭。不過，很快我就明白過來，這是哈里頓，一定是我的哈里頓，自從我離開咆哮山莊，已經有十個月沒有見過他了，他的模樣並沒有多大改變。

「上帝保佑你，寶貝！」我嚷道，立刻忘掉了我那無妄的恐懼：「哈里頓，是艾莉呀！艾莉，你的保母。」

他往後退，不讓我抱他，還揀起了一塊大石頭。

「我是來看你爸爸的，哈里頓，」我繼續說道，從他的舉動中我可以想像得到，即使艾莉還活在他的記憶裡，他也不認識我就是艾莉了。

他舉起石頭要向我扔過來，我連忙說好話哄他，可是石頭仍然扔了過來，打中了我的帽子。隨後，小傢伙嘴裡結結巴巴吐出來一連串咒罵，也不知道他明不明白這些髒話，但他罵得有板有眼，十分老練，一張稚嫩的小臉變成了一副兇狠的怪模樣。要知道，看到這個情景，我的反應不是氣惱，而是心痛，我幾乎都要哭了。我從口袋裡掏出一個橘子給他，向他表示友好。他遲疑了一下，然後一把從我手裡搶了過去，他好像以為我只不過是想戲弄他，等他伸手拿的時候我又會收回去，讓他空歡喜一場。我又掏出一個橘子，但不讓他的手搆得著。

「誰教你說的這些好話！我的孩子？」我問道：「是助理牧師嗎？」

「去他娘的助理牧師！還有妳，給我那個。」他回答。

「先告訴我你在哪裡念書，我就把它給你。」我說道：「誰是你的老師？」

「死鬼爸爸。」他回答道。

「你跟爸爸學習了什麼呢？」我繼續問。

他跳起來要搶橘子，我舉得更高：「他教你什麼？」我問。

「什麼也不教，」他說：「只是叫我躲遠點。爸爸受不了我，因為我要咒罵他。」

「啊！是魔鬼教你咒罵爸爸的嗎？」我問道。

「嗯——不！」他慢吞吞地說。

「那是誰呢？」

「希克利夫。」

我問他是不是喜歡希克利夫先生。

「嗯！」他回答說。

我想知道他為什麼喜歡希克利夫，可是問來問去只有這麼幾句話：「我不知道——爸爸怎麼對付我，他就怎麼對付爸爸，爸爸罵我，他就罵爸爸——他還讓我想幹什麼就幹什麼。」

「助理牧師不再教你讀書寫字了嗎？」我追問道。

「不，希克利夫說了，要是助理牧師膽敢跨進大門一步，包管叫他——把他的牙打進他的——喉嚨裡去。」

我把橘子給了他，要他去告訴爸爸，有個叫艾莉•迪恩的女人在園子門口等著，要跟他說話，他便踏著石板路走進了屋子。可是，一會之後出現在門口的並不是亨德萊，而是希克利夫。我馬上轉身就跑，拚命地順著大路跑去，一直跑到界碑那裡才停下——我怕得要命，就像撞見了妖魔鬼怪似的。儘管這件事和伊莎貝拉小姐的事情並沒多大關聯，但卻促使我下決心更加嚴加提防希克利夫，盡我最大的努力來阻止那些罪惡的東西侵入畫眉山莊，即使因此惹惱凱薩琳，從而引起家庭風波，我也不在乎。

希克利夫再次來訪的時候，伊莎貝拉小姐正巧在院子裡餵鴿子。三天時間以來，她一直沒有和凱薩琳說話，不過也不再亂發脾氣，這讓我們稍感寬慰。我知道，希克利夫一貫不會對林敦小姐浪費一點多餘的禮貌，可是現在一看見她，他的第一個動作卻是向四周掃視一下，看看有沒有人，然後穿過石板路，向她走去。當時我正站在廚房的窗戶前，連忙退後一點，不讓他發現我。他來到她的面前，說了些什麼，她好像感到很不好意思，想要走開，可是他一把抓住了她的手臂，而她則別過臉去。很明顯，他問了一些話，而她卻不想回答。可是接下來，他快速地瞥了屋子一眼，以為沒有人看見，這個惡棍竟然厚顏無恥地把她摟進了懷裡。

「猶大①，背信棄義的壞蛋！」我大聲喊叫起來：「原來你是個偽君子，一個心術不正的騙子。」

「妳在說誰呀？艾莉。」凱薩琳的聲音從我身後傳來。當時我正專心地看著外面的一對，沒有察覺到她進來了。

「妳的那個令人討厭的朋友！」我激動地回答：「就是那邊那個偷偷溜進別人家裡耍流氓的壞蛋。啊！他看見我們了——他進來啦！凱薩琳，他口口聲聲對妳說他恨小姐，可是背地裡卻在向她求愛。我倒要看看他怎麼厚著臉皮找什麼藉口來替自己解釋。」

凱薩琳看見伊莎貝拉從他的懷裡掙脫出來，跑到花園裡去了。一會，希克利夫推開廚房的門進來了。我滿腔怒火，忍不住想要發洩一下，可是凱薩琳卻生氣地要我住口，而且還警告我說，如果我膽敢插嘴、胡說八道，就要我立即離開廚房。

「瞧妳的口氣，別人聽見還以為妳是家裡的女主人呢！」她嚷道：「妳要明白妳的本分。希克利夫，你這是幹嘛？鬧出這樣的事情來？我說過不許你去碰伊莎貝拉。算我求你了，千萬別打她的主意，除非你對到這裡來作客已經膩了，想要林敦給你吃閉門羹。」

「如果他想這樣做，那麼試試看！上帝不會容許他這麼做呢！」這個壞蛋回答。看著他那副嘴臉，這會我恨透了他：「上帝啊！讓他老實點吧！否則……我一天天越來越瘋狂，真恨不得立即打發他去天堂呢！」

「噓！」凱薩琳關上了門：「不要惹惱我。我不是請求過你別去招惹她嗎？你為什麼不聽我的勸告呢？是她故意出現在你面前的嗎？」

「這跟妳有什麼關係？」他大聲吼叫道：「只要她願意，我就有權吻她，妳沒有權利反對。更何況我又不是妳的丈夫，妳用不著如此嫉妒！」

「我不是嫉妒她，」凱薩琳回答：「我是為你感到不值，是愛惜你。好啦！開朗點，用不著板著個臉！如果你喜歡伊莎貝拉，就把她嫁給你了。可是，話又說回來，你真的喜歡她嗎？不許撒謊，要說實話，希克利夫。看吧！不說話了吧！我就知道你是不會喜歡她的。」

「林敦先生會同意把他妹妹嫁給那個人嗎？」我插嘴問道。

「林敦先生會同意的。」凱薩琳斷然說道。

「這事用不著他操心，」希克利夫說：「即使他反對，我也一樣能辦到。至於妳，凱薩琳，既然話已經說到這裡了，我倒有幾句話要跟妳說清楚。我要妳明白，我心裡清楚得很妳是怎麼對我的，妳對我真是狠心——實在是太狠心了！妳聽清楚了沒有？假如妳自欺欺人地以為我沒有看出來，以為說幾句甜言蜜語就可以讓我心平氣和，那妳就是個白癡！如果妳以為我受盡折磨而不想報仇，那我告訴妳，根本不是這麼一回事，我要讓妳看看，要不了多久，我就會報仇雪恨。同時，我還要感謝妳告訴我林敦小姐的心事，我發誓要好好地利用它。妳給我站一邊去吧！少管這些事！」

「喲！這又在玩什麼新花樣啊？」凱薩琳驚訝地叫起來：「你說我對你狠心，你要來報仇？那好吧！你打算怎麼報仇，你這個忘恩負義的畜牲？我怎麼狠心對你啦？」

「我不是要找妳報仇，」希克利夫回答，火氣一下子低了下去：「我從來沒有把妳列入我的復仇計畫。暴君殘酷欺壓他們的奴僕，而奴僕們並不反抗，卻把仇恨發洩到更加低賤的人身上。只要妳覺得開心，我甘心讓妳把我折磨到死，只是也要允許我以同樣的手段來對付其他人，讓我也得到一點樂趣，同時還請妳不要再侮辱我了。既然妳毀了我的宮殿，就不要隨便搭個茅屋賞給我為家，還四處炫耀妳的善行。如果我相信妳是真心希望我娶伊莎貝拉的話，那我寧願一刀抹了自己的脖子。」

「啊！你這麼氣勢洶洶，問題就出在我沒有嫉妒，是吧？」凱薩琳大聲說道：「好吧！我再也不會給你提親了。給你說親，無異於把一個迷失的靈魂獻給撒旦；你的幸福，和化身為蛇的撒旦一樣，會讓人受苦受難的。你自己都證實了這一點。你第一次踏進這個家門的時候，艾德格大發了一頓脾氣，後來好不容易才平靜下來，我也安心了。可是你呢？似乎見不得我們相安無事，非要把這個家攪亂不可。好吧！要是你高興，就去和艾德格大吵一場吧！希克利夫，你也可以欺騙他的妹妹，把她拐跑。真虧你想得出這麼個絕妙的方法來收拾我，為你自己報仇。」

他們沒有再談下去。凱薩琳在爐火旁坐了下來，兩頰通紅，顯得心事重重。現在，一向供她奴役的「魔鬼」不聽使喚了，她無法馴服它，也無法控制它。希克利夫站在火爐前，雙臂交叉，腦子裡全是些惡毒的念頭。在這種情形下，我離開了，去找林敦先生，他正納悶凱薩琳為什麼在樓下待這麼久。

「艾莉，」我進去的時候他問道：「看見妳的女主人沒有？」

「她在廚房裡，先生。」我回答道：「她對希克利夫先生的舉動很不高興。唉！照我的看法，現在是重新考慮該怎麼對待希克利夫作客這件事的時候了，如果對他太客氣，反而害自己，結果鬧出這樣的事來——」於是我說了院子裡的一幕，還大膽地把接下來的那場爭吵如實說了。我認為，我告訴林敦先生這些話不會傷害到凱薩琳，除非她想要袒護希克利夫，那又另當別論了。艾德格・林敦費勁地聽完我的敘述，然後發表他的看法，開頭幾句話表示他並不想為他的妻子開脫。

「太不像話了！」他叫起來：「她也太不像話了！竟然把他當作朋友，還要勉強我去接待他。艾莉，到下房叫兩個人來，我不許凱薩琳再和那個下流的混蛋費口舌了，我以前太遷就她啦！」

他下了樓，吩咐兩個僕人在走廊裡等著，自己逕自向廚房走去，我跟在他的後面。在廚房裡，兩個人又激烈爭吵了起來，至少凱薩琳又重新打起了精神，正接連不斷地咒罵希克利夫。他站在窗前，低垂著頭，顯然已經受不了她那一聲接一聲的怒罵，有些喪氣了。他先看見林敦先生，趕忙做手勢叫她別鬧了，她看見他的暗示後立即住了嘴。

「這是怎麼回事？」林敦問她說：「妳倒是真講究面子！——那個流氓當面對妳出言不遜，妳居然還待在這裡！看來那原本就是他平常的談吐，所以妳也不覺得有什麼關係。妳對他的下流品行已經習以為常了，或許以為我也能習慣吧！」

「你在門外偷聽嗎，艾德格？」凱薩琳問道，一副滿不在乎的口氣，似乎故意想激怒他丈夫似的，而且對他的憤怒也不屑一顧。林敦先生說話的時候，希克利夫抬眼看著，這時聽到凱薩琳這麼說，便發出一聲冷笑，故意要把林敦先生的注意力引到他身上來似的。他成功了，可是艾德格卻不打算跟他吵架。

「我對你一直很克制，先生。」他平靜地說：「不是我不知道你那卑劣的品行，而是因為我覺得那並非完全是你的錯，而且凱薩琳願意和你來往，所以我默許了——一個糟糕的決定。然而，你的到來是種道德上的毒素，能玷污最有德性的人。為了這個緣故，為了防止更糟的後果，今後我不允許你再踏進這個家門。我現在就通知你，馬上離開這裡，如果三分鐘之後你還不走，別怪我對你不客氣了。」

希克利夫從上到下打量了一番說話的人，眼睛裡充滿嘲弄神色。

「凱薩琳，妳這隻羔羊嚇唬起人來倒像一頭公牛一樣。」他說道：「可惜呀！要是他的頭碰上我的拳頭，恐怕只會落個粉碎的下場。哎呀！林敦先生，我還真下不了手呢！你連我的一拳都承受不起。」

主人向走廊裡看了一眼，又暗示我叫人來。顯然，林敦先生並不想一對一地和他決鬥。我出了房門，往走廊那邊走去。凱薩琳似乎起了疑心，跟了過來，當我正要叫那兩個人的時候，她把我拖了回來，把門關上，又上了鎖。

「真是個光明磊落的辦法啊！」看見她丈夫吃驚而憤怒的臉色，她就這樣說道：「如果你沒有勇氣跟他一對一打架，那就向他道歉，要不然就等著挨打，這樣好讓你記住以後別裝什麼英雄好漢。——不，我寧可把鑰匙吞下去，也不會交給你。我對你們一片好心，不料卻遭到這樣的報應。我一味地縱容你們——一個是軟弱的懦夫，一個是卑劣的野蠻人，到頭來得到的卻是兩個忘恩負義的人的怨恨，真是愚蠢得可笑！艾德格，剛才我一直在保護你和這個家呀！可是你竟然對我存著壞心眼，把我想得那麼惡毒，現在我真希望希克利夫狠狠抽打你一頓。」

此時，已經用不著真的抽打了，她的話就像鞭子抽打在主人身上，林敦先生已經洩氣了。他試圖從凱薩琳手裡奪過鑰匙，但她把鑰匙扔進爐火中最熾烈的地方。這時，艾德格的臉變得慘白，渾身不住地顫抖，怎麼也無法控制心中激憤的情緒。痛苦與恥辱交織在一起，把他完全壓垮了，他倒在椅背上，雙手遮面。

「哎呀！假如在過去，你這個樣子可是會為自己贏得一個騎士封號呢！」凱薩琳大聲嚷嚷著：「算啦！我們服輸了！我們服輸了！希克利夫如果要對你動手，就好比一個國王率領他的軍隊去打一窩老鼠。好啦！放心吧！誰也不會打你的，你連一隻羔羊都算不上，簡直就是隻吃奶的小兔子。」

「但願妳喜歡這個軟弱的懦夫，凱薩琳！」希克利夫說道：「妳真有眼光，居然看中了這麼一個流著口水、哆嗦成一團的東西，而不要我！我不想揍他，可是踢他幾腳倒是滿符合我胃口的。他是在哭，還是嚇得要暈過去了？」

這傢伙走過去，推了推林敦坐著的椅子。他還不如站遠一點呢——只見我的主人霍地站了起來，對準他的喉頭，狠狠擊了一拳。幸好他並不瘦弱，否則這重重一拳非把他打倒不可。大約有一分鐘時間，希克利夫沒有喘過氣來。趁此機會，林敦先生從後門走到院子裡，又從那裡走到宅子大門。

「好呀！以後你休想再上這裡來啦！」凱薩琳大叫道：「現在快走吧！他會帶著兩支

手槍和六、七個幫手回來。如果我們先前的談話他真的偷聽到了，那他永遠也不會諒解你的。剛才你的行為把我害慘了，希克利夫，可是你走吧——趕快呀！我寧可看見艾德格走入絕境，也不願看見你走投無路。」

「我挨了那麼一拳，喉頭到現在還火辣辣的，難道妳以為我會就這麼一走了之？」他怒火中燒，大聲吼道：「我向地獄發誓，我絕不走。在我跨出這門檻之前，我要把他的肋骨碾碎得像一顆顆爛榛子！如果我今天不狠揍他，不出了這口惡氣，那我總有一天會宰了他。所以，如果妳捨不得他的性命，那就讓我痛打他一頓。」

「他不回來了，」我插嘴說道，撒了個謊：「已經有一個馬夫和兩個園丁過來了，你不會等著他們把你扔到大路上去吧？他們每人都拿著一根棍子，而且，很可能主人正站在客廳窗戶前看著他們執行他的命令呢！」

園丁和馬夫的確是在那裡，不過林敦也跟他們一起，已經走進了院子。希克利夫轉念一想，決定不和這三個僕人打鬥，於是抓起了火鉗，撬開裡門的鎖。當他們大步走進來時，他已經逃之夭夭了。

凱薩琳似乎精神上受到了很大刺激，情緒異常激動，叫我陪她上樓。她不知道這場亂子我也負有一定責任，我也極力不想讓她知道。

「我快要瘋啦！艾莉。」她倒在沙發上嚷道：「我的腦子裡就像有一千個錘子在敲打，告訴伊莎貝拉躲我遠點，這場風波全是因她而起。這時候，如果是她或是任何人再火上澆油，我可就真的要發瘋啦！艾莉，要是今天晚上妳再見到艾德格，跟他說我恐怕要生一場大病。但願真的能得一場大病，今天他可把我害慘了，想不到他會這麼對付我。我也要嚇唬嚇唬他，否則他也許會過來咒罵、抱怨一番，我一定會和他吵起來的，真不知我們要鬧到什麼時候才算結束。妳願意這樣做嗎？好艾莉！妳很清楚，在這件事上我沒有一點責任，誰叫他疑神疑鬼的跑來偷聽呢？妳當時離開之後，希克利夫說了些不知天高地厚的話，我對他所說的都是為了要他對伊莎貝拉死了心，這是最要緊的，至於我的那些話是什麼並沒有多大的關係。可是，現在事情卻弄得糟透了，就因為這個傻子像被鬼附身似的，偏要偷聽別人說他的壞話。如果艾德格沒聽到我們說的話，他絕不會鬧到那種地步的。說真的，當他不分青紅皂白就開口罵我的時候，也不想想我正為了他而大罵希克利夫，連嗓子都罵得沙啞了，我一氣之下什麼都不管了，隨便他們兩個愛怎麼樣就怎麼樣。我覺得，無論這一場戲最後怎麼落幕，我們幾個一定會分開了，而且誰也不知道要分開多久。好吧！如果艾德格一味地心胸狹隘、嫉妒自私，讓我無法與希克利夫做朋友，那麼，我的心就會碎了，好讓他們的心也碎裂。要是把我逼急了，我就會走上絕路，這倒是個解決一切問題的最迅速痛快的方法。不過，這個辦法留待實在無路可去了再用，而且事先我會告訴他的，不會給他突然一擊。他一向很謹慎，唯恐把我逼上絕路。妳一定要對他說清楚，讓他好好想想，如果他不像以往那麼做，可能會招致危險的結果。此外，妳還要提醒他，我的脾氣暴躁，一旦鬧起來，就會發瘋的。艾莉，瞧妳那張臉，一副呆頭呆腦的樣子，快別這樣了，為了我妳也該有一點焦急的神情呀！」

她煞有介事地說了那麼多，我卻若無其事的站在那裡，是有些令人氣惱的。不過，在我看來，如果一個人連發瘋之類的事都可以事先安排好，那麼，即使他在狂怒之下，也能夠控制自己的行為；而且，我也不願幫她「嚇唬嚇唬」她的丈夫，不願為了達到她自私自利的目的而讓他再添煩惱。因此，當我見到主人向客廳走來時，我什麼也沒說，又轉過身躲在門後偷聽，看他們會不會又爭吵起來。

他先開口說話。

「妳就待在那裡別動，凱薩琳，」他的語氣中怒氣全無，卻充滿哀傷：「我不會在這裡多待的。我不是來和妳爭吵的，也不是來和妳講和的，我過來只想弄清楚一件事情，那就是經過今晚這麼一場大吵大鬧，妳是否還打算把那種親密關係繼續保持下去，我是指和妳那個──」

「啊！仁慈一點吧！」女主人打斷了他的話，跺著腳大聲嚷了起來，「仁慈一點吧！現在讓我們別再提這事吧！你是個冷血的人，你的血是冰冷的，永遠也不能發熱，可是我的血是熱的，它在我的血管裡沸騰，特別是現在，一看見你這副冷冰冰的樣子，我的血就沸騰得更厲害。」

「要我走開，就得先回答我的問題。」林敦先生毫不讓步地說道：「妳一定得給我一個答案，大吵大鬧是沒用的，嚇唬不了我。我發現，只要妳願意，妳能夠和其他人一樣做到冷若冰霜、無動於衷。從此以後，妳是放棄希克利夫呢，還是放棄我？妳想要既做我的朋友，又做他的朋友，那是絕對不可能的。我要知道，妳到底選哪一個？」

「我要求你們都離我遠點！」凱薩琳狂怒地大叫道：「我堅決要求，難道你沒看見我連站都站不穩了嗎？艾德格，你——你給我躲遠點！」

她拚命搖鈴，最後把鈴鐺都搖破了，我才不慌不忙地走了進來。像這樣喪失理智、不計後果的撒野，就是聖人也會受不了的。她躺在沙發上，頭在沙發扶手上一陣亂撞，還不停地磨著牙，讓人以為她要把牙齒磨個粉碎呢！林敦先生看著她，心裡猛然湧起一股酸澀，有些害怕，忙叫我去拿點水來。這個時候，在一陣瘋狂發怒之後，凱薩琳已經說不出話了。我拿來滿滿一杯水，她不肯喝，我就把水潑到她臉上。她立刻挺直了身體，眼睛上翻，臉色白裡透著青，就像要死了一樣。林敦看她這個樣子，嚇得不得了。

「沒事的，林敦先生。」我低聲說道。我不希望他就此退讓，儘管我自己心裡也感到有些害怕。

「她嘴唇上有血。」他說道，渾身顫抖著。

「沒關係！」我尖刻地說道。於是我告訴他，在他來之前，她是如何打算要發一陣瘋的。可是我一不留神，說話大聲了點，不料被她聽見了。她馬上跳了起來，披散著頭髮，眼睛裡冒著怒火，脖子和手臂上的青筋都暴凸了起來。我把心一橫，準備被她毒打一頓，也許還會折斷幾根骨頭，可是她只是瞪著一雙大眼睛，一會兒後便衝出屋子。主人叫我跟著她，我一直跟她到臥房門口。進去後她猛地關上了門，把我擋在外面。

第二天早晨，她不下來吃早餐，我就去問她，要不要把早餐送上來：「不要！」她口氣決斷地說。午餐的時候、吃茶點的時候，我用同樣的問話得到了同樣的答覆，直到第三天情況依然如此。這幾天，林敦先生整日待在書房裡消磨時光，沒有問起他太太的情況。伊莎貝拉倒是和他有過一小時的談話，他原本想從她口中引出一些話來，比如她對於希克利夫的追求表示恐懼之類的話，可是她的回答總是躲躲閃閃，聽不出所以然來，只得結束這次問話。不過，最後他嚴厲地警告她說，如果她真的瘋狂了，竟然鍾情於那個低賤的求婚者，那麼他們之間的兄妹情誼就結束了。

①猶大——耶穌十二門徒之一，後來背信棄義將耶穌出賣給敵人，因此耶穌被釘在十字架上而死。

第十二章

林敦小姐天天在林苑、花園裡走來走去，一句話不說，眼裡總是含著淚，一副鬱鬱寡歡的樣子。她的哥哥躲進書房裡，緊閉房門，把自己埋在書堆裡，可是一本書也沒打開過——我猜想，在他煩惱不安的內心，一定期盼著凱薩琳能痛悔她的行為，主動向他認錯，並請求他的諒解，大家重歸於好。凱薩琳幾天來都沒吃任何東西，似乎決心絕食到底，直到她的丈夫向她求情。也許她以為，艾德格每當看見她的座位空著就吃不下去，只不過基於一家之主的面子，才沒有跑上來跪倒在她的腳下。我照樣忙我的日常家務，認定在畫眉山莊裡只有一個人還保持著清醒的頭腦，而那個人就是我。我沒有白費唇舌去安慰小姐，也沒有去勸告我的女主人，更沒有去理會主人的一聲聲嘆息，因為他聽不到他太太的聲音，就盼望著別人說起她，可是我決定讓他們自己腦筋轉過來，能夠彼此諒解，儘管這個過程是個漫長而令人焦急的。最後，我高興地看到一線曙光——正如我當初所預料的那樣。

第三天，凱薩琳打開了房門。原來，她把水壺、水瓶裡的水全都喝光了，要我重新添滿，另外她認為自己快要死了，因此還要了一鍋粥。我認為她這話是故意說給艾德格聽的，我才不相信呢！所以她的話我沒有對誰說，只是拿給她茶和烤麵包。她幾乎是狼吞虎嚥地又吃又喝，之後又躺在床上，雙拳握緊，開始呻吟起來。

「哎呀！我要死了，」她喊叫：「讓我早點死吧！有誰心疼過我呀？我還不如不吃東西得好呢！」

過了好一會，我又聽見她嘀咕道：「不，我才不死呢！我死了他會高興的，很快就會把我忘了，他根本不愛我。」

「還需要什麼嗎，太太？」我問道。儘管她的臉慘白得嚇人，她的舉動古怪邪門，可是我在表面上依然保持著平靜。

「那個沒心沒肺的東西在做什麼？」她問道，一邊用手把糾結在一起的鬈髮從她那憔悴的臉上撥開：「他是得了昏睡病，還是死了？」

「我想都沒有，」我回答：「如果妳問的是林敦先生的話，他一直待在書房裡，雖然時間長了點，但身體還不錯。既然沒人願意陪他，乾脆他就埋進書堆裡去了。」

當時假如我知道她身體的真實狀況，就不會這麼說了，可是我就是擺脫不了這樣的念頭——她的病一半是裝出來的。

「埋在書堆裡！」聽到這個消息，她像受到了巨大打擊，大聲嚷道：「在這個時候，他竟然把自己埋在書堆裡！而我就快要死了，墳墓離我近在咫尺。我的上帝呀！他知不知道我變成什麼樣子了？」她瞪著眼，望著掛在對面牆上鏡子裡的影子說道：「那個人是凱薩琳・林敦嗎？也許他還以為我是在撒嬌，和他鬧著玩呢！艾莉，難道妳就不能對他說，這可不是遊戲，是性命攸關的事嗎？如果還來得及，只要我知道他心裡是怎麼想的，我就能馬上決定兩件事中究竟選擇哪一件：不是繼續絕食，直到餓死——這對他來說算不上是懲罰，除非他有一顆心；就是恢復健康，離開這裡。艾莉，妳說的可是他的真實情況？難道他對我的生命真的完全不當一回事嗎？」

「唉！太太，」我回答說：「主人根本想不到妳會發瘋呀！當然更不會想到妳會餓死自己呀！」

「妳以為他不會想到嗎？妳就不能跟他說我一心想死嗎？」她嚷道：「快去勸他，告訴他，妳認為我已經決心一死了之，妳就當成是妳自己想說的吧！」

「不，妳忘了，林敦太太，」我提醒道：「今天晚上妳已經吃過東西了，胃口也很好，明天早上妳就知道吃了東西就是不一樣，妳會感覺好一些的。」

「只要讓我清楚知道他真的這麼狠心，我就馬上自殺，要叫他也活不成。」她打斷我說：「這三個夜晚我熬得好辛苦啊！沒有闔過一次眼呀！啊！我是在遭受苦刑，我是被魔鬼纏住了呀！艾莉，現在，我有點覺得妳並不疼我。多麼奇怪啊！我本以為，儘管每個人彼此輕視，可誰也不能不愛我，想不到要不了幾個鐘頭，這個家裡的每個人都與我為敵了——這一點我敢肯定。在我臨死的時候，周圍全是一張張冰冷的臉，該是多麼淒涼啊！伊莎貝拉嚇壞了，更噁心死了，連這間屋子都不願踏進半步——看著凱薩琳死去，這太可怕了！艾德格一本正經地守在一旁，等我一死總算鬆了口氣，這下他家裡又恢復平靜了，他又能把自己埋到書堆裡了。我都快要死了，他居然在讀書，他還算有良心嗎？」

現在，無論如何她受不了我印在她腦海中林敦先生的形象：聽天由命的哲學家的人生態度。她在床上打滾，原本就已發燒昏迷，現在完全變得瘋狂了。她用牙齒撕扯著枕頭，接著又渾身滾燙地支撐著起來，要我打開窗戶。這時，正是寒冬季節，東北風猛烈地颳著，在窗外呼嘯，我不肯給她開窗。然而，我看見她臉上的表情古怪地變化著，令人恐懼，這讓我想起她上一次得病的時候，大夫曾叮囑不能頂撞她。就在一分鐘以前，她還是大吵大鬧，現在她撐起一隻手臂，也不管我沒有聽她的吩咐，卻像小孩子一樣，從她撕扯開的枕頭裂縫裡扯出羽毛來，似乎覺得很好玩。然後，她把羽毛按不同品種分類，排列在床單上。這個時候，她的靈魂已經遊蕩到別的地方去了。

「那是火雞的毛，」她咕嚕著：「這是野鴨的，這是鴿子的。啊！原來把鴿子的毛放在枕頭裡了，怪不得我死不了呢！①我可要記住了，等躺下的時候，一定要把鴿子的羽毛扔到地板上。這是赤松雞的毛，這是——就是和一千種羽毛混在一起，我也能認得出來——是田鳧的羽毛。多漂亮的鳥兒啊！在荒原的上空，盡情地在我們頭上飛翔，牠想要回到牠的窩裡去，因為團團濃雲已經覆蓋了山頂，牠知道雨就要來啦！這根羽毛是從荒原裡撿來的，並沒有誰打中鳥兒。我們在冬天看過牠的窩，裡面全是小骨頭。希克利夫在鳥巢裡放了個捕鳥籠，大鳥就不敢飛回窩了。我要他答應以後再也不打田鳧了，他果然沒有再打過。瞧，這裡還有呢！他打死過我的田鳧嗎？艾莉！這些羽毛是不是紅的？這裡有沒有紅的？讓我好好瞧瞧。」

「丟開這些小孩子的玩意吧！」我把枕頭拿開，翻了面，把破洞貼著被褥，因為她正大把大把地把羽毛往外掏。

「躺下，閉上眼，妳在胡言亂語呢！瞧妳弄得一團糟，羽毛到處飛，就像雪花似的。」

我在屋裡轉來轉去，到處撿拾羽毛。

「艾莉，我看見妳了，」她夢囈般說道：「已經變成了一個老太婆，頭髮花白了，背也彎了。這張床是磐尼頓山岩下面的魔鬼洞，妳正在找魔鬼使用的石箭，好用來傷害我們的小牛，當我靠近時卻假裝在撿拾羊毛。我知道妳現在不是這個樣子，不過再過五十年，妳就會變成這副模樣了。我沒有胡說八道，妳搞錯啦！要不然我會真的把妳當成一個乾癟的老妖婆，真的以為我是在磐尼頓山岩下面啦！我心裡清楚，現在是晚上，台上有兩支蠟燭，把黑櫃子照得像鎢鋼那麼閃亮亮的。」

「黑櫃子？在哪裡？」我問道：「妳是在說夢話吧！」

「靠在牆上，一直放在那裡的，」她回答：「是啊！真是怪事——我看見裡面有一張臉！」

「這屋裡哪有什麼櫃子，從來就沒有櫃子呀！」我說道，又坐下來，把床帳掀起，看看她究竟怎麼啦！

「妳看見那張臉了嗎？」她追問道，眼睛緊緊地盯著那面鏡子。

無論我怎麼解釋，始終都無法讓她明白那是她自己的臉，於是我站起來，用一條圍巾把鏡子遮住了。

「那張臉還是在，」她焦急地說：「它動啦！它是誰呀？我希望妳走開的時候，它不要出來嚇唬我。啊！艾莉，這屋子鬧鬼，我害怕一個人待著。」

我握住她的手，叫她鎮靜些，因為她一陣接一陣地打冷顫，眼睛直盯著那面鏡子。

「鏡子裡沒有別人呀！」我又說道：「只有妳自己，林敦太太。」

「我自己！」她呼吸急促地說：「聽，鐘敲響了十二下，那一切都是真的了，太可怕啦！」

她抓起一件衣服蒙住了眼睛。我正想悄悄出去叫她丈夫，可是她發出了一聲尖叫，我連忙轉過身來一看——那條圍巾從鏡子上掉下來了。

「唉！怎麼回事呀？」我嚷道：「現在誰是膽小鬼呀？醒來吧！林敦太太，那只是鏡子，妳在鏡子裡面看見了自己，還有妳身旁的我。」

她全身發抖，一副驚惶失措的表情，緊緊拉著我的手。一會兒之後，她似乎恢復了一些神智，臉上的恐怖漸漸消失了，蒼白的兩腮泛起了一點羞澀的紅暈。

「哎呀！我還以為我是在咆哮山莊呢！」她嘆息道：「我還以為我躺在老家自己的臥室裡呢！我太虛弱了，腦子也不清醒，也不知怎麼就大聲叫了起來。妳不要說話，就陪著我，我害怕睡覺，一入睡就做惡夢。」

「好好睡一覺吧！會讓妳的精神好一點的，太太，」我回答道：「妳這次發脾氣，讓自己吃了不少苦頭，希望妳下次再也不要不吃東西了。」

「啊！真希望我是躺在咆哮山莊我自己的床上。」她焦慮地說，雙手緊緊握在一起：「還有這呼嘯而過的風，但願是從我臥室窗外的那片樅樹林中颳來的。讓我吹吹風吧！這可是從荒原裡直吹過來的啊！讓我在風中深深吸一口氣吧！」

為了讓她平靜下來，我把窗子打開了一些。剎那間，一陣冷風立即衝進了屋子，我連忙關上窗戶，又回到她的身邊。現在，她靜靜地躺在那裡，滿面淚水，不僅身體羸弱不堪，而且精神也垮掉了。此時此刻，一向脾氣暴躁、性情火熱的凱薩琳並不比一個哭鬧的小孩強多少。

「我把自己關在這裡多久了？」她打起精神問道。

「星期一晚上妳就把自己關起來了，」我回答道：「今天是星期四晚上，或者說是星期五凌晨。」

「什麼！還是這個星期？」她叫道：「才短短幾天的時間嗎？」

「什麼也不吃，只喝冷水和發脾氣，這樣過日子已經算是夠長的了。」我說。

「唉！我只覺得好像過了很久，」她有些不相信地嘀咕道：「應該不止幾天吧！我記得我在客廳裡，他們兩個人爭吵之後，艾德格又來罵我，狠心地刺傷我的心，我便拚命跑到這間屋子裡。我剛閂上門，只覺得天旋地轉，眼前一黑，倒在地板上。我多想告訴艾德格呀！可是我想他是不會明白的，如果他繼續惹我生氣，糾纏個沒完沒了，我會舊病復發，發瘋發狂。現在，我的舌頭已經不聽使喚了，腦子也糊塗了，恐怕他事先沒料到我會遭受這麼大的痛苦，我甚至連躲避他和他聲音的力氣也沒有了。等我甦醒過來，恢復知覺的時候，天已經亮了。艾莉，我要告訴妳，那個時候我在想什麼，腦海裡總是出現同一個念頭，把我搞得都快發瘋了。我躺在床上，頭靠著桌子的一條腿，眼睛模模糊糊地看著那灰濛濛的窗戶，覺得自己彷彿正躺在咆哮山莊那張藏在橡木櫃子後面的床上。我那憂傷的心依然陣陣作痛，可是我剛醒過來的時候，記不起它為什麼痛，於是我陷入了沉思，苦苦地回憶，想知道到底是為什麼。可是，太奇怪了，我過去七年的生活竟然在我腦子裡變成了一片空白。而我還只是個小女孩，剛剛埋葬了我父親，亨德萊不許我和希克利夫在一起，於是我第一次把自己一個人關在床上，哭了整整一夜。後來我睡著了，一會又從悲涼的夢境中驚醒，我伸手想推開橡木櫃子，卻碰到了桌子。我的手在桌布上摸索著，記憶的閘門一下子打開了，我明白過來，在極度的絕望中，我遺忘了剛剛所遭受的傷痛。我不知道為什麼我總是覺得痛苦無邊無際，我想不出其他原因，唯一可以肯定的就是一時的神經錯亂。可是，妳可以想像一下，假如十二歲的時候我被迫離開了山莊，斷絕了與我童年時代的一切聯繫，尤其是失去了我那時的一切——也是我的唯一——希克利夫，而一下子變成了林敦太太、畫眉山莊的主婦、一個陌生人的妻子，從此後我就成了我當時那個世界的流浪者，那麼，妳就可以體會到我是在怎樣一個可怕的深淵裡掙扎。艾莉，妳儘管搖頭吧！我知道，把我傷害得這麼重也有妳的一份功勞。妳應該去跟艾德格說，妳實在應該去跟他說，叫他不要來惹我生氣、糾纏不休了。哎呀！我太難受了，就像在火裡燒一樣，真希望我是在荒原上，又變成了一個小女孩，潑辣、倔強、自由自在，面對任何傷害都只是輕鬆一笑，而不會發瘋。為什麼我變得這麼厲害？為什麼幾句話我就無法承受，我的血就會劇烈沸騰，一發不可收拾了呢？我心裡確信，只要讓我重新回到那長滿石楠的小山上，我就會恢復原來的那個凱薩琳的。去把窗戶打開，再扣上窗鈎！去呀！為什麼不動呀？」

「因為我不願把妳凍死。」我回答。

「哼！妳這麼說等於告訴我，妳不肯給我一個活下去的機會。」她恨恨然地說：「幸好我還不到起不了床的地步，我自己去開好了。」

我來不及阻止她，她已經下了床，搖晃著身子來到窗前，一把推開窗戶，把身子探了出去，也不在乎那刺骨的寒風像利刃一樣切割著她的肩膀。我懇求她回到床上，可是一點用也沒有，最後只好把她硬拉回去。沒想到的是，她在精神錯亂時所爆發出的力量遠遠超過了我——從她後來一連串的胡言亂語和瘋狂動作來看，我相信她是真的精神錯亂了。這是個沒有月亮的夜晚，整個世界都籠罩在黑暗中。這個時候，人們都入睡了，四周一片寂靜，遠近都沒有一點光亮。咆哮山莊的燭光從這裡根本看不見的，可是她卻堅持說她看見了。

「瞧！」她激動地大聲叫道：「那就是我的臥室，裡面點著一根蠟燭，樹枝在窗前搖晃呢！還有一根蠟燭，是在約瑟夫的閣樓裡。約瑟夫這麼晚了還沒睡——哦！他不是在等我回家嗎？好把柵欄的門鎖上。好吧！他還得再等我一會。這段路可不好走，而且還必須經過吉姆屯教堂，旁邊的墳地陰森恐怖。不過，我和希克利夫才不怕那些鬼魂呢！時常比試膽量，看看敢不敢站在墳地裡叫鬼魂出來。希克利夫，如果我現在跟你比試，你敢接受挑戰嗎？要是你敢，我就奉陪你。我可不願一個人躺在那裡，他們會把我埋在十二英呎深的地下，上面還要壓上一座教堂，可是如果你不在我身邊，希克利夫，我是不會得到安息的，永遠不會安息。」

她停住了，接著，臉上又泛起一個古怪的笑容，繼續說道：「他正在想著——嗯！他是要我去找他呢！那另外找一條路吧！我不想穿過教堂的墳地。你太慢了！你該滿足了，你一直都和我在一起啊！」

看來她已經瘋了，跟她爭執也沒什麼用，我考慮著怎麼才能找些東西給她披上，而另一隻手又不能鬆開——因為她的身子探出了窗戶，我實在不敢讓她一個人待在那裡。就在此時，門把轉動的聲音響了，林敦先生走了進來，我頓時慌亂極了。他剛從書房出來，經過走廊，聽到我們說話，引起了他的好奇心或是擔憂，於是進來看看我們深更半夜還在說什麼。

他一進房間，立刻感到一陣刺骨寒氣，眼前又是一片凌亂不堪的景象，震驚得就要大叫起來。我馬上搶在他之前大聲說道：「噢！先生，可憐的林敦太太病了，她的力氣太大了，我無法把她拖回床上，現在是一點辦法也沒有了。請你快勸勸她，叫她到床上去吧！你也別跟她生氣了，她是聽不得別人說她什麼的，她想怎樣就怎樣。」

「凱薩琳病了？」他問道，急忙過來：「關上窗子，艾莉。凱薩琳，她怎麼——」

他說不下去了。凱薩琳憔悴的病容如五雷轟頂，讓他頓時說不出話來，神色驚慌失措。他凝視著凱薩琳，然後把目光投向了我。

「她一直在發脾氣，」我說道：「幾乎一點東西也沒吃，也沒有抱怨什麼。她把自己關在房間裡，不准我們任何人進去，直到今天晚上才打開了門。因為我們一直不清楚她的情況，所以也無法向你稟報。不過，她這病沒什麼。」

我覺得我的解釋很糟糕，主人皺著眉頭：「沒什麼，是嗎？艾莉・迪恩？」他厲聲說道：「這麼嚴重的事妳也瞞著我！以後妳得把一切給我解釋清楚。」他把妻子抱在懷裡，痛苦地望著她。

起初，她似乎不認識他，在她那茫然的目光中根本沒有他這個人。不過，精神錯亂並不是時時刻刻都發作的。她的眼睛原本盯著窗外的一片黑暗，後來她把目光收回來，逐漸把注意力集中到他身上，認出是誰摟著她。

「啊！你來了，是你嗎？艾德格・林敦！」她生氣地說：「你就是那種東西，在用不著的時候出現了，在需要的時候卻怎麼也找不到。我看，很快我們會悲痛一陣子了，這是逃也逃不掉的。哦！誰也休想不讓我回到我那狹小的家，那是我安息的地方，在春天過去之前我便要去那裡了。記住了，就在那裡，不是在教堂下面林敦家族的墓地裡，而是在荒原裡，只豎一塊墓碑。你願意去他們那裡，還是到我這裡來，隨你的便吧！」

「凱薩琳，妳怎麼啦？」主人說：「難道我在妳心裡是無足輕重的嗎？妳是愛那個壞蛋希──」

「住口！」凱薩琳喊道：「馬上住口！你再提那個名字我馬上從窗戶跳出去，結束這一切。現在你碰到的，是你可以擁有的，可是不等你再把我抱起來，我的靈魂已經飛到那邊的山上去了。我不要你，艾德格，我想要你的時候已經過去了，回到你的書堆裡去吧！我很高興你還可以在書裡找到安慰，可是你在我心裡什麼也找不到，我和你已恩斷情絕。」

「她已經神志不清了，先生，」我插嘴說道：「整個晚上她都在胡言亂語。讓她靜養一段時間，好好照顧她，她會好起來的。從今以後我們都得小心一點，不要再去惹惱她了。」

「用不著妳再出什麼主意。」林敦先生回答：「妳明明知道女主人的脾氣，卻偏偏要我去惹她生氣。這三天來，她的情況妳在我面前一點也沒提過，真是太沒心肝了。一個生了幾個月大病的人也不會像她一樣變得那麼厲害呀！」

明明是凱薩琳任性、發脾氣，卻無端地責備我，這口氣我怎麼也嚥不下，於是我開始為自己辯解：「我知道林敦太太性子烈，」我嚷道：「可是我不知道你願意遷就她，任由她發脾氣；我也不知道為了遷就她，就應該對希克利夫先生的行為睜一隻眼、閉一隻眼。我跑去告訴你當時的情況，是因為我希望盡到一個忠實僕人的責任，現在好啦！

這就是一個忠實僕人得到的報償。好吧！這算是給我一個教訓。下次你想知道什麼，請你自己去打聽吧！」

「下次妳再搬弄是非，妳就可以離開這裡了，艾莉・迪恩。」他回答道。

「林敦先生，難道你寧可什麼事都不知道嗎？」我說道：「是你允許希克利夫來向小姐求愛的吧！而且每次都趁你不在家的時候，故意叫林敦太太討厭你？」

凱薩琳儘管精神錯亂，但卻注意聽我們的談話。

「啊！艾莉是奸細，」她氣憤地嚷道：「艾莉是躲在我背後的敵人，妖婆子，原來真是妳在找魔鬼使用的石箭來傷害我們。放開我，我要叫她後悔，我要叫她哀號求饒，她所說的話都是胡說八道。」

她的兩道眉毛下冒著瘋狂的怒火。她拚命掙扎，想從林敦先生的手臂裡掙脫出來。我可不想等著出什麼差錯，便自作主張去找大夫，於是離開房間。

我穿過花園走上大路時，在釘著一個繫馬轠繩用的鐵鉤上，突然看見一個白色東西在動，而且也不是風吹的。儘管我急著趕路，還是停了下來，要不然以後我會一直以為我撞鬼了呢！我用手一摸，頓時大吃一驚，同時也感到很困惑。那白色的東西是伊莎貝拉小姐的小狗芬尼，被一條手絹吊著，只剩最後一口氣了。我趕忙放開，把牠放進了花園裡。我想不通，晚上的時候，我明明看見牠跟著牠的女主人上樓，怎麼會出現在這裡呢？更奇怪的是，是誰那麼狠心把牠吊起來呢？此外，當我從鉤子上解開結扣時，我好像聽見遠處有馬蹄奔跑的聲音，可是當時我有太多事情纏身，也沒有仔細想：在那樣一個地方，凌晨兩點鐘，這聲音難道不令人感到奇怪嗎？

到了吉姆屯，正巧遇見了坎尼斯大夫從他家裡出來，要去村裡看一個病人。我向他說明凱薩琳的病情一番，他馬上就陪我去畫眉山莊。他是個坦誠的人，因此對我直言相告，說她這是舊病復發，恐怕有生命危險，除非她乖乖地聽從他的指示。

「艾莉，」他說道：「我覺得她這場病一定還有別的原因。最近山莊裡出了什麼事嗎？我們這邊聽到了不少議論。像凱薩琳那樣健康活潑的女孩，不會因為一點小事就病倒的，而且像那樣的人根本就不該患上熱病。這次生病是怎麼開始的？」

「主人會告訴你的。」我回答道：「你知道，恩休家的人都是火爆脾氣，而林敦太太則更為烈性。我能夠告訴你的是：這次生病是從一場爭吵開始的，她先是大發脾氣、狂怒不已，之後就昏了過去——至少她是這麼說的，因為她怒氣沖沖地把自己鎖了起來——後來她拒絕吃東西，現在時而胡言亂語，時而陷入妄想狀態，她還認得出身邊的人，可是心裡卻充滿了各種稀奇古怪的念頭和幻想。」

「林敦先生很難過吧？」坎尼斯大夫詢問道。

「難過？豈止是難過？要是凱薩琳有什麼不測，他的心都要碎啦！」我回答道：「病情如果可以說輕點就說輕點吧！不要嚇著他了。」

「唉！我提醒過他，要他小心提防，」坎尼斯大夫說：「他不把我的忠告放在心上，現在知道後果了吧！最近他和希克利夫先生關係密切嗎？」

「希克利夫三天兩頭到山莊來，」我回答：「但那多半是因為林敦太太從小就和他很熟悉，並不是林敦先生歡迎他來。沒想到的是，他居然打起了林敦小姐的主意。現在，我們不歡迎他再來作客，而且以後也不會再請他來了。」

「林敦小姐不理睬他嗎？」大夫又問。

「她並不願意和我談她的心事。」我回答道，不願意繼續談論這件事。

「她可是個聰明的小傢伙，」他搖搖頭說道：「她把你們都騙了，可是她是個真正的小傻瓜。我得到很可靠的消息，昨天夜裡（多麼出色的一夜啊！）在你們房子後面的田園裡，她和希克利夫一起散步了兩個多鐘頭，他逼迫她不要再回去，騎上馬跟著他出走。據說，當時她答應他，回去收拾一下，等下次見面時就跟他走，他這才罷休。至於具體約在什麼時候，透露消息的人沒有聽見。妳要提醒林敦先生，讓他留心一點。」

聽到這個消息，我心裡充滿了恐懼。我告訴坎尼斯大夫有事先走一步，便急急忙忙奔了回去。小狗芬尼還在花園裡亂叫，我打開柵欄，可是牠卻不進屋子裡去，而是在草地上嗅個不停，要不是我抓住牠，帶牠回去的話，牠恐怕會跑到大路上去。我奔到伊莎貝拉的房間，裡面空盪盪的，我的懷疑果然得到了證實。我要是早來一兩個鐘頭，告訴她凱薩琳的病情，或許能夠阻止她採取如此輕率的舉動。可是現在還能怎麼辦？即使我馬上去追，追上他們的希望也十分渺茫。無論如何，我既無法去追，又不敢驚動家裡的人，把整個家裡搞得雞犬不寧，更不敢把這件事告訴林敦先生，他現在所承受的災難已經夠沉重的了，哪能承受再一次的打擊？目前這種情況，我看不出還有什麼辦法可以挽救，只能聽天由命了。坎尼斯大夫已經到了，我只得進去通報，竭力保持鎮定。

凱薩琳已經入睡了，但仍然在呻吟。她的丈夫總算把她過度興奮的情緒穩住了，守在她身邊，細心地看著她那痛苦的臉上每一個細微的變化。

大夫診斷了病情之後，對林敦先生樂觀地說，只要能保持一個絕對安靜的環境，她的病是可以康復的。他又對我說，她病情的危險並不在於面臨死亡，而是病人將從此精神錯亂。

那一夜，我和林敦先生都沒有闔過眼。第二天，僕人們都比平常早起，躡手躡腳地工作，盡量小聲說話。人人都忙著各自的事情，唯獨沒見到伊莎貝拉小姐，大家說她太會睡了。她哥哥問她起床了沒有，當得到否定的答案時，他似乎有點傷心，覺得她到現在都還沒露面，可說一點都不關心她的嫂嫂。我真怕他讓我去叫伊莎貝拉，我心裡慌得不得了，可是我最後避免了這個痛苦，沒有成為第一個報告她出走消息的人。有個女僕，笨手笨腳沒腦子的女孩，一早便去了吉姆屯辦差事，這時她上氣不接下氣地跑回來，大聲嚷道：

「哎呀！不得了啦！往後我們家還要鬧出什麼事來呀？主人，主人，我們小姐——」

「別吵！」我趕忙叫住她，對她的大呼小叫大為生氣。

「小聲點，瑪麗——是怎麼回事？」林敦先生說：「小姐怎麼啦？」

「她跑啦！她跑啦！那個希克利夫把她拐跑啦！」那女孩慌慌張張地說。

「哪有這樣的事？」林敦先生大聲嚷道，並激動地站起來：「這是不可能的！妳腦子裡怎麼會有這樣的想法？艾莉・迪恩，去找她來，我不信，一定不會有這樣的事。」

然後，他把那個女僕帶到門口，反覆詢問她這些話是從哪裡聽來的。

「喔！我在路上遇見一個孩子，他是來這裡取牛奶的，」她結結巴巴地說：「他問我山莊是不是出了什麼事。我以為他講的是太太生病的事，所以我回答他是的。他接著又問：『我想已經派人去追他們了吧？』我一下子弄糊塗了。他看出來我根本不知道他在說什麼，於是就告訴我說，昨晚半夜過後，在距離吉姆屯兩英哩遠的一個鐵匠店，來了一位先生和一位小姐，他們要釘馬蹄鐵。鐵匠的女兒想看看他們究竟是什麼人，結果認出了他們。那位先生付錢的時候，給她父親一個金鎊，她肯定那就是希克利夫，絕對不會認錯。那位小姐用斗篷遮著臉，可是她想喝水，在喝水時斗篷掉了下來，她看得清清楚楚，認出就是我們家小姐。他們再次上馬趕路的時候，希克利夫抓住了兩匹馬的韁繩，掉轉馬頭，往村子相反的方向，沿著崎嶇不平的道路快馬奔去了。那女孩什麼也沒對她父親說，今天早上她卻把這件事在吉姆屯傳開了。」

我裝裝樣子，仍然跑去伊莎貝拉的房間，以便向林敦先生證實女僕的話。林敦先生坐在靠近床邊的椅子上，當我回來的時候，他抬起眼望著我，從我那遲疑不安的神色中明白了事情是真的，便垂下了眼瞼，一句話也沒說。

「我們是不是想辦法把她追回來呢？」我問道：「我們怎麼辦呢？」

「是她自己願意走的，」主人回答說：「如果她想走，有權去任何地方。不要再拿她的事來煩我了，並不是我不認她，而是她拋棄了我啊！從此以後，我和她沒有任何關係，只是名義上的兄妹。」

關於這件事，他只說了這些話。他沒有再去打聽她的消息，更沒有提起過她，只是吩咐我，等知道她的下落，無論她在什麼地方，都要把屬於她的那份財產送過去。

①英國的一種習俗。人臨死之前，在他的身下放一袋鴿子的羽毛，靈魂就不會離開身體，等親人來到他的身邊，見了最後一面，就拿走羽毛，讓他安然死去。

第十三章

兩個多月以來，我們沒有得到一點那兩個私奔的人的消息，而在這段時間，凱薩琳也終於度過了所謂腦膜炎的最危險時期。艾德格悉心照料凱薩琳，即使是一個慈祥的母親看護自己的獨生子，也沒有他對她的看護那麼嘔心瀝血。雖然坎尼斯大夫說，他把她從墳墓中拯救出來，以後得到的也只是無盡的煩惱，但他仍然日夜守護在她的病榻旁，無論病人怎麼吵鬧、怎麼瘋狂暴躁，他都耐心地忍受下來。事實上，為了保住已經完全精神錯亂的凱薩琳的生命，他付出了自己的健康和精力。當他得知凱薩琳脫離了危險時，他的臉上洋溢著無窮的感激和快樂神情。他坐在她的身旁，每次都是連續幾個小時地細心觀察，心裡充滿著樂觀的幻想，滿心盼望著她的神志會徹底清醒過來，恢復她以前的模樣。

三月初，她第一次離開了臥室。一天早上，林敦先生在她的枕邊放了一束金黃色的番紅花，當她醒來後，一眼就看到了鮮豔的花，於是高興地把它們抱在懷裡，眼睛裡忽然有了快樂。要知道，她的眼睛裡已經很久沒有一點喜悅的光芒了。

「這是山莊上開得最早的花兒，」她叫道：「這讓我想起了溫柔的和風、明媚的陽光和快要融化的雪。艾德格，外面有沒有南風，雪是不是快融化了？」

「這裡的雪差不多全融化了，甜心，」她的丈夫回答：「在整個荒原上，我只見到兩個地方還有一點點雪，天是藍的，百靈鳥在歌唱，小河和小溪都漲滿了水。凱薩琳，去年的春天這時候，我渴望把你娶到畫眉山莊來，可是現在，我卻希望妳是在一兩英哩以外的小山上，我覺得和煦的春風可以醫好妳的病。」

「我是去不了那邊了，除非我死了才會再去，」凱薩琳說：「到那個時候，你就得丟下我，讓我永遠留在那裡。等到了明年的春天，你又會盼望著我回到山莊來，當你回想起過去，就會覺得今天你是多麼的快樂。」

林敦抱著她，溫柔地愛撫著她，還用許多甜蜜的愛語想讓她高興起來，可是她茫然地望著花兒，淚水浸濕了睫毛，任由它流淌。我們知道她的病情是真的好轉了，因而認為她現在的憂鬱是由於長期禁閉在一個地方引起的，如果換一個地方，心情也許會好一點。主人叫我打開那個關閉了好幾個星期的客廳，在裡面生起爐火，在有陽光的窗戶下放一把安樂椅，然後把她抱下樓來。她坐了好一會，在陽光下感覺又溫暖又舒服，也像我們預料的那樣，她變得快樂起來——儘管客廳裡的裝飾依然如舊，但畢竟不會讓她產生那種待在討厭的病房裡的痛苦聯想。黃昏時分，她看起來已經非常疲倦了，可是她怎麼也不願回到臥室休息，我只好把客廳的沙發鋪好，暫時充當她的床，等以後替她另外布置了一間房間再搬過去。為了免除上下樓太辛苦，我們就在一樓收拾了一間，就是你現在躺著的這間。不久之後，她逐漸恢復體力，可以扶著艾德格的手臂在幾個房間來回走動。看著她的變化，我心裡高興地想，依照目前的情況來看，在這樣悉心照料下，她會復原的。我的這個願望包含有兩個原因，除了希望她恢復健康，還有就是她的身體裡已經有了一個小生命。我們大家都希望林敦先生不久就會開心起來，而且他的財產會因為有了繼承人而得到保全，不致落到外人手中。

這裡我還得提一件事。在伊莎貝拉出走後大約六個星期，她寄了一封短信給她哥哥，說她已經和希克利夫結婚了，字裡行間所透露出來的是空洞和冷淡。可是，在信紙下端卻有幾行潦草的鉛筆字，字裡行間透露出的滿是歉意。她說如果她的行為得罪了他，讓他蒙羞或有失體統的話，請看在兄妹的情分上原諒她吧！還說她當初也是被迫這麼做，事已至此，現在就是後悔也無濟於事。我相信林敦先生並沒有回信。又過了半個多月，我收到一封長信。讀了這封信，我十分驚訝這竟然是出自一個剛度完蜜月的新娘子筆下。我一直保留著這封信，因為死去的人如果生前就被人重視的話，他們的遺物總是很珍貴的。現在，讓我念給你聽吧！

親愛的艾莉：

昨晚我來到咆哮山莊，第一次聽說凱薩琳大病了一場，而且到現在還沒有康復，我想我是不可能寫信給她了，而我哥哥不是一直在生我的氣，就是被凱薩琳的病弄得心煩意亂，我寫去的信他也沒有回。可是，我總得有個可以通信的人，好說說自己的心裡話，我想來想去就只有妳了。

請轉告艾德格，即使要我拋棄世上的一切，我也一定要再見他一面。在我離開畫眉山莊二十四小時後，我的心就回來了，直到現在我的心仍然還在那裡，對他和凱薩琳充滿了無限的熱愛之情，可是我的身子卻無法跟隨我的心而去（這些字在下面做了記號），他們不必期盼我回來了。他們可以任意地批判我，可是，妳記住，他們千萬不要認爲我是意志脆弱或感情冷漠。

下面的內容是寫給妳一個人的。我需要問妳兩個問題：第一個問題是，妳當初住在這裡的時候，是如何保持著人與人之間正常的感情交流？我和周圍的人之間，完全無法有什麼共同的情感。

第二個問題是我最想瞭解的。希克利夫是個人嗎？如果是，他是不是瘋了？如果不是，他是不是一個魔鬼？我不想告訴妳我爲什麼這麼問，可是如果妳知道的話，我拜託妳，就明明白白地告訴我，我究竟嫁給了一個什麼東西。艾莉，等妳來看我的時候，一定得告訴我，妳要盡快來看我啊！還有，不要寫信來，人過來就行了，同時給我捎來一點艾德格的話吧！

現在，妳聽聽我在那個新家受到了怎樣的待遇——我想咆哮山莊應該算得上是我的新家吧！這裡的生活條件很差，完全談不上舒適，但除了在極不方便的時候，我還從來沒有把這個放在心上，除非是爲了給自己呆板的生活解解悶。假如有一天我突然發現，我全部的痛苦全來自於缺少舒適享受所致，其他的只是一場惡夢，那我眞要高興極了。

當我們轉身向荒原走去的時候，太陽已經落在山莊後面，我估計差不多是六點鐘了。我的那位同伴在附近逗留了半小時，詳細地察看了林苑、花園，也許還有山莊的房子，任何一處都沒有放過，等到我們到達咆哮山莊，在鋪著石板的院子裡下馬的時候，天已經完全黑了下來。你的老同事約瑟夫，拿著一根點亮的牛油蠟燭出來迎接我們。他那種禮貌的接待眞替他掙面子！他的第一個動作居然是把燭火舉到我的面部，惡狠狠地睨視了我一眼，撇了撇嘴，這才轉過身去。然後，他牽著兩匹馬去了馬廄，一會又出來鎖上了柵欄的門，彷彿我們是住在古代城堡裡一樣。

希克利夫在外面跟他說話，我就進了廚房——簡直是個又髒又亂的洞穴。我敢說妳一定認不出那就是原來的廚房了，和妳當初在的時候相比完全變了樣。爐火旁站著一個骯髒不堪的孩子，粗手粗腳的，衣服上泛著一層黑色的光，他的眼睛和嘴都有點像凱薩琳。

「這是艾德格的內侄吧！」我心裡想：「也可以算是我的內侄了，我得跟他握個手，還有——得親他一下。初次見面給他留個好印象，以便於今後和睦相處。」

我走過去，打算去握他那胖胖的小拳頭，說道：

「親愛的，你好嗎？」

他說了一句我聽不懂的話，算是回答了我。

「我們交個朋友好嗎，哈里頓？」我第二次試著跟他攀談。

然而，我得到的卻是一句咒罵和一個威脅，說如果我不立即「滾開」，就要叫斯羅特來咬我。

「喂！斯羅特，好夥計！」這小壞蛋低聲喚道，一隻雜種牛頭犬從狗窩裡走了出來。「現在妳走不走？」他厲聲說道。

爲了自己的性命，我只好聽他的話，退到廚房門外，等著看有什麼人進來。希克利夫不知道去什麼地方了，到處都不見他的影子，只好跟約瑟夫到了馬廄，請他陪我進房子裡去。他瞪了我一眼，不知嘀咕了些什麼，隨後皺著鼻子說道：

「嘰哩咕嚕！咿咿呀呀！哪個基督徒像妳這樣說話？我怎麼知道妳說什麼？」

「我說，我想要你陪我到屋子裡去。」我大聲喊著，以爲他是聾子，心裡十分厭惡他那種粗魯無禮。

「關我屁事！我還有工作要做呢！」他回答道，一邊繼續做他的事，一邊抖動著他那瘦長的下巴，用一種極其蔑視的神情打量著我的衣著和容貌。我知道，儘管我的衣著華貴，但我臉上卻滿是淒涼，就像他所希望看到的那樣淒涼。

我繞過院子，穿過一個小門，來到另一個門前。我鼓起勇氣敲了敲門，希望有個懂得禮貌的僕人出現。過了一會，門開了，一個高大瘦削的男人出現在我的面前。他沒戴領巾，穿得邋里邋遢，披在肩膀上一團團亂糟糟的頭髮把臉都遮住了。他的眼睛也有點像凱薩琳，但所有的美消失了，充滿了陰森可怕的神色。

「妳是誰？到這裡來幹什麼？」他冷漠地問道。

「我以前的名字叫伊莎貝拉·林敦，」我回答：「你見過我的，先生。不久前我嫁給了希克利夫先生，他把我帶到這裡。我想，事先一定得到你的允許了吧？」

「那麼，他回來了？」這個隱士問道，眼睛放亮，就像一隻飢餓的狼。

「是的，我們剛剛到。」我說道：「可是他把我丟在廚房門口，我想進廚房去，不料你的小孩不願意，叫來一隻牛頭犬把我嚇跑了。」

「這該死的小壞蛋居然說到做到，倒還不錯。」我的未來房東大聲吼著，眼睛一直往我後面的黑暗裡張望，想要發現希克利夫。接著，他自言自語地咒罵了一頓，說如果那個「惡棍」欺騙了他，他就會給他點顏色瞧瞧。

我眞後悔打算從這裡進到房子裡去，沒等他咒罵完，我已經想悄悄走開了。不過，我還沒來得及開溜，他就把我叫了進去，關上了門，上了門閂。屋子裡爐火很旺，但偌大一間屋子就只有這麼一處光亮；地板上已積滿了一層灰塵；那些光彩閃亮的白鑞盤子——曾經吸引過小女孩時的我——如今已沾滿了油膩和灰塵，變得黯淡無光。我問他能不能叫一個女僕帶我去臥室，恩休先生卻沒有理我，只是手插在口袋裡，來回地踱著步，顯然已經忘了我的存在。看他深陷於某件事情之中的瘋狂神態，以及渾身上下所透露出的冷漠，我害怕得再也不敢去打擾他了。

艾莉，當妳知道這個時候我的心情，妳不必感到吃驚。我沮喪地獨坐在爐火旁，只感覺到一種無邊的淒涼，這滋味比孤獨更令人難受。我情不自禁地想念起四英哩之外我的老家，那是多麼溫馨甜蜜的家啊！那裡有我在這世上唯一親愛的人。可是，阻隔在我們之間的這四英哩，就如同廣闊的大西洋，我再也回不去了。我不禁暗自問道，我該到哪裡去尋求安慰呢？妳千萬不要告訴艾德格或凱薩琳，現在最令我傷心絕望的事情是，我竟然找不到一個人願意和我去對付希克利夫。我原本是帶著快樂的心情來到咆哮山莊的，因爲這樣就可以不必單獨跟他在一起了，可是他十分清楚這裡都是些什麼樣的人，他並不擔心他們來管他的事。

我坐在那裡想著，痛苦地等待時間一分一秒地過去。時鐘敲了八下，然後是九下，我的同伴依然還在屋子裡默默地踱來踱去，頭垂到胸前，只是偶爾氣憤地發出一聲嘆息，或是迸出一聲喊叫。我仔細聽著房子裡的各種聲音，想知道還有沒有別的女人，我眞是越想越悔恨，越想越絕望，最後再也忍不住了，哭了起來。我完全忘記是在別人面前傷心落淚，直到恩休在我面前停住腳步，一雙眼睛瞪著我，並流露出一種如夢初醒的驚奇神情。趁他注意到我的時候，我大聲說道：

「我走累了，我要上床睡覺，女僕在哪裡？既然她不來見我，你就帶我去找她吧！」

「這裡沒有女僕，」他回答道：「妳自己伺候妳自己吧！」

「那我該睡在哪裡呢？」我又哭了起來。一天下來，疲勞和狼狽已經把我弄得筋疲力盡，顧不得面子了。

「約瑟夫會領你到希克利夫的房裡。」他說：「打開那道門，他就在裡面。」

我正要照他說的做，可是他又叫住了我，用一種古里古怪的腔調說道：

「晚上睡覺把門鎖上，上好門閂——別忘了！」

「好吧！」我說道：「但這是爲什麼呢？恩休先生！」我並不怎麼喜歡把我自己和希克利夫鎖在一個屋子裡。

「看啊！你看清楚點。」他一邊回答道，一邊從他的背心裡拔出一把手槍。槍的構造顯得有些奇特，槍筒上安裝著一把雙刃的彈簧刀：「對於一個絕望的人來說，這是個很誘人的東西，對不對？每天晚上，我總會忍不住帶著這個東西上樓去推他的門，若是有一次讓我發現門是開著的，他可就完蛋了。即使一分鐘以前我還想出一百條理由說服自己別做這件事，可是我仍然沒有錯過一個夜晚，我心裡有個魔鬼在逼著我殺掉他，好推翻我自己的計畫。如果妳高興的話，儘管和那魔鬼作對好啦！不過一旦時候到了，就是所有的天使也救不了他的性命。」

我好奇地盯著那把手槍，一個可怕的念頭在我腦海中閃現。如果我擁有這麼一支槍，我什麼也不會怕了，我會變得多麼強大啊！我從他手裡把槍拿過來，輕輕摸了一下刀刃。他看到在那一剎那間我臉上所流露出的表情——沒有恐懼，滿是渴望——他嚇了一大跳。他一把搶回了手槍，把刀子摺疊起來，藏到了原處。

「我才不怕妳去告訴他呢！」他說道：「叫他小心點，替他好好把守著吧！妳一定知道我們之間的關係怎樣，因爲我看出了，雖然他的生命受到威脅，可是妳並未害怕。」

「希克利夫究竟對你做了什麼？」我問道：「他有什麼地方得罪了你，讓你對他這麼恨之入骨？乾脆叫他離開這裡不是更好嗎？」

「絕對不行！」恩休大發雷霆：「假如他打算離開這裡，他就別想活了，我馬上就會要他的命。妳要是勸他離開，那妳就是個女殺人犯！難道我把一切都輸給了他，他連一個翻本的機會都不給我嗎？難道讓哈里頓去做個小叫花子嗎？啊！天理不容啊！我一定要翻本，先要他的金子，再要他的鮮血，最後讓地獄去索取他的靈魂吧！哈哈！從此以後，地獄要比以前黑暗十倍啦！」

艾莉，妳曾經對我講過恩休先生的種種行爲，他顯然已經處於瘋狂的邊緣了，至少昨天晚上他就是這個樣子。和他待在一起，我覺得渾身都在發抖，相對而言，僕人的粗魯無禮倒是顯得可以讓人接受的了。現在，他又開始不吭一聲地踱步了。我打開門閂，逃進了廚房。

約瑟夫站在火爐前，正探頭往爐子上架著的一口大鍋裡看，旁邊高背椅上放著一盆麥片。鍋裡的東西沸騰了，他轉過身來，把手伸進盆子裡。我想，他是在爲我們做晚飯吧！我早就餓了，希望能吃到一頓可口的晚飯，可是我懷疑約瑟夫能否做出什麼好的飯菜，於是高聲說道：「讓我來煮粥吧！」把木盆移到自己面前，同時把我的帽子和騎馬服脫了：「恩休先生叫我自己伺候自己，」我接著說：「我想就這麼辦吧！我可不想在這裡做什麼小姐、太太，免得把自己餓死。」

「上帝啊！」他一邊嘀咕著坐下來，一邊撫摸著從膝蓋到腳踝之間的襪子：「怎麼？又要搞一套新規矩嗎？我剛習慣了有兩個東家，現在又來了一個女主人，看來這裡的日子算是到頭了。我沒想到有一天得離開這裡，現在只怕這一天已爲時不遠了啦！」

我沒有理睬他的牢騷，只管做自己手裡的事。如果在從前，我會把自己動手做飯當成一件好玩的事，想到這裡，我不禁嘆了一口氣。我得趕快拋開這些美好的回憶，因爲一想起過去的快樂時光，我的心就陣陣作痛，而過去的歡樂情景越是浮現在我的腦海裡，我手裡攪拌麥片的木棒就動得越快，一大把一大把麥片放進水裡的速度也就越快。我的做飯方式令約瑟夫大爲光火，而且越看越生氣。

「瞧！」他大叫了起來：「哈里頓，今天晚上你可吃不成麥片糊啦！燒出來的只是一塊塊像我拳頭那麼大的東西。瞧，又是一大把麥片。我要是妳呀！乾脆就連盆帶碗一起扔進去。瞧啊！鍋底還刮下了一層，這就是妳做的晚飯啦！幸好鍋底沒被敲掉。」

等麥片糊倒進四個盆子裡的時候，我承認這頓飯做得的確很糟糕。送上來了一加侖鮮牛奶，哈里頓搶過來就大口大口地喝，牛奶順著他的嘴直往下流。我告訴他，牛奶應該倒在自己的杯子裡喝，像他這麼喝把一大罐牛奶都弄髒了，我是不會喝的。不料我的話惹惱了那個滿腹牢騷的老頭子，他反覆地向我嚴正聲明，這小東西身上沒有一丁點地方不和我一樣乾淨，他想不通我竟然這麼高傲自大。這個時候，那小惡棍繼續以他的方式喝著牛奶，還抬起頭來瞪著我，並故意往牛奶裡吐口水，看我能把他怎樣。

「我要去另一間屋子吃飯，」我說道：「這裡有沒有叫做『客廳』的地方？」

「客廳！」約瑟夫學著我的聲音嘲笑說：「客廳！沒有，我們沒有客廳。要是妳不喜歡跟我們在一起，主人就在那裡，找他去好了；要是妳不喜歡主人，還有我們啦！」

「那我上樓去。」我說道：「領我到臥室去。」

我把我的盆子放在托盤裡，又自己去倒了一些牛奶。那個老傢伙咕嚕了一大堆話之後，才站起來領我上樓，我們一直走到了閣樓。他一會推開這房間看看，一會又推開那間房間看看，最後，他打開了一道裂著幾條縫隙的木板門說：

「就這間屋子吧！只是喝點麥片糊，這間屋子算不錯的了。牆角有一袋穀子，就在那裡，是乾淨的，如果妳怕弄髒了妳那貴重的綢子衣服，那就把手絹鋪在上面。」

這是一間堆放東西的破屋子，一袋袋穀物之類的東西堆在四周，中間空出一大塊地方，空氣中瀰漫著一股刺鼻的麥子和穀子氣味。

「怎麼？」我生氣地對他大聲嚷道：「這是給人睡覺的地方嗎？我要去我的臥室。」

「臥室！」他又學我的聲音嘲弄道：「這房裡的臥室妳都看到了呀！這間是我的。」

他指著第二間。依我看，他那間和剛才這間沒什麼區別，只是牆邊沒有堆放什麼東西，還多了一張低矮的沒有帳子的大床，床頭上放著一床深青色被子。

「我要你的臥室幹嘛？」我沒好氣地回敬了他一句：「我想，希克利夫先生總不至於住在閣樓上吧！」

「啊！原來妳是要希克利夫先生的房間呀？」他嚷道，好像新發現了什麼似的。「妳幹嘛不早說呢？否則就用不著這麼費事了。我跟妳說了，那間房間妳連想都別想看，他總是把它鎖起來，除了他自己，誰也別想進去。」

「你們這個家可眞夠好的，約瑟夫，」我忍不住說道：「這裡的人也眞不錯啊！恐怕命運將我和你們這些人連接在一起的那一天，全世界最瘋狂的念頭鑽進了我的頭腦裡，我也瘋了。算了，現在說這些也沒用了。——還有別的房間呢！看在上帝的份上，快點吧！讓我安頓下來吧！」

他沒有理我，拖著步子走下了木梯，在一間房間門口停了下來。從房間裡精美的家具看來，我想這是整個宅子裡最好的一間了。屋子裡鋪著質地很好的地毯，可惜積滿了灰塵，幾乎看不清上面的圖案。壁爐上面貼著印花壁紙，不過已碎成了一條條的，在牆上掛著。漂亮的橡木大床上掛著腥紅色帳子，是用貴重的料子做的，式樣也很時髦，但顯然使用它的人並不愛惜——做成一個花球狀的帳簾被拉了下來，懸垂在空中；掛帳子的鐵杆因爲一端彎曲成了弧形，帳子也拖到了地板上。椅子都壞了，有好幾把壞得很厲害。牆上的嵌板滿是深深的劃痕，顯得十分難看。我看中了這間，正打算進去時，不料那個笨蛋嚮導卻向我宣布：「這裡是主人的房間。」到這個時候，我的晚飯已涼了，胃口也沒有了，忍耐也磨光了，我要他馬上給我找個安身的地方，而且還得有睡覺的設備。

「妳說的是什麼鬼地方？」那個虔誠的老頭子說道：「上帝保佑我們吧！饒恕我們吧！妳究竟要到什麼鬼地方去呀？妳這討人厭的掃把星！除了哈里頓的小屋子，妳什麼都看過了，這屋子裡可沒有別的洞可鑽啦！」

當時我眞是怒氣衝天，突然把托盤摔在地上，托盤、盆子、杯子的碎片以及麥片糊、牛奶灑了一地，我一下子坐在樓梯上，雙手捂著臉大哭了起來。

「哎呀！哎呀！」約瑟夫大叫起來：「幹得好，凱西小姐！①幹得好，凱西小姐！不過，要是主人踩著了這些碎片，摔了一跤，那我們可有好戲看了。妳這個瘋女人！妳發脾氣竟然把上帝的賞賜扔在地上，就該罰妳從現在一直餓到耶誕節！我不相信妳會一直這麼發脾氣，妳以爲希克利夫受得了嗎？妳說他會受得了嗎？我希望他能親眼看見妳撒野的樣子，我眞希望他能親眼看見。」

他咒罵著離開了，回到他的巢穴裡，把蠟燭也帶走了，把我留在黑暗裡。在做了這件愚蠢的事情之後，我仔細思量了一番，覺得還是忍氣吞聲爲妙，於是開始收拾起來。很快，來了一個幫手，牠就是那隻狗斯羅特。現在，我認出牠是畫眉山莊的牛頭犬斯考克的兒子，小時候一直待在山莊，後來我父親把牠送給了亨德萊先生。牠似乎認出了我，用鼻尖蹭了蹭我的鼻子，算是表示親近了，然後趕忙去舔食麥片糊。我在樓梯上一級一級地摸索著，撿拾碎片，又用手絹擦乾淨濺在欄杆上的牛奶。

我們剛剛收拾完，走道上就傳來了恩休先生的腳步聲，我的幫手嚇得夾緊了尾巴，一動不動地縮在牆角邊，我則悄悄溜進了最近一個門裡。斯羅特一定沒有躲過他，傳來了一陣驚慌失措的奔逃聲和悠長而淒慘的狂吠。我的運氣總算比那條狗要好些——他走了過去，進了臥室，關上了門。接著，約瑟夫帶著哈里頓上樓睡覺了，我這才發現自己躲進了哈里頓的房間。老頭子看見我後，說道：

「我想正廳總該容得下妳和妳的高傲自大吧！那裡現在沒人，妳可以獨自享用了。魔鬼總是和壞人爲伴的。」

聽他這麼一說，我興沖沖地下了樓。我剛剛坐到壁爐旁邊一張椅子上，就開始打瞌睡，然後便睡著了。

這一覺我睡得十分香甜，可惜好夢不長，希克利夫先生把我叫醒了。他一進來，就用他那特有的可愛態度質問我在這裡幹什麼？我告訴他，我之所以這麼晚了沒有睡，是因爲我們的房間鑰匙在他的口袋裡。不曾料到的是，「我們的」三個字竟然令他怒不可遏。他賭咒說那間屋子不屬於我，而且永遠也不會屬於我，而且他還——我不願再重複一遍他的話，或描述一番他那慣常使用的手段。他是如此費盡心機、無休無止地激起我對他的憎惡。有時候，他令我感到極度震驚，以至於淡漠了對他的恐懼。可是，艾莉，我跟妳說，即使是一隻猛虎或一條毒蛇，也比不上他那樣令我感到恐懼萬分。他告訴我凱薩琳病了，指責說這完全是我哥哥所造成的，還說在艾德格沒有遭到懲罰之前，我就得代替我哥哥受罪。

我恨他！我太不幸了！我是個白癡！千萬不要把信的內容透露給山莊裡的任何人。我每天都期待著妳的到來，不要讓我失望吧！

伊莎貝拉

①凱西小姐——這是凱薩琳的簡稱。約瑟夫在此時對伊莎貝拉大叫凱西小姐，是因為這時伊莎貝

拉的脾氣跟凱薩琳過去在山莊時一樣，約瑟夫在大怒之下，便順口喊出「凱西小姐」。

第十四章

讀完這封信，我馬上就去見主人，告訴他我收到他妹妹的一封信，她已經到了咆哮山莊，她對他太太的病情很關心，期盼能和他見一面，希望他能寬恕她，並盡早派我轉告她。

「寬恕！」林敦說道：「她沒有什麼需要我寬恕的，艾莉。如果妳願意，今天下午就可以去咆哮山莊看她，說我對於她的出走並不生氣，只是感到難過和遺憾，因為我根本不相信她會得到幸福。至於要我去看她就免了吧！我和她已經各走各的路，永遠不可能再聚首了。如果她真想為我好，那就勸勸她嫁的那個混蛋趕快離開這裡吧！」

「你不寫張便條給她嗎？先生！」我懇求道。

「用不著了。」他回答：「我們一家和希克利夫一家往來越少越好，其實根本不必有任何往來。」

艾德格先生的冷淡態度令我很失望，出了山莊之後，我邊走邊思考，怎樣把他的話說得婉轉些，讓她不至於太難過。唉！他連寫幾句安慰伊莎貝拉的話都不願意，我還能把他的話說得有多婉轉呢？我相信，從早晨起她就一直在盼望我過去了。當我踏上花園石板路時，正好看見她從窗戶往外張望。我對她點點頭，可是她卻一下子縮了回去，似乎很怕被人看見。我沒有敲門就進去了，眼前呈現出一派淒涼破敗的景象，完全沒有過去的溫馨和整潔。說老實話，如果我是希克利夫太太，至少會把壁爐打掃乾淨，拂去桌上的灰塵，可是現在她渾身上下都散發著瀰漫在這個屋子裡的懶散氣息。她那漂亮的臉龐蒼白而憔悴，頭髮也沒有打理，亂糟糟地盤在頭上，有幾撮頭髮隨意地散落下來。此外，她大概從昨天晚上起就沒有梳洗過。亨德萊不在那裡，希克利夫坐在一張桌子旁，正在翻看夾在記事本裡的幾張紙。他一看見我進來，立即站了起來，態度和善地詢問我近來可好，並請我坐下。我覺得，在整個屋子裡，希克利夫是唯一看起來還有些體面的人，他今天顯得格外有派頭。環境已經把他們兩個的地位完全顛倒了過來：在一個不知情的外人眼中，希克利夫是個道地鄉紳，而伊莎貝拉則徹頭徹尾是個骯髒女人。她急切地走到我身邊，伸出手來取她所期盼的信。我搖了搖頭，她似乎不理會這個暗示，跟著我來到櫥櫃旁（放我的帽子），低聲懇求我趕快把帶來的東西給她。希克利夫看見她的舉動，猜到是怎麼一回事，於是說道：

「如果妳帶什麼東西給伊莎貝拉——一定帶來了，艾莉——就交給她吧！用不著瞞著我，我們之間沒有祕密。」

我認為最好一開始就直言相告，於是說道：「啊！我什麼也沒帶來，我的主人要我轉告他妹妹，目前這種情況下，她不必期望他會寫信給她或是來探望她。太太，他向妳問好，並祝妳幸福，他也原諒了妳，儘管妳帶給他痛苦，不過他認為兩家人最好不要來往，因為保持來往對大家都沒什麼好處。」

希克利夫太太的嘴唇微微抽搐了一下，然後默默地坐回到窗前座位上。希克利夫站到壁爐前，靠近我一些，便開始詢問我凱薩琳的病情。我思考了一下，只說了一些我認為可以告訴他的情況，可是他卻一再追問，逼著我說出導致她生病的大部分原因。我說都是因為凱薩琳太任性、脾氣太暴躁（她是該受責怪的），她是自作自受，最後我希望希克利夫也採取像林敦先生一樣的態度，今後無論怎樣都不要再去打擾他們了。

「林敦太太現在剛有所好轉，」我說：「她的命算是保住了，可她已經不再是從前那個凱薩琳了。如果你真的關心她，你就應該避免再闖入她的世界去——不，你完全應該離開這個地方，到別的地方生活。為了讓你不再有什麼留戀，徹底斷了念頭，我就告訴你，如今的凱薩琳・林敦和你的老朋友凱薩琳・恩休完全是不同的兩個人，就如這位年輕的希克利夫太太和我是兩個不同的人一樣，不僅外表大大改變了，而且性格變得更厲害。唉！那個不得不和她在一起、也不能不和她在一起的人，今後只能憑藉著對她過去的美好回憶、憑藉著仁慈心和責任感，來支撐他自己了。」

「這倒是很有可能的事，」希克利夫努力保持鎮定地說：「妳的主人完全有可能除了仁慈心和責任感之外，再也沒有什麼東西可以支撐他的了。可是，妳怎麼就沒好好想一想，難道我會放心把凱薩琳交給一個只有仁慈心和責任感的人嗎？難道我對凱薩琳的情感能夠和他的相提並論嗎？在妳離開這裡之前，妳一定得答應我讓我和她再見一次面。不過，無論妳答不答應，我都一定要見她！妳說怎麼樣呀？」

「我說，希克利夫先生，」我回答道：「你不能這麼做。別指望我會幫你，永遠也別想透過我見到她。如果你再一次碰見我的主人，就會立即斷送她的性命的。」

「有了妳的幫助就可以避免碰見了。」他說道：「可是，萬一真的碰見了而給她帶來了什麼危險的後果——如果因此更增添了她的痛苦的話——那我就有理由採取任何極端的手段。我希望妳老實告訴我，假如失去了他，凱薩琳會不會極度難過？我就是因為擔心這一點，才一直沒有下手。從這點，妳就可以看出我們兩個對她的情感有多麼大的不同——如果我和他彼此交換位置，儘管我會恨他入骨，但哪怕一根手指頭我也不會動他。瞧妳，一副不相信的樣子，要是妳真的不相信，只能說妳太不瞭解我了。只要她還需要他，我就絕不會趕他走，而一旦她不再需要他了，我就會要了他的命——挖他的心、喝他的血。但在此之前，即使死神一步步走近我，我也絕不會傷他一根汗毛。」

「可是，」我插口說道：「現在你去見她，無疑徹底毀滅了她完全康復的希望。在她快要忘記你的時候，你卻再次出現在她面前，闖進她的心靈之中，讓她再一次陷入痛苦和煩惱的深淵。」

「妳以為她快要把我忘了嗎？」他說道：「啊！艾莉，妳很清楚她並沒有忘記我。妳跟我一樣清楚地知道，每當她想到林敦一次，心中就會想到我千百次。在我最痛苦的那段日子裡，我曾經有過這樣的念頭，認為她已經把我忘了，直到去年夏天我回到這裡的時候，這個念頭還糾纏著我。可是現在不同了，除非她親口告訴我，否則我的心裡不會再有這個可怕的念頭。在我眼裡，林敦算得了什麼，亨德萊又算得了什麼，就連我的夢想也不算什麼。我的未來只包含兩個詞——死亡與地獄，如果失去了她，生命就等於死亡，人間就是地獄。假如我認為她把艾德格・林敦的愛情看得比我的還重要，哪怕這個想法僅僅是一閃而過，我都是一個傻瓜。他憑藉什麼去愛她？以他那瘦弱的身體，即使用全身心地愛她幾十年，也抵不上我對她一天的愛。凱薩琳有一顆和我一樣深沉的心，如果說他能夠滿足她的全部情感，那就等於是說一個馬槽可以裝下浩瀚無際的大海。呸！他在她的心裡，不見得比她的一條狗或者一匹馬更親愛，他有什麼值得她愛的？他能夠和我相比嗎？她怎麼愛她本來沒有的東西呢？」

「凱薩琳和艾德格相親相愛，不比任何一對夫妻差，」伊莎貝拉突然提起了精神，大聲說道：「沒有人有權這樣毀謗他們。聽著別人這樣作踐我的哥哥，我不能不說話。」

「妳哥哥不是也很喜歡妳嗎？」希克利夫嘲弄地說：「但現在又怎麼樣呢？他說不認妳就不認妳了，任妳在外漂泊，這個轉變太令人吃驚了！」

「他並不知道我在遭受怎樣的折磨，」她回答：「我沒有告訴他。」

「那妳告訴了他什麼？妳寫信給他了，是不是？」

「我是寫了，告訴他我結婚了，那封信你是看過的。」

「以後就沒有再寫過？」

「沒有。」

「我家小姐真是可憐，換了個環境人就變得這麼憔悴。」我說道：「看她的樣子就知道她缺少愛，我想我可以猜到究竟是誰造成的，只是不便說出來。」

「我猜是她自己不愛自己吧！」希克利夫說道：「她已經變成了一個骯髒女人了，真是少見，她早就不想討我喜歡了。告訴妳一件事，也許妳不相信，在我們新婚第二天早上，她就哭鬧著要回娘家去。不過，她一點也不需要那些臭講究，和這棟房子正好相配，我也省了許多麻煩，可是我得注意不讓她在外面亂跑，以免丟了我的臉。」

「噢！先生，」我忍不住說道：「我希望你考慮到這一點，希克利夫太太一向都有人照顧，她就像獨生女一樣地長大，一家人都很遷就她，你總得讓她身邊有個女僕，替她收拾東西什麼的，而你也得對她好一點。無論和艾德格先生之間有什麼矛盾，你也不能否認她是很愛你的，要不然她就不會拋棄優越的生活和親人，情願和你住在這麼個淒涼的地方。」

「她完全是在一種錯覺的支配下，才拋棄那些東西的，」他回答說：「她竟然把我想像成一個浪漫的英雄，想要我用騎士般的俠骨柔情來百般寵愛她。我簡直無法把她當作一個有理性的動物，她完全根據她自己的想像來看待我，還按照她自己的錯誤判斷來行動。不過，我想她現在終於有一點開竅了，開始有一點明白我是怎樣的一個人。最初，她總是在我面前傻笑、做鬼臉，我完全沒有放在心上，只是感到厭惡。可是，當我告訴她我是怎麼看待她的癡迷和她本人的時候，這蠢貨居然執迷不悟，以為我是在和她開玩笑。曾經有段時間，我甚至認為要叫她明白這些幾乎是不可能的。真是費了不少勁才讓她明白我一點都不愛她，可是也只是明白了那麼一點點。今天早上，她還以為自己有了一個驚人發現，向我宣布說，我已經做到讓她恨我了。跟妳說實話，這可是費了九牛二虎之力的事啊！不過，假如她真明白了，那我真要好好感謝她了。伊莎貝拉，我能把妳的話當真嗎？妳敢肯定妳恨我嗎？要是我丟下妳一個人獨自待半天，妳會不會找到我面前來，又是嬌嗔嘆氣，又是向我諂媚示好？我敢說，在妳的面前，她寧可我假裝柔情萬種的樣子，也不願暴露真相，那樣會傷了她的虛榮心的。可是，我是不會在乎別人知道真相的，這份感情完全是她單方面的，我從來沒有欺騙過她，沒有對她說過一句謊話，她無法指責我曾經對她表示過一點虛情假意。那天，我們剛從畫眉山莊出來，我做的第一件事就是把她的小狗吊起來，她懇求我放了牠，我的第一句話就是我恨不得把她全家人都吊死，除了一個人，可是她一定以為她就是那個例外呢！無論多麼殘酷的行為，都無法引起她的厭惡，在我看來，只要不傷害到她自己，她對於殘酷的行為有種天生的喜愛呢！看看，這麼一個下賤卑劣的母狗，居然幻想著我能愛她，豈不是荒謬透頂了嗎？她簡直就是個白癡！艾莉，回去告訴妳的主人，我這輩子還沒見過像她這麼下賤的東西，她甚至辱沒了林敦這個姓氏。我曾經想看看她究竟能夠承受多大的折磨，可是無論我採取什麼樣的手段，最後她都會爬到我面前搖尾乞憐。因為實在拿她毫無辦法，有時候我都不忍心了。不過，妳還要告訴那位兄長兼地方官①，叫他盡可放心，我是嚴格依照法律行事的。到目前為止，我沒有對她提出任何離婚的理由，而且，她也不會感謝任何想要分開我們的人。不過，要是她願意走，儘管走好了，我一看見她就覺得厭惡，這遠勝於我折磨她時所得到的滿足。」

「希克利夫先生，」我說道：「你簡直是在說瘋話！很可能你太太也認為你瘋了，因而才能容忍你到現在。不過，你剛才說她要是願意可以走，不用多問，她一定不會錯過這個機會的。太太，妳總不至於這麼癡迷，情願和他在一起吧？」

「小心，艾莉！」伊莎貝拉回答道，眼睛冒著怒火。一看她的神情就可以知道，她的丈夫想要她恨他，而他完全達到目的了：「他的話一個字也不要信，他是個說謊的惡魔，不是人。他以前就跟我說過我可以走，我也試過離開，可是我不敢再試了。艾莉，妳答應我，在我哥哥或凱薩琳面前，不要提及他的那些無恥的話，哪怕半個字也不要。他這麼信口開河地胡說，無非是想激怒艾德格。他曾經對我說過，他娶我就是為了對付艾德格。他休想辦到！我是不會讓他得逞的，我寧願先死。我但願——我祈求——他會一時忘了他那狠毒的計謀，一刀把我殺了。現在，我生命中唯一能夠想像到的快樂就是死，要不就看到他死！」

「行了，有妳這句話就夠了。」希克利夫說道：「艾莉，如果法庭傳訊妳去，妳可得記住她的話呀！瞧瞧那張臉吧！差不多快要符合我的胃口了。不，伊莎貝拉，妳根本不能對妳自己負責，我既然是妳的合法保護人，那妳就得在我的監管下生活，不論這個義務是多麼令人倒胃口。上樓去吧！我還有話要跟艾莉・迪恩說。不是往那裡走，我是叫妳上樓去。嗨！這裡才是上樓的路，孩子！」

他抓住她，把她拖到門口，然後推出門外。他回來時低聲嘀咕道：

「我毫無憐憫之心！我毫無憐憫之心！蟲子越是扭動得厲害，我越想擠出牠們的腸子。這就像牙痛一樣，我越是感到疼痛，就越要使勁磨牙。」

「你理解『憐憫』的含義嗎？」我一邊戴上帽子，一邊問道：「你這輩子可曾感到過絲毫的憐憫？」

「放下帽子！」他說道，看出我打算離開：「妳還不能走。好吧！艾莉，妳到這邊來。現在，我不是打算說服妳而是強迫妳幫助我實現我的願望，我要見凱薩琳，而且要盡快辦到。我發誓我沒有害人之心，不想故意惹麻煩，也不想激怒或侮辱林敦先生，我只想聽她親口告訴我：她怎麼樣了、她怎麼生的病，我能為她做些什麼。昨晚我在山莊花園逗留了六個鐘頭，今晚我還要去，而且以後無論白天或黑夜我都會在那裡，直到我見她一面。如果我和艾德格・林敦碰面，我會毫不手軟，狠狠揍他一頓，叫他識趣一點，不要阻攔我；如果他的僕人們出來幫忙，我就拔出手槍威脅他們，把他們嚇跑。不過，如果可以不必碰到他們或他們的主人，不是更好嗎？而妳是可以輕易做到這一點的。我到了那裡之後會告訴妳，等她一個人的時候，妳就悄悄讓我進去，幫我把風，直到我離開。妳的內心不會因此而感到不安，因為妳阻止了一場混亂的發生。」

我強烈反對他的主意，我不能出賣我的主人，做出這種卑鄙的事情，還竭力勸說他，為了滿足自己的願望而破壞林敦太太的平靜，是殘酷而自私的：「她整天恍恍惚惚的，」我說道：「一點很平常的小事都會讓她受到驚嚇，我敢說她再也經不起任何突如其來的事情了。別再固執了，先生，否則我不得不把你的打算告訴我的主人。為了保護他的家以及家人，他會採取嚴密措施來防止你闖進來。」

「妳要是這麼說，那我就先採取措施『保護』妳，妳這個冥頑不靈的婆娘！」希克利夫大聲叫嚷起來：「明天早晨之前，妳休想離開咆哮山莊。說什麼凱薩琳看見我會受到驚嚇，純粹是胡說八道！至於說到她經不起突如其來的事情，我是不會突然出現在她面前的，妳得先告訴她，問問她同不同意我去看她，讓她有個心理準備。妳說她從來沒提到過我的名字，也沒人向她提到我，可是，如果在那個家裡禁止談論我的話，她又能跟誰談論我呢？她會認為你們全都是她丈夫的耳目，會給他通風報信的。啊！我一點也不懷疑，她跟你們在一起簡直就是活受罪！即使她什麼也不說，我也知道她心裡難受的滋味。妳說她時常煩躁不安、神情焦慮，這難道能說她的內心是平靜的嗎？妳說她的心神不定、思維紊亂，真他媽的見鬼了！她陷入一種可怕的孤獨之中，她不這樣還能怎麼樣呢？還有，那個不懂感情的平庸傢伙，僅僅是憑藉著他的仁慈心和責任感、他的憐憫和恩賜來照顧她！像他這樣照顧她，等於是把一棵橡樹栽種在花盆裡，還妄想讓它長成大樹呢！哼！他的照顧算什麼？別指望她在一層薄薄的沙土中就能恢復健康。我們馬上說定：妳是願意留在這裡，讓我從林敦和僕人們中間殺出一條路去見凱薩琳，還是願意做我的朋友，像從前那樣依照我的要求去做？趕快決定吧！如果妳還是固執己見、冥頑不靈，我是沒必要在妳身上浪費任何時間了。」

唉！洛克伍德先生，我一直跟他吵，一個勁地抱怨他，無數次地堅決拒絕他，可是最後他還是逼得我答應了。我得把他的一封信交給凱薩琳，如果她同意他來，我還得告訴他林敦先生出門的時間，以便他們兩人見面，而且我和其他僕人都要迴避。

我這麼做，究竟是對是錯？儘管這是權宜之計，但恐怕我做錯了。當時我認為，如果聽從了他，可以避免引起一場混亂，而且還認為，這也許對凱薩琳病情的康復有幫助。但緊接著，我又想起林敦先生對我的斥責，嚴禁我搬弄是非。為了消除我內心的不安，我反覆對自己說，這種背信棄義的事只做這麼一次，以後絕不再做了。雖然如此，在回家的路上，我的心情卻比來時更加沉重了，腦海裡不斷出現種種不安的念頭，拿不定主意是否把信交給凱薩琳。

*　*　*

洛克伍德先生，坎尼斯大夫已經來了，我這就下樓去告訴他你已經好多了。我所講的故事，依照我們這裡的說法是夠「壓抑」的，剩餘的故事還可以再消磨一個早晨呢！

的確是夠「壓抑」的，而且淒慘。這個好女人下樓去接待大夫的時候，我心裡這樣想道。假如要我選擇的話，我才不會選擇這類故事來解悶呢！好啦！別想這麼多了，無論如何，我從迪恩太太這劑苦澀的藥方裡還是可以吸取到良藥的——我得小心啊！凱薩琳‧希克利夫那雙明亮迷人的眼睛裡蘊藏著一股誘惑的力量，深深地吸引了我，假如我把我的愛情獻給了她，恐怕我會陷入一種奇特的煩惱中：她竟然是她母親的翻版！②

①參閱第十章，林敦去參加鄰鎮的一次會審。由此推斷，林敦應該是由民間推選出的地方推事。

②洛克伍德幻想自己和凱薩琳結了婚，但又擔心她不僅容貌像她的媽媽，而且性格也像，那將會永無寧日了。

第十五章

又過了一星期，我的身體進一步康復，春天也快到了。我的女管家一有空閒就會到我的病榻旁坐坐，幾次之後，我已經聽完了我房東的故事。現在，我將以她的口吻把故事繼續講下去，只是稍加濃縮一些。在我看來，她算得上是個講故事高手，而且有她特別的風格，我不認為我能夠把她的風格改進得更好。

我去咆哮山莊看望伊莎貝拉回來的那天晚上，我清楚地感覺到希克利夫先生就在附近。我沒有出去見他，因為那封信仍然在我的口袋裡，我可不想再受到他的威脅和逼迫。我猜不透凱薩琳讀到這封信時會有怎樣的反應，決定等林敦先生出門後再把信交給她。一連三天過去了，這封信還是沒有到她手裡。第四天是星期天，除了病人以及一個男僕和我留下看家以外，一家人都去教堂了。一般來說，每次做禮拜的那段時間，屋子前後門都要鎖起來，可是這天天氣很暖和，我把所有的門都打開了。我知道他今天會來，我得履行自己的承諾，於是對我的同伴說凱薩琳想吃橘子，請他趕快去村裡買一些，明天再付錢。他出門之後，我馬上帶著那封信上了樓。

凱薩琳穿著一件寬鬆的白色長袍，肩上披著一條輕薄絲巾，像往常一樣坐在一扇敞開的窗戶邊。她那頭濃密漂亮的長髮在剛生病的期間剪短了一點，現在，那自然的鬈髮隨意披在鬢角邊和脖子上。正如我對希克利夫所說的那樣，她的外表已經改變了，但當她處於寧靜狀態時，顯出一種驚人的美麗，不禁疑為天人，令人讚歎。她那雙原本炯炯有神的眼睛，現在充滿著夢幻般的、憂傷的溫柔，似乎不再注視身邊的東西，總是凝望著遠方，那遙遠的地方——或許可以這麼說，凝望著縹緲的天際。她的臉色不再蒼白憔悴，肌膚正逐漸豐腴起來。她身上流露出一種異乎尋常的茫然神態，讓人一看就明白是精神錯亂所致，因而更加令人心痛、惹人憐愛。因為在我看來，儘管她的身體正在康復，但她的神態注定了她不久即將撒手人寰的命運。

在她面前的窗台上放著一本書，打開著，偶爾吹來的微風輕輕翻動著書頁。我想那一定是林敦先生放在那裡的，因為自從生病以後，她從不想看書，或者做點什麼消遣的事。面對這種情況，林敦先生根據她過去的喜好，想辦法在這些方面重新引起她的興趣。她也明白他的心思，在心情好的時候，會耐心地聽從他的安排，只是不時地發出睏倦的聲音，表明他的努力白費了，而到最後，她總是用最楚楚可人的微笑和親吻終止了這一切。有的時候，她會把身子扭到一邊，以手掩面，甚至粗暴地把他推開，這個時候，他知道自己已經毫無辦法了，只得無可奈何地退出房間。

吉姆屯教堂的鐘聲還在敲響，漲滿了的小溪在山谷裡歡快地流淌，傳來了悅耳動聽的潺潺水聲。在夏天到來之前，這裡到處充滿著這樣美妙的音樂。而當夏天到來的時候，茂密的樹葉發出陣陣沙沙聲，將小溪歌唱完全淹沒了。在咆哮山莊，在解凍或雨季之後的無風日子裡，總能聽到那小溪的潺潺水聲。這個時候，凱薩琳正在細心傾聽，心裡一定在想著咆哮山莊——假如可以把這稱之為是她在聽或想的話。可是，她茫然的雙眼卻是那麼空洞無物，無論憑藉她的耳朵或眼睛，都意識不到世界的存在。

「有妳一封信，林敦太太。」我輕輕地把信塞到她放在膝上的一隻手裡：「妳得馬上讀，還等著妳的回音呢！要我把封漆打開嗎？」

「好吧！」她回答道，但她的目光並沒有移動。

我拆開了信，信很短：「現在，妳讀吧！」我接著說道。

她縮回了手，信掉到了地上，她沒有理睬。我把信撿了起來，又放在她的膝上，站在那裡等待她垂下目光去讀，可是她始終沒有任何想要讀的意思。我又說道：

「要我讀給妳聽嗎？太太！是希克利夫先生給妳的信。」

她吃了一驚，臉上閃過一絲困惑，彷彿在竭力回憶著什麼，並想要理出一個頭緒來。她拿起信，似乎是在讀，當她看到簽名的時候，還輕聲嘆了口氣，可是我發現她始終沒有領會信裡的內容。我詢問她要怎麼答覆希克利夫先生，她卻指著署名，帶著焦慮的神情急切地望著我。

「唉！他想見見妳。」我說道，明白她需要有人給她解釋：「這個時候他正在花園裡，急著等我給他一個回音呢！」

就在我說話的時候，我看見在灑滿陽光的草坪上躺著一條大狗，牠的兩隻耳朵豎了起來，像是要狂吠的樣子，可是很快又將耳朵垂了下去，還搖了搖尾巴，算是宣布有人進來了，而且也不認為這個人是陌生人。凱薩琳向前探了探身子，屏住呼吸地認真傾聽著。一會之後，只聽見一陣腳步聲穿過走廊。大門是敞開著的，這對於希克利夫是太有誘惑了，他怎麼也無法控制自己不走進來，而且他一直沒有得到我的回音，大概以為我有意不履行承諾，因此決定冒險闖一闖。他並沒有馬上找到她的臥室。凱薩琳焦慮不安地望著臥室的門，給我做了個手勢，示意我去接他進來。可是我還沒走到房門口，他已經找到了。他大步走到她身邊，一把將她緊緊摟在懷裡。

大約五分鐘時間他沒有說一句話，只是緊緊抱著她，並且不停地親吻她。我敢說，他這次給予她的親吻比他過去給予她的全部親吻還要多。不過，我看得清清楚楚，由於他過度悲傷而無法面對她的臉，是凱薩琳先親吻他的。他一看見她，就如同我一樣地確信，她的病是沒有希望康復了，她是注定要離他而去了。

「哦！凱薩琳。哦！我的生命。叫我如何能承受啊？」他開口說了一連串的話，那心痛的聲音顯示他並不想掩飾內心的絕望。他一眼不眨地盯著她，看著他那絕望的眼神，我還以為他會淚流滿面，可在他的雙眼中只有痛苦的烈焰在燃燒，卻沒有溶化的淚水。

「怎麼啦？」凱薩琳說，然後向後靠去，並立刻皺緊了雙眉——她的病讓她變得喜怒無常：「你和艾德格把我的心都揉碎了，希克利夫！而你們兩個都跑到我面前來哭泣，好像該得到憐憫的人是你們似的。我是不會憐憫你的，我才不呢！我想，你把我害死了，也就心滿意足了。你的身體多強壯啊！我死後你還打算活多少年啊？」

希克利夫原本一條腿跪在地上抱著她的，他想要站起來，可是她抓著他的頭髮，不讓他起身。

「但願我能這樣一直抓著你，」她酸楚地說道：「直到我們兩個都死掉。我可不管你受什麼樣的罪，我才不管呢！為什麼你就不該受罪呢？我可是在受罪呀！你會把我忘掉嗎？當我埋在泥土裡的時候，你會快樂嗎？二十年後你或許會這麼說：『那就是凱薩琳．恩休的墳墓，我曾經愛過她，失去她我的心都碎了。但這都是很久以前的事了，從那以後我又愛過很多人。到如今，對於我來說，我的孩子和她比起來要親密多了。當我死的時候，我不會因為又要見到她而高興，只會因為不得不離開我的孩子們而深感難過。』你會不會這麼說，希克利夫？」

「不要把我折磨得像妳一樣發瘋吧！」他大聲喊道，使勁把他的頭從她的手中掙脫了出來，緊咬牙關。

在一個旁觀者看來，這兩個人構成了一個奇異而可怕的圖像。凱薩琳把天堂認為是她的流放之地，除非她的肉體在塵世消失的時候，她在塵世的性情也一併消失。這個時候，她的面色慘白，嘴唇沒有絲毫血色，一雙發光的眼睛露出野性的、復仇的眼神，緊握的拳頭裡還抓著一撮他的頭髮。而希克利夫則一隻手支撐著自己站了起來，另一隻手緊抓著她的手臂。她已經病得不輕了，可是他似乎不懂得該對她溫柔一點，在他鬆手的時候，她那沒有血色的皮膚上留下了四條清晰的深紫色印記。

「妳有魔鬼附體嗎？」他惡狠狠地問道：「臨死前還要說這樣的話？妳有沒有想過，妳說的每句話都會烙印在我的記憶裡，一旦妳離我而去，這些話會更深地印在我的腦海裡，直到永遠。妳說我害死了妳，妳知道自己是在胡說。凱薩琳，妳心裡明白，假如我忘了妳，那就等於是說我忘了我自己。當妳安息的時候，我卻在地獄般的折磨中痛苦得死去活來，難道這還不能讓妳那狠毒的自私心得到滿足嗎？」

「我永遠不會得到安息了，」凱薩琳說道，情緒上的過度激動讓她心慌不已，胸脯劇烈起伏著，她感到十分難受，沒有繼續說下去。等一陣心慌過去之後，她才又接著說，語氣稍稍溫和了些：「我並不願意你比我更痛苦，希克利夫，我只希望我們永不分離。如果我所說的話讓你今後感到痛苦，那我在地下也會感到同樣痛苦的，為了不讓我痛苦，請你原諒我吧！要知道，你一生中從來沒有傷害過我呵！你過來，再跪下來吧！是啊！假如你內心的怨氣沒有發洩出來，以後回憶起來，那種痛苦比我所說的那些傷害你的話還要令你難受呢！你不願意過來嗎？來吧！」

希克利夫走到她的椅子背後，俯下身去，但位置並不太低，以免讓她看見他那因激動而變得發青的臉。她轉過頭來想要抬眼望著他，可是他不讓她看，轉身走到了壁爐邊，背對著我們站在那裡，不吭一聲。凱薩琳疑惑的目光一直跟著他，他的每一個動作似乎都在她心裡喚醒了一份久違了的情感。她盯著他看了好長一段時間之後，帶著氣惱、失望的語氣對我說道：

「唉！妳瞧，艾莉！他都不肯遷就我一下，讓我再多活幾天，他竟然是這樣愛著我的。好吧！沒關係，這可不是我的希克利夫。我仍然愛著我的那個希克利夫，還要帶著他一起走，他一直就在我靈魂裡啊！再說，我最討厭的就是這個禁錮我靈魂破敗不堪的牢籠——我的生病肉體，我不想被囚禁在這裡了，早就盼望著能夠逃離，到那快樂的天堂裡，從此永遠留在那裡——不是淚眼模糊地望它一眼，也不是在痛苦中嚮往著它，而是真的去到了那裡，實實在在地待在那裡。艾莉，妳自以為比我堅強，比我快樂，比我健康，妳還為我感到難過，但很快這些都將發生改變。我將要為妳感到難過，我將要高高在上，俯視著你們這些塵世的芸芸眾生。真是搞不懂，他是不是不願意到我身邊來了？」她自言自語地往下說道：「我想他是故意氣我的。希克利夫，你不要生氣啦！快到我這兒來吧！希克利夫。」

她彷彿等不及了，竟然站了起來，身子靠在椅子扶手上。聽到她那急切的呼喚，他轉過身來，臉上完全是絕望的表情。他睜大著一雙濕潤的眼睛，目光死死地盯著她，胸膛劇烈起伏著。他們就這樣對視著，在我還沒來得及反應過來的時候，他們已經合在一起了。只見凱薩琳的身體向前一撲，他一把把她接住，然後便緊緊擁抱在一起。我想她立刻就昏了過去，我真擔心等到凱薩琳離開他的懷抱時，已經活不成了。他抱著她倒在最近一張椅子上，我趕忙走上前看看她是不是昏迷了，不料他竟然怒視著我，咬牙切齒的，向我吐口水，不許我靠近，帶著貪婪的神情把她抱得更緊。那時，我只覺得我根本不是在和我同類的動物打交道，即使我跟他說話，看來他也不會懂，因此我站到了一旁，默不作聲，不知該怎麼辦。

好一會，凱薩琳動彈了一下，我總算放下心來。她用一隻手臂勾住他的脖子，他抱住她，他們的臉緊緊貼在一起，而他忘情地愛撫著她，狂暴地說道：

「現在我才明白，原來妳是多麼殘酷啊！妳是既殘酷又虛偽。為什麼妳從前要看不起我？為什麼妳要欺騙妳自己呢？凱西！我是不會安慰妳的，妳這是活該，是妳害死了妳自己啊！可不是嗎？妳可以一邊吻我一邊哭泣，惹得我來吻你、陪妳流淚，可是我的吻和眼淚只能害死妳、只能詛咒妳。妳曾經愛過我，那妳有什麼權利棄我而去呀？妳有什麼權利——回答我——竟然選中了林敦？無論貧困、恥辱和死亡，也無論上帝或魔鬼撒旦怎樣地加給我們磨難和痛苦，都不能把我們分開。可是，妳卻心甘情願地嫁給了林敦。我沒有揉碎妳的心，是妳揉碎了自己的心，同時也把我的心揉碎了。我太好強了，不願向任何人吐露我的痛苦，因此我感到更加痛苦。我還想繼續活著嗎？這叫什麼活著呀？當妳……啊！上帝哪！當妳的靈魂已經進了墳墓，我還願意活著嗎？」

「別逼我吧！別逼我吧！」凱薩琳抽泣著說道：「如果我曾經做錯事，我就要為此付出生命的代價了，這樣的懲罰應該足夠啦！你也曾經拋棄過我，可是我並不想責怪你。我寬恕你，你也寬恕我吧！」

「看看妳的一雙眼睛，摸摸妳的兩隻瘦削的手，要寬恕妳真是很難啊！」他說：「再親吻我吧！別讓我看見妳的眼睛，我就寬恕妳對我所做的一切。我愛害死我的人，可是害死妳的那個人，我又怎麼能夠寬恕他？」

他們沒有再說話，默默地擁抱在一起，臉緊貼著臉，淚水混合著，黏滿了彼此的臉龐——我猜想兩個人都在哭泣。至少，在這麼一個令人肝腸寸斷的時候，希克利夫也不免要流淚了。

這個時候，我的內心感到非常不安。下午的時間似乎過得很快，我吩咐去買橘子的人已經回來了，而在夕陽下的山谷，我看見人們已從吉姆屯教堂裡陸續湧出。

「禮拜做完了，」我告訴他們，「主人在半個鐘頭內就會回來了。」

希克利夫哼出一聲咒罵，把凱薩琳抱得更緊，她一動也不動。

不久，我看見大路上來了一群僕人，往廚房那邊走去。林敦先生在後面不遠地方，他自己開了大門，悠閒地走近屋子，也許他在享受這個和煦溫暖、如同夏日一樣可愛的下午吧！

「他已經回來了。」我大聲嚷道：「看在上帝的份上，快走吧！從前面的樓梯下去，不會遇見人的。快點吧！在樹林裡稍等一會，等他進來你再走。」

「我一定得走了，凱薩琳。」希克利夫說，想從凱薩琳的手臂中掙脫出來：「只要我還活著，在妳睡覺以前我會再來看妳的。我答應妳，絕不離開妳的窗戶五碼遠。」

「我不讓你走！」她回答道，用盡全身力量緊緊抱住他：「我說，我不要你走。」

「走開一個鐘頭。」他急切地懇求道。

「一分鐘也不行。」她回答說。

「我一定得走了，林敦馬上就要上樓來了。」這個驚慌失措的闖入者堅持著。

他想站起來，但她怎麼也不肯鬆手，反而把他抱得更緊，把自己累得氣喘吁吁，在她的臉上流露出一種瘋狂的決心。

「不！」她尖聲大叫道：「噢！不要，不要走，這是最後一次了，艾德格不會傷害我們的。希克利夫，我就要死啦！我就要死啦！」

「該死的孬種！他來啦！」希克利夫嚷道，又倒在椅子上。「別鬧了，寶貝！噓！噓！凱薩琳，我不走了。如果他開槍要了我的命，就讓我的嘴裡帶著祝福去死吧！」

他們又緊緊擁抱在一起了。這時，主人的腳步聲已經上樓來了，我嚇得要命，額頭上直冒冷汗。

「你就聽她的瘋話？」我狠狠地說：「她已經精神錯亂了，就連自己在說什麼都不知道，根本分不清好與壞了。你要毀了她嗎？站起來，你立即就可以掙脫出來。這是你做過的最惡毒卑鄙的勾當，我們都讓你給毀了——主人、女主人、僕人。」

我急得就像熱鍋上的螞蟻，在屋子裡團團轉，雙手使勁地扭在一起，並大聲叫喊著。林敦聽見屋子裡有聲音，加快了步伐。正當我處於極度驚恐的狀態時，看見凱薩琳的手臂無力地從他的脖子上滑落下來，頭也垂在胸前，我不由得高興起來，感到如釋重負。「她是昏過去了，還是死了？」我心想道：「這樣也好，與其活著給周圍的人增添煩惱，成為一個負擔，還不如死了得好。」

艾德格衝進來，臉色變得蒼白，帶著驚愕與憤怒的表情逕自撲向希克利夫——我說不清楚他準備怎麼對付希克利夫。可是，沒料到的是，希克利夫把那個看起來已經沒有一點生命跡象的軀體往他懷裡一送，立刻制止了一場即將到來的可怕災難。

「看吧！」他說道：「除非你是個惡魔，否則就救她吧！然後你再跟我說話。」

他走進客廳坐了下來。林敦先生把我叫過去，我們用了各式各樣的方法，好不容易才讓她甦醒過來。可是，這次她徹底瘋了，只是一聲聲地嘆氣、呻吟，卻不認得任何人。艾德格看到她的病情這麼嚴重，焦急得不得了，早把她那個可恨的朋友給忘了。我當然沒有忘記他，找了個機會叫他馬上離開，並告訴他凱薩琳已經好點了，明天早上再告訴他這一夜她的情況。

「我不會拒絕走出這個門，」他回答道：「可是我要待在花園裡。艾莉，記得妳自己的話，明天妳一定要做到，我在那片落葉松林裡等妳。一定要記住，要不然我還要來，我才不管林敦在不在家呢！」

凱薩琳臥室的門半開著，他匆忙瞥了一眼，證實了我說的是實話，這個不幸的人才離開了山莊。

第十六章

那天晚上，大約十二點鐘左右，小凱薩琳（你在咆哮山莊看到的那個女孩）出生了

——一個七個月大的可憐小嬰兒。過了兩個鐘頭，母親死了，神志一直沒有清醒過，既不知道希克利夫已經走了，也不認得艾德格。艾德格經歷喪妻之痛，可以說是痛不欲生，實在令人心酸，從日後的影響來看，當時他是心碎了。不過在我看來，還有一件更加令人心痛的事，那就是他沒有一個繼承人。看著凱薩琳留下的這個孱弱女嬰，我哀嘆不已，心裡不停地抱怨老林敦，為什麼會有如此可笑的偏愛，非得把畫眉山莊傳給他自己的女兒，而不傳給他兒子的女兒。真是個不受歡迎的嬰兒，可憐的小東西！在她出生後的幾個小時裡，假如她哭的時候一口氣憋死，也不會有人在乎的。不過，後來我們對她盡心照顧，總算彌補了這時對她的冷漠。只是她一出世就遭遇不幸，是那麼無依無靠，或許她將來的結局也是如此。

第二天早晨，天氣格外晴朗清爽，陽光靜靜地穿過百葉窗，透進了寂靜無聲的房間裡，床上及其躺在上面的人都立刻沐浴在一片溫柔紅光裡。艾德格·林敦把頭靠在枕頭上，閉著眼睛，他那年輕俊美的面容幾乎跟躺在他身旁的人一樣慘白，也幾乎一樣文風不動。不過，他的臉上呈現的是一種從極度痛苦到筋疲力盡後的無奈沉靜，而她的臉上呈現的則是一片純粹的寧靜。她的前額平滑而光潔，緊閉的雙眼依然動人，嘴角帶著恬靜的笑意。此時此刻，她的神態是那麼的安詳美麗，天堂裡沒有哪個天使能夠和她相比。她安睡在永恆的寧靜之中，也深深撥動了我的心弦。凝視著這神聖的安息者無牽無掛的面龐，我的心中升起一股從未有過的、最神聖的虔誠，我不禁想起她在幾小時前說過的話，並本能地在心裡應答道：「高高地在所有人之上，真是無法企及啊！無論是在人間，還是在天堂，她的靈魂如今都與上帝同在了。」

在守靈的時候，如果守靈者中沒有嚎啕大哭或悲傷絕望的人，我很少會感到不快樂，不知這是否是我與眾不同之處。現在，看著眼前這無論人間或地獄都不能驚擾的安息，我的內心感到一片空靈，我相信，人在死亡之後一定會到達那浩瀚縹緲、充滿光明的天國——他們進入的「永恆的世界」——在那裡，生命之樹將永遠常青，愛情之花將永遠怒放，歡樂之泉將永不枯竭。多麼美妙和諧的天國啊！這個時候，我甚至感到在林敦先生的愛情裡也不免夾雜有自私，他如此悲傷凱薩琳幸福地魂歸天國，其實是多麼嫉妒和羡慕她啊！

* * *

你也許會懷疑，她活著的時候任性、暴躁，到最後她的靈魂配得到安寧嗎？當你冷靜思考的時候，或許會產生這樣的疑問。可是，當你站在她的靈前，所有的疑問都會打消了，出現在你眼前的是一片純粹的寧靜，而她的靈魂也不再騷動不安，就像她的肉體一樣寧靜。

你相信這樣的人在另一個世界裡會快樂嗎？洛克伍德先生？我多想知道啊！

我不願意回答迪恩太太的問題，這問題讓我覺得有點邪門。

她接著說道：回想凱薩琳・林敦的一生，恐怕我們沒有權利認為她是快樂的，不過還是讓上帝來安排她吧！

林敦先生似乎睡著了。太陽剛升起來不久，我悄悄地走出屋子，戶外空氣一片清新。僕人們以為我為了擺脫一夜未睡的睏倦，想去外面呼吸一下新鮮空氣，振作精神，其實我主要是想去看看希克利夫。如果他整夜都待在落葉松樹林中，那他就不會知道屋子裡發生了什麼事，最多能聽見送信人疾馳向吉姆屯的馬蹄聲；如果他曾來過屋子附近，看到燈火移來移去，一夜都未曾熄滅，以及大門不斷打開、關上，也許會猜到裡面出了什麼事。我想去找他，但又怕找到他。我必須告訴他這個可怕的消息，真盼望這件事快點過去，可是我又不知道該怎麼對他說。

在進入林苑至少幾碼遠的地方，他就在那裡。他靠著一棵老槐樹，沒戴帽子，頭髮被露水濕透了，聚集在樹枝新芽上的露珠不斷地滾落在他的身上和周圍。他一動不動地站在那裡一定有很長一段時間了，因為我看見一對鶇鳥在離他不到三尺遠的地方忙碌著，精心地築巢，完全把他當作一塊木頭，而當我一走近時，牠們便飛走了。他抬起眼睛，說道：

「她死啦！我已經知道了。把手絹收起來吧！別在我面前哭。你們全都滾到地獄裡吧！她才不要你們的眼淚呢！」

我其實既是為她而流淚，也為他而哭泣。有時候，我們不免會憐憫那些對自己或對別人都冷酷無情的人。我一看見他那張臉，就知道他已經得知了這個令人心碎的消息，同時我還傻呼呼地以為他已經鎮定下來了，並且還在為她祈禱，因為他的嘴唇在微微顫動，目光直盯著地面。

「是的，她死了。」我擦乾了臉上的淚水，壓抑住抽泣說道：「我希望她的靈魂上了天堂。如果我們能及時醒悟，棄惡從善，每個人都可以到那裡和她相會的。」

「那麼，她及時醒悟了嗎？」希克利夫不無譏諷地問道，臉上掛著似笑非笑的神情。「她像個聖徒似的死去嗎？來，告訴我真實情況，究竟……」

他努力想說出那個名字，可是辦不到。他緊閉著雙唇，苦苦掙扎於內心的巨大悲痛中，同時又兇狠地瞪著雙眼，拒絕我的憐憫。

「她是怎麼死的？」他終於開口說道。儘管他是個冷酷的人，可是這個時候也希望能有個東西支撐一下身體，剛才的一番掙扎已經讓他渾身上下無一處不在顫抖。

「可憐的人！」我心裡暗自想道：「原來你和周圍的人一樣有血有肉，並沒有什麼鐵石心腸，那你為什麼要把自己的心包裹得那麼嚴實呢？你要硬充好漢，你要假裝堅強，可你是欺瞞不了上帝的，現在一切都是你自找的——痛苦折磨著你的心，直到你發出哀求。」

「她像羔羊一樣的安靜。」我回答道：「她嘆了口氣，伸了伸身子，就像孩子從夢中醒來又睡了一樣。五分鐘後，我感覺到她心臟微微跳動了一下，然後就停止了，再也不跳了。」

「她沒有提到過我嗎？」他問道，語氣十分猶豫，似乎擔心所得到的答覆會令他更加痛苦。

「她的神志再也沒有清醒過來。自從你離開之後，她就不認得任何人了。」我說道：「她的臉上帶著甜蜜的笑容，恍惚中似乎回到了愉快的孩提時代。她的生命終結在一個溫柔的美夢裡，但願她在另一個世界醒來的時候，也會感到那麼美好、祥和。」

「但願她在痛苦中醒來。」他突然控制不住自己激動的情緒，大聲叫喊起來，一邊狠狠地跺著腳，一邊痛苦地呻吟，那情景令人恐懼：「哼！直到死的那一刻她還是個撒謊者！她在哪裡？她不在那裡——不在天堂裡，也沒有毀滅，那她究竟在哪裡呢？啊！妳說過妳才不管我的痛苦呢！我要為一個願望祈禱——反反覆覆地祈禱，直到我的舌頭僵硬——凱薩琳・恩休，只要我還活著，妳永遠不得安寧。妳說我害死了妳——那麼，快來纏著我吧！我相信人世間有鬼魂在遊蕩，那些被害死的人的靈魂總是纏著兇手不放。凱薩琳，來抓住我吧——無論採取任何形式——把我逼瘋吧！只要別把我獨自丟在深淵裡，叫我找不到妳啊！啊！上帝啊！我內心的痛苦真是無法形容呀！我既不能沒有生命而活著，又不能沒有靈魂而活著啊！」

他把頭往滿是節疤的樹幹上撞去，然後又抬起眼睛，眼睛死死瞪著遠方，大聲哀號著，完全不像一個人，而是像一頭在刀槍殺戮下做垂死掙扎的野獸。我看見樹皮上好幾個地方都有血跡，他的手上、額頭上都沾滿了血，有的已經凝固了。我想，剛才這一幕，不過是昨夜無數次同樣景象的重現，卻不能打動我的心，只是叫我感到膽顫心驚，但我還是不忍心丟下他。然而，當他恢復了神志，發現我在他身旁看著他，便大吼著叫我走開，我沒本事讓他安靜下來，或者給他一點慰藉，於是我轉身離開了。

凱薩琳的葬禮在她死後的第一個星期五舉行。出殯之前，她的靈柩安放在大客廳裡，棺蓋打開著，裡面撒滿了鮮花和香葉。林敦日夜守候在那裡，成了個不眠的守靈人。希克利夫也是夜夜守候在屋子外面，同樣是個不眠的人。當然，這件事只有我知道。儘管我沒有和他聯繫，但我意識到他一定會想辦法闖進來。到了星期四，黑幕降臨之後不久，林敦先生因為過度勞累而支撐不住了，不得不去休息一兩個鐘頭。他離開以後，我立即打開一扇窗戶——我被他不屈不撓的耐心給感動了，便給了他一個機會，讓他與他的愛慕對象，那凋謝了的容顏做最後的告別。他不會錯過這個機會的。他來的時候，動作敏捷而小心，幾乎沒有一點聲響，因此沒有人發覺他來過。事實上，如果不是發現蓋在死者臉上的布有點凌亂，以及地板上有一束用銀線繫著的淡黃色鬈髮，就連我也沒有察覺到他來過。我撿起來仔細一看，斷定是從凱薩琳脖子上掛著的小金盒裡拿出來的。希克利夫打開了小金盒，把裡面的頭髮扔掉，把自己的一束黑髮裝了進去。我把兩束頭髮擰在一起，放進了小金盒裡，然後合上蓋子。

恩休先生接到了參加他妹妹葬禮的邀請，他沒有任何推託的話，可是一直沒有出現。因此，在凱薩琳的葬禮上，除了她丈夫之外，送殯的全是佃戶和僕人。伊莎貝拉沒有接到邀請。

林敦家族在教堂有一塊墓地，墓碑上刻有精美的裝飾。然而，令村民們感到驚訝的是，凱薩琳的墳墓既不在林敦家族的墓地裡，也不在教堂外恩休家族的墓地裡，而是在教堂的公共墓地裡。在一個長滿青草的小山坡上，旁邊有一道低矮圍牆，泥土和煤灰幾乎要把它埋沒了，荒原上的灌木叢、覆盆子也從圍牆外爬了過來，人們在那裡挖了個坑，就此安葬了凱薩琳。她丈夫如今也葬在同一個地方，他們的墳上各豎立了一塊簡單的石碑，在墳墓另一頭也各有一塊灰色石頭，作為墳墓的標誌。

第十七章

舉行葬禮的那一天，是這個月裡最後一個晴朗的日子。到了晚上天氣驟變，南風變成了東北風，先是下了一場雨，接著就是冰雹和大雪。第二天早上，外面的景象令人難以置信：剛剛才度過了三個星期宛若夏日的天氣，而現在櫻草花和番紅花被壓在積雪下面，百靈鳥停止了歌唱，幼樹的嫩芽也被風雪打得發黑。那個早晨，時間就是在這樣淒涼、黯淡、寒冷的情況下一分一秒熬過去。林敦先生待在屋子裡，我一個人獨占了偌大的客廳，把它當作嬰兒房。我坐在那裡，膝上是哇哇哭叫的嬰兒，我輕輕搖晃著她，同時看著那紛飛雪片飄落在沒掛窗簾的窗台上，雪越積越厚。這時門開了，有人走了進來，又是大聲喘，又是大笑不止。那一瞬間，我的怒氣遠勝過我的驚訝，我以為是個女僕，便大聲嚷道：

「別吵！妳怎麼敢在這裡這麼放肆！若是讓林敦先生聽見了，他會說什麼呀？」

「別生氣了！」一個熟悉的聲音回答道：「我知道艾德格還躺在床上，可是我實在是忍不住想笑啊！」說話之間，那個人已走近壁爐邊，不停地喘著氣，一隻手叉在腰上。「我從咆哮山莊一路跑來的。」等呼吸稍稍平穩一點，她接著說道：「有時候簡直就像在飛，說不清跌倒了多少次。哎喲，我渾身都在痛！別這麼吃驚地看著我，等我緩口氣再詳細地告訴妳。現在要麻煩妳一些事，請妳出去吩咐叫輛車，一會送我到吉姆屯去，再叫女僕到我的衣櫥裡找幾件衣服來。」

來人正是希克利夫太太，她終於回來了，這原本是件令人高興的事，可是她的樣子實在叫人笑不出來。她的鬈髮披在肩上，雪水不斷地順著髮梢滴落下來。她穿著一件以前在家常穿的衣服，雖然適合她的年齡，但與她的身分極不相稱。那是一件露胸的短袖上衣，是用輕薄的絲綢做成的，被雪水淋濕後緊貼在身上。她的頭上和脖子什麼也沒戴，腳上只是一雙單薄的拖鞋。此外，她的一隻耳朵下面有一道很深的傷痕，因為天氣冷，才沒有大量出血；還有一張被抓破的、打得瘀痕斑斑的白皙臉蛋、一個累得難以支持的身軀……你可以想像，當我定下心來仔細打量她時，並沒有減輕多少最初見到她時的驚恐。

「我的小姐呀！」我嚷道：「現在我哪裡也不去，什麼也不聽，等妳把衣服都換好了再說。今晚妳怎麼也不能去吉姆屯，所以也不需要吩咐車子。」

「我必須去，」她說道：「無論是走路還是坐車去。當然，我不反對穿得體面些。還有……啊！瞧，血順著我的脖子流下來了，一烤火傷口又痛了起來。」

我想幫她處理傷口，可是她不許我碰她，堅持要我先依照她的吩咐把事情一一辦好。我只得叫馬夫準備好車，又叫一個女僕收拾了一些必需的衣服，之後她才允許我幫她包紮傷口和換衣服。

「行啦！艾莉，」她說道，這時候我的工作已經做完了。她坐在壁爐前一張安樂椅上，面前放著一杯茶：「妳坐在我對面，把可憐的凱薩琳的孩子放在一邊，我不喜歡看見她。妳不要覺得我剛才進來時大笑不止，就以為我對凱薩琳沒有一點感情，其實我早就哭過了，而且還哭得很傷心——是啊！我應該比任何人都有理由大哭一場，因為我和她是在吵架之後分開的，妳記得吧？我不能饒恕我自己。儘管如此，我還是絕對不會同情他——那個畜牲！把火鉗遞給我，這是我身上最後一件他的東西。」她從中指拔下那只金戒指，扔在地板上。

「我要砸爛它。」她接著說道，像小孩子洩憤一樣拚命地砸：「我還要燒了它。」她撿起戒指，把這個沒用的東西扔進了壁爐裡：「去他的！他要是再把我弄回去，得再買一個。他一定會到這裡來找我、找艾德格的麻煩，我不敢住在這裡，免得他打什麼壞主意。更何況，艾德格對我也沒什麼情義，不是嗎？我不想求他幫忙，也不願帶給他什麼麻煩，我只是處於無奈，暫時到這裡躲避一下。如果我不是知道他不在這裡，那我會待在廚房裡，洗洗臉、暖暖身子，讓妳把我要的東西拿來，然後馬上離開，到任何一個地方去都行，只要能逃出那個該詛咒的魔鬼手掌。哎呀！當他知道我走了，一定會大發雷霆，萬一被他抓到了……我原本恨不得親眼看到他死，不到那一天我才不逃呢！只可惜亨德萊的力氣沒有他大，不是他的對手。」

「噢！別說得那麼快，小姐！」我打斷她說道：「妳會把紮傷口的手絹弄鬆開，血又會流出來的。喝點茶，緩口氣吧！也別笑了，現在在這裡笑是很不恰當的。」

「這倒是真的。」她說道：「聽聽！那個孩子一直哭個不停，把她抱走，讓我安安靜靜待一個鐘頭，之後我就走了。」

我搖一搖鈴，把嬰兒交給一個僕人照應，然後問她究竟發生了什麼事，逼她逃出咆哮山莊，還弄得如此狼狽，又問她離開這裡後打算去哪裡。

「我本來應該留下來，我也願意，」她回答：「這樣可以陪伴艾德格，還可以照料一下孩子，而且山莊是我真正的家呀！可是我告訴妳，他是絕不會讓我在這裡住下來的。妳想想，看到我健康快樂，他受得了嗎？想到我們平靜和睦地生活，他會不來破壞我們的安寧？現在，讓我感到滿意，而且可以肯定的一件事情是，他恨我恨得要命，以致於只要一看見我，或者聽見我的聲音，他就會憤怒至極。我注意到，每當我出現在他的眼前，他臉上的肌肉就會不由自主地扭曲，變成一副憎恨的表情，其中一部分原因是他知道我有充分的理由恨他，還有一部分原因是他的天性就憎恨人類。他太憎恨我了，因此，只要我逃得遠遠的，他是不會走遍全英國把我抓回來的。剛開始的時候，我想乾脆讓他殺死算了，可是現在我已經打消了這個念頭，我寧可他自殺。他也真有能耐，窒息了我的愛情，這倒可以讓我踏踏實實地走。可是，我還記得我曾經如何愛過他，也曾經模模糊糊地想像我還能愛他，如果……不！不！即使他喜歡我，他那魔鬼般的天性還是會爆發出來的。凱薩琳真是與眾不同，把他看得太透徹了，卻還要那麼深情地愛他。怪物！但願從人間、從我的記憶裡，把他一筆勾銷。」

「唉！他也是個人啊！」我說道：「妳就寬大為懷吧！還有比他更糟的人呢！」

「他不是人，」她反駁道：「他沒有權利得到我的寬大。我把我的心給了他，他卻把它扼殺了，又丟還給我。艾莉，人可是有了心才會有情感的呀！他毀了我的心，毀了我的情感，我不可能同情他，即使他從此以後一直到死的那天都在為凱薩琳痛苦地呻吟、哭泣，甚至心在流血，我也不可能同情他。是的，千真萬確，就是不可能同情他。」說到這裡，伊莎貝拉哭了起來，但馬上又抹去了睫毛上的淚水，繼續說道：「妳問是什麼事終於逼迫我逃了出來？我不逃走不行了，因為我已經激起他最強烈的憤怒，搞得他丟開他所自誇的惡魔般謹慎，不再採用慣常的狠毒手段來對付我，而是準備採用殘忍的殺人手段了。一想到能夠激怒他，我就感到一陣無比暢快，它喚醒了我保全性命的本能，所以我就逃跑了。假如我再次落入他的魔掌，那他肯定不會放過這個狠狠報復我的機會。」

「昨天，恩休先生本應來參加葬禮的。為了能夠出席，他不讓自己喝酒——是不讓自己多喝酒——不像往常那樣早晨六點鐘發著酒瘋上床，中午十二點又醉醺醺地起來。後來，他站了起來，不過情緒異常低落，就像要自殺似的，無論是上教堂，還是去跳舞，對他來說都一樣，根本無所謂。最後他哪裡也沒去，而是坐在壁爐旁，一杯接一杯地灌杜松子酒和白蘭地。

「從上周至今，希克利夫——一提這個名字，我就直發抖——連一個人影都沒有出現在我們眼前。不知是天上的天使給了他食物，還是地下的魔鬼同類給了他食物，反正他有近一星期時間沒跟我們一起吃飯了。他是天亮的時候回家的，馬上就鑽進了他的臥室，還把門鎖上了——就像有誰願意跟他作伴似的。他在房間裡不停地禱告，不過他所祈求的神明只是毫無知覺的塵土①而已，而當他和上帝說話的時候，非常奇怪，他的上帝竟然就是他自己的黑種父親。做完了他那非比尋常的禱告之後——經常是嗓子嘶啞得說不出話來才甘休——他便又走了，直向山莊奔去。我覺得奇怪，為什麼艾德格不找員警把他關起來？至於我，雖然為凱薩琳感到難過，但卻無法不把這個把我從被侮辱和壓迫中掙脫出來的時候當作一個節日。

「我的精神已經好多了，聽了約瑟夫那無休止的佈道也不再哭泣，而且在屋子裡走動的時候，也不像過去一樣，跟個膽顫心驚的小偷似的躡手躡腳。妳不要以為不管約瑟夫說什麼我都會哭，我真的很討厭他和哈里頓，我寧可跟亨德萊待在一塊，聽他說些可怕的話，也比跟這個糟老頭子和他固執的支持對象——他的『小主人』——在一起好。希克利夫在家的時候，我便躲到廚房裡，要不然就只待在那陰冷的房間裡挨餓。當他不在家的時候，就像這個星期那樣，我就靠近壁爐一角擺放的桌椅，坐在那裡做自己的事，我才懶得去管恩休先生在幹什麼呢！他也不會干涉我做什麼。只要沒人去招惹他，他現在比以前安靜多了，變得更陰沉、更沮喪，也不會動不動就暴跳如雷了。約瑟夫斷言亨德萊已經棄惡從善了，說他聽從了上帝的召喚，因而得救了，就像經歷了一次煉獄之火的考驗。可是我卻一點也沒看出這種跡象，不過這不關我的事。

「昨天晚上，我坐在我的角落裡讀幾本舊書，一直到近十二點，外面大雪漫天飛舞，我的腦海裡塞滿了教堂墓地、新添墳墓之類的東西，這時上樓真不是滋味。我的目光從書本移到了正前方，一個淒涼景象出現在眼前。亨德萊坐在對面，手托著頭，也許他的腦海裡也塞滿了和我同樣的東西。他現在酒沒喝那麼厲害了，不再喝到失去理性。他在那裡已經坐了兩三個鐘頭，一動也不動，也沒有說一句話。屋子裡安靜極了，只有那呼嘯而過的寒風不時搖撼窗戶，煤塊在烈火中發出輕輕爆裂聲，以及每隔一會我剪去長長燭芯時發出的金屬聲。哈里頓和約瑟夫大概都上床睡覺了，周圍的一切都是那麼淒涼。我一面看書，一面嘆息，彷彿人間的歡樂都消失了，而且永不再來。終於，廚房門閂撥動的響聲打破了這淒涼的沉寂，希克利夫守夜回來了，比平時要早一點，我想或許是因為突如其來的暴風雪吧！房門閂已經插上了，他又轉過另一邊，想從正門進來。我站起身，臉上露出一種不可抑制的表情。亨德萊的眼睛本來一直盯著那扇門，我站起來的時候，他轉過頭來望著我。

「『我要讓他在外面待五分鐘，』他叫著。『妳不會反對吧？』

「『不會反對，你可以讓他在外面待上一整夜。』我回答道：『把他關在門外吧！把鑰匙插進鎖眼裡，拉上門閂。』

「希克利夫到達正門的時候，恩休正好把門鎖上，還拉上了門閂，然後搬了把椅子到我對面，靠在椅上。隔著一張桌子，我看見他的眼裡燃燒著憤怒和仇恨的火焰。他將身體稍稍向前傾，盯著我的眼睛，想要從我眼裡尋求支持。這個時候，他的樣子看上去就像要殺人，而且我相信他此時所想的也只是殺人，他沒有從我這裡得到支持，但卻從我的眼睛裡看出了一些什麼東西，這給了他信心。

「『妳和我，』他說：『都跟門外那個人有一大筆帳要算，如果我們都不是膽小鬼，可以聯合起來做個了斷。妳像妳哥哥一樣軟弱嗎？妳願意就這樣一直忍受著，一點仇也不想報？』

「『我現在不想再忍下去了。』我回答道：『如果有什麼辦法既能報仇，又不讓我吃盡苦頭，那才好呢！但是，詭計和暴力是雙刃劍，它們在刺傷我們仇人的同時，也會刺傷我們自己，而且所受的傷更重。』

「『這叫做以毒攻毒、以牙還牙，非常公平合理。』亨德萊嚷道：『希克利夫太太，妳什麼也別說，什麼也別做，只要坐在那裡就好，妳能做到嗎？我敢說，當妳看到這個惡魔的生命結束時，妳會像我一樣高興萬分的。如果妳不先下手，他就會要了妳的命，也會毀了我。讓那個無惡不作的混蛋去死吧！聽聽他敲門的聲音，就好像他是這裡的主人。答應我，千萬別出聲。現在還差三分鐘到一點，在鐘敲響之前妳就自由了。』

「他從懷裡掏出了一支槍——我在給妳的信中談到這件武器——然後準備吹滅蠟燭，可是我把蠟燭搶了過來，並抓住了他的手臂。

「『我不能不管，』我說道，『你千萬別碰他，就把他關在門外好了，別弄出什麼事。』

「『不！我已經決定了，非做不可。我向上帝起誓，我一定要做到。』這個不要命的人嚷道：『不管妳願不願意，我要為妳做件好事，為哈里頓出了這口惡氣，用不著妳這麼維護我。凱薩琳已經死了，再也沒有人會為我痛心，或是為我感到羞愧，哪怕這個時候我一刀宰了自己。了結一切的時候到了。』

「我攔不住他，跟他鬥還不如跟一頭熊鬥，跟他講理不如跟一個瘋子講理。無奈之下，我唯一的辦法就是跑到窗前警告那個將要遭到謀殺的人，告訴他大禍臨頭了。

「『今天夜裡你到別的地方去吧！』我大聲嚷道，聲調中充滿幸災樂禍：『如果你非要進來，恩休先生會一槍打死你的。』

「『妳最好把門給我打開，妳這個——』他說道。他對我的稱呼真動聽②，我可不想重複一遍。

「『我才不管你們的事呢！』我不無譏諷地說道：『你想死的話，就進來吧！我已經盡到責任了。』

「說完後，我就關上窗戶，回到壁爐旁我的位子上。我不會裝腔作勢，假裝為他的安危感到焦急。我的下賤行為使亨德萊又氣又急，無非說我還愛著那個惡棍，狠狠痛罵了我一頓，什麼難聽的話都說出來了。而我卻毫無內疚之感，我心裡在想：如果希克利夫殺了他，讓他擺脫了人世煩惱，對他來說是多麼幸福啊！如果他殺了希克利夫，對我來說又是多麼的幸福啊！我正出神地幻想的時候，只聽得碰一聲，希克利夫一拳把我背後的窗戶打壞了。他的一張臉陰沉得嚇人，一雙眼睛正陰森森地向裡面張望。窗戶鐵條太密了，他的肩膀擠不進來。我不禁微笑，為自己的安全而感到高興。他的頭髮和衣服上滿是積雪，變成白白一片，他那尖銳的牙齒，因為寒冷和憤怒而暴露著，在黑暗中閃閃發光。

「『伊莎貝拉，讓我進來，不然我會讓妳後悔，』他咬牙切齒地說。

「『我不想做殺人的事，』我回答道：『亨德萊手裡拿著手槍和刀，在那裡守著呢！』

「『妳去打開廚房的門，我從那裡進來。』他說道。

「『亨德萊會搶在我前面的。』我回答說：「怎麼這麼早就回來了？一場大雪都受不了？你的愛情真可憐啊！夏天有月亮的夜晚，你任由我們安安穩穩地睡覺，可是冬天一颳暴風雪，你就跑回來躲著，把我們折騰得不得安寧。希克利夫，我要是你，就乾脆躺在她的墓地裡，像條忠實的狗一樣死去。哦！現在你是不是覺得活著沒什麼意思了？我太清楚你了，凱薩琳是你生命中的全部歡樂，我無法想像，你失去她之後怎麼還會想活下去。」

「『他在那裡，是嗎？』希克利夫大聲嚷道，衝到了打壞的窗戶前：『如果我的手臂伸得過去，我會狠狠地揍他。』

「艾莉，恐怕妳會把我看成是個壞女人，可是妳不瞭解全部的事實，所以不要下判斷吧！如果有人打算要了他的命，無論如何，我既不會煽動，但也絕不會阻攔。我真的期望他死，我怎麼能不期望呢？我想，我那番苛薄的話激怒了他，他兇狠地撲向恩休，從他手裡奪過了槍。這個結果令我非常失望，我簡直是痛心疾首，真的後悔自己剛才所說的話。

「希克利夫撲過去的時候，槍響了，鋼刀彈了回去，正好刺進了亨德萊的手腕。希克利夫使勁拔出刀子，還扯下一片肉來。他把沾滿鮮血的武器塞進自己的口袋裡，然後撿起一塊石頭，把兩扇窗戶之間的木條敲掉，跳了進來。亨德萊由於大量失血（一條動脈或是靜脈血管破了），再加上劇烈疼痛，已經倒在地上，昏迷不醒了。那個混蛋兇狠地踢他、踩他，不斷地把他的頭往石板地上撞，同時一隻手抓住我，不許我去叫約瑟夫。他幾乎是使出了超人的自制力，忍住沒有馬上要了亨德萊的命。最後，他終於累得喘不過氣來，才停了下來，把那個已經毫無生氣的軀體拖到高背椅旁，然後撕下恩休的外衣袖子，一邊粗暴地包紮傷口，一邊狠狠地咒罵，那兇狠的模樣跟剛才踢他沒什麼不同。他放開我之後，我急忙趕去叫約瑟夫，慌慌張張地對他講了大致的情況，好不容易才讓他一點點地明白樓下出事了。他趕忙往樓下奔去，來到樓下時已經氣喘吁吁。

「『上帝啊！這怎麼得了？怎麼得了？』

「『有什麼大不了的？』希克利夫對他大聲吼道：『你的主人發瘋啦！如果他再這麼瘋下去，不出一個月我就要把他送到瘋人院去。怎麼把我關在外面，你這條沒牙的老狗！不要在那裡嘀咕個沒完，過來，我才不照顧他呢！擦掉那一灘東西，小心燭火——那些大多都是白蘭地呢！』③

「『啊！你把他殺死啦？』約瑟夫驚恐地大叫起來，害怕得舉起了雙手，雙眼直往上翻：『太慘了！我還從沒見過。但願上帝——』

「希克利夫推了他一把，正好跪在那灘血上，又扔了一條毛巾給他。可是他沒有動手去擦血跡，而是雙手合十，嘰哩咕嚕禱告起來。看著他那可笑的樣子，我忍不住笑起來。說實話，這個時候，我對什麼都不在乎了，就像絞刑台下的死囚一樣。

「『噢！我居然把妳忘記了。』暴君說道：『妳來做這件事，跪在地上！妳和他串通好來對付我的吧？妳這條毒蛇！趕快做吧！這樣的事最適合妳了。』

「他死命地搖晃我，搖得我牙齒打顫，然後把我推到約瑟夫身邊。約瑟夫不慌不忙地結束了禱告，站起來宣布道，他要馬上到山莊去，林敦先生是個推事，就是他死了五十個老婆，也得處理這件事。他的心意已決，怎麼也阻止不了他，這下子希克利夫覺得有麻煩了，因此認為有必要逼著我說出當時的情況。他站在我面前，帶著滿腔怒火，逼著我回答他的問題。在他威逼式的盤問下，我被迫講了當時的情況，費了好大勁才讓這老頭子相信不是希克利夫先動手。一會之後，恩休先生呻吟了一聲，讓他相信他的主人還活著。約瑟夫趕緊給他喝了一杯酒，他很快就能動彈了，並恢復了知覺。希克利夫斷定亨德萊並不知道自己在昏迷後挨了一頓毒打，於是責怪他發酒瘋，還說不會再跟他計較剛才的事，勸他趕快上床睡覺。說完這番冠冕堂皇的話之後，希克利夫就走了，沒有再對付我，我真是高興死了。亨德萊躺在壁爐前的地上，我則回到自己屋裡，我簡直不敢相信自己會有這麼幸運，竟然沒受到他的懲罰。

「今天，距離中午大約還差半個小時，我下了樓。恩休先生坐在爐火旁，病得很重，臉上毫無血色，而他的死對頭則靠著煙囪站著，幾乎和他一樣地憔悴。飯菜端上來了，可是他們兩人誰都不想吃，一會就涼了。他們之間的事和我一點關係也沒有，我不想再等了，於是一個人高高興興吃起來，並不時偷瞄那兩個不吭一聲的人幾眼，心裡有種很舒坦的滿足感、優越感。等吃完飯之後，我也沒顧及什麼規矩④，逕自走近壁爐，繞過恩休的椅子，跪在他的旁邊烤火。

「希克利夫沒有干涉我，仍然一動不動地坐在那裡。我冷靜地看著他，仔細打量著他那張臉，感覺他的臉似乎已經變成了一塊石頭。他那寬闊的前額，我曾經覺得很富有男子漢氣概，現在卻覺得十分兇惡，這個時候還是一片陰沉昏暗；他那雙狠毒的眼睛，由於徹夜不眠和哭泣（睫毛是濕的），變得黯淡無光；他那一貫獰笑著的嘴唇，現在卻充滿難以言喻的悲哀。如果這是別人，看到他如此悲傷的神態，我真的不忍心看，可是這個人是希克利夫啊！我有種幸災樂禍的暢快。儘管侮辱一個倒下的敵人是件不光榮的事，可是我不想放過這個可以給他狠狠一擊的機會，因為只有在他最軟弱的時候，我才能嘗到報復的滋味。」

「一派胡言！」我打斷她說道：「小姐，別人聽到妳這麼說，還以為妳從來沒有看過《聖經》呢！上帝已經懲罰了妳的敵人，妳應該感到心滿意足了，如果妳繼續去折磨他，給他添加痛苦，那就顯得既卑鄙又狂妄了。」

「依照常理，我承認妳是對的，艾莉。」她接著說道：「可是，無論希克利夫遭受多大的折磨，如果當中沒有我加諸於他身上的痛苦，我怎麼能感到滿足呢？只要我能讓他痛苦，而且他也知道這些痛苦是我給他的，我倒寧願上帝少給他點折磨。噢！我太憎恨他了，只有在報復他之後，我才可以饒恕他。他掐過我多少次，我也同樣要掐他多少次，讓他也嘗受一下我所承受的痛苦。既然是他先傷害我的，就要叫他先求饒，到了那個時候，艾莉，妳就可以看到我是多麼的寬宏大量了。可是，我知道我根本不可能有報仇雪恨的那一天，因此也就不會有饒恕他的時候。亨德萊想喝點水，我給了他一杯水，問他感覺如何。

「『這次我是完全病倒了。』他回答說：『可是，不知為什麼，我渾身上下除了一隻手臂以外，痠痛得要命，就像和一群大大小小的鬼打過架似的。』

「『這有什麼好奇怪的？』我說：『凱薩琳活著的時候總是誇口說會保護你，不會讓你受到傷害，她這話的意思當然是指有些人因為怕惹惱她而不敢來傷害你。幸虧她死了，不會從墳墓裡爬出來，要不然昨晚她就會看見一場惹她生氣的好戲呢！你的胸口、兩肩有沒有被打傷？身上被刀子劃出傷口沒有？』

「『我也說不出來，』他回答道：『妳這話是什麼意思？難道在我倒下之後他竟然打過我嗎？』

「『他踩你、踢你，還把你往地上撞，』我低聲說道：『打你的時候口水直流，那樣子就像恨不得咬你幾口呢！現在他差不多算是個魔鬼，只剩下不到一半是人了。』

「恩休先生抬起頭來看著我們共同的敵人，可是他現在完全沉浸在自己內心的痛苦中，對四周的一切毫無知覺。他木然地站在那裡，你越觀察他那張臉，就越能看清楚他心中的陰暗和狠毒。

「『啊！在我一生中最後的痛苦時刻，如果上帝能給我力量，讓我把他掐死，即使下地獄我也很高興。』亨德萊痛苦地呻吟道，他按捺不住自己的憤怒，扭動著身軀想要站起來，可惜一下子跌坐到椅子上。他徹底絕望了，才明白自己怎麼也打不過他的敵人。

「『不，他害死你們家的一個人已經夠了，難道還要來害死你嗎？』我說出了我的心裡話：『畫眉山莊的人都知道，你妹妹要不是因為希克利夫，也不會送了自己的命，她本來可以好好地活著。說實話，被他愛還不如被他恨呢！每當我想起當初我們是多麼快樂，凱薩琳又是多麼快樂，但他突然間闖了進來……我就會詛咒那一天。』

「大概希克利夫也覺得這話不無道理，因此沒有理睬我，但我看見他內心的某些東西被喚醒了，眼淚一下子湧了出來，淚流滿面，還不斷地抽泣著，發出聲聲嘆息。我盯著他看，發出了輕蔑笑聲，他那陰森森的地獄之窗——他的眼睛——朝著我閃了一下。那個魔鬼現在完全是一副失魂落魄的樣子，我才不怕呢！於是又發出了一聲嘲笑。

「『站起來，走遠點，別在我眼前。』這個悲傷的人說道。

「我猜他是這麼說的，因為他說得含糊不清。

「『請你別見怪，』我說道：『可是我也是愛凱薩琳的呀！她哥哥需要人照顧，我當然該替她好好照顧她的哥哥，儘管現在她已經死了，可是我一看到亨德萊，就如同看到了她一樣。亨德萊的眼睛和凱薩琳的一模一樣，你卻想把這雙眼睛挖出來，還把他的眼睛周圍打得青一塊紫一塊，另外她的——』

「『站起來，妳這個可惡的白癡，小心我一腳踢死妳！』他大聲嚷道，移動了一下，我也跟著移動了一下。

「『可是，再說了，』我繼續說道，隨即準備拔腿就跑：『如果可憐的凱薩琳真的相信你，接受了「希克利夫太太」這個既可笑，又可恥，令人毫無顏面的稱號，要不了多久，她也會落得和我一樣的下場。可是，我想她才不會忍受你這種可惡的行為呢！一定會把她的厭惡和憎恨一古腦兒地全都發洩出來。』

「我和他之間隔著一張高背椅和恩休先生，因此他沒有直接向我撲過來，而是從桌上抓起一把餐刀往我頭上扔了過來。刀子正好刺進我的耳朵下面，打斷了我正在說的話。我拔出刀子，跑到門口，又說了一句話，我希望這句話比他的刀子刺得還要深。我最後看到的情景是，他向我猛衝過來，卻被亨德萊攔腰抱住，兩人緊扭在一起，倒在壁爐邊。我趕緊拔腿就跑，跑過廚房時叫約瑟夫趕快到他主人那裡去，跑到門口時撞倒了哈里頓，他正在一張椅子背後把一窩小狗吊起來……就像靈魂經過『煉獄』洗清了罪孽而奔往天堂一樣，我從咆哮山莊拚命地逃了出來，連跑帶跳，順著那條陡峭的山路一路狂奔。我已顧不得走那些彎彎曲曲的路，而是直接穿越荒原，翻過河岸，走過沼澤，在黑暗中向著畫眉山莊的燈火奔去。我寧可被打入地獄，永世不見天日，也不願再待在咆哮山莊了，哪怕一夜也不願意。」

伊莎貝拉說完這些話之後，她喝了一口茶，然後站起來，我替她戴上帽子，圍上一條大披巾。我懇求她別急著走，再待一個鐘頭，但是她怎麼也要馬上走。她踩在一張椅子上，親了親牆上掛著的艾德格和凱薩琳的肖像，又親了親我，然後便下樓上了馬車。她把芬尼帶在身邊，這狗見到了她的女主人，歡喜得汪汪直叫。就這樣，她走了，從此再也沒有回來過。不過，後來事情安定一些以後，她和林敦先生開始有了書信往來。我相信她住在南方，靠近倫敦。就在她逃走後沒有幾個月，她生了一個兒子，取名林敦。她在信中說，這個孩子一出生就多病，而且非常任性。

有一天，希克利夫在村子裡遇到我，問我她住在什麼地方，我沒有告訴他。他說她住在哪裡都沒什麼關係，只要她不住到她哥哥這裡，既然她要靠她的丈夫來養活，她就不該跟艾德格在一起。儘管我沒有告訴他什麼，但他卻從別的僕人口中打聽到了她的住處，還知道那個孩子的事，不過他沒有去找她，打擾她的生活。我猜想，她也許真該感謝他對她的厭惡呢！正因為如此，他才放過了她。他遇到我的時候，常常打聽孩子的情況，當他聽說孩子的名字後，獰笑著說道：

「他們想要我同樣憎恨這個孩子吧？」

「照我看來，他們根本不想讓你知道這個孩子的一切情況。」我回答。

「可是，如果有一天我想要他，」他說道：「他們就得把孩子給我。叫他們記住這一點，到時候別說我事先沒有把話說清楚。」

幸虧在那一天到來的時候孩子的母親死了。那是凱薩琳去世後十三年左右的事，小林敦差不多已經十二、三歲了。

伊莎貝拉突然來到山莊的事情，我當天沒有跟主人提起。這段時間，他一直不願說話，即使和他商量事情，他也沒有心情，不過後來我總算找了個機會跟他說了這件事。看得出來，當他聽說妹妹已經離開她的丈夫時，他顯得非常高興。他太憎恨希克利夫了，以至於這種憎恨的情緒表現得如此強烈，完全不像他這樣溫文爾雅的人所有的。而且，這種出自內心的憎恨使他變得異常敏感，凡是可能看到或聽到希克利夫的地方，他都堅絕不去。極度的悲傷，再加上內心強烈的憎恨，使他變成了一個十足的隱士。他辭去了地方推事的職務，就連教堂也不去了，而且無論在什麼情況下都不願到村子裡去，在山莊範圍內過著一種與世隔絕的生活。偶爾也會有一點變化，在黃昏或者清晨寂靜無人的時候，他會獨自到荒原去散步，或去他太太的墳前看看。不過，他太善良了，不會一直這麼悶悶不樂的。他沒有祈求凱薩琳的靈魂來和他相會，隨著時間的流逝，他變得聽天由命，這使他的憂鬱比人們的快樂顯得更加可愛。他懷著熱烈和溫柔的情感思念著她，並且期待有一天能夠去那更加美好的世界，因為她早已到了那裡。

現在，當他身在塵世，找到了屬於他的情感寄託和生活樂趣。我曾經提過，在最初的一段日子裡，他似乎並不關心凱薩琳留下的那個瘦弱的嬰兒，但這種冷淡很快就像四月的冰雪一樣迅速融化了，在這小東西還沒學會說話或走路之前，就已經成為了他的主宰。小女孩名叫凱薩琳，可是他從來不叫她全名，正如他從來不用暱稱稱呼他的第一個凱薩琳一樣，這大概是因為希克利夫一向都是叫她暱稱的緣故。林敦先生稱呼女兒為凱西，似乎覺得這樣稱呼既有別於她的媽媽，又和她的媽媽保持關聯。他十分寵愛這個孩子，對她就像心肝寶貝似的，與其說這是因為她是他的骨肉，還不如說是因為她是凱薩琳的女兒。

我總是把林敦和亨德萊・恩休進行比較。令我百思不解的是，他們兩人處境相似，都是熱愛妻子的丈夫、疼愛孩子的父親，但所表現出來的行為卻完全不同，這究竟是為什麼呢？在我看來，亨德萊原本是個比林敦更堅強的人，現在卻成了個軟弱的人。當他駕駛的船觸礁時，船長首先放棄了職守，全體船員自然無心救船，陷入驚惶之中，這條船再也沒有任何獲救的希望。而林敦則不同，面對危急的狀況，他沒有退縮，而是鼓起了勇氣。他虔誠地信賴上帝，上帝也安慰了他。因此，一個生活在希望中，而另一個則生活在絕望中，兩人各自選擇了自己的命運，自然會有不同的歸宿。可是你不會想要聽我的分析吧！洛克伍德先生！你自然會做出你的判斷，而且分析得不比我差，至少你會認為你做得到這一點。

恩休先生的死是預料之中的事。在他妹妹去世後不到六個月時間，他也跟隨而去了。關於恩休臨死前的情況，畫眉山莊這邊一直沒有聽到確切的消息，我所知道的一切都是去幫忙料理他的喪事時聽說的。

坎尼斯大夫送來了恩休先生的死訊。

「喂！艾莉，」一天早晨他騎著馬直接進了院子，跟我說道。他來得太早了，不免讓我大吃一驚，心裡馬上有種不祥的預感：「這次輪到妳和我去參加葬禮了，妳猜猜這次是誰不辭而別？」

「誰？」我慌張地問。

「喔！妳猜猜看！」他一邊說，一邊下馬，順手把韁繩掛在門邊的鈎子上。「把妳的圍裙角拿起來吧！妳一定用得著的。」

「不會是希克利夫先生吧？」我叫了起來。

「什麼！妳會為他掉眼淚嗎？」大夫說道：「不是他。希克利夫現在強壯的很呢！剛才我還碰見他，他的氣色好極了。自從他太太離開之後，他很快就胖起來了。」

「那是誰呢？坎尼斯大夫。」我十分焦急地問道。

「亨德萊・恩休！妳的老朋友亨德萊，」他回答道：「也是我那頹廢的老朋友，長時間以來他就已經無可救藥了。瞧瞧妳！我就說我們會流淚吧！可是妳還是別難過了，他可謂死得其所，是喝得酩酊大醉而死的。可憐的孩子！唉！失去了一位老朋友，我也很難過，儘管他時常耍一些別人想像不出的卑鄙手段，有時對我的態度也不像個有身分的人應該有的，但心裡難免覺得空蕩蕩的。他好像才二十七歲吧！和妳的年齡一樣，誰會想到你們同年呢？」

這個噩耗和凱薩琳的死比起來，給我帶來的震撼更大，往日情景一一浮現在我的腦海裡。我請坎尼斯大夫另外找一個僕人去通報主人，自己則坐在門廊裡哭了起來，就像在哀悼自己的親人一樣。我的心裡不禁產生了一個念頭：「他的死是不是因為有人在背後下了毒手？」無論我在做什麼事，這個念頭總是糾纏著我，於是我決定請假到咆哮山莊，幫著料理後事。林敦先生不願意我去，可是我說了很多話來打動他，說起死者已落得無親無故，可憐可憐他吧！又提到我和亨德萊都是吃我母親的奶水長大的，他有權要求我就像要求他的親人一樣為他辦事。此外，我還提醒林敦先生，哈里頓是他妻子的內侄，現在已經沒有更親的人，他應該做孩子的保護人，而且他也必須去過問一下遺產的情況，了了他大舅子的心願。當時，他根本沒有心思料理這些事情，便吩咐我去和他的律師談，最後終於允許我去咆哮山莊一趟。他的律師曾經是恩休的律師，我到村裡請他和我一起去，但他搖搖頭，勸我別去惹希克利夫，並十分肯定地說，假如把真相公諸於世，就會發現哈里頓幾乎一無所有，和一個乞丐差不多。

「他的父親早已把全部財產抵押了，死的時候負債累累，」他說道：「為了這位繼承人好，唯一的辦法就是讓他贏得債權人的好感，這樣債權人或許會對他手下留情。」

我來到山莊，說明我來的目的是為了幫忙。愁眉苦臉的約瑟夫對於我的到來表示歡迎，但希克利夫先生卻說他看不出還有什麼事需要我，不過如果我願意的話，也可以留下來，安排葬禮的事。

「按理說，」他說道：「那個傻瓜的屍體應該埋在十字路口，什麼儀式也不需要。昨天下午，我剛離開他十分鐘，就在那時，他把正廳的兩扇大門關上，不要我進去，然後一整夜喝酒，安心想把自己喝死。今天早晨，我們聽見他的打鼾聲，像馬兒噴鼻息一樣，於是撞開了房門。只見他躺在高背椅上，那個時候，即使剝他的皮、抽他的筋也弄不醒他了。我叫約瑟夫去請坎尼斯大夫，他到的時候，這個畜牲早已變成了一具死屍，而且已經僵硬了，即使再怎麼折騰，也是沒救了。」

老僕人證實了他的這番話，可是咕嚕著說道：

「要是他去請醫生，而我留下來照顧主人就好了。我走的時候他還沒死，甚至根本說不上要死呢！」

我堅持要把喪禮辦得像樣點，希克利夫先生同意由我主辦，只是要我記住，辦喪事的錢全部都是從他口袋裡掏出來的。他的臉上始終保持一種冷漠的表情，既看不出高興，也看不出哀傷，假如真的流露出什麼的話，我想也是一種在大功告成之後感到滿足的冷酷表情。果然不出所料，正當人們把靈柩抬出屋子的時候，我看見他的臉上流露出了得意洋洋的神情，但他竟然還很虛偽地和大家一起去送葬。在出門送葬之前，他把哈里頓這個不幸的孤兒舉起來，放在桌上，帶著難得一見的興致咕嚕道：「孩子，現在你是我的啦！我倒要瞧瞧，假如這棵樹和另一棵樹都生長在風口，猛烈的風瘋狂地扭曲它們的枝幹，它們會不會長得一樣的歪歪扭扭？」那個可憐的小東西什麼也不懂，臉上的表情高興著呢！還玩著希克利夫的鬍子、摸摸他的臉。可是我卻聽出他話裡的用意，便堅定地說道：「那孩子一定得跟我回畫眉山莊，先生。即使你認為這個世界都是你的，但這孩子也不是你的。」

「這話是林敦說的嗎？」他反問道。

「當然，是他叫我來帶他回去的。」我回答說。

「好吧！」這個混蛋說：「現在我們不必爭論這件事。不過，我倒是很有興趣自己帶一個孩子，所以妳回去轉告妳的主人，如果他打算帶走這個孩子，那就把我自己的那個孩子送來補這個缺。除非我確切地知道有另一個孩子跟他交換，否則我才不會放哈里頓走呢！」

這下子我束手無策了，只好將這番話轉達給主人聽。艾德格・林敦對這件事原本就沒多大興趣，此後就再也未提及要干預此事，就算他有意去爭奪這個孩子，恐怕也是徒勞的。

希克利夫本來只是租住在咆哮山莊的客人，如今卻成為那裡的主人。他向律師出示了他擁有山莊所有權的不可辯駁證明文件，律師又向林敦先生證明：恩休為了滿足自己的賭博欲，已經抵押了他名下所有的不動產，而希克利夫便是那個債權人。就這樣，哈里頓原本該是附近一帶數一數二的紳士，現在卻只能寄人籬下，淪落到依靠他父親的仇人來養活的地步，在他自己家裡反倒成了個僕役，就連工錢都沒有。哈里頓已是舉目無親，再無力改變命運了，更何況他根本不知道自己受到了欺侮。

①指凱薩琳。

②伊莎貝拉說的是反語，指希克利夫稱呼她很難聽。

③希克利夫諷刺亨德萊，說他是個道道地地的酒鬼，就連血管裡流出來的東西大多也是酒。

④在英國上流社會，飯後女人上樓休息，男人則留在客廳喝酒。

第十八章

（迪恩太太繼續講她的故事）在度過了那段令人悲傷的日子之後，接下來的十二年是我一生中最快樂的時期。在那愉快的歲月裡，最讓我感到煩心的也不過是小姐得個小病小痛之類的事，這是無論富裕或貧困家庭的嬰兒都難以避免的。在她出生六個月之後，她就像一棵落葉松似的茁壯成長起來。在荒原的野花還未在凱薩琳的墓地裡第二度開放之前，她就已經能夠走路和說話了。這是個特別討人喜愛的小女孩，就像陽光一樣照亮和溫暖了整幢淒涼的屋子。她真是太美了，有著恩休家族的漂亮黑眼睛，以及林敦家族細膩而白皙的皮膚、清秀的容貌和金黃色的鬈髮。她非常活潑好動，但並不粗野，還有顆熱情而敏感的心。如果她喜歡你的話，會和你非常親密，這讓我想起了她的母親。可是她又不像她，因為她的性格像鴿子一樣的溫順，她的聲音是那樣的柔美，表情又是那樣的沉著冷靜。當她生氣的時候，從來不會達到怒不可遏的程度，而她的愛也從來不會如烈火，而是深沉含蓄的。儘管她是如此完美，但還是有缺點，往往沒規沒矩，又很任性。大多數被嬌寵慣了的孩子，無論他們的脾氣是好是壞，都難免有這些問題。如果某個僕人惹她生氣了，她總是說：「我要去告訴爸爸。」如果林敦先生責備了她，哪怕他只是帶著一種責備的眼神看著她，你還以為她的心都為此而碎了。不過，我不相信他對她說過一句重話。他的樂趣之一就是教給她知識，幸好她十分聰慧而且好學，學習相當不錯，這讓他感到很欣慰。

直到十三歲時，她從來沒有獨自走出山莊，只有那麼一兩次，林敦先生曾帶著她到外面走了一兩英哩，而他又不放心把她託付給山莊裡任何一個人。對她來說，吉姆屯只是個虛幻的名字，除了山莊之外，村子裡的小教堂是她唯一去過的建築物，而咆哮山莊和希克利夫先生對她來說更是不存在的。她完全過著隱居的生活，而她對這樣的生活也很滿足。有時，當她從育兒室的窗戶向外眺望的時候，也會問道：

「艾莉，我還要多久才能爬上那些小山崗呢？不知道山那邊是什麼？是大海嗎？」

「不，凱西小姐，」我回答說：「那邊還是山，和我們這裡的山一樣。」

「當妳站在那些金黃色岩石下的時候，它們是什麼樣子的呢？」

陡峭的磐尼頓山岩吸引了她的注意，尤其是當落日餘暉照耀在山峰和周圍山崗的山頭上，其餘的景物都隱沒在陰影中的時候。我告訴她，那裡只是一大堆光禿禿的石頭，即使是一棵矮小的樹也無法從石頭縫中生存。

「為什麼我們這裡已經是黃昏了，山頂上還是那麼亮呢？」她繼續問道。

「因為那裡比我們這裡高多了，」我回答道：「妳還太小，沒法爬上去，山峰太高太陡了。到了冬天，那裡總是比我們這裡先下雪，有一年夏天，我在山峰東北面一個洞裡還見到過雪呢！」

「啊！妳已經去過那裡了，」她高興地嚷道：「那就是說，等我長成一個大女孩的時候，我也可以去啦！艾莉，爸爸去過嗎？」

「小姐，妳爸爸會告訴妳的，」我趕忙回答道：「山上除了石頭什麼也沒有，一點都不好玩。妳和妳爸爸散步的荒原比那裡好玩多了，而且畫眉林苑是世界上最好的地方。」

「畫眉林苑我經常去，已經很瞭解了，可是那邊山上我卻沒有去過啊！」她自言自語地說：「我要是能站在山頂上向四周望一望，那才令人興奮呢！總有一天，我的小馬米妮會帶我去那裡的。」

有個女僕跟她說起了山上的仙人洞，深深迷住了她，於是她纏著林敦先生，允許她去那裡玩一次，他答應等她長大一點就讓她去。於是凱西小姐開始盼著自己長大，不過她不是按照年份來計算的，而是以月份來計算，因此她時常會問：「我現在不是已經長大了嗎？我可不可以去磐尼頓山岩呢？」磐尼頓山岩靠近咆哮山莊，去那裡必須經過咆哮山莊，艾德格可不想走近那個地方，所以她常常得到的回答是：「還不行！寶貝，還不行！」

我曾經提過，伊莎貝拉在離開她丈夫之後還活了十二年多。林敦家族的人大多體質較弱，她和艾德格都不像這一帶的人那樣氣色健康紅潤。她最後是得什麼病去世的我不太清楚，不過我猜測他們兄妹倆都是患同一種病死的，那就是熱病。這是一種不治之症，剛開始發病時，病情發展較為緩慢，但到了後期，病魔很快就耗盡了病人的生命力。她寫信告訴她哥哥，她病了四個月了，看樣子多半是好不了了，她懇求他盡可能去她那裡，和他見上最後一面，她有許多事需要他幫忙料理，還要把小林敦託付給他。她希望哥哥領養小林敦，就像從前兄妹倆在一起時一樣。在她看來，孩子的父親根本不想擔負起撫養和教育他的義務。對於她的請求，林敦先生絲毫沒有猶豫就答應了。一般情況下，他是不願離開家的，這次他卻飛快地去了。臨走之前，他把凱西交給我，要我特別小心照顧她，並且反覆叮囑，就是有我陪著，也不能讓她到林苑外面去。不過，他怎麼也沒料到，在沒人陪同的情況下，她會獨自走出林苑。

他一共去了三個星期。開頭的一兩天，小東西安安靜靜的，沒有給我添什麼麻煩，只是呆呆地坐在書房裡，既不看書也不玩，心裡似乎很難過。之後她開始煩躁起來，而我事情也多，年紀也大了，不能跑上跑下地逗著她玩，於是我想出了一個辦法讓她自己去玩。我讓她獨自步行或騎著小馬去林苑「旅行」，回來之後，對我講述她的歷險故事，無論她說的是真實的，還是想像的，我都會非常有耐心的聽。

那時正是盛夏季節，林苑中草木茂盛、野花盛開，每天從早飯之後到吃下午茶這段時間，她總是喜歡獨自在林苑裡遊蕩，到了晚上就對我講述她的各種充滿幻想的冒險故事。我並不擔心她會走出林苑，因為大門總是鎖上的，而且我還認為，即使大門敞開著，她也不敢獨自出去。然而，這太糟糕了，我不該對她這麼放心。

一天早晨，大約八點鐘的時候，凱西對我說，這天她要妝扮成一個阿拉伯商人，帶著她的商隊穿越沙漠，我得替她準備充足的食物。她的商隊除了她自己外，還有她的牲口，即一匹馬和三匹駱駝，而這三匹駱駝只不過是一條大獵狗和兩條短毛獵狗。我弄了一大堆好吃的東西，放入掛在馬鞍旁的籃子裡，她快樂得跳起來，像個小仙女似的。為了遮住七月的陽光，她戴了一頂帶面紗的寬邊帽。我叮囑她不要騎得太快，要注意安全，還要早點回來，卻遭到了她的嘲笑。在一陣歡笑聲中，她騎著馬出發了。到了吃下午茶的時間，沒看到她的商隊一點影子，只有那條大獵狗因老了而貪圖舒服回來了。我趕緊派人順著幾條路去尋找，最後我自己不得不親自去找。在林苑邊界上，有個工人正在築籬笆，我問他瞧見小姐沒有。

「早上我見過她，」他回答道：「她要我砍一根榛樹枝做馬鞭，然後就騎著馬跳過了那邊最矮的籬笆，跑得無影無蹤了。」

聽到這個消息，我心裡頓時慌亂了起來，馬上想到她一定是到磐尼頓山岩去了。「天哪！她會不會出什麼事啊？」我不禁大叫起來，從正在修補的籬笆缺口跑了出去，向大路跑去。我急急忙忙走了一英哩又一英哩，來到大路轉彎的地方，看見了咆哮山莊，可是周圍仍然沒有凱西的身影。磐尼頓山岩距離山莊有四英哩，離山莊也有一英哩半，我開始擔心還沒等我趕到那裡，天色就已經黑了。

「要是她在爬山的時候跌下來了，那怎麼辦啊？」我心裡想道：「萬一摔死了，或者跌斷了骨頭呢？」我真是越想越害怕。當我急忙經過山莊時，一眼就看見我們那條最兇猛的獵狗查理，牠正趴在窗子下面，頭腫了，耳朵流著血，我這才鬆了一口氣。我跑到宅子大門前，拚命地敲門，一個女人打開了門。我認識這個女人，她以前住在吉姆屯，自從恩休先生死後，她來這裡做了女僕。

「啊！」她說道：「妳是來找妳家小姐的吧？別擔心，她好好地在這裡呢！很高興不是主人回來了。」

「那麼說，他不在家？」我氣喘吁吁地說，一路上我又怕又急，這時已經累得上氣不接下氣了。

「放心吧！他不在。」她回答道：「他和約瑟夫都出去了，一兩個鐘頭之內是不會回來的。進來歇一會吧！」

我走了進去，看見我那迷途的羔羊坐在壁爐邊一把椅子上搖來搖去，那把椅子是她母親小時候坐過的。她的帽子掛在牆上，她的興致很高，和哈里頓有說有笑的，顯得十分自在。哈里頓現在已經是個高大強壯的十八歲小伙子了，他的眼睛睜得大大的，帶著好奇而又驚奇的神情看著她。她正滔滔不絕地說著，還不斷地問這問那，而他能夠領會的卻少得可憐。

「好呀！我的小姐！」我大聲嚷道，找到她我心裡非常高興，卻故意裝出一副氣惱的表情：「在妳爸爸回來之前，妳別想再騎馬出去了，我再也不會相信妳了，絕不會讓妳跨出家門一步了，妳這個頑皮的小女孩！」

「啊哈！艾莉，」她高興地叫起來，一下子跳起來跑到我面前：「今天晚上我有個好聽的故事要對妳講。妳到底還是找到我啦！妳以前來過這裡嗎？」

「把妳的帽子戴上，趕快回家去。」我說道：「瞧妳做的好事！把我氣壞了，凱西小姐。嘛嘴、哭鬧都沒用，怎麼也無法彌補我為妳所吃的苦，為了找妳，我跑遍了整個鄉村。妳也不想想，林敦先生是怎麼囑咐我不讓妳出去的，我相信妳才讓妳獨自去林苑玩，可是妳竟然跑到外面來，這表示妳是個狡猾的小狐狸，沒有人會再信任妳啦！」

「我做了什麼啦？」她嗚嗚地哭起來，但馬上又忍住了：「爸爸沒囑咐我什麼，他不會罵我的，艾莉，他從來不會像妳一樣這樣對我發脾氣。」

「行啦！行啦！」我說道：「我來繫帽帶。」這時，她把帽子推開，退到壁爐邊，讓我抓不到她，於是我嚷道：「別鬧彆扭了，好嗎？瞧，多不害羞呀！妳都十三歲啦！還像個小孩子似的。」

「別這麼對她，」那女僕說道：「對這樣漂亮的小姐別這麼嚴厲，迪恩太太。她原本打算騎著馬往山裡去，又怕妳不放心，是我們叫她停下來的。哈里頓還陪著她一起去，我想這是應該的，山上的路太荒涼了。」

我們說話的時候，哈里頓傻呼呼地站在一旁，雙手插在口袋裡，一句話也說不出來，看樣子他好像並不歡迎我闖進來。

「我還得等多久？」我接著說道，沒有去理睬那個女人：「再過十分鐘天就要黑了。小馬呢？凱西小姐。『費尼克斯』呢？妳再不快點，我就丟下妳走了，隨便妳想做什麼。」

「小馬在院子裡，」她回答道：「『費尼克斯』關在那邊，牠被咬傷了，查理也是。我本來想告訴妳發生了什麼事，可是妳發那麼大的脾氣，我才懶得講呢！」

我拿起她的帽子，想幫她戴上，可是她看得出來這屋子裡的人都很袒護她，於是便在屋子又跑又跳，不讓我靠近她。我急忙去捉她，但她就像小老鼠似的，圍著家具上下左右地跑來跑去、竄上竄下，場面弄得十分滑稽。哈里頓和那個女人都大笑起來，凱西也跟著他們笑了起來，顯得更沒禮貌了，我氣惱地嚷道：

「好吧！凱西小姐，要是妳知道這房子是誰的，妳巴不得趕快離開這裡呢！」

「是你父親的房子嗎？」她轉過去問哈里頓。

「不是。」他回答道，眼瞼垂了下來，窘得滿臉通紅。

他實在承受不了她的兩道目光，雖然他們倆的眼睛是那麼相像。

「那房子是你主人的嗎？你的主人是誰？」她問。

他的臉脹得更紅了，情緒也變了，他含糊地低聲咒罵了一句，然後轉過身去。

「他的主人是誰？」這個令人厭煩的女孩向我問道：「他一直都說是『我們家的房子』、『我們家的人』，我還以為他是這家主人的兒子呢！而且他又沒稱呼我小姐，如果他是個僕人，他應該這樣稱呼我的，對吧？」

哈里頓聽了這番天真得可笑的話，臉陰沉得要命。我悄悄地搖搖凱西，示意她別問了。最後，總算幫她穿戴整齊，準備走了。

「把我的馬牽來吧！」她就像是在對一個馬夫說話，並不知道那是她的表兄：「你可以跟我一道去，我想看看捉妖精的獵人在沼澤地的什麼地方，還想聽聽你說的仙人的故事。可是你得快一點。怎麼啦？我說把我的馬牽來。」

「要我當妳的僕人？去你媽的！讓我先看著妳下地獄去吧！」小伙子大聲吼叫起來。

「你要先看著我什麼？」凱西吃驚地問道。

「他媽的下地獄去！妳這個傲慢無禮的小妖精！」他回答道。

「行啦！凱西小姐，瞧妳找到一個什麼樣的朋友呵！」我插嘴說道：「竟然對一個小姐說出這麼無禮的話！求妳別跟他鬧了。來吧！我們自己牽米妮，然後回家。」

「可是，艾莉，」她嚷著，一雙眼睛瞪得大大的，一副又驚又氣的神情：「他怎麼敢這樣跟我說話？難道我叫他做什麼，他不該去做嗎？你這個壞東西，我會告訴我爸爸你說了什麼的。好啦！不和你說了。」

對於她的這番話，哈里頓似乎無動於衷，這可把她氣壞了，眼淚一下子湧了出來。「你去把馬牽來！」她轉身對那個女僕大聲喊道：「馬上把我的狗也放出來。」

「說話溫和點，小姐，」那女僕回答：「妳有禮貌一點不會有什麼損失。雖然哈里頓先生不是主人的兒子，可是他是妳的表兄啊！而我也不是雇來伺候妳的。」

「他？我的表兄！」凱西嘲弄地笑起來。

「是的，他是妳的表兄。」那個女僕說道。

「啊！艾莉，不許他們這麼說！」她慌亂地說道：「我爸爸到倫敦接我的表弟去了，他是個上等人的兒子。妳竟然說他是我的——」她說不下去了，一想到和這樣一個粗野的人有親戚關係，她氣惱得不得了，忍不住大哭起來。

「別哭了！別哭了！」我輕聲安慰道：「凱西小姐，這有什麼大不了的，誰沒有好幾個表兄表弟的，而且什麼樣的親戚都可能有。如果他們的品行不好，不和他們往來就行了。」

「他不是——他不是我的表兄，艾莉。」她說道，但一想到可能真有那麼一回事，不禁悲傷起來，便一下子投入我的懷裡。

此時我感到非常氣惱和心煩，凱西和那個女僕都說了不該說的話。凱西說出小林敦要回來，希克利夫先生一定會知道這個消息的，而凱西等她父親一回來，一定會立刻問他有關這個粗野表兄的事。

哈里頓被凱西誤會成僕人原本很憤怒，但這時看到她十分傷心的樣子，反而可憐起她來，也不再計較了。他把小馬牽到門前，為了向她表示和解，又從狗窩裡撈出一條彎著腿的小獵犬，放在她的手裡，要她別哭了，他對她並沒有惡意。她停止了哭泣，用一種懼怕的、疑惑的眼光看了他一眼，又開始哭起來。

她那麼難於接受那個可憐的小伙子，看著她擔心不已的表情，我忍不住想笑。其實，哈里頓長得高大結實、體格健壯、身材勻稱，相貌也很端正，只是身上穿的衣服很糟糕，只配在田裡工作，或者在荒原裡閒蕩，追趕兔子什麼的。不過，從他的相貌看來，我覺得他有一顆比他父親善良得多的心。他現在的處境，就好像一棵好的樹苗栽種在荒原的雜草叢中，野草瘋狂地生長，完全淹沒了本來就無人照料的小樹苗，使它難以長大成材。儘管如此，但土地是肥沃的，只要給小樹苗換一種生長環境，把它栽種到別的地方，它就能逐漸長大，並結出豐碩的果實。看得出來，希克利夫先生並沒有在肉體上怎麼折磨他，不過這多虧他有股天不怕地不怕的韌性，別人是難以欺負他的。也許正是因為這點，惡毒的希克利夫才覺得還是別去招惹他為妙，因此並沒有折磨他的肉體，只是要將他淪為一頭畜牲、培養成一個粗野的人。從來沒有人教他念書或寫字，並且只要不侵犯他的主人，從來沒有人斥責過他的壞習慣，從來沒有人引導他走向正途，也從來沒有人教他任何抵擋邪惡的道德訓誡。

我還聽說，哈里頓之所以變得這麼糟糕，也要多虧了約瑟夫。在約瑟夫的眼中，哈里頓才是這個古老家族的真正主人，基於一種狹隘的偏愛，約瑟夫對這個孩子從小就很嬌寵。以前，凱薩琳・恩休和希克利夫還是小孩子的時候，他總是在老主人面前說他們的壞話，弄得老主人失去了耐心，只得藉酒澆愁，而現在他又把哈里頓所犯錯誤的責任完全歸咎於那個奪取了恩休家族財產的人。無論這孩子咒罵多麼可怕的髒話，他從不糾正，無論這孩子做了多麼令人生氣的事，他也從不責備。顯然，不看著孩子壞到極點，他是不會滿足的。他承認這孩子是毀了，他的靈魂已經沒救了，但他認為這都是希克利夫一手造成的。不過，一想到哈里頓在他的指點下必然會報仇，他又感到極大的安慰。約瑟夫不斷灌輸這孩子對姓氏、家族的自豪感，假如他有膽量的話，他恨不得教唆這孩子對山莊新主人充滿刻骨仇恨，可惜的是，他對新主人害怕到接近迷信的地步，他對新主人想發洩心中的怨氣，也只是低聲詛咒或背著人咒罵幾句而已。

那段日子裡，關於咆哮山莊的日常生活究竟是怎樣一種狀況，我並不十分清楚，我這裡所說的大多是聽來的。村子裡的人都在說，希克利夫很「吝嗇」，對他的佃戶十分苛薄，是個殘酷無情的地主。不過自從雇了個女僕之後，屋子裡的生活倒是恢復了從前的舒適狀態，不再是亨德萊當家時那種亂糟糟的景象了。屋子的新主人一年到頭都板著臉，無論好人壞人他從不往來，直到現在還是如此。

瞧我把話題扯到哪裡去了？剛才講到哈里頓送給凱西小姐一條小狗，表示求和，但凱西不願和他講和，拒絕了他的禮物。她要回了自己的兩條狗「查理」和「費尼克斯」，牠們一跛一拐地出來了，顯得很沮喪。於是我們出發回家，個個都垂頭喪氣。

回到家之後，我開始盤問小姐這一天是怎麼過的，可是無論如何她都不願意開口，我只能猜想，她這次出遊的目的地是磐尼頓山岩，當她一路平安地走到山莊的柵欄邊時，哈里頓恰巧出現了，身後還跟著幾條狗，接著牠們就撲向了她的狗，狗兒們好好地打了一仗，之後主人把牠們分開了，就這樣他們認識了。凱西告訴了哈里頓她是誰，以及她要到哪裡去，請他指點一下該走哪條路，然後又哄得他答應陪她一起去。而他則是把神祕的仙人洞以及其他二十個奇怪的地方都一一講給她聽了。可惜的是，由於我對她發了脾氣，她才不肯把她看見的有趣景象講給我聽呢！我從她零星的話語中猜想到，她挺喜歡他的嚮導，但當她把他當作僕人，這可傷害了他的感情，而當希克利夫的女僕說他是她的表兄，又傷害了她的感情，之後他對她所說的那些粗野語言，又深深刺痛了她的心。要知道，在畫眉山莊，人們總是稱呼她「甜心」、「寶貝」，或者「皇后」、「天使」，今天卻遭到一個陌生人的侮辱，她怎麼也無法接受。我費了好多唇舌，她總算答應不把今天的事情告訴她父親。我對她說，她爸爸非常討厭咆哮山莊那家人，如果他知道她曾經去過那裡，他會很難過的。我還特別強調，如果她把事情告訴她爸爸，他知道我沒有嚴格執行他的命令，也許會在一怒之下把我趕走。凱西無論如何都捨不得我走，因此為了我的緣故，她發誓絕不向任何人說起今天的事。她確實做到了，真是個討人喜歡的小女孩。

第十九章

主人寄來了一封鑲著黑邊的信。他在信中說到他的歸期，並說伊莎貝拉死了，叫我替凱西準備喪服，還吩咐為他的小外甥準備一個房間以及其他的東西。凱西聽說爸爸要回來了，高興得又唱又跳，還把她這位「真正的」表弟想像成具有很多優點的人，而且越想越得意。他們預計回來的那個晚上終於到了。一大清早她就忙碌起來，叫人替她做這做那，然後又高興地穿上新的黑衣服。可憐的小東西！她的姑姑死了，可是她並不感到悲傷，一直纏著我，非要我陪著她穿過林苑去接他們。

「林敦比我小六個月，」她嘰嘰喳喳地說道，這時我們正沿著樹蔭下那覆蓋著苔蘚的草地慢慢走著：「有他作伴一起玩，太令人開心了！伊莎貝拉姑姑寄過一束他的漂亮頭髮給爸爸，要比我的頭髮顏色淺一些，接近亞麻色，髮絲也很細，我把它放在一個小玻璃盒裡小心保管著。我常常在想，要是看見他本人，那會是一件多麼快樂的事啊！啊！

我真開心，爸爸，我親愛的爸爸呀！艾莉，來吧！我們跑吧！來呀！快跑吧！」

她往前奔跑了一段路，又折回來，又奔跑一段路，再折回來，在我邁著穩健腳步到達林苑大門之前，她已來來回回跑了好多趟了。她在小路旁的草地上坐了下來，試著耐心等待，但她根本做不到，連一分鐘也不能安定下來。

「他們可真不急啊！」她嚷道：「啊！我看見了，大路上揚起了塵土啦！是他們回來了吧？唉！不是。他們什麼時候才到呀？我們不能往前走一點嗎？半英哩，艾莉，就走半英哩。妳說『行』吧！就走到轉彎處那叢白樺樹那裡。」

我語氣堅決地拒絕了。最後，她那顆激動不已的心終於平靜下來——遠遠地望見一輛長途馬車風塵僕僕而來。凱西小姐一看見她爸爸的臉從車窗裡向外望，便尖叫一聲，伸出了她的雙臂。他下了車，幾乎和她一樣急切地迎了上來。父女倆緊緊擁抱在一起，有好長一段時間，他們除了自己，顧不得理會旁人。

在他們互相擁抱的時候，我悄悄看了小林敦一眼。他靠在車廂一角睡著了，身上裹著一件毛皮鑲邊的暖和披風，就像在過冬似的。這是個面色蒼白、嬌弱的男孩，他和林敦先生長得太相像了，簡直可以看成是主人的小弟弟，但從他的神態中卻透露出一種病態的乖戾，那是艾德格•林敦所沒有的。林敦先生和我握過手之後，吩咐我把車門關上，不要驚擾他，因為一路顛簸已經使他疲憊不堪。凱西想看一眼小林敦，但是被她爸爸叫住了，他們一塊步行穿過林苑。我趕忙走在他們前面，回去招呼僕人們把一切都準備妥當。

「現在，我的寶貝，」這時他們正站在屋子大門前的台階上，林敦先生對女兒說道：「妳的表弟身體不像妳這麼健康，性格也不像妳這麼開朗，況且他剛失去媽媽沒有多久，所以別指望他會馬上跟妳一起玩耍，而且也別和他說個沒完，讓他感到心煩，至少今天晚上讓他安靜一下，可以嗎？」

「好的，爸爸，」凱西回答道：「可是我想看看他長什麼樣，他剛才沒有向車窗外看一下呢！」

馬車停了下來，熟睡的人被喚醒了，林敦先生把他抱下了車。

「這是你的表姊凱西．林敦，」他說道，並把他們的小手放在一起：「她已經很喜歡你了，記住今天晚上別哭了，要不然她會很難過的。現在旅行已經結束了，開心一些吧！沒有什麼事要你做，你只須好好休息，高興怎麼樣就怎麼樣。」

「我想上床睡覺。」那個男孩回答道，竭力避開凱西的熱情招呼，又用手指擦了擦快要流出來的眼淚。

「好啦！好啦！真是個乖孩子，」我輕聲說道，然後帶他進了屋子：「你一掉眼淚，弄得她也要陪著你哭了。瞧，她多難過呀！」

我不知道凱西是不是為他難過，反正她也哭喪著臉回到她爸爸的身邊。三個人上樓來到書房，那裡已經擺好了茶點。我替小林敦脫去了帽子和披風，然後把他安置在桌旁一把椅子上。可是他剛坐下來又哭了起來，主人急忙問他是怎麼回事。

「我不想坐在椅子上。」那孩子哭著說道。

「那麼，坐到沙發上去吧！艾莉會給你端茶點來的，」他的舅舅耐心地說道。我相信，林敦先生一路上照顧這個體弱多病又十分挑剔的孩子，一定累得要命。小林敦拖著步子慢慢地走到沙發那裡，然後躺了下來。凱西搬來一個腳凳，端著自己的茶杯，坐在他的身旁。起初她什麼也沒說、什麼也沒做，只是默默看著她的表弟。在她心裡，已經決定把小林敦當作她的寵兒，她也希望他會是她的寵兒，於是她開始撫摸他的鬈髮，親他的臉，還把她的茶給他喝，就像對待一個嬰兒似的。這倒很討他喜歡，他擦乾了眼淚，還露出了一抹淡淡的笑容。事實上，他原本就比嬰兒好不了多少。

「啊！和我們一起生活，他會感到愉快的，」主人觀察了他們一會之後對我說道：「只要我們能留住他，艾莉。有個同齡孩子作伴，他很快就會受到周圍環境的感染，感受到一種蓬勃向上的生命力，那時他就會希望自己身體很健康了。」

「只要我們能留住他！」我暗自思忖著，心中不禁感到一陣酸楚，恐怕就連這樣簡單的願望都難以實現了。我又想到，如果這個虛弱的小傢伙真去了咆哮山莊，和他的父親和哈里頓生活在一起，將會是怎樣一番景象呢？他們一個做他的導師，一個做他的玩伴，真是太妙啦！

很快，我的憂慮就成了現實——甚至比我預料的來得還要早。喝完茶點之後，我把孩子們帶上樓去睡覺。小林敦不許我離開他，一直等到他睡著後我才走。我剛下樓，正站在門廳的桌子旁邊點亮一根蠟燭，準備給艾德格先生送到臥室去，這時，一個女僕從廚房裡走出來，告訴我希克利夫的僕人約瑟夫在門口，要見主人。

「我先去問問他有什麼事。」我不安地說道：「這麼晚了還來打擾，而且他經過長途旅行剛回到家，我想主人是不會見他的。」

我說話的時候，約瑟夫已經穿過廚房，來到門廳裡，他穿著做禮拜時穿的好衣服，繃著一張虛偽而陰沉的臉，一隻手拿著帽子，一隻手拿著手杖。他在墊子上擦了擦鞋。

「晚安！約瑟夫，」我冷冷地說道：「這麼晚了到這裡來有什麼事嗎？」

「我是來見林敦先生的，一定要跟他說話。」他回答道，同時揮了一下手，一副不屑一顧的樣子。

「林敦先生要睡了，除非你有特別的事，否則我想他肯定不會見你的。」我說道：「你最好坐下來，把你的事告訴我。」

「他在哪間屋子裡？」那老傢伙堅持問道，並打量著一排關著的房門。

看得出來，他是決定不告訴我什麼，我只得走進書房通報主人，並勸主人不要見他，有什麼事明天再說。林敦先生還沒來得及吩咐我，約瑟夫就跟了進來，站在桌子那邊，雙手握住手杖頂端，提高嗓門說話，好像事先就預料到會遭到駁斥似的。

「希克利夫派我來要他的孩子，我一定得把他帶回去。」

艾德格・林敦沉默了一會，內心充滿著悲傷和痛苦。對林敦先生來說，這個孩子本來就夠可憐的了，更何況伊莎貝拉向他訴說了她的願望和恐懼、對兒子的焦慮和希望，以及把孩子交給他時的囑咐，可是現在卻要他把孩子交出去。能不能不讓他帶走孩子呢？他苦苦思索著，可是毫無辦法，而且他一旦流露出一點點想要留下孩子的想法，反而會讓對方要得更加堅決，只能無奈的放棄孩子，但他不打算把孩子從睡夢中喚醒。

「告訴希克利夫先生，」他平靜地回答道：「他的兒子明天就去咆哮山莊。今天他已經上床睡了，也非常疲憊，不能再走那麼遠的路了。你還可以轉告他，小林敦的母親希望我來撫養他，而且他目前的健康狀況令人擔憂。」

「不行！」約瑟夫大聲嚷道，把他的枴杖往地板上砰地一戳，一副了不得的樣子。「一定不行！說什麼也沒用，希克利夫才不在乎那個女人或者你說了什麼，他只要他的孩子，我現在就要帶他走，你聽明白了吧？」

「今晚不行。」林敦先生堅決地說道：「你給我馬上離開，把我說的話告訴你的主人。艾莉，帶他下樓去。趕快走吧！」

他一把抓住那個氣急敗壞的老頭子肩膀，把他推出門外，隨手關上了房門。

「好得很呀！」約瑟夫拖著聲音大聲嚷道，慢慢走出了屋子：「明天他自己來帶孩子，你有膽量就把他推出去，到時候看你敢不敢？」

第二十章

為了避免發生約瑟夫所說的那種情況，林敦先生一大早就派我把孩子送到咆哮山莊，讓他騎著凱西的小馬去。他對我說：「這孩子今後的命運如何，我們都無能為力，因此妳千萬不要對我女兒說他去哪裡了。從此以後她不會和這孩子再有任何聯繫，不要讓她知道他就在附近，不然她不會安心的，天天都會鬧著要去咆哮山莊。妳告訴她，孩子的爸爸忽然派人來接他，我們只好讓他走了。」

五點鐘的時候，我好不容易才把小林敦從床上叫起來，當他聽說還要趕一段路，吃驚地望著我。我輕言細語地告訴他，他得跟著他的爸爸希克利夫先生住些日子，他的爸爸非常想念他，等不及他恢復體力，現在就想見到他。

「我的爸爸！」他大聲嚷道，感到很納悶：「媽媽從來沒說過我有個爸爸。他住在哪裡？我情願跟舅舅住在一起。」

「他住在離我們這裡不遠的地方，」我回答道：「就在那些小山的另一邊，不太遠。以後你養足了精神，可以散步到這裡來。你應該很高興見到他，一定要盡力愛他，就像愛你的媽媽一樣，那他就會疼愛你了。」

「可是為什麼我以前都沒聽說過他呢？」小林敦問道：「為什麼媽媽不跟他住在一

起，就像別人家一樣？」

「他有事情走不開，必須留在北方，」我回答說：「而你母親的身體不好，必須住在南方。」

「但是為什麼媽媽從來沒跟我提起過他呢？」這孩子固執地問道：「她常常談起舅舅，我老早就知道他了，而且很愛他。我不認識爸爸，就連聽都沒聽說過，叫我怎麼去愛他呢？」

「噢！每個孩子都愛他們的爸爸媽媽，」我說道：「也許你媽媽認為，如果時常跟你提起他，你可能會想和他住在一起。我們得快一點，在這麼美麗的早晨騎馬出去，比多睡一個鐘頭好得多了。」

「她和我一起去嗎？我是說昨天我見到的那個小女孩。」他問道。

「這次她不去。」我回答道。

「舅舅去嗎？」他又問。

「不去，我送你去那裡。」我說道。

小林敦又躺到床上，不知道在想些什麼。

「舅舅不去我就不去。」他想了好一會終於嚷道：「我怎麼知道妳到底想把我帶到哪裡去？」

我嚴肅地告訴他，不願意見自己爸爸的孩子可不是個好孩子，但他仍然賴在床上，不許我幫他穿衣服，我只好請主人來哄他。最後，我不得不向這個可憐的小東西許下了好多諾言，說要不了多久就可以回來、艾德格先生和凱西小姐會去探望他以及別的承諾，才終於出發了。一路上，我還不斷向他重複著我的那些無法實現的諾言。

走了一會之後，嗅著那含著青草香味的清新空氣，沐浴著明媚的陽光，他的情緒不再那麼沮喪了，安然地騎在踏著輕緩步子的米妮背上。他開始很有興趣地問起他的新家是什麼樣子、家裡有些什麼人等等。

「咆哮山莊和畫眉山莊一樣好玩嗎？」他問道，同時轉過頭向山谷望了一眼。此時，一片薄霧正緩緩從谷底升起，漸漸聚集成一朵白雲，悠悠地飄浮在蔚藍色的天際。

「咆哮山莊不像這裡坐落在樹林深處，」我回答道：「也沒這麼大，但放眼望去，到處都可看得到美麗的鄉村景色，那裡的空氣更加清新、乾燥，對你的健康更為適宜。山莊的屋子很漂亮，在附近一帶是數一數二的，不過，起初你也許會覺得那座屋子有些陳舊，也有些灰暗。你還可以在荒原裡四處蹓躂，那才別有一番趣味呢！哈里頓．恩休——那是凱西小姐的表兄，也就是你的表兄——會帶你去每個有趣的地方看看。天氣好的時候，你還可以帶本書到青山綠水的山谷，把那裡當作你的書房。有時候，你舅舅也會陪你一起散步，他時常來山谷中散步。」

「我父親長什麼樣？」他問道：「他是不是跟舅舅一樣年輕漂亮？」

「他也是那麼年輕，」我說道：「不過他的頭髮和眼睛都是黑色的，而且看上去比較嚴厲，個子要高大一點。一開始的時候，也許你會覺得他不怎麼文雅、和氣，可是你要記住，無論怎樣，你都要真心愛他，那他自然也會喜歡你，比任何一個舅舅更喜歡你，因為你是他的兒子，他的親骨肉啊！」

「黑頭髮、黑眼睛！」林敦迷惑地說：「我想像不出是什麼樣子。那麼，我一定長得不像他啦！是嗎？」

「不太像。」我回答道，可是我心裡想的是沒有一點像。我打量著小林敦，他的皮膚白皙、骨骼纖細，容貌秀氣得像個小女孩，那雙大大眼睛令人惋惜，完全沒有神采。他的眼睛外形酷似他媽媽，卻一點也不像她那樣光采動人，只有在發脾氣時才會閃過一絲神采。

「太奇怪了！他從來沒去看過媽媽和我。」他說道：「他見過我沒有？要是他見過我，那一定是在我還是嬰兒的時候。關於他，我一點記憶都沒有。」

「啊！林敦少爺，」我說道：「三百英哩是一段很長的路，而十年的時間對於一個成年人來說，所感覺到的時間長短和你是不一樣的。說不定希克利夫先生每年夏天都打算去看你們，但總是找不到合適機會，而現在你回來了。這件事你不必多問，免得他心煩，對誰都沒好處。」

接下來，小林敦一路上都在想著自己的心事，沒有再說話，直到我們在山莊的花園柵欄門前停下來。我留心觀察著他臉上的反應，看看他對這裡的印象如何。他專注地打量著那雕刻著花紋圖案的房屋正面、那低矮的格子窗、那胡亂生長的醋栗叢和歪歪扭扭的樅樹，然後搖了搖頭，他一點也不喜歡他這個新家的外觀。不過他並沒有馬上抱怨，裡面也許會好點，可以彌補一下。他沒下馬之前，我先走過去開門。那時正是六點半，全家剛吃過早餐，僕人正在收拾餐具和擦桌子。約瑟夫站在他主人的椅子旁，正在講一匹跛腳馬的故事，哈里頓正準備到乾草地裡去工作。

「嗨！艾莉。」希克利夫看見我便大聲叫道：「我還以為我得親自下山去取我的附屬品呢，妳把他帶來啦！對吧？看看我們能把他改造成什麼樣子。」

他站起來，大步走到門口，哈里頓和約瑟夫跟在後面，好奇地張大著嘴。可憐的小林敦瞅了三人一眼，已經害怕得不得了。

「一定是這樣的，」約瑟夫看了一會說道：「他已經把你的東西調換啦！主人，這是他家的那個小丫頭。」

希克利夫一直盯著他的兒子，把小林敦嚇得渾身發抖，他發出了一陣笑聲，聲音和神態都充滿著蔑視。

「上帝啊！真是個大美人，一個多麼可愛的、討人歡喜的小東西！」他嚷道：「難道他們是用蝸牛、酸奶把他養大的嗎？艾莉，我真該死！但我從沒想到會糟糕到這種地步。」

小林敦騎在馬上畏縮地發抖，我連忙叫這個不知所措的孩子下馬進屋。他還不能完全理解他父親話裡的意思，也不明白是不是在說他，更搞不清楚這個兇狠的、嘲弄他的陌生人究竟是不是他的父親。他緊靠著我，發抖得越來越厲害。希克利夫坐下來，向他喊道「過來」，他一下子把臉伏在我的肩膀上，大哭起來。

「得了，真煩人！」希克利夫說道，同時伸手過來，粗暴地把他拉到兩膝中間，托起他的下巴，把他的臉抬起來：「別鬧了，少來這一套！我們又不會傷害你，林敦，這是你的名字嗎？你真是你母親的兒子，徹徹底底地和她一模一樣。怎麼一點都不像我，屬於我的那一份呢？長在什麼地方了，你這個嗚嗚哭個不停的小雞！」

他取下孩子的帽子，把他那濃密的淡黃色鬈髮向後撥了撥，又摸摸他細小的手臂和小小的手指。這個時候，小林敦停止了哭泣，抬起他那雙藍色的大眼睛，打量著面前這個兇巴巴的人。

「你認識我嗎？」希克利夫問道，他已經把這個可憐的孩子渾身上下檢查了一遍，發現這孩子的腳也像他的手一樣細小脆弱。

「不！」小林敦說，眼睛茫茫然的，同時充滿恐懼。

「你總該聽說過我吧？」

「沒有。」他又回答。

「沒有！你的母親太過分了，竟然不教導你對我要有一點孝心！那麼，我來告訴你吧！你是我的兒子。我還要告訴你，你的母親是個壞透了的賤貨，竟不讓你知道你有個什麼樣的父親。不要往後退縮，不要把臉脹得通紅！不過，這倒可以看出你的血不是白色的。做個乖孩子，我會對你好的。艾莉，如果妳累了，可以坐下來休息，如果不累的話，妳就回家去。我想妳會急著回去把妳聽見的、看到的全部向山莊那個廢物報告吧！還有，妳若待在這裡不走，這個小東西怎麼也安定不下來。」

「好吧！」我回答：「我希望你對這孩子好一些，希克利夫先生，否則他不肯一直待在這裡的。記住吧！在大千世界的茫茫人海中，只有他是你今生今世唯一的親骨肉了。」

「我會對他非常好的，妳不用擔心。」他說道，大笑了起來：「可是我就是不能容許別人對他好，我也要他只對我一個人好。好吧！我現在就開始對他好。約瑟夫，幫這孩子拿點早餐來。哈里頓，你這該死的笨蛋！快工作去。」等他們走了之後，他接著又說道：「艾莉，我的兒子很有希望成為你們山莊的主人，我怎麼會讓他死掉呢？——至少得等到他繼承山莊財產之後再說，否則我是不會讓他早早就死掉的。還有，他是我的兒子，我要志得意滿地看著我的下一代合法成為這偌大產業的主人，我的孩子雇他們的孩子耕種他們祖先的土地。正因為這點，我才能容忍這個兔崽子。他這個人，我不僅蔑視他，而且還憎恨他，因為一看見他，我就會想起過去的事。不過，看在繼承財產的份上，其他的我就不計較了。他跟我在一起，生活會很安穩的，會得到妥善的照顧，就像妳的主人照顧他的孩子一樣。我在樓上為他收拾了一間很漂亮的房間，還從二十英哩外請了一位教師，一星期來三次，他想學什麼都可以，並且叫哈里頓聽從他的吩咐。事實上，我為他安排了一切，想培養他具有紳士的內涵與氣質，讓他在他所屬的社交圈裡也顯得出類拔萃。但我很遺憾，他不值得我這樣為他操心。假如我在這世界上還有什麼幸福的話，那就是看到他成為一個值得我驕傲的人物，但這個一臉蒼白、膽小無用的東西卻讓我大失所望。」

這個時候，約瑟夫端著一盆牛奶粥回來了，把它放在小林敦的面前。這孩子攪了攪盆裡的粥，說這樣的東西沒辦法下嚥。我從那個老僕人臉上的表情可以看出，他跟他的主人一樣也瞧不起這孩子，只是希克利夫很明確地要求下人們尊敬這孩子，所以他不得不壓抑心中的厭惡。

「沒法下嚥？」他學著小林敦的腔調說道，並盯著小林敦的臉，壓低了聲音嘀咕著，很明顯是因為怕別人聽見：「可是哈里頓少爺小時候吃的就是這個東西，沒吃過別的東西。我想，既然他能吃，你也應該能吃吧！」

「我不吃這種東西！」小林敦堅決拒絕道：「把它拿走！」

約瑟夫怒氣沖沖地端起盆子，把它拿到我們面前。

「這有什麼不好？為什麼不能吃？」他把盆子拿到希克利夫的鼻子下問道。

「究竟有什麼不好呢？」他問道。

「是啊！」約瑟夫說道：「這個嬌氣十足的孩子說他沒法下嚥，可是我覺得沒什麼不好。以前他母親就是這種派頭，我們為他種糧食、做麵包，她反而嫌棄我們髒呢！」

「別在我面前提他的母親！」主人生氣地說道：「去拿點他能吃的東西來就行了。艾莉，他平常吃些什麼？」

我建議弄杯熱牛奶或熱茶給他，那個老僕人得到吩咐後便去弄東西了。我想，他父親的自私會讓他的日子好過一點，這倒是挺不錯的。當然，他也看出小林敦的體質太虛弱，順著他的性子是有必要的。我回去後要告訴林敦先生，希克利夫對待小林敦的態度與別人有很大的不同，好讓他感到安慰些。

我已經沒有理由繼續逗留下去，為了不讓小林敦看見我離開，我悄悄溜了出去，當時一條牧羊犬向他表示友好，他卻感到害怕，正在努力推開牠。不過，他的警覺性太高了，怎麼也騙不了他，當我一關上門，就聽見一連串聲嘶力竭的叫喊，反覆地說著：「別離開我，我不要待在這裡！我不要待在這裡！」

緊接著，門閂抬起來又放下，他們不許他出來。我騎上米妮，催促牠快快往前跑。就這樣，我這短暫保護人的責任就此宣告結束。

第二十一章

那天，凱西讓我們煞費苦心。她高高興興地起了床，盼望著和她的表弟一起玩，沒想到表弟已經走了，一聽到這個消息，她頓時嚎啕大哭起來。艾德格先生只得親自安慰她，跟她說小林敦不久就會回來，不過，末了他又補了一句：「假如我能把他弄回來的話。」而那根本是不可能的。這樣的承諾很難讓她不再悲傷，但是時間卻是治癒心靈創傷的最好良藥。儘管每隔一段時間她都會問她爸爸，小林敦什麼時候回來，但隨著時間流逝，他的容貌在她的記憶裡逐漸變得模糊起來，當她真的再見到他時，卻已經不認識他了。

我去吉姆屯辦事的時候，偶爾會遇見咆哮山莊的那個女僕，我總要問起林敦小少爺的情況，因為很少有人看過他，他幾乎和凱西一樣過著隱居生活。女僕告訴我，他的身體還是很虛弱，也很難伺候，希克利夫先生好像越來越不喜歡他了，不過他還是盡力不流露厭惡的情緒。他一聽見小林敦的聲音就反感，和他在同一間屋子裡多坐幾分鐘也受不了。他們幾乎從不交談，即便說上兩三句話也是非常難得的事。小林敦晚上大多待在一間小客廳裡讀書、做功課，或者一整天都躺在床上，因為他時常生病，如咳嗽、感冒、疼痛等等。

「我從來沒見過這麼一個毫無生命力的人，」那女人又說道：「也沒有見過這麼一個會保養自己的人。每天晚上，如果我關窗稍微遲了一點，他就會嘮叨個沒完沒了：哎呀！這不是要我的命嗎？我不能吸一口夜晚的空氣呀！盛夏的時候，他也要在屋子裡生火，而約瑟夫抽的菸，對他來說簡直就是毒藥。還有，他總是要有好東西吃，糖果、牛奶是不能缺的，特別是牛奶，隨時都要喝的。冬天的時候，他才不管我們這些人怎麼受苦，他就坐在壁爐邊椅子上，裹著他的毛皮披風，火爐的鐵架子上放麵包、水，以及永遠離不了的牛奶。要知道，哈里頓雖然粗野，但心地並不壞，有時哈里頓基於同情陪他玩，可是到最後總是一個大聲咒罵，另一個放聲大哭。我敢說，要不是他是主人的兒子，主人即使看到哈里頓狠揍他一頓，恐怕只會覺得痛快呢！還有，如果主人知道他是怎樣會享受，哪怕只知道一半，一定會把他趕出家門的。不過，這種情況是不會出現的，因為主人從來不踏進那間小客廳，而且無論在屋子裡哪個地方碰見小林敦，主人都會叫他馬上上樓去。」

聽了這番話，可以想像得到小希克利夫變得多麼自私苛薄，而且令人討厭，即使他原本並不是這樣的人，現在他已經完全得不到別人的同情了。雖然我仍然為他的遭遇感到悲哀，而且覺得他當初要是留在我們這裡也不至於變成這樣，但我對他的關注也就不再熱心了。

艾德格先生則要我多多打聽他的情況。我想他十分掛念他。即使冒些風險也想去看看他。有一次，他叫我問問那個女僕，小林敦有沒有來過這裡的村子，她說他騎馬來過兩次，是陪著父親一起來的，而每次回去之後，總有三、四天時間都是一副筋疲力盡、無精打采的樣子。如果我沒記錯的話，那個女僕在他來了兩年之後就離開了山莊，接替她的人我不認識，到現在她還在那裡。

時光如梭，日子一天天流逝，山莊裡的人像過去一樣自在悠閒地生活著，轉眼之間，凱西小姐已經該過十六歲生日了。因為她的生日也是林敦太太的忌日，所以每年的這一天我們從來不會辦什麼喜慶活動。在那天，她的父親總是獨自在書房裡待一整天，黃昏時分外出散步，一直走到吉姆屯教堂的墓地，在他妻子墓前不捨離去，直到半夜過後才會回家，所以凱西小姐總是自己玩耍。

這一年三月二十日，風和日麗、春暖花開。林敦先生回到書房後，凱西小姐已經穿戴整齊，走下樓準備出去。林敦先生已經答應她，由我陪她到荒原上走走，只要我們不要走得太遠，一個鐘頭內就得回來。

「快一點吧！艾莉。」她嚷道：「我知道去哪裡。有個地方有一群紅松鳥，我要去看看牠們的巢築好了沒有。」

「那得走很長的路啊！」我說道：「牠們從不在荒原邊下蛋。」

「不會走多遠的，」她說道：「我以前和爸爸一起去過，很近呢！」

我沒有細想這件事，戴上帽子就出發了。她在我前面又跳又蹦，一會回到我身邊，一會又跑開了，快樂得就像一條歡喜的小獵狗。剛開始的時候，我感到挺興奮的，也很有精神。遠近都是百靈鳥婉轉的歌聲，我們沐浴在和煦的陽光裡，還有眼前我的寶貝、我的快樂源泉，她披著一頭漂亮的金黃色鬈髮，嫵媚的臉蛋就像荒原上盛開的玫瑰那樣溫柔、純潔，炯炯有神的眼睛閃耀著無憂無慮的快樂光芒。在那些日子裡，她是個快樂的小女孩，一個純潔無暇的天使，可惜她並不感到滿足。

「哎！凱西小姐，」我問道：「妳的紅松鳥在哪裡呢？應該看到了呀！我們已經離開山莊的林苑很遠啦！」

「啊！再往前走一點，只走一點點就到了，艾莉。」她不斷地這樣回答我：「瞧，爬上那座小山，走過那個斜坡，就到山的那邊了，到時妳就會看見鳥兒了。」

可是，一路往前走卻不知走過了多少小山和斜坡，到後來我感到累了，於是告訴她今天的活動結束了，必須往回走。我大聲喊著，因為她已經遠遠走在我的前面。也許她沒聽見，也許她根本就不想回去，反正她繼續蹦蹦跳跳地往前走，我只得跟著她。最後，她走進了一個山谷，等我再見到她時，她已離咆哮山莊比離自己的家還要近兩英哩路了。我看見她被兩個人抓住了，其中一個我一眼就認出是希克利夫先生。

凱西被抓是因為偷獵，或是因為搜尋紅松鳥的窩。這裡的土地是屬於希克利夫的，他正在大聲訓斥這個偷獵者。

「我什麼也沒找到，根本沒拿什麼東西，」她一邊說，一邊攤開雙手，以證明自己說的是實話。這時我慌忙向他們跑去：「我並不想來拿什麼，我爸爸告訴我這裡有很多鳥蛋，我只是想看看。」

希克利夫看了我一眼，看來他已認出對方是誰，臉上立刻浮起了一個不懷好意的微笑。我想，此時他心裡肯定在打什麼壞主意。他問道：「妳爸爸是誰？」

「畫眉山莊的林敦先生。」她回答道：「我想你不認識我，不然就不會這麼跟我說話了。」

「妳以為妳爸爸是非常受人尊敬的嗎？」他譏諷地說道。

「你是什麼人？」凱西小姐問道，好奇地盯著說話的人：「那個人我以前見過，他是你兒子嗎？」

她指著另一個人，那是哈里頓，我已經有兩年沒見過他了。他長得更高大強壯了，其他方面則一點長進也沒有，仍然像過去一樣粗野和笨拙，這兩年算是白活了。

「凱西小姐，」我趕上來打斷了他們的話：「我們本來只許出來一個鐘頭，現在快三個鐘頭了，我們真的該回去啦！」

「不對，那個人不是我的兒子。」希克利夫回答道，並推了我一把：「可是我有個兒子，你們以前還見過面，雖然妳的保母急著回去，但我認為妳們最好還是到我家裡稍事休息一會。只要轉過這個長滿灌木叢的山頭就到我家了，妳願意去嗎？休息一下，養足了精神，能夠走得更快，可以更早回到家，而且妳將受到熱情的款待。」

我對凱西小姐低聲耳語，告訴她無論如何不能接受邀請，這根本是不能考慮的事。

「為什麼？」她大聲問道：「我已經跑累了，地上有露水，我沒法坐在這裡休息呀！我們去吧！艾莉。再說，他說我跟他的兒子見過面，不過我想他搞錯了。我猜想他一定住在那裡，就是上次我從磐尼頓山岩回來時去過的那個山莊。妳不是也去過嗎？」

「對啦！來吧！艾莉，別多嘴，對她來說，去我家作客會是一件高興的事。哈里頓，陪這女孩往前走吧！艾莉，妳跟我一起走。」

「不，她不能去。」我大聲嚷道，使勁想要掙脫被他抓住的手臂，可是她輕快地奔跑著，很快就繞過了那個山頭，差不多已走到大門前石階了。奉命陪她走的那個小伙子滿臉不高興，走到路邊馬上就溜掉了。

「希克利夫先生，這太過分了，」我生氣地說道：「你明白自己在打什麼鬼主意。她去了之後會看見林敦的，等我們一回家，主人什麼事都會知道的，我就得受到責備。」

「我就要讓她去看林敦。」他說道：「他一年四季可以出來見人的時候並不多，這幾天他的氣色好多了。等會我們可以跟她說，叫她不要把這次拜訪告訴別人。這樣的話，到我家裡玩玩有什麼壞處呢？」

「當然有，最大的壞處就是，如果她父親知道了我竟然允許她去你家裡，他會恨我的。另外我相信，你邀請她去你家裡，一定沒安什麼好心。」我回答道。

「我可是光明磊落的，沒什麼別的想法。好吧！我可以老實告訴妳，」他說道：「我就是想要這對表姊弟相愛，然後結婚，這樣做對妳的主人來說，已經很仁慈慷慨了。他這個丫頭以後又不可能有什麼財產，要是她能實現我的心願，她馬上就會有依靠，我讓她和林敦一起繼承財產。」

「如果林敦死了——誰知道他還能活多久，」我說道：「那凱西小姐就成為繼承人了。」

「想得美！她根本做不了繼承人，」他說道：「遺囑裡並沒有她可以做繼承人的條款，林敦死後財產都要歸我。不過，為了避免以後產生什麼爭執，我希望他們結為夫妻，而且決心辦成這件事。」

「我也決心以後再也不帶她到你這裡來了。」我回敬了他一句，這時我們已走進柵欄的大門，凱西小姐正在那裡等著我們。

希克利夫叮囑我什麼也別說，然後走到我們前面去開門。凱西小姐連看希克利夫好幾眼，似乎是猜不透他是怎樣一個人，當他們的目光相遇時，只見他面帶微笑，並輕聲細語地和她說話。我太糊塗了，以為他看在她母親的情分上，也許會打消傷害她的念頭。

我們進屋的時候，林敦正站在壁爐邊。他剛從田野散步回來，帽子還戴在頭上，腳上的鞋已被露水打濕了，正叫約瑟夫幫他拿一雙乾的鞋來。他還有幾個月才滿十六歲，以他的年齡來說，個子算是高的了。他的容貌很秀氣，眼神和氣色也比以前有了些神采，不過那是因為他剛剛呼吸了清新空氣、享受了溫暖陽光的關係，那神采只是暫時的。

「看看，那是誰？」希克利夫轉身問凱西：「妳能說出來嗎？」

「你的兒子？」她疑惑地打量著他們倆說道。

「是的，是的。」他回答道：「不過，難道這是妳第一次見到他嗎？仔細想想！噢！

妳記性太糟了。林敦，你不記得你的表姊啦？你不是老是吵著要去看她嗎？」

「什麼？林敦！」凱西大聲叫嚷起來，聽到這個名字，她真是驚喜交加：「那就是小林敦嗎？他長得比我還要高了，你是小林敦嗎？」

那個年輕人向前走了一步，承認他就是林敦。她一下子撲上去，狂熱地親吻他，他們相互看著對方的臉龐，驚訝地發現時光把他們的模樣都改變了。凱西個子高高的，身材豐滿、苗條，身子像鋼絲一樣富有彈性，給人朝氣蓬勃、精神煥發的感覺。林敦體形瘦弱，神情、舉止給人懶散的感覺，不過他身上透露出一種文雅的風度，多少彌補了他那些缺點，讓他顯得不那麼討人厭。他的表姊和他以多種方式表達了歡喜之情後，走到了希克利夫先生面前。他一直待在門口，似乎是在注意外面的事，其實只是在觀察屋子裡發生的事。

「那麼，你是我的姑丈囉！」她嚷道，走上前行了個禮。「雖然一開始你對我的態度不太友好，但我還是覺得你挺不錯的。你為什麼不帶林敦到山莊來呢？住得這麼近，這些年來卻都沒來探望我們，真有點奇怪。為什麼呢？」

「在妳出生以前，我去過山莊很多次。」他回答道：「夠啦——見鬼！妳要是還有多餘的吻，全都送給林敦吧！給我可是糟蹋了。」

「淘氣的艾莉！」凱西小姐嚷道，然後撲到我的身上，把她那過多的感情都發洩在我身上，我成了她親吻攻擊的目標啦！「壞艾莉！還不讓我來，以後我可要天天早上散步到這裡來。可以嗎？姑丈！有時還會帶著爸爸一起來。你看見我們高興嗎？」

「當然囉！」希克利夫回答道，卻是一臉苦相，他心裡非常憎恨這兩位要來的客人。「可是聽我說，」他轉過身又對小姐說：「我想了想，覺得最好還是先告訴妳，林敦先生對我有成見。我們曾經吵過一次架，吵得非常兇，如果妳跟他說妳到過這裡，從此以後他一定不會准許妳再來了，所以千萬不要向他提起這件事，除非妳以後不想再見到妳的表弟了。如果妳願意來，儘管來好啦！但絕不能透露半點妳的行蹤。」

「你們為什麼吵架呢？」凱西小姐問道，顯得十分沮喪。

「他認為我窮，不配娶他的妹妹，」希克利夫回答道：「但是我最後還是把她帶回家了，這讓他感到很難過，他的自尊心遭受了巨大創傷，他永遠也不會原諒這件事。」

「那太不應該了！」凱西小姐說道：「有一天我會告訴他，他不應該那樣做。可是，你們吵架和我們有什麼關係啊？好吧！那麼我就不來了，林敦到山莊來好啦！」

「那太遠了！」她的表弟咕嚕著：「要我走四英哩路，這不是要我的命嗎？不，妳到這裡來吧！凱西小姐，不過不要天天早晨都來，一星期來一兩次吧！」

他的父親看了兒子一眼，眼神充滿蔑視。

「艾莉，恐怕我的心血要白費了，」他對我嘀咕道：「當凱西小姐發現他一無是處，就會立即把他扔到一邊去。噢！假如是哈里頓的話就好了。別看哈里頓被作踐成呆頭呆腦的樣子，可是妳知道嗎？我每天都會羨慕他二十次呢！這傢伙如果是別人，我會愛他的。不過，妳儘管放心，她是不會看上他的。我要用哈里頓來刺激一下那個廢物，讓他打起精神來。他恐怕活不過十八歲。唉！這個該死的東西！看他什麼都不順眼，他只顧擦乾他的雙腳，連看都不看她一眼。林敦！」

「啊！爸爸。」那孩子答應道。

「附近有什麼地方你可以帶著你表姊去看的？就連兔子窩或鼬鼠窩也沒有嗎？你別換鞋了，先帶她去花園裡玩，然後去馬廄看看你的馬。」

「你不覺得待在這裡更好嗎？」林敦向凱西問道，分明是不想動了。

「我不清楚。」她回答道，眼睛卻熱切地望著門外，顯然很想去外面玩。

林敦仍然蜷縮著身子坐著不動，離火爐更近了些。希克利夫站起來，走到廚房去，又從廚房走到院子裡，大聲喊著哈里頓，哈里頓應了一聲。一會之後，兩個人走了進來。哈里頓滿面紅光，頭髮也濕答答的，看樣子剛洗完澡。

「啊！我想問個問題，姑丈。」凱西嚷道，她想起了那女僕說的話：「他不是我的表哥吧？他是嗎？」

「他是你的表哥，」他回答說：「是妳母親的侄子。妳不喜歡他嗎？」

聽到這樣的回答後，凱西的臉上浮現出奇怪的神情。

「他不是個漂亮的小伙子嗎？」他接著問道。

那個無禮的小東西踮起腳尖，伏在希克利夫的耳朵邊小聲說了句話，接著他大笑起來，哈里頓的臉陰沉了下去。看得出來，哈里頓異常敏感，唯恐別人蔑視他，把他當笑料，而且他顯然已模糊地意識到自己的地位卑微。不過，他的主人（或者說是保護人）大聲說了一番話，讓他的怒氣煙消雲散。希克利夫說道：

「你要成為我們的寶貝啦！哈里頓。她說你是個——是什麼？管它是什麼，反正是令人高興的話。現在，你陪她到山莊周圍轉轉。記住，舉止要像個上等人一樣，不要說髒話；這位小姐沒看你的時候也不要死盯著她看，而等她一回過頭來時，你又嚇得驚慌失措，不知道該往哪裡藏；說話要慢一點；不要把你的雙手插在口袋裡。好啦！走吧！盡力招待她吧！」

他注視著這對年輕人從窗前走過。哈里頓決定不看女伴一眼，他把臉轉向另一邊。彷彿是個從未到過此地的陌生人、一個藝術家，竟然把熟悉的景色看得出了神。凱西小姐偷偷瞄了他一眼，眼神中沒有一點愛慕之情。兩個人都沒有說話，於是她開始尋找自己感興趣的東西，一邊邁著輕盈腳步往前走去，一邊唱起歡快的曲子。

「我把他的舌頭打了個結，」希克利夫注視著他們說道：「他從頭到尾都不敢說一個字。艾莉，妳還記得我在他那個年紀時的模樣吧？——不，應該比他還小一些。我也是這麼一副蠢相嗎——就像約瑟夫所說的？」

「比他還要糟，」我回答：「你除了蠢，還有一張始終陰沉的臉。」

「我從他身上找到了一種樂趣，」他說著他的心裡話：「他滿足了我對他的期望。如果他天生就是個傻子，我連一半的樂趣也享受不到，可是他並不是傻子。我能夠理解他的感受，因為我曾經切身體會過他現在這種感受，比如說，我能確切地知道他目前的痛苦。不過，這僅僅是個開始，以後的痛苦還多著呢！夠他受的，他永遠也別想把自己從粗野、愚昧的泥沼中拯救出來。我把他牢牢抓在手裡，比他那混賬父親掐我掐得還更厲害，而且把他折磨得更低賤。我告訴他，凡是野性以外的東西都是無用的、愚蠢的，都應該鄙視。瞧瞧吧！他為自己的那股野蠻樣感到得意洋洋呢！假如亨德萊還活著，看見他兒子變成這副模樣，妳以為他會感到驕傲嗎？我想，恐怕就像我為我的兒子感到驕傲一樣吧！他們根本的不同是：一個是金子，卻被當成了鋪地的石頭，另一個是錫器，卻擦亮了冒充銀器。我的兒子原本一文不值，幸虧有我在，怎麼也能讓這個草包有所進步。而他的兒子原本有極高的天賦，卻荒廢了，比埋沒了還要糟糕。對此，我一點也不感到心痛，應該心痛的人是他，而且除了我，這個世界上誰也不知道他的痛苦有多深。最妙的是，哈里頓非常喜歡我。你得承認，在這一點上我比亨德萊更高明吧？假如那個死鬼能夠從墳墓裡爬出來，大罵我虐待他的兒子，那才有趣呢！我一定會叫他的兒子憤怒地把他打回墳墓裡去，因為他竟敢侮辱他在這個世界上唯一的朋友。」

說到這裡，希克利夫情不自禁地發出一陣魔鬼般的笑聲，讓人感到恐懼。我沒理他，因為他也不期待什麼回應。我抬頭看了一眼林敦，他離我們太遠，聽不見我們說什麼。我發現林敦有些坐立不安，也許正後悔不該為了怕受點累而失去和凱西小姐在一起的樂趣吧！他的父親也注意到了他那不安的目光總是往窗戶外面瞄，手猶豫不決地伸向帽子，似乎沒辦法下決心該不該戴上帽子出去找凱西。

「站起來，你這個懶惰的孩子。」他大聲喊道，裝作十分熱心的樣子：「快去追他們，他們在轉角處，就在蜂房那裡。」

林敦強打起精神，離開了爐火。窗子敞開著，當他走出門的時候，我聽見凱西問她那個沉默的同伴，門上刻的是什麼？哈里頓呆呆地瞪著兩眼往上看，使勁地搔著他的頭，樣子十分滑稽。

「是些什麼鬼字，」他回答道：「我不會念。」

「不會念？」凱西小姐嚷道：「我會念這些字，是英文。可是我想知道，為什麼把字刻在門上？」

林敦咯咯地笑出聲來，這應該是他第一次露出開心的樣子。

「他不認識字，」他對他的表姊說：「妳相信天底下會有這樣的大笨蛋嗎？」

「他沒什麼毛病吧？」凱西小姐嚴肅地問道：「還是他頭腦簡單或不正常？我問過他兩次話，每次他都是一副蠢樣，我還以為他聽不懂我的話呢！不過我也不太懂他的話。」

林敦又大笑起來，還帶著嘲笑的神情看了哈里頓一眼。我敢說，那個時候，哈里頓一定還沒弄明白發生了什麼事。

「沒什麼毛病，只是懶惰罷了，對吧？恩休！」他說道：「我表姊還以為你是個傻子呢！這下子可好了，你自食其果了吧！誰讓你嘲笑讀書是『啃書本』呢！凱西小姐，妳注意到了嗎？他操著一口可怕的約克郡口音呢！」

「哼！那有個什麼屁用！」哈里頓吼叫起來，和他天天見面的同伴吵嘴，既不含糊，也不遲鈍。他還想再說下去，可是這兩個年輕人一起大笑起來，我家那位輕浮的小姐更是高興得不得了，因為她發現他那奇怪的談吐可以當作笑料。

「你那句話裡的『屁』字有什麼用呢？」林敦譏諷地說道：「爸爸告訴過你，叫你不要說髒話，而你卻一開口就是髒話。要像個上等人一樣，現在就做給我們看吧！」

「幸虧你像個女孩，算不上是男人，要不然我早就把你打倒在地了，你這個可憐的小妞！」這個怒氣沖沖的鄉巴佬回敬了一句，然後便走開了。當時，他又是發怒，又是氣惱，臉脹得通紅，因為他意識到自己被羞辱了，但卻又說不出別人什麼地方得罪了他，真是急得不得了。

希克利夫也聽見了這番對話，看見哈里頓走開了，他的臉上露出一點微笑，但馬上又用極其厭惡的目光看了那對輕浮的人一眼，他們正站在門口東拉西扯地說話。林敦少爺一談起哈里頓的過錯、缺點和奇怪的舉止，就顯得精神百倍，語言十分苛薄，而凱西小姐竟然興致勃勃地聽著，也沒想過一個品行端正的人是不可能說出這樣的話的。我原本還有點憐憫林敦，但此刻卻覺得他非常令人厭惡，也可以理解他父親何以如此鄙視他的原因。

我們一直待到下午才離開咆哮山莊。我本來想早點走，可是凱西小姐說什麼也不走，幸虧林敦先生沒離開過他的書房，不知道我們出去了這麼久。在回家的路上，我跟凱西小姐談起我們剛才離開的都是些什麼人，她反倒說我對他們有偏見了。

「啊哈！」她嚷道：「妳是站在爸爸這邊的，艾莉。我知道妳偏心，不然妳就不會騙我這麼多年，說林敦住在很遠的地方。我原本真的很生氣，可是現在我又很高興，想發脾氣也發不出來了。但是妳不許再說我姑丈什麼，他是我的姑丈，記住。我還要責備爸爸，他不該和姑丈吵架。」

她就這樣嘮叨個沒完，到後來我只好放棄我的打算，我本來想要她明白，她的判斷是錯誤的。當天晚上，由於沒見到林敦先生，她沒機會告訴他這次拜訪的事情。第二天，當她見到他之後，馬上全部出來了，真令我懊惱不已。不過仔細想想，這樣也許比較好，他對她的指導和告誡會比我的有用多了。可是，沒料到的是，他竟然缺乏勇氣，不敢告訴她一些實情，因此無法提出一個令人信服的理由，讓她遠離山莊那家人，而凱西小姐被嬌寵慣了，向來都是想做什麼就做什麼，除非有充足的理由才肯接受約束。

「爸爸，」她問候了早安之後說道：「猜猜我昨天在荒原上散步時遇見了誰。哦！爸爸，你會大吃一驚的，這可是你做得不對啊！是吧？我看見了——可是聽著，你要好好聽聽我是怎麼識破你的，還有艾莉，她跟你串通好了，還裝出一副可憐我的樣子，怪不得我一直盼望林敦回來，結果總是失望。」

她把出遊的經過詳詳細細說了一遍，我的主人雖然不時向我投來譴責的目光，但卻一直靜靜地聽著，中途沒有說一句話。聽完女兒的敘述之後，他把她拉到身邊，問她知不知道為什麼把林敦住在附近的事瞞著她，難道她以為是為了不讓她享受有益無害的快樂嗎？

「那是因為你不喜歡希克利夫先生。」她回答道。

「那麼，難道妳認為我關心自己的感覺勝過關心妳的感覺嗎？凱西。」他說道：「不，那不是因為我不喜歡希克利夫先生，而是因為希克利夫先生不喜歡我，因為他是一個最兇惡、最沒有人性的人，他喜歡毀了他所憎恨的人，只要他能抓住一點點機會。我知道，如果讓妳跟妳表弟保持來往，就一定得和他接觸；我還知道，因為我的緣故，他也一樣會憎恨妳。所以，不讓妳和林敦見面，是為了妳好，沒有別的原因。我本來打算等妳長大一點再跟妳解釋這件事，看來現在不應該再把這件事拖延下去了。」

「可是希克利夫先生很熱情，爸爸，」凱西小姐說道，一點也聽不進去他的話：「而且他並不反對我們見面。他說我隨時可以到他家去玩，只是不能告訴你，因為你跟他吵過架，不能原諒他娶了伊莎貝拉姑姑。這件事只能怪你，至少他願意讓我和林敦做朋友，而你就不願意。」

主人看出來她不相信他所說的那番話，於是就把希克利夫怎樣對待伊莎貝拉，以及咆哮山莊又是怎樣變成他的產業，大致說了一遍。假如要他把這些事詳細說出來，他實在是難以承受。儘管他從不提起，可是自從凱薩琳去世之後，那種對過去仇人的恐懼和憎恨之感，一直盤踞在他的心頭，此時此刻，他仍然感受到內心劇烈的傷痛。「要不是因為他，也許她還活在人世呢！」這是他腦海裡經常有的痛苦念頭，在他心目中，希克利夫簡直就是個殺人犯。

凱西小姐對於世間的陰謀、罪惡一無所知，所知道的就是自己所犯的一些過失——由於任性、急躁而造成的不聽話、錯怪別人或是發脾氣，而且總是當天犯的錯誤當天認錯、改正。因此，當她聽說有人竟然如此陰險冷酷，多年來一直處心積慮地隱藏自己，進行報復行動，不動聲色地實行自己的計畫，而且從無悔意，這令凱西小姐大為震驚。這種對人性新的認識，留給她很深的印象，並讓她受到了極大震動，因為過去她從未聽說過這樣的事，也從來沒有思考過這樣的事。因此，艾德格先生認為不必再談這些事了，只是又補充了幾句：

「今後妳就會知道，親愛的，為什麼我希望妳遠離他的房子和他的家庭。現在妳去做妳平常做的事，照舊去玩吧！別再想這些事了。」

凱西小姐親了親她的父親，安靜地坐下來做功課，像往常一樣讀了兩個小時書，然後又陪著父親到林苑裡散步，一整天就這樣平靜地過去了。但是到了晚上，當她回到臥室裡，我幫她脫衣服時，發現她跪在床邊哭泣。

「哎！真是個傻孩子！」我說道：「要是妳有過真正的悲傷，就會覺得為了這麼一點不如意的事掉眼淚是不值得的，那多丟人呀！妳從沒嘗過一點悲傷的滋味，凱西小姐。假如說主人和我一下子都死了，就剩妳自己活在這世上，那時妳心裡的感受會是怎麼樣呢？把妳現在的情況和這種痛苦比較一下，妳就該知足了，感謝上帝讓妳擁有了幾個朋友，不要太貪心啦！」

「我不是為自己哭，艾莉，」她回答道：「我是在為他感到傷心啊！他盼望著明天我去看他，可是他要失望啦！他會一直等我的，可是卻始終等不到我的身影。」

「無聊！」我說道：「妳以為他像妳想著他那樣想著妳嗎？他不是還有哈里頓作伴嗎？為了一個僅僅兩個下午見過面的親戚而掉眼淚，一百個人裡面也不會有一個人這麼做。林敦一定會猜到這究竟是怎麼一回事，他才不會把妳放在心上呢！」

「那我可不可以寫個便條給他呢？——告訴他為什麼我不能去了。」她站起身來問道：「就把我答應借給他的書送去，好嗎？他的書沒我的好，我告訴他我的書是多麼有趣，他非常想看呢！好嗎？艾莉！」

「不行，怎麼說都不行。」我語氣堅決地回答道：「那樣他又會寫信給妳，妳又會再回信，那就沒完沒了啦！不行，凱西小姐，必須完全斷絕來往。既然這是妳爸爸的願望，我就得照辦。」

「一張小紙條有什麼——？」她又開口了，做出一副可憐兮兮的樣子。

「閉嘴！」我打斷了她的話，「我不想再談妳的小紙條，上床睡覺吧！」

她瞪了我一眼，很生氣的樣子，這讓我也氣惱，替她蓋好被子之後，既沒有吻她，也沒有道晚安，就關上門走了。不過半路我又後悔了，便躡手躡腳地走回去，可是卻看見凱西小姐正站在桌子旁邊，面前放著一張白紙，手裡握著一支鉛筆，一見到我進去，便又偷偷把筆和紙藏了起來。

「即使妳寫了信，也沒人幫妳送去，凱西小姐。」我說道：「現在我要把蠟燭吹熄了。」

我拿著熄燭罩正往燭火上蓋的時候，手上被她啪地打了一下，還聽見氣沖沖的一聲「壞東西！」於是我離開了，她隨即上了門閂。看來，這個時候她的情緒糟透了，一點也不服管教。她最後還是寫了信，由村子裡一個送牛奶的人送到山莊去的。當然，這件事當時我並不知道，過了一段時間以後才發現她的祕密。幾個星期過去了，凱西的情緒恢復了往日的平靜，只是變得喜歡一個人躲在角落裡，也不知道她究竟在想什麼。當她看書的時候，如果我忽然走近，她就像受到很大的驚嚇似的，同時會用身體遮住書本，顯然想掩飾什麼，我一眼就瞧見書頁中夾著紙片。最近這一段時間以來，她養成了一個奇怪的習慣，每天一大清早就下樓，並且待在廚房裡不走，好像在等著什麼東西到來似的。在書房櫃子裡有個屬於她的小抽屜，她時常在那裡摸索好半天，離開的時候總是不忘把抽屜的鑰匙帶走。

一天，她正在翻弄她的抽屜，我看見裡面全是一張張疊得很整齊的紙片，而裡面原本放著玩具和雜物。我頓時產生了疑慮，也感到好奇，於是決定偷看她那神祕的寶藏。到了晚上，等她和主人都回到自己臥室，我拿著自己掌管的一串鑰匙來到書房，找到打開抽屜的鑰匙，然後把裡面的東西都倒進我的圍裙裡，再帶到我自己房間一一檢查。儘管我早就有了疑心，仍然吃了一驚——竟然是一大堆信件，都是林敦・希克利夫寫給她的回信，幾乎是每天一封。最初的幾封信很簡短、很拘謹，但以後逐漸發展成了長篇大論的情書。信的內容很幼稚，不過像他這樣的年齡，又能寫出什麼像樣的東西呢？可是，有的信件中，一些行文相當不錯，依我看來，那些不可能是他寫的，一定是從什麼地方抄來的。有幾封信簡直好笑，熱情奔放和平淡無味夾雜其間，給人古里古怪的感覺。這些信件的開頭感情彷彿異常強烈、真誠，結尾處卻矯揉造作，就如同一個中學生寫給他幻想中情人的情書一樣。我不知道這樣的情書能否令凱西感到滿意，但我個人認為這些東西毫無價值。在翻閱了一些信件後，我認為沒有必要繼續讀這樣的垃圾，於是將信件用手絹包起來，放在一邊，把空抽屜重新鎖上。

我的小姐像往常一樣很早就下樓了，然後走進廚房。我在一旁偷偷觀察著房子裡的情形。當一個男孩來到的時候，她走到門口，趁擠奶女工把牛奶倒進罐子的時候，她把什麼東西塞進他的背心口袋裡，又從裡面取出了什麼東西。我繞過花園，站在圍牆邊等著那個傳遞信件的人。他表現得很頑強，奮力保護他的受託物，連牛奶都潑翻了。不過，我最後還是搶到了那封信，並且威脅他說，如果他不趕快回家去，就要叫他嘗嘗苦頭，然後我待在原地閱讀凱西小姐的情書。這封信比她表弟的信真誠、流利多了，文字很優美，但語言卻很傻氣。我搖搖頭，嘆了口氣，心情沉重地走進了屋子。

那天很潮濕，她無法去林苑散步解悶，因此，等早晨的功課一結束，她就來到抽屜前，從中尋求安慰。當時，她的父親坐在桌子邊看書，我故意在書房裡找事情做——整理幾條結在一起的窗簾穗子，眼睛卻盯著她的一舉一動。當一隻母鳥飛回巢穴，發現牠活潑歡叫的雛鳥不見了，巢穴已經被洗劫一空，牠的悲傷可想而知。但是怎麼也比不上凱西的悲傷。當她打開抽屜，眼前的情景令她發出了淒慘悲涼的一聲「哎呀！」剛才還是快樂的臉上突然充滿了絕望神情。林敦先生抬起頭來看著她。

「怎麼啦？我的寶貝。不小心把自己碰痛啦？」他問道。

他那關切的聲調和神情，讓她確信他不是發現她寶物的那個人。

「沒有，爸爸。」她喘息著說道：「艾莉，艾莉，上樓去，我不舒服。」

我放下手上的工作，跟著她去了。

「噢！艾莉，妳把抽屜裡的所有東西都拿走了？」當我們一進屋子，她立即關上房門，迫不及待地說道，並且跪了下來：「把東西還給我吧！我以後再也不敢這樣做了，再也不敢了。求妳別告訴爸爸，妳沒有告訴爸爸吧？艾莉。說妳沒有告訴爸爸呀！我太不聽話了，我以後再也不敢這樣做啦！」

我板著臉叫她站起來。

「做得真漂亮！凱西小姐，」我說道：「看來妳倒是很有辦法呀！妳是個女孩，究竟懂不懂得什麼是羞恥？妳一天到晚讀的那些東西究竟是些什麼呀？——一大堆垃圾！瞧瞧，寫得多感人啊！可以送去出版啦！如果我把信交給主人，妳以為他會怎麼想？我還沒有給他看，可是妳別做夢了，我絕不會替妳保守這個愚蠢的祕密的。真可恥！我敢說，一定是妳先寫給他這些可笑的東西，他是不可能想出這麼一個鬼主意的。」

「不是我先寫給他的，我沒有。」凱西小姐抽泣著，彷彿心都碎了：「我從來沒想過愛他，直到——」

「愛！」我大聲嚷道，語氣裡充滿譏諷：「愛！誰聽說過一男一女的胡說八道就叫做愛？那我也可以和每年都來山莊購買穀子的那個磨坊主談一談愛。好一個『愛』呀！妳這輩子和林敦才見過兩次，加起來還不到四個鐘頭呢！瞧，這就是你們倆的胡說八道！我要帶到書房去，聽聽妳爸爸對於這種『愛』說些什麼。」

她馬上撲過來搶她的寶貝東西，可是我把信高高舉在頭上，她怎麼也拿不著。無奈之下，她苦苦懇求我把信燒掉，或者隨便怎麼處置，但就是不能給別人看。我猜想她這樣做無非是女孩子的虛榮心在作祟，真是覺得又可氣又可笑，我終於有些心軟了，便問道：

「如果我同意把信燒掉，妳能保證以後再也不和他保持書信往來嗎？也不再寄書去（我知道妳寄過書給他），也不送一束鬈髮、一枚戒指，或者玩具什麼的，妳能保證嗎？」

「我們沒有送過什麼玩具。」凱西小姐嚷道，她的驕傲壓制住了她的羞恥。

「那是不是什麼也不送，小姐？」我說道：「如果妳沒有這個決心，我就去書房了。」

「好吧！我答應了，艾莉。」她拉著我的衣服說道：「把信扔進壁爐裡吧！燒吧！燒吧！」

我用火鉗撥開了爐火。眼看她的寶貝即將化成灰燼，這可是太痛苦了，她苦苦地哀求我留下一兩封信。

「只留下一兩封，艾莉，算是對林敦的紀念吧！」

我沒有理她，解開手絹，把信件往火爐裡倒，火焰一下子竄了起來，直衝向煙囪。

「我要留一封，妳這個狠心的壞女人！」她高聲尖叫起來，也不怕燒傷手指，一下子就把手伸進了火裡，抓出了燒掉一半的紙片。

「做得好！我也要留點給妳爸爸。」我說道，晃了晃手中還未燒的信件，然後放回到手絹中，轉身向門口走去。

她張開手指，那些燒焦的紙片掉進了火裡，又做了一個手勢，示意我繼續這個火葬儀式。信件全部燒毀之後，我攪了攪灰燼，把滿滿一鏟子煤炭倒進火爐裡。她默默待在一旁，呆呆地看著，然後十分委屈地回到自己的臥房裡。我下樓告訴主人，小姐已經恢復，沒什麼問題了，不過最好讓她躺一會。她沒有吃午餐，但是喝下午茶的時候下樓來了，只見她臉色蒼白，眼圈紅紅的，然而舉止卻絲毫不動聲色，表現出驚人的克制力。

第二天早上，我寫了一張紙條作為回信，上面寫道：「請希克利夫少爺以後不要再寫信給凱西小姐，她是不會收的。」

從此以後，那個男孩來的時候，口袋再也沒有夾帶過任何東西。

第二十二章

夏天結束了，早秋也已逝去，很快又過了米迦勒節。那一年收割莊稼比往年晚了一點，我們還有幾塊麥田沒有收割完畢，林敦先生和女兒時常到田地裡轉轉。搬運最後幾捆麥子的那天，父女倆一直逗留到黃昏時分，空氣特別陰冷潮濕，主人不幸患了重感冒。這次感冒真是來勢洶洶，病魔頑固地滯留在他的肺部，整個冬天他都待在家裡，幾乎沒出過一次門。

可憐的凱西小姐，那段短暫的羅曼史讓她受到了驚嚇，之後就變得悶悶不樂，因此，她爸爸一再囑咐她少待在家裡拚命讀書，多去戶外活動。她爸爸是不可能陪她出去了，我認為我有責任代替他來陪伴她，可惜我並不是個很好的替身，原因之一是我的工作太忙，每天只能擠出兩三個小時陪她，此外，我和林敦先生比起來差多了。

十月的一個下午，或許是十一月初吧！那是個空氣分外清新的下午，草皮上、小徑上散落著潮濕的、枯黃的樹葉，一陣冷風吹過，葉片發出沙沙聲響，許多雲塊把藍天遮住了一半，西邊急速升起了一條深灰色光帶，預示著大雨即將來臨。我告訴凱西小姐就要下雨，勸她別出去散步了，但她執意不肯。我只好披上斗篷、拿著雨傘，陪她外出散步，一直走到林苑盡頭。每逢情緒低落的時候，她總是選擇這條路，而每逢林敦先生的病情加重的時候，她的情緒必然低落。儘管他從來不承認自己的病情嚴重，但從他更加沉默以及憂鬱的神情中，凱西小姐和我都看出他病得不輕。她鬱悶地往前走著，儘管一陣陣冷風原本可以激發她奔跑的興致，但她不再像過去那樣又跑又跳了，還不時地用手擦掉臉上的什麼東西。我向四下張望，想著有什麼辦法可以分散她的思緒。小路的一旁是個坎坷不平的高坡，榛樹和矮小橡樹的一部分根鬚露了出來，搖搖晃晃地立在那裡。高坡的土質對於橡樹來說太鬆軟了，陣陣猛烈寒風把幾棵樹吹得東倒西歪，樹身幾乎貼近了地面。夏天的時候，凱西小姐喜歡爬上這些樹，坐在距離地面二十英呎高的樹枝上搖晃。她的動作十分輕盈矯健，心情又是那樣的輕鬆，真是令我歡喜。不過，每次看到她爬那麼高，總免不了要罵她幾句，並不是真的要責備她，而是覺得這是理所當然的，她知道我這樣罵不過是虛張聲勢，並沒有下來的必要。從午飯後到吃茶點的那段時間，她就躺在被微風搖動著的「搖籃」裡，自娛自樂地哼唱著一首首古老的歌——小時候我教她唱的兒歌，或者看著和她待在同一棵樹上的鳥兒餵食牠們的孩子、教牠們飛翔，或者閉上眼睛，把身子蜷縮起來，愜意地靠在樹枝上，處於似睡非睡、半夢半醒的狀態，那種快樂簡直無法形容。

「瞧！小姐。」我嚷道，指著一棵歪歪扭扭的樹，在它樹根下面的一個凹陷處，「冬天還沒有來這裡哩！那裡有一朵小花。七月裡，在台階上布滿了風鈴草，遠遠望去，只見一片朦朧的淡紫色，真是美極了，現在就剩下這一朵了。妳要不要爬過去，摘下來給爸爸看？」

那朵花在寒風中顫抖著，凱西小姐對著孤寂的小花茫然看了好一會，最後回答道：「不，我不想摘它。它看起來很憂鬱，不是嗎？艾莉。」

「是啊！」我說：「又脆弱又無精打采，就像妳一樣，妳的臉上沒一點血色。我們手牽著手跑吧！妳這麼沒精神，我敢說我能跑得和妳一樣快。」

「我不想跑。」她搖搖頭，繼續向前走著，有時停下來出神地望著一片苔蘚，或一叢變成白色的野草，或是一朵蘑菇——在一堆深褐色落葉中張開鮮豔的橘黃色身子——有時又把臉轉過去，抬起手來擦著臉上的東西。

「凱西小姐，幹嘛哭呀？我的寶貝。」我問道，走上前去摟著她的肩膀：「別為爸爸擔心了，他不過是受了點涼，妳應該感到欣慰，幸虧他不是得了什麼重病。」

她不再抑制她的眼淚，傷心地哭起來。

「唉！不久就會變成重病啦！」她說道：「等到爸爸和妳都丟下我，只剩下我孤零零的一個人時，那我該怎麼辦？艾莉。我忘不了妳的話，它們總在我的耳邊響起。妳曾經說過，等到爸爸和妳都死了，生活會有很大的改變，這個世界將會變得多麼淒涼啊！」

「誰也不知道妳一定會死在我們後面。」我說道：「淨想些不吉利的事，這可不好。我們只應該這樣想，在過了很多年之後，我們當中某個人會先離開。現在，主人還年輕，我不到四十五歲，身體也很健康。我母親活到八十，直到最後還是手腳俐落的老太太。假如說林敦先生可以活到六十歲，妳算算妳爸爸還能活多少年。小姐，妳爸爸今後活的歲數是不是比妳現在的年齡還要多呢？災難還沒到來，卻提前二十年哀悼，這不是很愚蠢嗎？」

「可是伊莎貝拉姑姑比爸爸還年輕呀！」她神色凝重地望著我說道，眼神中充滿膽怯，分明是期盼著能得到更好的安慰。

「伊莎貝拉姑姑沒有妳和我照顧她呀！」我回答說：「她沒有主人那麼幸福，也不像他那樣因為有自己的親人在身邊而覺得生命有意義。妳需要做的是好好照顧妳爸爸，讓他看見妳快快樂樂的，他也會快樂起來，還要注意不能讓他憂心忡忡的。記住啦！凱西小姐。如果妳一味地放縱自己，與一個一心只盼望他早點進墳墓的人的兒子發生愚蠢的感情，而妳爸爸認為應和對方斷絕往來，卻發現妳還在為這事而煩惱，那麼，我也不必跟妳說什麼好聽的，實話告訴妳吧！妳會把他活活氣死的。」

「除了爸爸的病，什麼事也不會讓我煩惱。」凱西小姐說道：「對我來說，沒什麼事情比爸爸更重要。只要我還活著，我永遠、永遠、永遠也不會做一件事或說一個字讓他煩惱。我愛爸爸勝過愛我自己，艾莉。每天晚上我都祈求上帝讓我死在他之後，我寧可自己忍受痛苦，也不願讓他痛苦，這就證明我愛爸爸勝過愛我自己。」

「說得很好，」我說道：「可是也得用行為來證明。等他病好之後，不要忘了妳為他擔心的時候所立下的誓言。」

我們一邊說著話，一邊慢慢往前走著，不知不覺來到一個通往大路的門前。凱西小姐因為剛才那番談話而輕鬆了起來，她爬上圍牆，坐在牆頭上。幾株野薔薇樹沿著牆爬了上來，碩大樹蔭遮蔽了大路，樹上結滿了腥紅色果子，低矮樹枝上的果子已經看不見了，高高樹枝上的果實只有鳥兒們才能摘到，除非像凱西小姐一樣爬上牆頭。這時，她正伸手去摘果子，不料帽子掉了下去，落在圍牆外的大路上。由於門是鎖著的，她準備爬下去撿，我叫她小心別摔傷了，她一下子就不見了。然而，要想從大路旁邊爬上圍牆可不容易。石頭砌成的牆很光滑、平整，而又無法藉助那些薔薇的枝條和黑莓的蔓枝來攀登。我像個傻子似的站在那裡乾著急，直到聽見她的叫聲才明白過來：「艾莉，妳得去拿鑰匙，不然我就得繞道跑到林苑的門房那裡才能進來，我從這邊爬不上圍牆。」

「妳在那裡等著，」我大聲喊道：「我帶著我的那串鑰匙，也許可以打開，要是開不了，我就去拿。」

凱薩琳在門外又蹦又跳地玩，我則在門內用大鑰匙一把接一把地試著，結果沒一把鑰匙能打開，於是我再次囑咐她待在那裡，我回去拿鑰匙。正當我打算離開的時候，忽然聽到一個由遠而近的聲音，我站在那裡仔細聽——那是一陣馬蹄聲。這個時候，凱西小姐也安靜了下來。

「是誰？」我低聲問道。

「艾莉，希望妳能打開這個門。」凱西小姐焦急地低聲說道。

「嗨！林敦小姐。」一個低沉嗓音說道：「很高興遇見妳。別急著進去，我要問妳一件事，請妳解釋一下。」

「我不跟你說話，希克利夫先生，」凱西小姐回答說：「爸爸說你是個惡毒的人，你恨他，因此也恨我，艾莉也是這麼說的。」

「那可是另外一回事呀！」希克利夫說道：「我想我並不恨我的兒子吧！現在我要跟妳說的是關於他的事。是啊！妳真該臉紅呀！兩三個月以前，妳不是還拚命寫信給林敦嗎？是在玩弄愛情嗎？呃！你們兩個都該挨一頓鞭子，尤其是妳，年紀也比他大一點，結果卻那麼薄情寡義。妳的信我好好保存著呢！假如妳對我蠻橫無禮，我就把這些信交給妳父親。妳和林敦是鬧著玩的，玩膩了就一腳把他踢開，是不是？好呀！妳把林敦以及妳們這套消遣的把戲一起推進了『絕望的深淵』啦！可是，林敦卻是真誠地在和妳談論愛情呀！這個時候他為了妳都快死啦！這可是千真萬確的，就如我現在實實在在地活著一樣真實。妳有始無終、三心二意，拋棄了他，他的心都碎啦！我這可不是比喻心碎了，而是真的碎了。六個星期以來，儘管哈里頓不斷地譏笑他，我又採用更為嚴厲的手段來嚇唬他，讓他別那麼癡情，可是他仍然一天比一天糟，到不了夏天就要死了，除非妳去救他。」

「你怎麼能對這個可憐的孩子明目張膽地撒謊？」我在牆內喊道：「請騎著你的馬走吧！你怎麼能編造出這麼下流的謊話？凱西小姐，我用石頭把鎖砸開。妳千萬不要相信他卑鄙的謊話，妳自己心裡應該清楚，一個人為了愛一個陌生人而死去，這根本就是不可能的事。」

「想不到還有人偷聽呢！」那個詭計被識破了的混蛋咕嚕著，接著又大聲說道：「迪恩太太，我喜歡妳，可是我不喜歡妳這樣陽奉陰違，當面一套，背後又是一套。妳怎麼能明目張膽地撒謊，非要說我恨這個『可憐的孩子』呢？又怎麼能編造出關於我的離奇故事來嚇唬她，讓她不敢踏進我的家門呢？凱薩琳．林敦（就連這名字也讓我覺得溫暖），我的好女孩，接下來的一個禮拜我都不在家，妳自己去看看我說的是不是真的吧！去吧！就去一次，那才是我的乖寶貝呢！好好想想吧！假如妳父親處在我的位置上，林敦換成是妳，當妳的父親親自去求他來看妳，而他竟然不肯來安慰妳，那妳對這個無情的人會怎麼看呢？不要糊塗了，免得做出愚蠢的事情來。我向上帝發誓：他就要進墳墓了，除了妳，沒有別人能夠救他。」

鎖砸開了，我衝了出去。

「我發誓，林敦快死了，」希克利夫重複著說道，並狠狠瞪著我：「悲傷和絕望逼得他快死了。艾莉，如果妳不讓她去，那妳自己去看看好啦！我要到下個禮拜才回來，我想妳的主人也不見得會反對林敦小姐去看她的表弟吧！」

「進來吧！」我一邊說，一邊拉著凱西小姐的手臂，要她趕快進來。但她卻不肯進來，用疑惑的眼光打量著希克利夫的臉，似乎想從中分辨出他話的真假，然而那張臉繃得緊緊的，不動聲色，即使他心懷詭計也無法看出來。

他騎馬上前一步，彎下腰來，說道：

「凱薩琳小姐，我得向妳承認，我對林敦已經失去耐心了，哈里頓和約瑟夫就更不耐煩了。我承認，他是和一群鐵石心腸的人住在一起，正因為如此，他更期盼著有人關心他，更渴望著愛情，妳的一句溫柔的話對他來說是最好的良藥。別去理迪恩太太狠心的告誡，仁慈一些吧！去看看他吧！他日夜都思念著妳，而且總以為妳恨他，我們怎麼安慰也沒用，因為妳既不寫信給他，又沒有去看他。」

我關上門，並推過一塊石頭頂住門，然後撐開雨傘，把我保護的人拉到傘下來。這個時候，天空開始下雨了，樹枝在雨滴衝擊下發出了呻吟，我想我們得趕快回家。

我們急忙趕路，顧不得談論剛才的事，可是我本能地看透了凱西小姐的心思。她的心如今已布滿了雙倍的陰霾，她的臉是這麼悲傷，完全不像她的臉了。很顯然，她對剛才所聽到的一字一句都深信不疑。

我們回家的時候，主人已經回房休息了。凱西小姐輕輕走進他房裡，打算向他問好，發現他已經睡著了。她折回來，要我陪她在書房裡待一會。我們一塊吃了茶點，然後她躺在地毯上，說她太累了，要我別出聲。我坐在那裡假裝看書，她以為我正在專心讀書，於是開始默默地流淚。當時，默默地流淚是她消除煩惱的一個方法，她喜歡這樣。我沒有打攪她，讓她獨自流淚，她的心裡會好受點。一會之後，我開始勸導她，把希克利夫所說的關於他兒子的話嘲弄了一番，就好像我覺得可笑，她也一定會覺得可笑一樣。唉！我卻沒有本事消除他那番話產生的影響，而那正是他的詭計。

「也許妳是對的，艾莉，」她說道：「可是我想要瞭解真相，否則我的心永遠無法平靜。我一定要告訴林敦，我不寫信不是我的錯，並且還要讓他知道，我是不會變心的。」

對於她的癡情和輕信，我氣憤不已，激烈地和她爭辯，但是我的苦心有什麼用呢？那天晚上我們不歡而散。可是，第二天我卻走在通往咆哮山莊的路上，身邊是我家那個任性而固執的小姐，她正騎著她的那匹小馬。我實在不忍心看著她難過，不忍心看著她那蒼白悲傷的臉，不忍心看著她那雙憂傷的眼睛，最後我心軟了，只能懷著一絲希望：但願我們見到林敦時，他對我們的態度證明希克利夫的話是個徹頭徹尾的謊言。

第二十三章

經過一夜雨後，迎來了一個霧氣濛濛的早晨。天空下著細雨，又飄著雪花，從高地上奔流直下的山泉水像小溪一樣穿過小徑，把我的鞋子浸得濕透了。我心裡原本就有氣，情緒十分低落，再加上遇上這樣倒楣的事，心裡更加不好受。我們沒有從大門進去，而是從廚房的通道進入山莊的，目的是想弄清楚希克利夫先生是否真的不在家，儘管他說了要出門，但是我信不過他。

約瑟夫獨坐在熊熊燃燒的壁爐邊，彷彿是在人間天堂裡，身旁的桌子上放著一杯麥酒，大塊的烤麥餅浸泡在酒裡，嘴裡還叼著一支黑色菸斗。凱西小姐走到爐邊取暖，我詢問約瑟夫，主人是否在家，但過了好一會都沒有得到回答。我以為老頭子的耳朵有點聾了，於是又大聲問了一遍。

「不──在！」他吼叫起來，不過聲音更像從鼻子裡發出來的。「不──在！妳從哪裡來，就回哪裡去吧！」

「約瑟夫！」從屋傳來和我不約而同的一聲喊叫。那個聲音接著又抱怨道：「還要讓我喊你多少次？現在爐火都只剩下一點點火光啦！約瑟夫，馬上過來！」

他沒有理睬那個抱怨，仍坐在那裡悠閒地吞雲吐霧，一雙眼睛無神地瞪著壁爐的柵欄裡面。女管家和哈里頓都不見蹤影，大概一個辦事去了，另一個正忙著工作。我們聽出那是小林敦的聲音，便走了過去。

「哼！我真希望你死在閣樓上，活活地餓死你。」這孩子罵道。他聽見腳步聲進來，還以為是那個怠慢了他的僕人呢！

當他一看見我們，馬上住了嘴。他的表姊向他跑過去。

「是妳嗎？林敦小姐。」他問道。他原本半躺在大椅子裡，頭靠著扶手，現在把頭抬了起來：「不要親吻我，那會弄得我喘不過氣來的。真的是妳啊？爸爸說過妳會來的。」凱西小姐擁抱了他，然後滿臉愧色地站在一旁。他稍稍平復之後，又繼續說道：「妳把門打開啦！請關上門，可以嗎？天這麼冷，那些可惡的東西竟然不肯給火爐加煤。」

壁爐裡尚有餘火，我撥弄了一下，隨即拿了一些煤倒進爐子裡，病人卻抱怨我弄得他一身都是煤灰。我看他沒完沒了地咳嗽，像是生病了，而且還在發燒，所以也沒跟他計較什麼。

「嗨！林敦。」凱西小姐等他眉頭舒展時低聲說道：「你見到我高興嗎？這會讓你感到好受一些嗎？」

「以前妳為什麼不來看我呢？」他問道：「應該是妳來，而不是寫信來。寫那些信給妳，真把我煩死了，我寧可和妳當面談談，可是我現在連談話也受不了啦！什麼都受不了啦！齊拉到哪裡去了？妳能不能（他望著我）去廚房看一下？」

我剛才為他做了事，不但沒聽他說聲謝謝，反而招來了抱怨，現在也就不願接受他的差遣，於是我回答說：

「除了約瑟夫，沒有別人在。」

「我要喝水！」他生氣地嚷道，把頭轉到了一邊：「爸爸一離開山莊，齊拉就時常跑到吉姆屯去。真是受罪啊！我在樓上叫他們，但怎麼叫也沒用，他們裝作聽不見，我不得不待在樓下。」

我看見凱西小姐想跟他表示親近，被他拒絕了，於是問道：「你父親照顧你嗎？希克利夫少爺？」

「照顧？哼！但他至少叫他們懂得照顧我一點。」他氣憤地嚷道：「那些壞蛋！妳知道嗎，林敦小姐，那個混蛋哈里頓竟然敢當面嘲笑我。我恨他，我恨他們每一個人，他們全是討厭的傢伙。」

凱西小姐去倒水給他，在食品櫃裡找到了一瓶水，倒了滿滿一大杯，端過來給他。他叫她從擺在桌上的酒瓶裡倒出一匙酒，把它加在水裡。他喝下小半杯水之後，怒氣漸漸消了，這才說她心地真好。

「你見到我高興嗎？」她又問了一遍剛才的問話，看到他的臉上稍稍有了一點笑意，她感到非常高興。

「是的，我很高興。能夠聽見妳的聲音，真是不錯！」他回答道：「可是那段時間妳不願意來，我感到非常苦惱、煩悶。爸爸說這都是我的錯，罵我是個可憐蟲、廢物，還說妳瞧不起我，如果他要是我，早就成為畫眉山莊的主人了，比妳父親更算得上是畫眉山莊的主人。可是，妳並沒有瞧不起我，對吧？小姐。」

「我更希望你稱呼我凱薩琳，或是凱西，」我家小姐打斷他的話說道：「瞧不起你？這是不可能的。在這個世界上，除了爸爸和艾莉，我愛你勝過愛任何人。可是，我不愛希克利夫先生，他一回來我就不敢來了。他要去好多天嗎？」

「幾天而已。」林敦回答說：「不過到了狩獵季節，他時常會到荒原上，他不在家的時候，妳可以來陪我一兩個鐘頭。答應我，妳一定要來看我。我想，我是不會對妳發脾氣的，妳也不會故意惹我生氣，妳總是樂意照顧我的，對吧？」

「是的。」凱西小姐說道，撫著他的柔軟長髮：「只要我爸爸同意我來，我就把一半的時間用來陪你。你真漂亮呀！多希望你是我的弟弟啊！」

「那妳就會像愛妳父親一樣地愛我了嗎？」他說道，心情比剛才愉快一些：「可是我爸爸說，如果妳是我的妻子，妳就會愛我勝過愛妳父親，或者世界上的任何一個人。假如真是這樣的話，我倒寧願妳做我的妻子。」

「不對，我對任何一個人的愛永遠都不可能超過我對爸爸的愛。」她嚴肅地回答道：「世上有的人會恨他們的妻子，可是並不恨他們的兄弟姊妹，如果你和我是姊弟，那我們就是一家人，我爸爸就會像喜歡我一樣喜歡你。」

林敦否認有人恨他們的妻子，可是凱西小姐卻堅信有這樣的人，而且還舉了他父親把他母親當成仇人的例子。我本想制止她，然而她哪裡管得住自己的舌頭，不假思索地把她所知道的全說了出來。希克利夫少爺一聽，氣憤不已，一口咬定她所說的全是謊話。

「這些都是我爸爸告訴我的，我爸爸從來不說謊話。」她語氣堅決地說道。

「我爸爸瞧不起妳爸爸，」林敦大聲嚷道：「他罵他是個鬼鬼祟祟的懦夫。」

「你爸爸是個大混蛋！」凱西小姐強硬地說：「你是個壞孩子！他說什麼，你竟然也跟著他說什麼。他一定十分狠毒，才使得伊莎貝拉姑姑離開了他。」

「她並不是離開他！」小林敦說道：「不許妳反駁我。」

「她就是出走了。」我家小姐嚷道。

「好呀！我也說點事情給妳聽聽，」林敦說道：「妳的母親恨妳的父親。怎麼樣啊？」

「啊！」凱西小姐大聲叫了起來，氣憤得說不出話來。

「而且她愛我的父親呢！」他補充了一句。

「你是個說謊的傢伙！我現在恨你啦！」她氣呼呼地說道，臉都脹紅了。

「她就是愛我的父親！她就是愛我的父親！」林敦得意地嚷道。當時凱西小姐站在他的身後，於是他倒在椅子上，頭往後一靠，好欣賞對方激動的神情。

「閉上你的嘴，希克利夫少爺！」我說道：「我想這也是你父親編出來的謊話吧？」

「不是，妳給我閉嘴！」他回答道：「她愛我的父親，她愛我的父親，凱西，她愛我的父親，她愛我的父親。」

凱西小姐氣得要命，她憤怒地猛推一把林敦的椅子，他一下子倒在一隻扶手上，立刻劇烈地咳嗽起來，咳得連氣都喘不過來了，他的勝利果實就此沒有了。他咳得如此厲害，把我也嚇了一大跳，而他的表姊則被自己闖的禍嚇壞了，在一旁大哭起來。我連忙上前扶著他，一直等到他停止了咳嗽，隨後他把我推開，默默垂下了頭。凱西小姐也停止了哭泣，坐在對面椅子上，眼睛望著爐火，神情嚴肅。

「你現在感覺怎麼樣？希克利夫少爺。」十分鐘之後我問道。

「但願她也來嘗嘗我受罪的滋味，」他回答說：「狠毒的、殘忍的東西！哈里頓從來沒有碰過我，也從來沒有打過我。我今天才剛剛好一點，可是就……」他說不下去了，嗚咽起來。

「我並沒有打你呀！」凱西小姐小聲說道，使勁咬住嘴唇，以防再次控制不住自己的情緒。

他躺在那裡唉聲嘆氣，不停地咳著，就像在忍受著極大的痛苦。他咳了一刻鐘之久，每次一聽到她控制不住的抽泣，他就會咳得更加起勁，在那抑揚頓挫的聲調中增加一些痛苦與悲哀，顯然是想折磨他的表姊。

最後，她實在受不了這樣的折磨，開口說道：「很抱歉傷了你，林敦。可是那樣輕輕一推，我是不會受傷的，我也沒想到那麼一推你就會受傷。傷得厲害嗎？疼嗎？林敦。你說話呀！不要讓我回家之後還想著傷害了你。」

「我是不會跟妳說話的。」他說道：「妳那麼兇地推我，把我弄傷了，今晚一整夜我都睡不成覺了，咳嗽會令我喘不過氣來。如果妳得了這種病，就會知道這是什麼滋味了。這下可好了，妳在那邊舒舒服服地睡覺，我獨自在這邊受罪。我想，假如讓妳度過這樣一個又一個可怕的長夜，妳會喜歡嗎？」他越說越覺得自己可憐，於是大哭起來。

「既然你一直都在這樣一個又一個可怕的長夜度過，」我說道：「那就不能說是小姐破壞了你的安寧，她來不來你每夜都是這樣過的。不過，你放心好啦！她再也不會來打攪你了，也許我們離開這裡，你就可以安靜了。」

「我一定得走嗎？」凱西小姐俯下身子難過地問道：「你希望我走嗎，林敦？」

「妳已經來不及彌補妳所犯下的過錯了，」他氣惱地回答道：「而且妳越想彌補，跟我胡攪蠻纏，就越會惹我發高燒。」

「那我一定得走了，是不是？」她又問道。

「不用再說什麼了，妳就別管我吧！」他說道：「一聽到妳的聲音我就覺得煩。」

她仍然待在那裡，我怎麼勸她，她也沒有移動腳步。不過，由於他既沒有抬頭看她一眼，也沒有說什麼話，最後她只得向門口走去，我跟在後面。可是就在這個時候，林敦突然發出了一聲尖叫，我們馬上轉過身來。只見林敦從椅子上滑到壁爐前的地上，起勁地打滾，就像個任性的孩子在耍賴，非要鬧得你最後向他投降不可。我一眼就看穿他的把戲，如果去遷就他，那才是傻瓜呢！可是凱西小姐卻不這麼想，她嚇壞了，急忙跑過去跪在他的身邊，一邊哭喊，一邊哀求，要他消消氣。他慢慢安靜了下來，不過不是因為不忍心讓她痛苦，而是他已經筋疲力盡了。

「我來把他抱到高背長椅上，」我說道：「他愛怎麼滾就怎麼滾吧！我們沒時間陪他鬧。凱西小姐，現在妳知道了吧？妳並不是對他有益的人，他的健康狀況也不會因為他對妳的依戀而有所好轉。好啦！我們走吧！讓他躺在那裡吧！等他明白了沒有人會理睬他這麼胡鬧，他自然就安靜下來了。」

她把一個靠墊枕在他的頭下，還端來一杯水給他。他拒絕喝水，頭使勁地在墊子上轉來轉去，好像那墊子是一塊石頭或一塊木頭似的。她動手調整著墊子，想讓他感覺舒服點。

「這個墊子不行，」他說：「太矮了！」

凱西小姐又拿來一個靠墊疊在上面。

「太高啦！」這個令人討厭的東西嘀咕道。

「那該怎麼辦好啊？」她絕望地問道。

當時她正半跪在長椅旁，他把頭枕在她的肩膀上。

「不，那不行，」我說道：「你有墊子做枕頭已經夠舒服了，希克利夫少爺。小姐因為你已經浪費了太多時間啦！我們連五分鐘也不能耽誤了。」

「不，不，我們再待一會吧！」凱西小姐說道：「瞧他已經安靜下來了。他應該明白，如果我探望他反而讓他的病情更嚴重，那麼今天晚上我一定比他還要難受，而且如果我真的弄傷了你，那我以後怎麼也不敢再來了。」

「妳一定要來照顧我，」他回答：「因為是妳傷害了我，還把我傷得那麼厲害。妳來之前我病得沒有現在這麼嚴重，不是嗎？」

「是你又哭又鬧把自己弄病了的，」凱西小姐說道：「我根本沒有傷害你。不過，我們現在該和好了，你需要我，希望以後再見到我，是嗎？」

「我已經告訴過妳，我希望妳來看我。」他不耐煩地回答道：「來吧！坐在長椅上，讓我靠著妳的膝蓋——我媽媽總是讓我靠在她的膝蓋上，整個下午都這樣。凱西，我們靜靜地坐著，別說話，如果妳會唱歌可以唱首歌，或者念一首長而動人的歌謠——妳曾經答應過教我的，或者講個故事也行，不過我更喜歡聽歌謠，開始吧！」

接下來凱西小姐朗誦了一首她所記得的最長的歌謠。他們倆一個朗誦，一個聆聽，玩得很開心。可是林敦聽完一首又要求一首，我怎麼反對也沒用，就這樣一直持續到了十二點鐘。我們聽見哈里頓在院子裡的聲音，他回來吃午飯了。

「明天，凱西，明天妳來嗎？」小林敦拉著她的衣襟問道，她正勉強地站起來。

「不行，」我回答道：「後天也不行。」

可是，她俯身對他耳語了幾句，他的神情開朗起來了，顯然她給他一個不同的答覆。

「明天妳不能來，記住，小姐！」當我們走出屋子時我說道：「妳不會做夢都想來這裡吧？」

她沒有說什麼，只是笑了笑。

「啊！我可得注意，」我接著說道：「趕快叫人把那道門的鎖修好，看妳怎麼溜出去？」

「我能翻牆出去。」她笑著說道：「山莊又不是監牢，艾莉，妳也不是我的看守人。再說，我快滿十七歲了，已經是個大人啦！我相信，如果林敦有我照顧，身體很快就會好起來。要知道，我年齡比他大一點，也比他懂事些，不那麼孩子氣，稍稍哄他一下，他就會乖乖聽話了。噢！他不胡鬧的時候，真是個漂亮的小東西呢！如果他是我的親人，我要把他變成一個人見人愛的小寶貝，而且我們永遠也不會吵架——當我們彼此熟悉了，我們還可能吵架嗎？妳喜歡他嗎，艾莉？」

「喜歡他！」我不屑地大聲嚷道：「我從來沒見過一個脾氣這麼糟糕的人，他不過是個面黃肌瘦的、勉強活到現在的小東西。萬幸的是，希克利夫先生預料他活不過二十歲，我真懷疑他能不能活到明年春天。總之，無論他什麼時候死，對他的家庭都不是損失，我們也算是運氣好，多虧他父親把他帶走了。他這個人不識好歹，妳對他越好，他就越找麻煩、越自私。值得高興的是，他沒有機會做妳的丈夫，凱西小姐。」

凱西小姐聽了我這番話，神情變得凝重起來，像我這樣滿不在乎地談論他的死，真是傷了她的心。

「他年紀比我小，」她沉思了好一會後說道：「應該活得更長一點，他會——他應該會活得和我一樣長。現在他的身體並不比剛到北方來的時候差，這點我敢肯定，他只是受了一點涼，就像爸爸一樣。妳說爸爸會好起來的，他為什麼不能呢？」

「夠啦！」我嚷道：「反正我們用不著給自己找麻煩。聽著，小姐，請妳記住，我是說到做到的：如果妳打算再去咆哮山莊，不管有沒有我陪著，我都會告訴林敦先生的，除非他允許你們來往，否則妳和妳表弟之間的那種親密關係，是絕對不可能恢復像過去那樣了。」

「反正我們又開始來往了。」凱西小姐不以為然地咕嚕道。

「那就不許繼續來往了。」我說。

「我們走著瞧吧！」她就這樣回應了我一句，然後一陣風似的策馬而去，丟下我一個人辛苦地趕路。

我們都在午飯之前趕回了家，主人以為我們一直在林苑裡散步，因此沒有問我們這段時間怎麼不見人影。我一回到臥室，趕緊換下濕透的鞋襪，可是在山莊待的時間太久了，招來了嚴重後果。第二天早晨，我就起不了床了，並且連續三個星期都無法料理家務。在此之前，我從來沒遭受過病魔如此嚴重的折磨。不過，感謝上帝，從那之後我再也沒有病得這麼厲害過。

在我生病期間，我的小女主人表現得像天使一般，不停地來安慰我、照顧我，讓病中的我不會感到淒涼寂寞。躺在病榻上，我的情緒十分低落，對於一個整天忙碌而且不肯閒下來的人來說，這樣的日子真是無聊至極。可是看著凱西小姐忙碌的樣子，我還有什麼好抱怨的呢？每天，凱西小姐總是一離開林敦先生的屋子，就出現在我的床邊，把她的時間全給我們兩個人了，一分鐘也沒用在玩樂上。她幾乎是茶飯不思，也沒心情讀書、玩耍，世上還有哪個看護能像她這樣體貼入微啊？我想，她的心一定非常善良和仁慈，因為她是那麼深深地愛著她的父親，卻還能把她的感情給我。

我說過她一天的時間全給我們兩個人了，不過晚上主人很早就休息了，而我在六點鐘以後也不再需要什麼照顧，因此晚上時間就屬於她了。可憐的小東西！我從來沒想過，每天吃完茶點以後她在做什麼。當她夜晚進來跟我道晚安時，往往看見她的兩個小臉蛋紅通通的，纖細的手指也是紅紅的，我還以為那是在書房烤火的緣故，怎麼也沒想到是因為在寒冬騎馬疾馳在荒原上造成的。

第二十四章

三個星期之後，我的身體已經恢復得差不多了，可以在屋子裡四處走動。那是我第一個晚上沒有早早睡覺，我想請凱西小姐讀點什麼給我聽，因為我的眼睛看東西很費勁。我們在書房裡，主人已經休息了。她答應了我，但是口氣很勉強。起初我以為她不喜歡我挑的書，我叫她自己隨便選一本，她挑了一本她最喜歡的，很流利地念了一個鐘頭，然後就不停地問道：

「艾莉，累了吧？妳最好早點上床睡覺，這麼晚了還不休息，身體會累垮的。」

「不，親愛的，我不累。」我一次次地解釋說。

看到我坐著不動，她又換了另一種方式暗示我。她做出一副無精打采的樣子，一會打打呵欠，一會伸伸懶腰，最後還來了句：「艾莉，我已經疲倦得不得了了。」

「那麼別念了，聊點天吧！」我回答說。

可是她表現出更不耐煩的樣子，唉聲嘆氣，緊蹙眉頭，拚命地看著懷錶。到了八點，她終於耐不住性子回房去了。她不停地揉眼睛，垂著頭，我想她一定想睡極了。

第二天晚上，她比前一天顯得更煩躁，第三天晚上，她藉口說頭痛，索性不來了。

我覺得她的表現有點怪怪的，於是一個人坐在房間裡暗自思考。過了一會，我決定到樓上看看她的頭痛是不是好點了，想讓她到樓下沙發上躺一躺，別成天悶在一間黑暗屋子裡。樓上根本沒凱西小姐的身影，樓下也沒有，而僕人一口咬定沒有看過她。我站在林敦先生的門前傾聽，裡面靜悄悄的，什麼聲音也沒有。無可奈何，我來到她的房間，吹滅了蠟燭，疑惑地坐在窗前思考。

一輪明月掛在漆黑的天空中，地上的薄雪在皎潔月光下閃著白亮光澤。我想，凱西小姐可能趁著這美麗夜色到外面了，讓渾沌的腦袋清醒一下。果然，我發現林蔭道上有個走動的人影，不過那不是她。當那個人影走到光亮的地方時，我認出那是家裡的馬夫。他站在那裡左顧右盼了好一陣子，然後偷偷摸摸穿過樹林，來到馬車道。他很警覺，好像發現了什麼似的，一下子躲了起來，過了一會又現身了，牽著小姐的馬走了出來。他旁邊那個人不是小姐嗎？凱西小姐走在馬的旁邊，馬夫牽著馬，兩個人鬼鬼祟祟地穿過草坪，向馬房走去。

當凱西小姐從客廳的落地窗外翻進來，躡手躡腳地走上樓時，我正在她的房間裡等著她。她輕輕地關上門，脫下滿是雪的鞋子，然後解開帽子，動作很快也很輕，完全沒察覺有人已經盯上她了，而且就坐在她的身後，將她的一舉一動看得一清二楚。她正要脫下披風，我一下子站起來，突然出現在她的面前。她大吃一驚，半天回不過神來，嘴裡發出含糊的聲音，然後就徹底傻眼了，一動不動。

「我的凱西小姐，」我說話了——本想好好罵她一頓，但想到她最近體貼地照料我，強硬的話也說不出口：「都這麼晚了，妳騎馬到哪裡去了？幹嘛在我面前支支吾吾不說老實話？妳究竟去哪裡了？快說！」

「我沒有撒謊，」她結結巴巴地說：「我到林苑盡頭去了。」

「只到了那裡？」我接著盤問。

「沒有。」她連回答的勇氣都沒有似的，聲音只是在喉嚨裡打了個滾。

「唉！凱西小姐。」我難受地說：「妳知道自己做了錯事就直說，不用遮遮掩掩的，這使我感到很傷心。我就是再病倒三個月，也不想聽妳編一套謊話來哄我。」

她一下子撲到我身上，摟著我的脖子，嚶嚶地哭了。

「噢！親愛的，我真害怕妳生我的氣，」她說道：「答應我別生氣。如果妳生氣的話，我會感到不安的。我把真相都告訴妳，我不想瞞妳什麼。」

我們在窗台上坐下來。我告訴她有話直說，不用顧慮什麼，無論怎樣，我都不會責怪她的。

「我到咆哮山莊去了，艾莉。自從妳病倒以後，我幾乎天天都去，只有在妳能出房門以前的期間，有三天沒去，後來妳好點了，有兩天沒去，其他時候都去了。我用一些書和圖畫買通邁克爾，叫他每天晚上把我的米妮套好，等我回來後再把馬牽到馬廄裡。妳不要責備他，都是我叫他這麼做的。

「每天六點半的時候，我已經到了咆哮山莊，通常在八點時趕回來。我騎著馬一路狂奔，速度快極了。我到那裡不是為了好玩，只是想讓自己苦悶的心稍稍喘息一下。我渴望這難得的快樂，真的，哪怕一個星期有那麼一次也好。我本想事先告訴妳，我要到咆哮山莊去看林敦，因為我答應過他我要去的，可是我想那要花費很多的口舌和時間，而這時偏偏妳又生病了，不能下樓，我就省去了這個過程。

「那天，邁克爾幫林苑的門換了鎖，並給了我鑰匙。我告訴他，我的表弟生病了，躺在床上想見我，他不能走動，只有我去看他。我還說，我爸爸不讓我去，只有把他的馬借給我，再幫我偷偷溜出去，要是他願意幫忙，什麼條件都行。他說他想看我的書，不久後他就要結婚，離開林苑，想在走之前好好看看我那些書。於是我把書借給了他，為了能見到林敦，這點代價我是甘願付出的。

「我第二次去看他的時候，他好多了，精力旺盛。女僕齊拉把房間打掃得乾乾淨淨，還生了一堆燃燒得很旺的爐火。她說約瑟夫到教堂禱告去，哈里頓・恩休帶著他的狗到林子裡打獵。這樣一來，我和林敦可以痛痛快快地玩個夠。

「齊拉對我十分客氣，給我們端來熱過的酒和薑餅。林敦坐在搖晃的安樂椅上，我坐在壁爐旁邊的小搖椅上，圍著火談天說地，盡情歡笑。和他在一起真高興，總有說不完的話。我們計畫夏天出去旅行，到哪裡、做什麼，都想好了。這些話我用不著說給妳聽，反正在妳看來都是可笑的事。

「可是有一次，也不知怎麼一回事，我和林敦幾乎吵了起來。他提議說，七月裡最炎熱的一天，我們最好到荒原中央去，往長滿石楠叢的高坡上一躺，從早到晚一動不動，那該多好啊！四周是開滿鮮花的草地，蜜蜂在耳邊嗡嗡地歡唱，頭頂上的百靈鳥唱著最動聽的歌，陽光燦爛，天空沒有一絲雲彩……這才是完美的一天。

「我說，我才不要那樣呢！最快樂的一天應該是坐在一棵沙沙作響的綠樹上隨風擺動，西風輕輕吹過臉龐，耀眼的白雲在頭頂上慢慢遊走，百靈鳥、畫眉、黑山雲兒、紅雀、布穀鳥……從四面八方飛來，在樹林裡比試著歌唱。那起伏的荒原，遠遠望去像冷清清的峽谷，近處的青草扭動著柔軟的身體，在風中翩翩起舞。還有那翠綠的森林，那淙淙流淌的泉水……整個世界一片生機盎然，令人陶醉在無邊無際的快樂中。

「可是，他要一種恬靜的喜悅，我要一種跳動的歡樂，我們產生了分歧。我說他的天堂是入睡前的迷迷糊糊，他說我的天堂是醉酒後的張狂；我說我在他的天堂裡一定會昏昏沉沉，他說他在我的天堂裡會累得喘不過氣來，結果我們鬧得很不愉快。不過，最後我們還是講和了，決定兩種天堂都試一試，於是又恢復成最要好的朋友，快樂地親吻了對方。

「坐了一個小時之後，我看著那沒有鋪地毯的、光亮的大房間，想出了一個主意。我提議大家一起來捉迷藏，讓齊拉來捉我和林敦，這個遊戲多好玩啊！我把我的想法說了出來，可是林敦擺擺手，他不肯，覺得換個方式更好，不如來玩球。我們在碗櫥裡一大堆舊玩具中翻來翻去，陀螺、鐵圈、羽毛球、板球……什麼都有。最後，我們找出了兩個球，一個球上寫著『Ｃ』，另一個球上寫著『Ｈ』，我想玩那個寫有『Ｃ』的球，因為那代表凱薩琳。那個寫有『Ｈ』的球大概代表希克利夫，不過已經壞了，裡面的米都漏出來了，林敦不喜歡那個球。遊戲中，我一次又一次地打敗他，他很氣惱，在一旁使勁咳嗽，最後酸溜溜地回到他的椅子上去了。

「不過，大體說來，那天晚上他的心情很舒暢。我唱了兩三首很美妙的歌曲給他聽，就是妳教我唱的那幾首歌曲，他聽得入迷了。當時間到了我非走不可的時候，他請求我第二天晚上再來，我同意了。我騎著米妮飛快地趕回來，如風般輕快，很快便到家了。那天夜裡，我夢見我和表弟親親熱熱地在一起，還有咆哮山莊，一直夢到天亮。

「可是，第二天我卻非常難過，一半是因為妳病倒了，一半是因為擔心我父親不同意我一次又一次到咆哮山莊去。不過用完茶點後，當皎潔的月光灑向大地，我再度騎上米妮的背時，什麼煩惱統統不見了，我又興高采烈起來。我想，愉快在等著我，還有，那個清秀的林敦也將開心地度過一整個晚上，真是太好了。

「當我趕到山莊的花園，正要繞到屋子後面的時候，那個討厭的恩休看見我了。他接過我的韁繩，叫我從前門進去，我疑心他是藉故要和我聊聊。我拍拍米妮的脖子，用哄小孩子的口氣讚揚牠是一匹好馬，然後嚇唬恩休說，別碰我的馬，牠可是要踢人的。

「他用鄉下人的口音說：『這麼小的馬，就是踢也傷不了人。』還很藐視地打量了一下馬腿的長度，嘲弄地笑了笑。

「我故意讓我的馬踢了一下馬蹄，他很知趣地走開，幫我開門去了。當他拔開門閂時，抬頭看見了門上刻的字，露出一臉傻樣，又靦腆又得意地說：『凱西小姐，我能認字啦！』

「『了不起，』我故意試探他，『如果真行的話，你就念一念，看你是不是變聰明了。』

「他吃力地、慢吞吞地、把門上那個名字一個音節、一個音節念出來：『哈里頓・恩休』。

「『還有下面那些數字呢？』我故意刁難他。這下他傻了，一個字也說不出來。

「『我不會。』他回答說。

「『哎呀！你還是個大笨蛋！』我嚷道，看他一副無可奈何的樣子，開心地笑了。

「那傻瓜瞪著我，嘴角掛著憨厚的微笑，眉頭皺成一堆，不知自己是笑好還是不笑好——他搞不清楚我是在譏笑他，還是在表示親近呢！

「我把門上的數字念出來，一副很得意的樣子，然後叫他閃到一邊去，我告訴他，我是來看林敦的，不是來看他的。他的臉一下子脹紅了。藉著月光，我看見他手裡的門閂落在地上，最後悶悶地走開了，一副虛榮心受到巨大打擊的樣子。他自以為是地覺得自己可以和林敦媲美，一樣聰明、有學問，卻不知自己是個十足的笨蛋，我讓他出了一次醜，令他狼狽不堪。」

「別這麼說，凱西小姐。」我打斷她的話：「不是我罵妳，妳那樣做的確有點過分。論親戚關係，哈里頓・恩休還是妳的表哥，不見得比不上希克利夫少爺親，妳那樣做太小看人了。他希望和林敦一樣有學問，也在積極努力，希望可以憑藉一點點的進步討妳歡心。妳倒好，當面潑他冷水，打擊他，讓他喪失自信，真是沒有修養。要是妳在那樣的環境中長大，妳就能比他好？比他文雅、博學？這都要怪那個卑鄙的希克利夫存心作踐他，我真是又恨又氣。」

「艾莉，妳該不會為這件事大哭一場吧？」她有點吃驚地嚷道，想不到我會這樣認真：「耐心點，妳再聽聽，看看他認識ＡＢＣ是不是為了討我喜歡，這樣一個粗野的人不配我客客氣氣地對待。我走進去，林敦有氣無力地躺在長背椅上，他禮貌地欠身表示歡迎。

「『今晚我病了，親愛的凱西，』他說：『只有聽妳說話了。來，坐在我身邊，我知道妳是絕不會失約的。哦！我還要不近情理地要求妳明天再來，不然我就不放妳走。』

「我知道我不能再和他打鬧，因為他病得很厲害。我說話很小心，細聲細氣，盡量不要提到他不喜歡的事情，盡量不要惹惱他。我帶來好幾本有趣的書給他，他要我念其中一本書裡的幾段話給他聽。我正要念的時候，恩休破門而入，逕自衝到我和林敦面前，一把抓住林敦的手臂，使勁搖晃他的身體，將他從椅子上拉了下來。我知道那是嫉妒心在作祟，加上惱羞成怒，一起爆發出來了。

「『到你自己的房間去！』只見恩休滿臉通紅，激動萬分，樣子蠻橫得要命：『還有她，如果她是來看你的，請你們一起滾開。我要待在這裡，除非你們有本事把我趕走，要不然你們都給我滾。』

「他罵個不停，不許林敦回一句話，把瘦弱的林敦推到廚房裡，我也跟著被攆進去。他握著拳頭，氣勢洶洶，狠不得一拳把我打倒在地。我嚇得雙手發抖，書從手裡掉下來，他在後面把書一腳踢開，隨即把我關在門外，緊接著，裡面傳來一陣瘋狂的獰笑。偏偏這時候，那個可恨的約瑟夫不知什麼時候出現了。他站在我們面前，搓著那雙皮包骨似的手，充滿敵意地看著我們，身子在顫抖。

「『我早知道他要給你們一點顏色看看，讓你們知道他的厲害。活該！他是個好小子，做得好！我和他心裡都很明白，誰才是這裡真正的主人。呃，呃，呃，你們還是識相點，乖乖地走吧！』

「『我們該到哪裡去呢？』我問我的表弟，不理在一旁火上加油的傢伙。

「林敦臉色蒼白，身子也在發抖，那個時候一點也不文雅了。艾莉，他的樣子很可怕，瘦削的臉發青，一雙大眼睛鼓得圓圓的，那疲憊、瘦弱的身軀裡有股憤怒的火焰在猛烈燃燒。他抓住門柄，發瘋似的搖晃著，但是門閂已經拉上了。

「『你不讓我進去，我就殺了你！你不讓我進去，我就殺了你！』這種駭人聽聞的話從林敦嘴裡冒出來，出乎我的意料之外。他繼續尖叫：『魔鬼，出來！魔鬼，我要殺了你！』

「約瑟夫在一旁陰險地笑著。『好啊！這太像他爸爸了！太像他爸爸了！』約瑟夫嚷道，『看他那個樣子是爹娘的性子各占一半。別理他，哈里頓，做得好，就是要好好地收拾他一下。不用怕，他不能把你怎樣的。』

「我想抓住林敦的手，把他拉開，可是我不敢拉，因為他的尖叫實在太可怕了，聲嘶力竭，而且叫個不停。後來，那種尖叫變成了上氣不接下氣的咳嗽，最後，鮮血從他的嘴裡冒出來，然後就倒在地上了。我嚇壞了，跑到院子裡大聲向齊拉求救。她聽見聲音後放下手裡的工作，從穀倉後面擠奶棚裡跑出來，匆匆忙忙問到底發生了什麼事。我氣急敗壞，連話都說不清楚，拖著她就往屋裡跑。等我趕過去時，林敦已經不見了，原來恩休從屋裡出來，發現自己闖了大禍，趕緊把那個可憐的東西抱上樓了。

「我和齊拉衝上樓，剛走到樓梯口，就被恩休攔住了，他不讓我們進去，叫我別管這事，趕快回家。我怒火中燒，衝著那渾小子大嚷，是他害死了林敦，我無論如何也要見林敦一面。誰知那個多管閒事的約瑟夫把門鎖上了，說要阻止我『幹蠢事』。我站在樓梯口失聲痛哭，直到齊拉從房間裡出來，向我保證，林敦沒有大礙。可是我仍然毫無理智地叫啊、哭啊！讓她無法忍受。最後，她拉著我，差不多是抱著我，把我送到樓下。

「艾莉，我當時悲痛欲絕，恨不得把自己的頭髮都扯下來。我淚流滿面，幾乎把眼睛都要哭瞎了。妳那麼同情那個小壞蛋，可是他站在我面前，不停地勸我不要把事情『鬧大』，還矢口否認，說這不是他的錯。後來，我告訴他，我要把所有的事情都告訴林敦的爸爸，這樣一來，他一定會被關起來，或是被吊死。他嚇破了膽，開始哇哇大哭起來，一邊哭一邊跑出去，生怕別人看見他那副哭哭啼啼的窩囊相。可是，我仍然沒有擺脫那個死皮賴臉的小子。他們硬是要我回去，我走出屋子，剛騎了幾百碼，他突然從大路邊的黑暗中鑽出來，拉住了米妮的韁繩。

「『凱西小姐，我心裡很難過，』他開口說道：『我也沒想到事情會這樣。』

「我使勁抽了他一鞭子，生怕這個傻里傻氣的人會動手殺了我。他鬆了手，可怕地大吼一聲。我朝著山莊飛奔，一路魂飛魄散。

「那天晚上我沒向妳道晚安，第二天也沒去咆哮山莊，實際上我想去得不得了。我心中的激動和擔憂無法停止，害怕林敦就這樣死了，但想到哈里頓那猙獰的臉，我又將邁出家門的腳步收了回來。第三天，我終於按捺不住內心的不安，偷偷溜了出去。我五點出發，步行到咆哮山莊。一路上我都在盤算，有什麼法子可以爬進屋子，悄悄摸上樓，來到林敦房間，又不讓任何人發現。

「沒想到我還沒走進屋子，哈里頓・恩休那幾隻狗就兇惡地叫起來。齊拉立即幫我開了門，將我拉進去，興奮地說：『妳來看他嗎？這孩子好多了。』聽到這個消息，我總算放下心裡的石頭。她把我帶到一個清清爽爽、鋪著地毯的房間裡。讓我感到高興的是，林敦安然無恙地躺在一個小沙發上，正悠閒地看著一本書。誰知他看見我進來，卻一聲不響地繼續埋頭讀書，根本不理我，甚至沒有往我的方向看一眼。艾莉，他的這種舉動真是太無禮了，他的脾氣真讓人受不了。後來，他好不容易開口了，卻滿嘴胡言，硬說是我引起了那場衝突，不是哈里頓的錯，我才是罪魁禍首。我真是哭笑不得，不知該說什麼才好，即使說話也不會是什麼好聽的話。我立刻站起來，向房門口走去。他沒料到我會表現得這麼倔強，在我要走出門的時候，聽見身後有個微弱聲音喊道：『凱西！』可是我正在氣頭上，頭也不回就走了出去。

「第二天我一直待在家裡，並打定主意，永生永世不去看那個薄情寡義的傢伙了。可是，我下再大的決心也是枉然，沒過多久，我又動搖了。生活中沒有林敦的消息，我覺得好像少了什麼似的。以前去他那裡總是顧慮重重，不去他那裡又覺得若有所失。邁克爾來問我，要不要給米妮配上馬鞍，我猶豫了一下說：『好吧！』就這樣，我再次跨上那匹可愛的小馬，帶著滿腔熱忱去了咆哮山莊。路上，我還替自己找了個合適的理由，我有責任關心我可愛的表弟。我從正廳的窗子經過，進入院子，因為我知道，想悄悄溜進去，又不被人發現，是絕對不可能的，除非長了翅膀。

「『小少爺在屋子裡。』齊拉看見我迎了上來。我走進去，恩休也在那裡，不過這一次他很有自知之明地走開了。林敦坐在那張大椅子上，瞇著眼睛，半睡半醒的樣子。我走到爐火邊，用誠懇而嚴肅的語調將滿肚子的真心話說出來：

「『林敦，既然你不喜歡我，既然你覺得我是有意傷害你，並且每次來都懷著不良的居心，那我只有惋惜地跟你說聲再見了。這是我最後一次來看你，請你轉告希克利夫先生，你不想再見到我，他用不著這麼煞費苦心地編造謊言了。』

「『坐下來吧！把妳的帽子拿下來好了，凱西。』這是他的回答：『妳比我快樂，也比我強。我爸爸老說我沒出息，身上全是缺點，他數落我時的那種神情，讓妳看過之後一輩子都不會忘記，所以我對自己的能耐越來越表示懷疑。他說我不中用已經成了一種老生常談，我時常為自己感到鬱悶，心裡難受得很，見人就有氣，對誰都沒好臉色。我脾氣暴烈、精神萎靡、一無是處，差不多就這個樣子了。妳看著辦吧！要是妳也覺得我這個人可有可無，就痛痛快快說聲再見好了，永遠不要來看我，這樣也少了一個麻煩。只是，凱西，妳平心靜氣地想一想，我何嘗不想成為一個像妳一樣可愛、和氣、善良的人，這種願望甚至超過了想和妳一樣幸福、健康，請相信這一點。如果我配接受妳的愛的話，妳的仁慈讓我愛妳超過了妳愛我，只是我一直不敢在你面前暴露我的本性和感情，為此我恨我自己，也很懊悔，而且這種恨和懊悔將會伴隨著我到死的那一刻。』

「我覺得他說的都是真心話，我想我應該原諒他，即使接下來他還要和我無休止地吵架，我依然會寬恕他，我感到自己不得不這樣做。後來，我們言歸於好，彼此都流下了難過的淚水，直到我要走的時候都還在哭。我感到很難過，林敦他真的很可憐，他的天性已經被外界扭曲了，偏離了正常人的軌道，他老是自作自受，讓他的朋友不能安心，讓他自己也沒有好日子過。第二天，他的父親回來了。自從那個夜晚以後，我總是到他的小客廳裡去看他，他需要我的安慰。大概有三次，在我的記憶裡是極其快樂的，就像我們在一起度過的第一個晚上一樣，其餘的夜晚則過得很乏味、很苦惱——有時是他的自私和怨恨給彼此帶來了不快，有時是他忍受著病痛的煎熬讓我感到心痛——好在我已經學會用寬容的心來包容他的缺點，比如他的自私、他的虛弱，我已經沒有以前那種明顯的反感情緒。

「希克利夫先生好像故意避開我們，我幾乎沒有碰到過他。上個星期天，我比平時去得早，恰好聽見希克利夫先生在怒斥可憐的林敦，說他頭一天晚上的表現太讓人失望。頭一天晚上林敦的確讓我很生氣，可是這關他什麼事情，那是我和林敦兩個人之間的祕密，除非他偷聽了我們的談話，要不然他是不會知道的。我忿忿不平地衝進屋裡，打斷他對林敦的辱罵，把我的看法義正辭嚴地說出來。希克利夫先生聽後哈哈大笑，說我有這樣的看法他感到很高興，然後走了。這件事過後，我囑咐林敦，要是有什麼氣話，一定要小聲說，免得被人偷聽。

「艾莉，現在我把什麼事都告訴妳了，希望妳不要阻攔我去咆哮山莊，我不能不去那裡，我要分擔林敦的痛苦，讓兩個人一起去承受。只要妳不告訴爸爸，我可以做到不妨礙任何人。答應我好嗎？如果妳把這件事告訴了爸爸，只能說明妳的心太狠了。」

「是不是告訴主人，我現在還不確定，凱西小姐，」我回答說：「我得考慮考慮，明天早上答覆妳。妳休息吧！我要走了，回去再想一想。」

我走出小姐的房間，來到主人的房間，把事情的前前後後以及我的想法全都告訴了主人，當然，我沒有提凱西小姐和林敦之間的談話，也沒有提到哈里頓。

林敦先生沒有多言，但看得出心裡很著急，也很痛苦。第二天早上，凱西小姐知道我辜負了她的信任，出賣了她，也得知最後的結果——他們之間的私下約會徹底完蛋了。

凱西小姐又哭又鬧，軟硬兼施，一心想推翻這條禁令。可是她父親最後沒有答應，只是做了小小的讓步——他答應寫信給林敦，讓他開心的時候來拜訪畫眉山莊。不過，特地說明了一點，絕不允許凱西再偷跑到咆哮山莊去見他。我想，這已經是很寬大了，要是主人知道林敦古怪的脾氣和孱弱的身體，她連這一點小小機會也得不到。

第二十五章

「這些都是去年冬天的事情，先生。」迪恩太太慢條斯理地說：「剛好隔了一年吧！去年冬天的時候，我怎麼也想不到，十二個月以後，我會把這些複雜的家庭糾葛全說給一個和這個家毫無關係的人聽，就像講一個離奇的故事一樣。可是誰又知道，你不會和這不尋常的一家人發生什麼關係？你畢竟還年輕，不會甘心做個單身漢，孤零零的一個人總不是長遠之計。其實，我心中一直有個想法，任何一個年輕小伙子，一見到凱西小姐總會傾心的。你笑啦！為什麼我一談到這個女孩，你就顯得很感興趣，聽得津津有味。你為什麼總是把她的畫像掛在你房間的壁爐架上，小伙子？你又……」

「別胡說，我們只是好朋友。」我說道：「當然，我很有可能愛上她，可是她會愛我嗎？我簡直毫無把握，這是在冒天大的風險，難道我會自找苦吃，讓我深深陷入情網，攪動自己寧靜的情緒，到頭來落得一場空？再說，我的家不在這裡，我生活在另一個喧囂的世界裡，那裡是我的歸宿，我必須回去。好吧！接著說下去，凱西小姐聽從她父親的命令沒有？」

「她是個聽話的好女孩。」女管家繼續說下去。

她對父親的愛依然是她心中最重要的感情，而她的父親也同樣深愛著她。她父親和她說話時，總是輕聲細語，沒有一絲責備和火氣，帶著一種深沉的溫柔。在他看來，女兒簡直就像要掉入陷阱，成為豺狼口中的羔羊，而他所能做的，就是在她心裡銘刻下這最後的囑咐。隔了幾天，他對我說：

「我希望我的侄兒能回一封信，或是上門來。艾莉，妳老實說，妳覺得他現在怎麼樣，是不是比以前好一點了？他快要長大成人了，是不是會慢慢變得好起來？」

「他弱不禁風，先生，」我回答：「恐怕還等不到成人那一天就會夭折了。不過，我敢肯定一點，他的性情不像他父親。如果我們可憐的凱西小姐真要嫁給那小子，我敢說，凱西小姐一定能降服那小子的，除非凱薩琳有意縱容他，愛他愛到死去活來的地步，智商等於零。主人，你大可不必現在就愁眉不展，你還有很多時間和機會去瞭解那個小子，看他配不配得上我們小姐，他還有漫長的四年才成年呢！

艾德格嘆了一口氣，走到窗口，望著窗外的吉姆屯教堂。那是個霧氣濛濛的下午，二月淡淡的陽光帶著些許溫暖，靜靜照耀著萬物，透過那些白色煙霧和金色光芒，我們隱隱約約可以看見墓地裡兩棵樅樹和那些冷清的墓碑。

「我時常默默地禱告，」他好像在自言自語：「因為我有不祥的預感，生活中最重要的事情就要來臨了。我感到萬分恐懼，甚至想找個地方把自己隱藏起來，不必去正視這場災難帶來的毀滅性打擊。回憶起若干年以前，我是帶著何等激動、歡樂的心情，穿著新郎的衣服，喜氣洋洋去迎接新娘。有很長一段時間，我都靠這種美好的回憶來支撐自己寂寞無助的心靈。我什麼也不想多想，只盼望能早一點被人抬起來，放進淒涼的土坑，靜靜安息在凱西母親的旁邊，和她一同長眠。艾莉，自從凱西降臨，她就是我生活中唯一的幸福，是我活著的唯一希望，無論是冬天寒冷的夜晚，還是夏天炎熱的白晝，我都希望她待在我身旁。不過，在古老教堂裡的墓碑之間，在漫長六月的夜晚，我的心裡感受到了同樣的快樂：我整夜躺在凱薩琳的青塚上，期待著和她躺在一起，永久安息。

「我能為凱西做點什麼呢？我要怎樣才能盡到一個做父親的責任呢？我根本不在乎林

敦是希克利夫的兒子，也不計較林敦從我身邊帶走我的凱西，儘管她是我唯一的安慰，只要凱西幸福，我不在乎那個惡棍希克利夫用什麼卑鄙手段來傷害我滿是瘡痍的心。我最擔心的就是，那個林敦只是希克利夫實施報復計畫的一個軟弱工具，如果是那樣，我一定不能眼睜睜看著心愛的女兒落入他們的手中，絕對不會。我知道，要撲滅凱西滿腔的愛火是很殘忍的事情，但我寧願讓我的寶貝女兒在我活著時難過、在我死了後孤寂，也絕不會心慈手軟，只要我還在世上一天，我就要阻止這不幸的事情發生。上帝啊！我情願把我的女兒交給你，情願在我入土之前親手把她用黃土埋葬。」

「那就聽天由命吧！」我回答說：「就算我們失去了你——但願不會——在我有生之年，我也要陪著凱西小姐，做她的朋友和保護人。凱西小姐是個好女孩，我想她不會做出什麼蠢事來的，再說好人總會有好報的。」

春天的腳步一天天地接近我們，可是主人的身體並沒有恢復，雖然他總是被女兒攙扶著，在滿是春光的庭院裡散步。凱西小姐年輕沒有經驗，以為能出來走動就是身體復原的徵兆，加上主人的臉總是紅紅的，眼睛看上去不時很亮，她就以為她的父親一天天地好起來了。

在她十七歲生日那天，外面下著大雨，主人沒按慣例到墓地去。我對主人說：「今天晚上，你可能不會去了吧？先生。」

「是的，不去了，今年就推遲幾天吧！」他回答。

他又寫信給林敦，十分友好地表示想和他見面。我以為，如果那個躺在病床上的小子能夠出來見人的話，他的父親一定會同意他和凱西見面的。事實上，那個小子在父親的授意下回了一封信，信上說希克利夫不同意他去畫眉山莊，不過仍然感到很高興，因為舅舅好意想到他。他還說，希望某天散步時能遇見久違的舅舅，好當面請求舅舅不要毫不留情地隔斷他和凱西小姐的交往。

信的這一部分寫得很簡單，可能是林敦自由發揮寫下的。希克利夫知道，林敦非常想見到凱西，如果想讓她徵得父親的同意，隨時前往咆哮山莊的話，這一部分求情的文字他自然會寫得感人一些、煽情一些。他這樣寫道：

「我並不是非要她到我家裡，只是我感到困惑，我們兩個情同手足的人難道就這樣永不相見了嗎？因為我父親不讓我去她家裡，你也不讓她過來。如果方便的話，我希望能在咆哮山莊同時看到你們兩個人的身影，到時我一定當面和你說幾句知心話。舅舅，我們並沒有做什麼見不得人的事情，為什麼會招來如此嚴重的懲罰呢？你沒有理由討厭我，我也沒有理由不喜歡你這個舅舅，這是你也承認的事實啊！親愛的舅舅，我期待著你明天回信給我，答應我在某個地方和你見面，由你決定地方——只要不是畫眉山莊。我相信，到時你一定會發現，我和我父親是截然不同的兩種人。他常常罵我，說我不是他的兒子，更像你的外甥。我認為自己有太多的缺點，配不上你的凱西，可是她接受了我的一切不足，為了她，請你也網開一面吧！你問我的健康狀況，我現在比以前好很多了，可是我仍然不抱任何僥倖的希望——我這輩子注定要在孤獨中痛苦煎熬，或者和根本不喜歡我的人勉強度日，你說我又怎麼可能振作精神、徹底好起來呢？」

艾德格雖然深深同情那孩子的遭遇，但仍然沒有答應他，因為他的身體不允許他陪凱西一起去。他回信說，預計到夏天他們就可以見面了，而在這段時間裡，他希望林敦能經常寫信來。林敦先生還在信中勸告和安慰林敦，因為他明白這孩子是在怎樣的環境裡生活。

林敦順從了艾德格的意思。事實上，林敦在信上寫的都不是自己的真心話，他每次寫的東西都是希克利夫的意思。希克利夫不僅嚴格管束他寫的信，連艾德格寫來的信也要一字一句地過目，反覆研究對策。這個老奸巨猾的狐狸！林敦多想把自己的真實情況告訴艾德格，把他的病痛、他的苦悶全部寫上，甚至包括他的滿腹牢騷，然而，在父親的禁令下，他只有用假惺惺的語言把兩個相愛的人越扯越遠，這是多麼令人難以忍受的折磨啊！同時，他還要婉轉地不時暗示對方，允許他和凱西小姐見一次面，免得對方只是說說，完全沒當一回事。

在家裡，凱西小姐也努力地勸說父親，這種內外夾攻終於有了成效。艾德格同意在六月的時候，他們大約每隔一個星期見一次面，在我的監護下，林敦和凱西小姐可以在靠近山莊的地方散步或騎馬。其實那個時候，林敦的身體已經一天比一天虛弱了，即使六月晴朗的天氣也無法讓他好轉了。

艾德格每年都從自己豐厚的收入提取其中一小部分，寫在寶貝女兒的名下，作為她將來的財產。他希望凱西小姐仍然能保有她祖先留下的房子，至少當她想要回來住上一陣子的時候，也能有個安身立命的地方在等著她。要實現這個願望，他認為唯一的方法就是讓凱西小姐和他的繼承人結合。可是他一點都不知道，那個他寄以厚望的繼承人已經病入膏肓了，身體像他一樣一天一天垮下去，而且，我相信別人並不知道他的病情有多嚴重，因為沒有大夫到咆哮山莊去診斷、治療過他，也沒有誰見過希克利夫家的少爺，所以我們根本不可能知道他的身體實況。

就連我都以為之前的擔心是多餘的，林敦很快就能好起來，因為他在信中提到，他很高興到荒原去散步、騎馬，還迫切盼望著我們可以盡快和他見面。我哪裡想得到，那個鐵石心腸的父親居然逼迫自己將要死去的孩子，讓他寫出自己不想寫的話，到死也不讓小林敦見見自己心愛的人。那些花言巧語都是希克利夫編造出來的，小林敦自始至終都是迫於無奈。眼看自己的兒子支撐不了多久了，他那貪婪的詭計也將付諸東流，所以加快了實施陰謀的步伐。

第二十六章

到了盛夏，艾德格同意讓兩個苦苦渴盼的年輕人見面，於是凱西小姐和我一同騎馬出發，和她的表弟見面。那是非常悶熱的一天，沒有陽光，天空裡飄著淡淡的雲朵，空氣中懸浮著薄薄的霧氣，天不時陰沉沉的，也不像要下雨的樣子。我們約好在十字路口的界碑處見面，可是當我們趕到那裡時，卻沒見到林敦少爺的影子，只看見一個牧童。那牧童捎來一個口信給我們：

「林敦少爺在山莊這邊，如果妳們向前走一點，他將感激不盡。」

「這麼說，他已經率先違背了他舅舅的第一道指令。」我不滿地說：「主人有言在先，不讓我們走出畫眉山莊的界限，現在已經超過了。」

「沒關係，我們到他那裡就掉轉馬頭，」凱西小姐說道：「那時我們再往回走也沒什麼大不了的。」

等我們趕到他那裡的時候，距離咆哮山莊已經不到四分之一英哩了。我們遠遠看見他躺在草地上，沒有帶馬，我和凱西小姐只好下了馬，讓馬去吃草，然後一起走向他。當我們走到離他只有幾碼遠的地方，他才站了起來。天啊！這是怎麼回事？他看上去病懨懨的，臉色蒼白，兩腿虛軟，連走路的力氣都沒有似的。

凱薩琳看見他這副要死不活的樣子，既感到悲傷，又感到吃驚。我原以為她見到林敦後會高興得歡呼起來，結果她還沒來得及叫出聲，欣喜已經煙消雲散，取而代之的是一句關切的問候：「林敦，你的病情是不是更嚴重了？」

「不——好一點——好一點了。」林敦喘著氣說道，顫抖著伸出了手，緊握著表姊的手不放，好像沒有那雙手的支持他就要倒下去一樣。他用羞怯的目光注視著凱西小姐，那雙深深凹陷的藍眼睛，原本就無精打采，現在更加顯得憔悴和淒涼。

「我覺得你的病加重了，」凱西小姐不相信他說的話：「是的，比我上一次看見你的時候更嚴重了，你瘦了，而且還……」

「我累啦！」他急忙打斷她的話：「天氣太熱，沒法去散步，不如在這裡坐一會。我在早晨的時候，總是感到不舒服，爸爸說是因為我長得太快。」

凱西小姐同情地搖搖頭，只得坐了下來，他半躺在她的身邊。

「這裡有點像你的天堂啊！林敦。」她說道，盡力想表現出一副高高興興的樣子。「你還記得你說過的天堂嗎？我們曾經約好的，要按照各自認為最理想的方式度過兩天。現在這裡很接近你夢想中的天堂了，只是天上有雲朵，要不然就是一模一樣了。不過我覺得有雲很好，你看那雲是多麼輕柔溫和、自由自在，比陽光要好看得多。下個星期，要是你可以的話，我們騎馬到林苑裡，享受一下我的天堂是什麼感覺，怎麼樣？」

她剛說完的話，林敦就好像忘得一乾二淨了，無論凱西小姐談什麼，他都很難接下去談，顯出十分遲鈍的樣子。他對於她剛才提到的理想生活，似乎沒有一點點興趣，但很想說點什麼，又力不從心。這種判若兩人的表現刺激著凱西小姐敏感的神經，她終於無法掩飾自己的失望了。

林敦已經變成了另一個人，一舉一動都和以前不一樣了。本來他是個愛耍小脾氣的男孩，她時常可以逗逗他，讓他轉怒為喜。現在，他已經成了冷漠無情的枯木，那些哄小孩一樣的安撫，那些語氣婉轉的開導，對他來說已經沒有任何作用，他更像一個滿面愁容、鬱鬱寡歡的病人，心情惡劣，只想到自己的悲哀，不聽別人的安慰，把別人臉上幸福的微笑看成是對他的一種侮辱。

凱西小姐也看出，我們陪伴著他，他並不覺得這是一種享受，反倒是一種折磨，於是她毫不猶豫地提出兩個人不如分手。

沒想到的是，凱西小姐這麼一說，倒把林敦從麻木不仁的狀態中喚醒了，他的反應表現得非常奇怪，而且很激動。他惶惶不安地瞥了一眼咆哮山莊，懇求凱西小姐無論如何也要再待半個鐘頭。

「可是我認為，」凱西小姐說：「你在家裡會舒服得多。我現在拿你沒辦法了，講故事、唱歌、聊天，任我使出十八般武藝也沒辦法使你高興。這六個月的時間，你真是變聰明了，我那些三腳貓功夫對你毫無用處。要是我還能逗你開心，我是願意為你留下來的，可是我已經無能為力了。

「妳別走，再待一會，」他說：「凱西，別用這種話刺激我，別說我的身體不好，都怪這天氣又悶又熱，讓我半天提不起精神來。妳還沒來之前，我在這裡東走西走，耗費了太多精力。別告訴舅舅我的健康狀況很差，行嗎？」

「我會告訴爸爸是你要我這麼說的，林敦。說你身體健康，我說不出口。」我家小姐說，她搞不懂為什麼要撒謊，明明身體很虛弱，偏要說很好。

「下星期四妳能再來嗎？」他不敢去看凱西小姐那困惑的眼光，說道：「替我謝謝妳父親——他能讓妳來真是太好了。一定記住哦！要再三謝謝他。還有，萬一妳碰見我的父親，如果他問起我，妳千萬別說我像個傻瓜似的不吭一聲，千萬別說。別表現出很沮喪的樣子，別愁眉苦臉的，要是他看見妳現在這個樣子，他會生氣的。」

「他生氣和我有什麼關係？」凱西小姐一想到希克利夫居然生她的氣，不禁嚷道。

「可是和我有關啊！」小林敦面露懼色：「別惹他老人家生氣，他嚴厲得很。」

「他對你很兇嗎？希克利夫少爺。」坐在一旁的我經不住問：「他是不是對你毫不寬容，他對你的厭惡已經到了一種敵對的仇恨？」

小林敦看著我，沒有回答。凱西小姐在他身邊又坐了十幾分鐘，這時候，她發現林敦的頭已經沉沉地垂到胸前，並且睡著了，夢中還不停地發出急促的喘息聲和痛苦的呻吟聲。凱西小姐百無聊賴，開始到草地上採野橘花，然後給了我一些，但沒有給林敦。她知道，這個時候去惹林敦只會讓他不高興，讓他更不耐煩。

「還有半個鐘頭我們就可以回去了吧？艾莉。」她悄悄湊到我耳邊說：「他已經睡著了，我們不用待在這裡，爸爸還在家裡等我們呢！」

「再怎樣也不能扔下他不管啊？」我說道：「要是他一覺醒來，發現一個人也沒有，多失落啊！看看妳這樣子，剛開始迫不及待地要來，現在又急著要回去，妳最初的熱情都跑到哪裡去了？煙消雲散啦？」

「他為什麼要和我見面呢？」凱西小姐說道：「以前，他雖然不時耍脾氣，可是我終歸是喜歡他的。但現在，我一點也不喜歡他那莫名其妙的心情。他來見我，就像是奉他父親的命令來完成任務一樣，否則他父親會把他罵得狗血淋頭。可是，我來見他才不是為了討好誰，不管希克利夫先生有什麼理由叫林敦來受罪。雖然他的身體好點了，為此我感到高興，可是他的性格讓我太失望，對我的態度也變得冷淡了，叫我太難受了。」

「這麼說，妳認為他的身體好點了？」我說。

「是呀！他是那種有三分病要說成十分病的人。我認為他的身子倒不是妳想像的那麼差，而是像他跟我爸爸說的那樣，一天天地恢復健康。」

「小姐，我看這就未必了。」我說出我的看法：「依我看，他的病是越來越嚴重了，絕沒有往好的方向發展的跡象。」

這時，林敦忽然從懵懂中驚醒，驚惶失措地四處張望，問有沒有誰在喊他。

「沒有，」凱西小姐說，搞不懂他幹嘛緊張兮兮的：「一定是你在做夢。真想不到，一大清早的，而且又是在戶外，你也睡得著。」

「我以為我爸爸在叫我呢！」他氣喘吁吁地說，抬頭望了一眼我們身後遠處的陡峭山頂：「妳敢保證沒有人在叫我嗎？」

「怎麼不敢保證？」凱西小姐有點氣惱地說：「只有我和艾莉在談論你的身體，除此之外，沒有聽見任何人說話。自從我們冬天分開以後，你的身子真的好起來了嗎？林敦。如果真是那樣的話，那當然很好啊！不過，我覺得有一點你在走下坡——那就是你對我的感情。說呀！是不是這樣？」

眼淚像斷線的珠子從小林敦的眼睛裡滑落，他回答說：「是的，是的，是在走下坡。」話還沒有說完，他又開始東張西望尋找他父親，幻覺中的聲音還在糾纏他腦子裡的神經。

凱西小姐忍無可忍地站起來。

「今天我們分手好了，」她氣呼呼地說：「老實說，你今天的表現讓我失望透頂，不過，我不會對任何人說的，這絕不是因為我害怕那個討厭的希克利夫。」

「別亂說話！」林敦嘀咕著：「看在上帝的份上，別亂說話，他來了。」他慌得手足無措，一把抓住凱西小姐的手臂，生怕凱西小姐離去。可是凱薩琳一聽說他父親來了，急忙掙脫了他，向遠處的米妮吹了一聲口哨，那匹馬立即跑過來，像狗一樣機靈。

「再見，我下星期四再來。」凱西小姐躍上馬背說道：「艾莉，快點！」

於是我們離開了他，但他根本沒有注意到，他的腦子裡現在只裝著他父親來了這件事，其他什麼也沒有，完全是一片空白。

我們還沒到家，凱西小姐心中的不快就已經消失了，開始感到隱隱的不安，一種又憐憫又擔憂的感情占據了她的心：小林敦到底怎麼了？他現在的境況如何？我心裡也有同樣的疑惑，於是對她說：

「別著急，回去以後什麼也不必多說，等到下星期四見面後，我們就可以判斷出一些端倪了。」

回家後，主人問我們經過。凱西小姐表達了林敦對他的感激，又輕描淡寫地帶過了整個過程。主人問了我，我也裝腔作勢地應付過去了。

第二十七章

七天很快就過去了，艾德格的身體一天比一天更糟。短短幾個月時間，他已經到了衰弱不堪的地步，現在他的病情更是以每小時的速度在惡化，已經無力回天了。我們想瞞著凱西小姐，可她是個聰明女孩，怎麼也瞞不住她。她心裡很清楚，隨時都可能傳出那個可怕的噩耗，一切都是不可避免的了。

星期四來了，她沒有勇氣提起出門的事，我幫她說了，取得艾德格先生的同意。她父親的書房和臥室成了她的整個活動範圍，她天天守著父親，片刻也不離開。

她心裡的悲哀自然不用說，連日的守護令她臉色蒼白。她的父親希望她能出去走動，換個環境、換個人陪伴在她身邊是一件好事，要不然他走了之後，她真成了孤零零的一個人了。其實他這樣想，只不過是安慰自己罷了。

從艾德格先生幾次談話中可以知道，他心裡一直有個想法：既然林敦長得像他，那性格也一定差不了多遠。他覺得，單單從那些信來看，小林敦並沒有什麼不好的脾性。而我呢，因為心軟不肯打擊他，也就不去糾正他的錯誤看法。我不希望在他奄奄一息的時候再對他說什麼不好的事，即使說了，他那自身難保的樣子又能做什麼呢？

我們延遲到下午才出門。那是八月一個美麗的下午，山上空氣清新，給人心曠神怡的感覺。凱西小姐臉上不斷有陰影和陽光掠過，她的神色也一樣忽明忽暗，只是陰影浮現的時候要多一些。這個即將成為孤兒的女孩，是不是在責備自己一時忘記了失去親人的憂愁呢？

我們仍然在上次同樣的地方見到林敦。小姐下了馬，叫我騎在馬上等她一會，她說她只和林敦待很短的時間。可是我不放心，非要看到我的保護人不可，於是和她一塊爬上那荒原的斜坡。

這次林敦表現出激動的情緒，只是這種激動不是因為欣喜，而是因為害怕。

「時間不早了，」他上氣不接下氣地說道：「妳父親病得厲害，我以為妳們不來了呢！」

「你難道只有這些話要對我講？」凱西小姐將原先想好的問候語拋在腦後，沒好氣地說：「有什麼話直說好了，你是不是已經不需要我了？如果你沒有理由的叫我們，我們還不如不要來，叫兩個人白跑一趟，真是活受罪。」

小林敦被連珠炮似的話弄糊塗了，向她瞥了一眼，眼神裡半是求情，半是羞愧。可是凱西小姐沒有心思去讀那費解的眼神。

「我父親病得很重，你幹嘛把我拖出來？心裡明明不想我來，也不派人送個信取消這個約會。現在我要你給我一個解釋，我不是傻瓜，讓你耍得團團轉，還不知道為什麼。」

「我耍妳？」林敦嘀咕道：「我哪裡耍妳？看在老天的份上，凱西，別發那麼大的脾氣。我是個沒出息的可憐蟲，要嘲笑就嘲笑好了，像我這樣不中用的人，妳大可不必為我嘔氣。恨我的父親吧！別恨我，妳瞧不起我已經算是抬舉我了。」

「無聊！」凱西小姐忍無可忍，徹底發火了：「愚蠢的傢伙！你發抖什麼，難道以為我要碰你不成？你用不著說一大堆瞧得起瞧不起的廢話，其實每個人從心底都瞧不起你。滾開！我要回家！我們把你從壁爐邊硬拖來是為了什麼，我們不怕麻煩地跑來見你是為了什麼？真是愚蠢到了極點。放開我的衣服！別哭，我不想看你哭，如果你覺得這樣可以引起別人的同情，那你早該拒絕這種同情了。艾莉，妳說這種行為有多沒用！站起來，別讓自己成為一條可憐蟲——別這樣！」

小林敦哭成淚人，帶著痛苦的神色，撲倒在地上。他似乎嚇得魂飛魄散，身子不停地痙攣。

「唉！」他抽泣道：「我受不了啦！凱西！凱西！我是個懦夫，我不敢告訴妳——沒有妳我活不下去，妳是我生命的全部。哇！妳說妳愛我，當初如果妳愛我，也不會對妳不利。求求妳不要離開我，親愛的凱西，如果妳答應——這樣的話，他會讓我死的時候和妳在一起的。」

我家小姐看到他悲痛至極的樣子，心腸一下子軟了，急忙彎下身子。她心中的寬容再度升起來，打消了眼前的氣惱，而且林敦的痛苦讓她感到驚慌。

「答應你什麼？」凱薩琳問道：「答應你什麼？告訴我到底是什麼意思？你的話我不太明白。好，我留下來，可是你總得把話說清楚，你這樣前言不搭後語的，把我都弄糊塗了。安靜下來，把話說清楚，把你這些天積壓在心裡的事情都講出來，你不會傷害我的，林敦，是吧？你不會讓壞人來傷害我的，只要你能阻止，你會盡力去阻止的，我不相信你是沒骨氣的東西，連最好的朋友都要出賣，是吧？」

「可是我的父親嚇唬我、逼迫我。」他喘著氣說，十個細瘦的指頭捏得緊緊的，「我怕他——我不敢說！我不敢說出真相。」

「啊！好吧！」凱西小姐說道，語氣充滿了鄙棄和同情：「既然你這麼怕，那你就守口如瓶吧！我不喜歡沒骨氣的人，隨你的便，反正我沒什麼好害怕的。」

他聽到這些話後，淚水簌簌地掉下來，一個勁地哭，依然沒勇氣吐出一個字。

我努力思考所謂的祕密到底是什麼，希望憑著自己的力量來保護凱西小姐，不讓他或者其他人傷害她。正在這個時候，石楠林裡發出簌簌的聲音，我抬頭一看，這不是希克利夫先生嗎？他走過來，看也不看我身邊的兩個人，我不相信離這麼近，他會聽不到林敦的哭聲。他用一種異常友好的聲音向我打招呼，不過我懷疑那是在演戲。他說道：

「看到妳們離我的山莊這麼近，我真是感到高興，艾莉。妳們近來過得怎樣，說出來讓大家聽聽。外面有傳言，」他做作地把嗓門壓低：「聽說艾德格的病沒救了，他熬不過這一回了。不過，也許只是說得嚴重而已。」

「是的，主人快要死了，」我回答：「一點也不假。我們大家都感到難過，他本人倒覺得這是脫離苦海的機會。」

「還能拖多久？」

「我不知道。」我說道。

「因為，」他說，瞥了一眼那兩個年輕人，他們現在都不知道該說些什麼——小林敦嚇得不敢動彈，凱西小姐看見林敦驚慌失措的樣子也呆住了——「因為那邊的那個毛頭小子好像存心跟我唱反調，如果他舅舅可以早一點完蛋，走在他的前面，那正合我意。這個小畜牲當著你的面唯唯諾諾，背地裡又打什麼鬼主意，我早看透了這一點，並給他一些小小的懲罰。他跟林敦小姐在一起的時候，還算玩得開心吧？」

「開心？你說到哪裡去了？我只看見他一臉憂傷，」我駁斥道：「你難道忍心看著他拖著衰弱的身軀陪著他的情人在原野上遊蕩嗎？他應該去看醫生，安安穩穩地躺在病床上休養。」

「沒有用的。再過一兩天，這個小畜牲就要徹底倒下去了。」希克利夫咕嚕道：「不過他現在還有那麼一點點力氣，至少可以站起來。站起來！林敦，你給我站起來！」他瞄了林敦一眼，提高嗓門吆喝：「別趴在地上，給我站起來，馬上！」

林敦被他父親這麼一吼，嚇得魂都沒有了，哪裡還有力氣站起來，只能無可奈何地趴在地上，動彈不得。過了一會，他努力試著爬起來，可是力不從心，剛要站直，呻吟一聲又倒了下去。希克利夫不耐煩地走過去，揪住他的衣領，把他提起來扔在草叢邊的泥溝裡。

「他媽的！」希克利夫壓制著即將爆發的怒火：「你要是再這樣可憐兮兮的，我可要不客氣了。見鬼，馬上給我站起來！」

「我站起來了，爸爸。」林敦膽怯地邊說邊使勁地撐起身子：「可是你不要逼我，我已經盡力了，現在頭暈得厲害。我始終照你的吩咐做，真的，我一直開開心心地和凱西在一起，不信你問她。凱西，待在我身邊，把妳的手給我，好嗎？」

「拉住我的手，」他父親說著，把自己的手伸給林敦：「我要你站起來，腳下用點力氣，別軟下來——好了，這不就行了。來，林敦小姐，把妳的手臂伸給他。妳看看，我在他眼中活像一個魔鬼，把他嚇的戰戰兢兢的，現在只有勞煩妳，陪著我，把這個沒用的東西送回家，怎樣？」

「林敦，對不起！」凱西小姐對林敦抱歉地說：「我答應過我父親不進咆哮山莊一步。我想你爸爸不會傷害你的，你不要嚇得魂不守舍。」

「不，我永遠不進那地獄一般的屋子，」他回答：「沒有妳陪我，我不想再走進去。」

「住口！」他父親怒吼道：「林敦小姐尊重他父親的意願，那是出於孝心，你沒有道理不回去。艾莉，妳把他帶到山莊去，我聽妳的話，現在就去替他請醫生。」

「這才像個父親。」我回答：「不過我的使命是陪伴小姐，沒有義務照顧你的兒子。」

「隨妳的便。妳這個人真不通融。」希克利夫說：「那妳不要怪我掐痛這個可憐蟲，讓他叫個不停，到時候妳又心痛了。得啦！我的小少爺，現在只有我護送你回家了。」

他再一次走過去，伸出那鐵鉗子般的大手掌，像老鷹抓小雞一樣抓住那個畏縮發抖的小傢伙。看到那種場景，我不禁感嘆，希克利夫到底給這孩子受了怎樣的罪，把他嚇成這個樣子？看看林敦那神經脆弱的樣子，只怕再來一點點壓力，就要被嚇成白癡了。

我和凱西小姐最後還是不忍心，同意把林敦送回咆哮山莊。來到大門前，凱西小姐把林敦扶了進去，我站在門外等著，以為她扶林敦在椅子上躺好就出來。這時候，希克利夫把我往屋子裡推，嚷道：

「這裡又沒瘟疫，艾莉，這次我要好好當一回主人。坐下吧！請允許我把門關上。」

他關上門，然後上了鎖，我心裡一驚。

「妳們先吃點茶點再走，」他故意擺出一副很好客的樣子：「家裡只有我一個人。哈里頓到里斯河邊放牛去了，齊拉和約瑟夫出門玩了。我經常這樣一個人在家，已經習慣了，不過要是能找到幾個有趣的同伴聊一聊，也挺不錯的。林敦小姐，到他身旁坐下吧！我可是把自己最好的禮物送給妳了，儘管這份禮物讓人難以接受，但我已經拿不出別的東西了，我說的禮物指的是林敦。瞧！她把眼睛瞪成什麼樣子了。真怪，我這個人有個毛病，越是看見別人怕我，越會產生一種野蠻的衝動。如果我生活的環境沒有法律的約束，也不講究什麼文明，那我一定會把這兩個小傢伙慢慢解剖，作為晚上的消遣。」說到這裡，他倒抽了一口氣，用拳頭狠狠捶著桌子，自言自語咒罵道：「我對著地獄發誓：我恨他們！」

「我才不怕你呢！」凱西小姐大聲嚷道，可能她沒聽清楚他的後半句話，她無所畏懼地走到希克利夫面前，眼中冒著怒火，同時顯示出她要戰勝一切的決心。

「把鑰匙給我！快給我！」她壯著膽子大聲說：「我要你把鑰匙給我，我就是餓死在這裡也不會吃一口你的東西，喝一口你的水。」

希克利夫把放在桌上的鑰匙捏在手裡。抬頭看了看她，不禁吃了一驚，她那股狠勁、那種聲調、那種眼光讓他想起了她的母親，她伸手去奪鑰匙，幾乎把鑰匙從他鬆開的手指中搶了過去。不過，她這一連串的舉動讓他很快清醒過來，回到了現實中。

「聽著，凱薩琳·林敦，」他警告道：「站到一邊去，不然我一拳把你打倒在地，嚇死迪恩太太。」

她根本聽不進他的話，緊緊抓著他的手，使勁扳他的手指，想把鑰匙拿到手。

「我們一定要走！」她毫不示弱，用盡一切力氣想鬆開那鐵一般的拳頭，她發現用指甲沒有用，索性用牙齒咬。

希克利夫向我瞥了一眼，那種眼神示意他要發威了，我心裡一驚，呆在那裡，沒來得及上前阻止他。而此刻的凱西小姐一心只在他手上的鑰匙，沒有留意到他表情的變化。他突然把手攤開，任對方上前來搶鑰匙，可是沒等凱西小姐抓到那東西，他放開了那隻手一把抓住她，把她按在自己的膝蓋上，然後伸出另一隻手狠狠打她的腦袋兩邊。要不是她被緊緊按住，一定會被這狂風驟雨般的拳頭擊倒在地。看到這個魔鬼對小姐下毒手，我向他撲了過去，要跟他拚命。

「你這個惡魔！」我大聲叫喊：「你這個野獸！」

他隨手往我胸口打了一拳，頓時我覺得暈頭轉向，忍不住踉蹌倒退。我很胖，那一擊讓氣息堵在胸口，幾乎快要憋死了，怒火在腦袋裡迅猛膨脹，激動的情緒讓血管幾乎爆裂開來。

兩分鐘後，這一場激戰終於結束。凱西小姐從希克利夫的魔掌中逃了出來，她雙手捂住耳朵，似乎搞不清楚她的耳朵還在不在。她發抖著，驚恐萬狀地伏在桌上，那樣子讓我想起了在狂風撕扯下無助的蘆葦。

「妳瞧，在如何收拾一個孩子上，我的確是個行家，」那個惡魔得意洋洋地說，彎下腰從地上撿起鑰匙：「現在，凱薩琳．林敦，妳聽著，妳到林敦那裡去，盡情發洩妳的痛苦吧！明天，我希克利夫就是妳的父親了——再過一兩天，也是妳唯一的父親了——妳以後的日子將暗無天日，苦日子夠妳受的。我知道妳不是一個膿包，可是如果再讓我看到妳一臉不服氣，那你就每天嘗嘗落在我手裡的滋味吧！」

凱西小姐沒有走到林敦那裡，而是撲到我跟前，跪在地上，把被打得滾燙的小臉伏在我的膝蓋上，放聲痛哭起來。她的表弟蜷縮在一張長背靠椅上，像隻受驚嚇的小老鼠一樣一動也不動。我敢說，這個沒用的東西正在暗自慶幸，這一回挨打的不是他。

希克利夫看我們都被震懾住了，站起身來，漫不經心地沏起茶來，桌子上早已放好了茶杯和托盤。他倒了茶，遞給我一杯。

「喝一杯，把妳那滿腔怒火澆滅吧！」他說道：「也給妳那個桀驁不馴的小東西和我那個可憐蟲倒一杯吧！放心，茶裡面沒有毒。我現在要出去找你們的馬。」

他剛走，我們第一個念頭就是想辦法逃離這裡。我試試廚房的門，外面已經鎖上了，又看看窗戶，太窄小了，連凱西小姐那麼苗條的身材也沒辦法鑽過去。

「林敦少爺，」眼看我們已經陷入窮途末路，我對他嚷道：「你應該知道你的父親想做什麼，快說！不然我馬上打你幾巴掌。」

「對，林敦，你一定要講出來，」凱西小姐也說道：「我們是為了你才落得如此下場，你要是還有點良心，就把你父親的用意講出來，要不然你太忘恩負義了。」

「給我來點茶，我渴了，先讓我喝點水。」他回答說：「迪恩太太別老站在我眼前晃。凱西，妳的眼淚都滴到我的茶裡了，我不喝這一杯，給我換一杯。」

凱西小姐換了一杯茶遞給他，用手擦了擦她的臉。

這個小壞蛋在這個節骨眼上還顯得若無其事，我簡直氣壞了。自從我們踏進山莊，他在原野上表現的那種痛苦已經消失得無影無蹤。我猜想是他父親事先威脅他，無論如何要把我們騙到山莊來，要不然就對他拳打腳踢，如今他的任務完成了，所以也不害怕什麼了。

「爸爸要我們兩個成親。」他喝了口茶說：「他知道妳爸爸不會同意我們兩個現在就結婚，可是他估計我活不了多久，想趁我沒死之前，讓我們結婚，把生米煮成熟飯，所以今晚妳只能在這裡，我們明天早晨結婚。如果妳一切聽他的，就可以回家，還可以把我也帶走。」

「你？結婚？把你也帶走？」我被他的話嚇了一大跳：「你這個可憐的白癡！嘿！他真是瘋了！要不然就是把我們全當成傻子啦！你以為這樣一個漂亮健康、活潑可愛的女孩會嫁給你這個要死不活的小猴子？呸！癡心妄想！別說先，天下哪個好女孩會做這樣的蠢事？哼！真不要臉，哭哭啼啼地耍花招，把我們騙到這裡，而且還……你不要做出那副蠢模樣！你的腦袋裡竟敢產生這樣卑鄙的念頭，還像白癡一樣做著你的白日夢。你休想，我恨不得使勁地搖你幾下！」我簡直不能控制自己的情緒，真的抓住他的手臂輕輕搖了幾下，他馬上咳嗽起來，使出他的鬼把戲，又是呻吟，又是哭泣，凱西小姐還責怪我不該這麼對他。

「整夜都要在這裡過嗎？不，絕不。」她說道，慢慢地環顧四周：「艾莉，我要燒掉那扇門，我要出去。」

她是說到做到的人，我知道她的個性。林敦一聽馬上慌了，為了他自己的性命，伸出瘦弱的雙手抱住凱西小姐，嗚嗚嗚地哭個不停：

「妳不要我了嗎？妳忍心扔下我不管嗎？不要我到畫眉山莊去嗎？那可是我唯一的生路啊！求求妳，別狠心扔下我，妳千萬不要走，一定要聽我爸爸的話——一定要聽啊！」

「我得聽我自己爸爸的話。」凱西小姐斬釘截鐵地說：「免得他為我擔驚受怕。我待在這裡一整夜，他會怎麼想？他一定會急死的。我要不是劈開一條路，就是燒出一條路，總之要衝出這房子。別鬧！你並沒有什麼危險，別拖住我的手。好吧！林敦，我告訴你，我愛我爸爸勝過愛你。」

這小子怕他爸爸已經怕到骨子裡了，為了保全自己，他變得能說善道起來，把凱西小姐弄得不知該怎麼辦好，但她還是堅持要回家。現在，反倒是凱西小姐去求他、勸他，要他別這樣自私，別只是想著自己的痛苦。兩個人糾纏不清的時候，那個把我們禁閉起來的人又回來了。

「你們的馬跑掉了，真遺憾！」他說道：「還有……林敦，你又哭啦？她把你怎麼樣了？哪裡有這麼多值得哭的事情，廢話少說，快上床去吧！再過一兩個月，等你的手臂長結實了，就可以好好教訓她，看她還敢不敢欺侮你？你瘦成這個樣子，完全是因為得了相思病，現在她就是不想要你也不行了。好啦！上床去吧！今晚齊拉不在，你得自己脫衣服。噓！林敦，你的鼻子不要老是出聲，別哭哭啼啼的，我是不會到你房間去的，你害怕什麼？今天的事你辦得不錯，剩下的事讓我來處理。這是天意，真是天賜良機啊！」說完，他打開門，握住門柄，讓他的兒子出去。那小子走出門時活像一條哈巴狗，就像害怕他父親突然砰地把門關上，夾住牠的尾巴一樣。

門再次鎖上了。希克利夫走到壁爐邊，我和我家小姐站在一旁不吭一聲。凱西小姐抬起頭看著他，不由自主地用手護著自己的臉。他向她走近了一些，她的內心似乎又感到了一陣痛楚。如果換成是別人，看到這孩子可憐的舉動，一定會心軟的，但希克利夫卻仍然瞪著一雙駭人的眼睛對她咕嚕道：

「好！妳那樣看著我，故意裝出一副很勇敢、要抗爭到底的樣子，但我知道妳內心其實十分害怕，對不對？」

「是的，我是很害怕，」她回答道：「因為我要是一直待在這裡，我爸爸會急得不得了，我怎麼能讓他為我提心吊膽呢？更何況他現在又……他又……希克利夫先生，你放我回家吧！我答應你嫁給林敦，我相信我爸爸也會答應的，而且我本來就愛林敦。我會心甘情願地做他的新娘，你為什麼要用這種方式來逼迫我呢？」

「他敢逼迫妳！」我氣急敗壞地說：「儘管這裡很偏僻，但也不是沒法律呀——感謝上帝，幸虧這裡有法律。希克利夫，你的做法太卑鄙無恥了，就是我自己的兒子做出了這樣的事，我也要告發他。真是天理不容啊！你休想得到教會的寬恕。」

「住口！」那個齷齪傢伙對著我大吼道：「妳嚷什麼？沒妳的事，我沒叫妳說話。林敦小姐，一想到妳父親在病床上著急的樣子，我心裡就感到快樂極了，高興得睡不著覺了。妳越是著急，我越要把妳留在這裡和林敦成婚，我要妳在咆哮山莊再待上二十四小時。如果妳答應嫁給林敦，事情辦完後我自然會讓妳走的，如果妳不答應，休想離開這裡半步。」

「你可以把我留在這裡，但你把艾莉放走，讓她回去告訴爸爸我沒事，」凱西小姐一邊哭一邊嚷道：「要不然我現在就和林敦結婚好啦！可憐的爸爸！艾莉，他一定以為我們失蹤了，該怎麼辦呢？」

「他才不會呢！」希克利夫說道：「他會認為妳伺侯他煩了，跑出去玩了。事實上，妳是自願踏進咆哮山莊大門的，妳已經違背了他的告誡。不過，這也是情有可原的，像妳這種年紀，正是貪玩的時候，看護病人煩膩了，去哪裡都覺得好玩，何況那個病人只是妳的父親而已。林敦小姐，從妳出生的那一刻起，妳爸爸最幸福的日子便宣告結束了。我敢說，對妳來到這個世上，他一定在心裡詛咒妳——至少我會詛咒妳——如果他在離開人世的時候也詛咒妳，那是可以理解的，而且我還要幫他詛咒妳，因為我不愛妳——我怎麼能愛妳呢！哭吧！以後妳哭的日子還長著呢！除非林敦可以帶給妳歡樂，補償妳的不幸。哼！妳那百般心疼妳的父親真是愚蠢，還以為他可以補償妳的不幸呢！他在那些信裡拚命地勸導和安慰林敦，讓我讀了真是開心，他哪裡知道林敦是個什麼東西啊！在最後一封信裡，他還要林敦把他的寶貝放在心上，將來娶了妳之後，要體貼妳、關心妳，把妳照顧得無微不至——多慈愛的父親啊！可是他真是太天真了，那小子當起小暴君可是有板有眼的，只要妳把貓的牙齒拔掉、爪子弄斷，他會興致勃勃地一再把貓折磨至死。等妳回家之後，妳會有許多關於林敦『溫柔體貼』的動人故事講給他的舅舅聽的。」

「你說對了！」我嚷道：「把那個孩子的性格攤開來，倒是讓人覺得有幾分像你。既然如此，我希望凱西小姐好好考慮一下，再做決定要不要這條毒蛇。」

「現在談什麼都晚了，」希克利夫答道：「如果她不接受林敦，我就要把她關在這裡，連妳一起關起來，直到妳的主人死去。沒有人會知道妳們被關在這裡，如果妳不相信，妳讓她收回她說過的話試試看。」

「我不會收回我的話，」凱西小姐說道：「我嫁給林敦好了，就在一個小時之內辦這件事，只要之後你能放我回畫眉山莊去。希克利夫先生，你是個殘酷無情的人，可是你還不至於是個惡魔，你不會為了害我而把我一生的幸福都毀了吧？如果我爸爸以為我拋下了他，如果我回到家見不到我爸爸最後一面，我以後還怎麼活下去呢？現在我已經哭不出來了，可是我要跪在你面前，一直看著你，直到你看我一眼。不，別轉過臉——看我一眼吧！你不會看到什麼惹你生氣的東西。我並不恨你，希克利夫先生，你打了我，我並不生你的氣。姑丈，你這輩子從來沒有愛過任何人嗎？從來沒有嗎？啊！你一定得看我一眼啊！我不相信你看著我這麼痛苦、這麼可憐，心裡就不會感到一點點的過意不去，不會沒有一點點的憐憫之情。」

「拿開妳那水蛇般的手指，走開點，否則我踢妳一腳。」希克利夫嚷道，野蠻地推開她：「別抱住我，我寧願讓一條蛇來纏住我。見鬼，妳怎麼會想到跟我來這一套，搖尾乞憐的？我討厭妳！」

他聳聳肩膀，搖搖身子，就好像他的身上有條蟲在爬似的，還把他坐著的椅子往後移了一些。我站起來，準備把這個無情無義的東西好好數落一番，可是剛一開口，我的話就被他堵了回來。他威脅我說，如果我再多嘴，立刻把我一個人關到另一間屋子裡。

天漸漸黑了，我聽見花園的柵門有人在說話，希克利夫趕忙往外面跑去。看來，在大鬧一陣之後，他的頭腦依然很清醒，可是我的腦袋已經成了一團漿糊。他在外面和那個人嘀咕了幾分鐘，又一個人回來了。

「我想是妳的表哥哈里頓回來了，」我對凱西小姐說：「但願是他來了。他也許會幫我們說幾句話，也可能不會。」

「是從山莊派來找妳們的三個僕人。」希克利夫聽見我的話之後說道：「妳本來可以打開窗子大叫，但現在已經沒有機會了，那些人都走了。不過，我相信那個小丫頭或許暗自高興，虧妳沒有喊出聲，她巴不得留下來呢！」

一聽到山莊來的人已經走了，我們難過得大哭起來。他沒有管我們，任由我們哭，一直哭到差不多九點鐘。後來，希克利夫叫我們上樓，穿過廚房到齊拉的房間去。我悄悄勸小姐服從他，或許我們可以從那個房間的窗戶爬出去，或者從閣樓的天窗出去。令我們感到失望的是，樓上和樓下的窗子一樣窄，而且我們像剛才一樣被鎖在屋子裡，到閣樓去的打算也落空了。

我們都沒有躺下。凱西小姐站在窗前，焦急地盼望黎明的來臨。我勸她休息一會，可是得到的回答卻是一聲深沉的嘆息。我坐在椅子上，前後搖晃著，心裡狠狠地責備著自己。當時我覺得我的主人、小姐的不幸都是我造成的，現在我明白並不是那麼回事，但在那個淒慘的夜晚，我覺得我比希克利夫還要罪孽深重。

早晨七點鐘的樣子，希克利夫來了，問小姐起來沒有。

凱西小姐馬上跑到門口，回答道：「起來了。」

「那好，開吧！」他打開門，伸手把凱西小姐拉了出去。

我正打算也跟著出去，他卻把門鎖上了，我要求馬上放我出去。

「耐心點吧！」他回答道：「我一會就把早餐送來給妳。」

我氣憤極了，拚命拍打門板，把門閂搖得格格作響。凱西小姐質問他為什麼把我關起來。他說我還得再忍耐一個小時，然後就會放我出去。於是他們走了。

我在孤獨和擔憂中捱過了兩三個鐘頭，終於聽見了腳步聲——不是希克利夫。

「我送點吃的來，開門。」一個聲音說道。

我打開門一看，原來是哈里頓，盤子裡的食物足夠我吃一天了。

「拿去！」他態度生硬地說，並把盤子塞到我的手裡。

「待一會再走吧！」我說話了。

「不行。」得到的回答只有兩個字，我怎麼求他留下來也沒用。

我在那個房間裡關了一整天，又一整天，又一天，又一夜，一共是五個夜晚、四個白天。每天除了早上見到哈里頓一次，什麼人也見不到，而哈里頓又如同一個訓練有素的獄卒，每次來都緊繃著臉，一句話也不肯多說，我對他說了許多試圖打動他的正義感和同情心的話，可是他全當耳邊風。

第二十八章

第五天早上，或者不如說是下午，我終於聽見了另外的腳步聲——步子比較輕、比較小。房門被打開了，原來是齊拉，披著一條鮮紅圍巾，戴一頂黑色綢緞帽子，手臂上還掛著一個晃來晃去的柳條籃子。

「哎喲！迪恩太太，」她激動地嚷嚷道：「吉姆屯到處都流傳著妳的消息，說妳和妳家小姐掉到黑馬沼澤地裡了。後來主人告訴我，他找到妳了，讓妳暫時住在這裡。妳一定是爬上一個小島了吧！妳在洞裡待了多久？是我的主人救了妳嗎？迪恩太太。不過妳看上去並沒有變瘦呀！妳沒有吃多少苦頭吧？是嗎？」

「妳的主人是大混蛋，」我怒氣沖沖地說道：「我饒不了他！他真是費盡心機編了那套謊話，我要把真相告訴大家。」

「妳說什麼呀？」齊拉說：「那不是他編出來的，村子裡的人都說妳掉進了沼澤裡。我一進門就向恩休嚷道：

「『哈里頓，自從我走了以後，想不到出了這樣的事。長得那麼漂亮的一個女孩居然掉進沼澤裡了，真是可惜！還有那個能幹的管家艾莉・迪恩。』

「他站在一邊斜眼瞪著我，我還以為他沒聽到傳言，所以又把聽見的原原本本說了一遍。

「主人聽了笑了一下，說道：『她是掉進沼澤裡了，可是我把她救起來了，現在正在妳的房間裡。妳上樓去，叫她快走吧！這是鑰匙。當時，我想泥漿鑽進她的腦子裡，會瘋瘋癲癲地回家去的，因此把她暫時留下來，等她恢復神智以後再讓她走。如果她能走路的話，妳叫她馬上走，另外讓她捎個信，她家小姐隨後也會回去的，還來得及趕上給那位鄉紳送葬。』

「艾德格先生沒有死吧？」我趕緊問道：「齊拉！齊拉！」

「沒有，沒有。妳坐下吧！別著急，」齊拉說：「妳好像生病了。我在路上碰見了坎尼斯大夫，他說他還可以撐一天。」

既然面前有了一條路，我才坐不住呢！我抓起衣帽，急忙下了樓。來到正廳，四下張望，希望可以找個人打聽小姐的消息。屋子裡陽光普照，房門敞開著，卻沒看見一個人。我正拿不定主意，不知道該自己先回家，還是找到小姐，這時壁爐邊傳來了一陣輕輕的咳嗽聲。林敦躺在高背長椅上，嘴裡吮吸著一支棒棒糖，他那雙冷冰冰的眼睛正看著我。

「凱西小姐在哪裡？」我拉長了臉沒好氣地問。他一個人在這裡，我可以嚇唬嚇唬他，也許可以逼他說出一些實情來。

可是他只顧吃他的棒棒糖，好像沒長耳朵。

「她走了嗎？」我又問道。

「沒有，」他回答道：「她在樓上，她沒辦法走，我們不放她走。」

「你這個白癡！」我嚷道：「她在哪個房間？馬上告訴我，要不然我要讓你拉開嗓子叫上好一陣子呢！」

「妳要是去找她，我爸爸才會讓妳拉開了嗓子叫上好一陣子呢！」他說道：「爸爸要我對凱西小姐狠一點，絕不能心慈手軟。她是我的妻子，可是她真不知羞恥，想要離開我。我爸爸說她恨我，巴不得我快點死，好得到我的財產。可是她休想！她回不了家了，這輩子也休想回去了，讓她去哭好了，病倒了也無所謂，隨她的便。」

他繼續吃他的棒棒糖，閉上雙眼，好像打起瞌睡了。

「希克利夫少爺，」我說道：「難道你把小姐對你的好忘得一乾二淨了嗎？去年冬天，你說你愛她，帶許多書給你，唱歌給你聽，有多少次冒著寒冷的風雪來看你？有個晚上她不能來，她都急哭了。那個時候，你覺得小姐比你好一百倍，現在你卻聽信你父親的一派胡言。儘管你心裡很清楚他恨你們兩個，但你卻和他一起去欺凌她。你真是有良心啊！是不是？」

林敦的嘴角撇了一下，把含在嘴裡的棒棒糖抽了出來。

「她是因為恨你才到咆哮山莊來的嗎？」我繼續說道：「你好好想想吧！至於說到你的錢，她連你將來有沒有錢都不知道呢！你說她病了，可是你卻撒手不管，把她獨自扔在一個陌生的屋子裡，你也嘗過被人拋棄的滋味呀！你受苦的時候，她可憐你，可是她受苦的時候，你卻不可憐她。瞧我的眼淚都掉下來了，希克利夫少爺，我還只是個上了年紀的僕人呢！都為她感到難過，而你呢？平時對她說些好聽的話，甚至說你崇拜她也不過分，可是現在卻不肯為她掉一滴眼淚，自己還舒舒服服地躺在這裡。哼！你是個自私自利的壞孩子。」

「我沒辦法和她待在同一個屋子裡。」他生氣地說道：「我本來也想一個人待著，可是她一直在那裡哭，讓我無法忍受，甚至我威脅說要把我父親叫來也沒用。有一次，我真的把爸爸叫來了，他威脅她說，如果她再哭就掐死她，她果真沒有哭了，可是我爸爸剛走開，她又開始哭起來。她就這樣哭一整夜，把我煩得要命，根本無法睡覺，任憑我尖叫也無濟於事。」

「希克利夫先生出去了嗎？」我問道，我覺得這個沒良心的東西簡直無可救藥了，一點也不在乎他表姊所忍受的精神上折磨。

「他在院子裡，」他依舊嚼著他的棒棒糖：「正在跟坎尼斯大夫談話，大夫說舅舅快死了。他終於要死了，我太高興了，因為我就要做畫眉山莊的主人了。可是凱西總說那是她的家——那不是她的，是我的，我爸爸說她的東西都是我的。昨天，她求我把房門鑰匙給她，放她走，情願把她的書、她的美麗小鳥、她的小馬米妮都送給我，可是我告訴她，那些東西都是我的，她什麼都沒有，還怎麼送人？聽我這麼一說，她又哭起來，接著從脖子上掛著的一個小金框裡取出一幅小肖像，說把它送給我。那個小金框裡嵌有兩幅肖像，一幅是她母親的，一幅是舅舅的，都是他們年輕的時候畫的。我說那兩幅肖像也是我的，便伸手去搶，可是那個死丫頭怎麼也不肯給我，一把把我推開，弄得我痛得要命。我大哭起來，她害怕了。這時，她聽見我爸爸來了，便扯斷鉸鏈，把金框掰成兩半，把她母親的肖像給了我，打算把另一幅肖像藏起來。我爸爸一來就問出了什麼事情，我一五一十地說了。他把我手裡的肖像拿去，又命令凱西把另一幅交出來。她不肯交，結果我爸爸一巴掌把她打倒在地，把另一幅肖像從她項鏈上扯了下來，扔在地上踩得粉碎。」

「看著凱西小姐挨揍，你心裡高興嗎？」我問他，想套他說出些什麼來。

「我眨著眼睛看著我父親打她，」他回答道：「感覺就像看他在打狗、打馬一樣，他下手真狠。她挨打的時候，我還挺高興的，誰叫她推我，這是她自作自受。後來爸爸走了，她把我叫到窗子前，給我看她被牙齒擦破的嘴唇，她滿口是血。接著，她把肖像的碎片一張一張撿起來，走到一邊去，面對牆坐下來，不發一言。我想她一定是嘴巴太疼了，所以不願張口說話，可她壞透了，總是哭個不停。她的臉色蒼白得嚇人，神色也不對，太嚇人了。」

「如果妳願意，妳能把鑰匙拿到手嗎？」我問林敦。

「當然能，只要我在樓上，」他回答：「可是我現在走不上去啦！」

「那鑰匙放在哪間屋子裡呢？」我問道。

「鑰匙？」他揚起眉毛說：「我才不告訴妳鑰匙在哪裡，那是個祕密，誰也不知道，就連哈里頓、齊拉也不知道。得啦！說了半天妳把我累壞了。快走開！走開！」他把臉轉過去，擱在手臂上，然後閉上了眼睛。

我暗自思忖，最好別讓希克利夫先生看見我走，得趕快回去報信，再從山莊帶人來救小姐。一回到家，我的夥伴們見到我又驚又喜。他們聽說小姐很平安，兩三個人就急著要跑到主人房間外面去通報，我說還是由我親自去告訴他這個消息。上帝啊！才幾天沒見到，他病得更厲害啦！他滿臉悲傷地躺在那裡，一副聽天由命等死的樣子。他三十九歲了，但樣子顯得比實際年齡要小十來歲。他在思念著女兒，口中喃喃地呼喚著凱西的名字。我碰了碰他的手，說道：

「別擔心，主人，凱西就要回來了。她好好的，我想今晚就回來了。」

這消息所引起的反應深深感動了我，我甚至覺得自己渾身都在顫抖。彌留之際的他竟然支撐起半個身子，急切地看了看四周，接著便昏了過去。等他醒過來以後，我把我和小姐怎麼被騙進山莊、怎麼被關起來的情形大致說了一遍。當然，我並沒有完全說實話。我說我們是被希克利夫強迫的，那不真實，並盡可能少說林敦的不是，也沒有一一描述希克利夫的毒辣手段。我之所以這麼做，自有我的道理。在我看來，主人已經是滿腹辛酸了，我不能在這個時候增添他的煩惱。

主人猜想希克利夫的目的是謀取他的個人財產以及山莊的房地產，好歸他的兒子所有，或者不如說歸他自己所有。只是主人想不明白，對方為什麼要這麼急呢？為什麼不等他死了之後再下手？他並不知道，他的外甥也和他一樣快要離開人世了。不管怎樣，主人認為遺囑還是改一改比較妥當。原來遺囑上寫著，傳給凱西小姐的財產由她自己支配，現在改為這份財產交到受託人手裡，供她生前使用，如果她有了孩子，在她死後則歸她的孩子使用。經過這麼一改動，艾德格過世以後，這份財產就不會落到希克利夫的手裡了。

我按照吩咐派個人去請律師，又派了四個人帶著武器到咆哮山莊，要他們把小姐要回來。這兩路人馬去了很久才回來。那個去請律師的僕人先回來，看到他垂頭喪氣的樣子我就知道事情沒辦妥。他說他到格林先生家的時候格林先生不在，他在門口耐心等了兩個小時格林先生才回來，但格林先生又推託說村裡還有點事情，脫不了身，不過他答應第二天早上趕到畫眉山莊。那四個找小姐的人也沒把小姐帶回來，說小姐病了，而且病得很重，不能走出房門，而希克利夫又不讓他們進去。我把那幾個蠢東西臭罵了一頓，居然相信這樣的謊話。我當然不會把這些話講給主人聽，決定天一亮就帶著一大幫人到山莊去，如果他不乖乖交出小姐，那我們就把咆哮山莊鬧得天翻地覆。我發誓一定要讓艾德格先生在死前見上他女兒一面，如果那個沒人性的東西膽敢阻撓，就把他殺死在自家門口，讓他的血濺滿咆哮山莊的台階。

不過，看來上帝有意要避免一場大動干戈，我不必去走這一趟了。大概三點鐘，我下樓去拿一壺水，剛提著水壺路過門廳的時候，忽然傳來一陣急促的敲門聲，把我嚇了一跳：「啊！格林先生來啦！」我猜想一定是他，除了他我想不出是誰了。我打算叫人來開門，自己繼續往前走，可那敲門聲又一次響起，仍然敲得很急促。我把水壺放在欄杆上，自己去開門。門一打開，秋天皎潔的月光灑進屋子。藉著月光，我看清來者不是格林先生，而是小姐凱西。她立即撲到我身上，用手摟著我的脖子，抽泣地說：

「艾莉，艾莉，爸爸還活著嗎？」

「是呀！」我喜極而泣：「是的，他還活著，他還活著。感謝上帝，妳終於平安無事回到我們身邊了。」

她直奔向艾德格先生的房間，儘管一路上已經累得氣喘吁吁，但她仍顧不得喘一口氣就急著要見她的父親。我讓她在椅子上坐下來，喝幾口水，洗洗蒼白的臉蛋，又用我的圍裙把她的臉頰擦得微微泛紅，末了還叮囑她不要在主人面前說林敦的不是，只說她和林敦將來會幸福的。她先是愣了一下，很快明白過來，並要我放心，她不會向她爸爸哭訴的。

他們父女的最後一面，我真是不忍心看，退到臥室門外站了一刻鐘。然後，一切都是安安靜靜的。凱西小姐的痛苦和她父親的歡樂一樣，都是無聲的。她鎮靜地扶著他，他抬起他那雙睜得大大的眼睛盯著她的臉，心裡滿是喜悅。

主人是幸福地離開人世的，洛克伍德先生，他親著女兒的臉，嘴裡喃喃地說：「我要到她那裡去了，寶貝，妳將來也要到我們這裡來。」說完這句話以後，他便一動不動了，只是戀戀不捨地看著身邊的女兒，眼睛裡閃爍著幸福的光芒，直到他的脈搏慢慢地、慢慢地消失，靈魂像一縷輕煙一樣升上了天空。誰也說不清他到底是在哪一刻離開我們的，他死得非常安詳，沒有一點掙扎的痕跡。

凱西小姐也許已經把淚水哭乾了，也許太過悲痛，她的眼中沒有一滴眼淚，只是木然地坐在那裡。從主人說出最後一句話一直到太陽升起，從太陽升起一直到中午，她始終在那裡發呆，直到我把她拖走，讓她休息一會。過沒多久，吃午飯的時候律師來了。在到畫眉山莊以前，這位格林先生已經先去過咆哮山莊了，得到了指示。實際上，他已經把自己出賣給希克利夫了，這就是為什麼他遲遲不來的緣故。幸虧女兒回來後，他的心全在女兒身上，再也沒有心思去想那些世俗的事物。

這個格林先生自作主張，對我們發號施令，所有的事情都得聽他的。他把所有的僕人都辭掉了，只留下我一個。他這個委託人行使權利居然到這樣的地步，更讓人無法容忍的是，他甚至不讓主人和他的妻子合葬在一起，非要把艾德格先生葬在教堂的祖墳裡。幸好還有遺囑，並不是他想怎麼做就怎麼做的。我大聲抗議，遺囑上寫得明明白白，任何違反遺囑的行為都行不通。喪事匆忙商討結束了。凱西小姐——現在是林敦・希克利夫太太——也准許暫時住在山莊，直到她父親的葬禮結束。

她告訴我，她的痛苦終於激發了林敦的良知，壯著膽子找來鑰匙放她走了。她聽見了希克利夫和我派去的人的爭執，從希克利夫的回答中，她聽出他是不會放她走的，這更加堅定她逃出去的決心，哪怕把命豁出去。

我離開山莊以後，林敦被安頓在樓上的小客廳裡，可能被我教訓之後，左想右想覺得有點不對勁，趁他父親下樓去的時候，拿到了鑰匙。他想出一個鬼主意：打開門上的鎖，又把門鎖鎖上，但沒有真的鎖上，到他該上床的時候，他要求跟哈里頓一塊睡覺，他的這個請求得到了同意。

趁著夜深人靜的時候，凱西小姐悄悄溜了出去。因為擔心狗叫起來，會驚動主人，她沒有走正門。她進入一間空房子，伸出頭觀察了每一間屋子的窗戶，最後來到她母親當初住過的那個房間，很容易地從窗戶裡爬了出去，又藉助一株樅樹到了地面。

儘管這一次幫助凱西小姐逃脫，林敦玩了一些鬼花招，但最後也沒能逃過希克利夫的懲罰。

第二十九章

辦完喪事的那天晚上，我和小姐坐在書房裡，一會悲傷地想著逝去的親人——她幾乎是肝腸寸斷，一會又不安地擔心著未來會怎麼樣。

我們都以為，最好的結果莫過於凱西小姐仍然能住在山莊，林敦活著的時候可以過來和她住一起，而我仍然做畫眉山莊的管家。這簡直太美了，真叫人不敢奢望。不過我仍然對此抱有一線希望，而且越想越高興，一旦美夢成真，我不僅可以保有我的家、我的職務，更重要的是，我可以和我那可愛的小女主人在一起……正當我陶醉在幻想中的時候，一個僕人——被遣散還未離去的一個——急急忙忙跑進來，說「那個魔鬼希克利夫」正穿過院子走來，要不要給他來個閉門羹？

這個時候，即使我們吩咐把門鎖上，也來不及了。他根本不理會什麼敲門或通報這樣的禮節，他是這裡的新主人，直接擺出一副主人的架子闖了進來。

這間房子正是十八年前希克利夫來到山莊作客的地方。窗外依然是那輪明亮的月亮，依然是那片秋天的景色。儘管房間裡沒有蠟燭，但藉著清亮的月光，牆上的兩幅肖像十分清晰，那是林敦太太嬌豔的容貌和林敦先生清秀的臉龐。希克利夫逕自走到壁爐邊，月光剛好照在他身上。我可以看得很清楚，歲月並沒有在這個心態扭曲的人身上留下多少痕跡——他的臉還是黑黑的，稍稍比年輕時黃了一點，態度更加蠻橫，身體增添了二三十磅的累贅，除此以外，沒有什麼大的變化。凱西小姐一看見他，跳起來就想往外面跑。

「站住！」他說道，一把抓住她的手臂：「不要再逃了！妳要去哪裡？我專程跑這一趟是要帶妳回家的，我希望妳做個孝順的媳婦，不要再慫恿我的兒子鬧事。我發現是他幫妳逃走的，這下可把我難住了，真不知該怎麼懲罰他，要知道，他是經不起什麼折騰的，就像一戳就破的蜘蛛網一樣，可是妳回去瞧瞧，看他的樣子就知道我沒有輕饒他。前天晚上，我把他帶到樓下，讓他坐在一把椅子上，這之後我再也沒有碰過他一下。我把哈里頓打發走，屋子裡就只剩下我們兩個，兩個鐘頭之後，我讓約瑟夫抱他上樓。從那時以後，他一看見我就像看見鬼一樣嚇得魂飛魄散，即使我不在他身邊，他也是疑神疑鬼的，總覺得我在附近什麼地方。哈里頓說他晚上也不安寧，一連幾個鐘頭睡不著覺，一個勁地尖叫，口口聲聲說要妳去保護他，因為他怕我怕得要命。現在，無論妳喜不喜歡那小子，妳都得去照顧他，他的事我不管了，都交給妳啦！」

「為什麼不讓凱西小姐留在這裡，把林敦送過來？」我替兩個孩子提出要求：「反正你恨他們兩個，他們不在你身邊，你也不會覺得少了什麼。讓兩個不喜歡的人一天到晚在你眼前晃，只會讓你這麼一個鐵石心腸的人不痛快。」

「我要把畫眉山莊租出去，」希克利夫說：「還有，我要我的孩子都在我的身邊，這樣我才感到妥當。再說，我得讓這個丫頭學著做點事，要是林敦死了，她也可以當個傭人來使喚。我可不希望自己供養一個千金大小姐，白吃白喝，什麼事情也不做。現在快收拾東西，不要讓我逼著妳走，林敦小姐。」

「我走。」凱西小姐說道：「在這世上，林敦是我唯一親愛的人了，我不能不管。希克利夫，儘管你一心想拆散我們兩個，想讓我們彼此仇恨，可是你休想達到你的目的。我們兩個在一起，互相都會有安全感的，不怕你傷害我們當中任何一個人。」

「妳倒是個很會誇口的女英雄啊！」希克利夫面帶嘲弄的神色說：「可是我還不至於喜歡妳到那種程度，非要去傷害他吧！只要他活著一天，妳又心甘情願去受他的罪，那妳就好好享受吧！我不是非要讓妳覺得他可恨，而是他的性格本來就惹人厭。妳丟下他跑了，讓他受到了懲罰，他現在恨透妳了，可別期望妳這真誠的情意可以得到回報。我聽他跟齊拉說，他要是像我這樣身強力壯，一定會為所欲為，想做什麼就做什麼——他說得可是有聲有色很起勁的，這說明他的內心有這樣的想法，只是力不從心，只好無端生事來發洩罷了。

「我知道他的脾氣不好，」凱西小姐說道：「畢竟他是你的兒子嘛！不過幸運的是，我的個性很好，能夠寬恕他的壞脾氣。我知道他愛我，就憑這一點我也愛他，我們互相愛著對方。可是希克利夫先生，你可不同，在這個世上沒有一個人愛你啊！不管你把我們整得多麼慘，可是一想到你的心這麼毒辣，完全是因為你所受的罪比我們多一倍，我們也就釋懷了。你很痛苦，不是嗎？你孤孤單單一個人，像那些孤魂野鬼和魔鬼似的嫉妒別人。沒有誰愛你，你死了，也沒有人會為你哭，我可不願意做你啊！」

凱西小姐這番話帶著一種淒涼的悲壯，她好像已經下定決心要跨入那個人性墮落的家庭，從惡魔的痛苦中尋求安慰。

「要是妳在那裡多待一分鐘，我會讓妳悔恨不已。」希克利夫恐嚇她：「妳這個作孽的小妖精，快去收拾妳的東西。」

凱西小姐轉身走出房間，那神情表示她絲毫沒有把他看在眼裡。凱西小姐走後，我懇求希克利夫讓我代替齊拉做咆哮山莊的管家，讓她到山莊來做管家，但他堅決拒絕了，而且不許我再說這件事。之後，他開始東張西望，打量了一下整個房間，留意到牆上的兩幅肖像。他走到林敦太太的肖像前，久久注視著，沉默良久之後說道：「我要把這幅畫帶回去——不是因為它有什麼特殊的用處，而是……」說到這裡，他猛地轉過身去，彷彿想掩飾什麼，臉上的表情叫我有些猜不透，也許算是希克利夫的微笑吧！他繼續說道：「告訴妳吧！昨天我找到了教堂的守墓人，叫他把她的墳墓挖開，我打開棺木，又看到了那張臉——還看得出來是她的臉——當時我的腳就像生了根似的，一動不動，眼睛呆呆地注視著她，教堂守墓人費了好大的勁才把我拉走。那個守墓人說，如果棺材裡進了空氣，屍體會很快腐爛掉的。聽他這麼一說，我故意沒把她的棺材釘牢，留下了一條縫隙，再用泥土蓋上。我真恨不得把林敦的棺材用鉛封死，讓他永遠不得超生。我已經買通了那個守墓人，將來我死了以後把林敦的棺材挪開，把我安葬在她身邊，並在我的棺材留條縫隙。這樣一來，我的屍體就會很快腐爛，靈魂就可以溜出去了。等到林敦的靈魂跑出來找她的時候，兩具腐爛的屍體讓他連誰是誰都分不清了。哈！哈！哈！」

「你真是壞透了！希克利夫先生。」我嚷道：「驚動死去的人，難道不怕報應嗎？」

「我並沒有驚動什麼人，艾莉，」他說道：「我只是想讓自己得到一點慰藉，如今我心裡舒坦多了。等我入土以後，妳大可不必擔心我破土而出而打擾了誰。妳說我驚動她？不，事實上是她在驚動我。這漫長的十八年以來，她日日夜夜都在驚擾我，從來沒有間斷過，讓我無法安寧；一直到昨天晚上，當我看到她的屍體之後，我的心終於平靜下來。我夢見我靠在她的身上，睡我的最後一覺，我的心臟停止了跳動，我的臉緊緊地貼著她的臉，就此長眠。」

「要是她已經化作塵土，甚至連塵土都算不上，你又會夢見什麼？」我冷冷地說。

「那我一定會在夢裡和她一起灰飛煙滅，那樣會讓我感到更加幸福。」他回答道：「妳以為我會懼怕這樣的變化嗎？昨天夜裡掀開她的棺材之前，我已經做好了心理準備，我想她一定面目全非了。不過，讓我高興的是，它還保留了她生前的一些容貌，我知道她在等著我，等我來到的那一天，和我一起化作飛揚的塵土。還有，昨天當我將她冷若冰霜的臉深深印在腦海裡的時候，我終於放下了一直以來那種無法擺脫的痛苦與不安。妳知道嗎？她死了之後，我簡直快要發瘋了，無數個清晨，我苦苦祈求她的靈魂能回到我的身邊。我相信這個世界有鬼魂存在，而且他們能夠在我們中間自由穿行，對此我深信不疑。

「她下葬的那天，下了一場大雪。到了晚上，我一個人來到教堂墓地。冬天的風肆無忌憚地颳著，四周一片淒涼。我並不怕她那個混蛋丈夫這麼晚會遊蕩到這個鬼地方來，也不會有人沒事往這裡跑。我孤單地站在那裡，目不轉睛地凝視著她的墳墓，意識到我和我最愛的人之間只相隔了兩碼鬆鬆的泥土。我對自己說：『我要把她摟在懷裡，如果她的身體沒有體溫，我只當北風把自己吹麻木了；如果她絲毫不動，那只是她在睡夢中。』我從工具房裡找來一把鏟子，然後拚命刨土。當鏟子觸到棺木時，我開始用雙手刨。棺材釘上螺旋釘子的地方發出裂開的聲音，眼看我馬上就要見到她了，正在這時，我忽然聽見有人發出一聲嘆息，於是我俯下身子，緊貼著墳墓。等了一會，沒見到什麼人，四周一片安靜。『只要掀開這該死的蓋子，我就可以見到她了。』我自言自語道，『但願那些人把我和她一起埋起來，這樣我們便永遠不再分離了。』於是我刨得更加起勁。耳邊再次傳來輕微的嘆息，一陣呼吸的暖氣代替了風雪的寒冷，溫柔地拂向我的臉龐。我明白這白雪覆蓋的墓地是不會有任何人的，但就在那一瞬間，我分明感覺到有個人正向我走來，如同在黑暗中你雖然看不見，但可以判斷出有人向你靠近。那是我的凱薩琳——不是泥土底下的，而是地面上的。一陣輕鬆舒暢的感覺從心底湧起，流向我的四肢百骸，溫暖了我的全身，我停了下來，立刻獲得一種前所未有的慰藉——她和我同在，她沒有離開我。我又重新填平泥土，感覺她依然和我同在，然後她把我帶回了家。迪恩太太，妳要是覺得好笑儘管笑吧！但我一直認為等我回到家，她會立即出現在我的面前。我深信她時刻都在我身旁，一路上我還和她說話呢！

「一到山莊，我迫不及待地衝到門口，偏偏門被鎖住了。那個該死的恩休和我的妻子堅絕不讓我進去，我至今仍然懷恨在心。後來我闖進去了，把恩休一腳踢得喘不過氣，然後衝上樓趕到她和我的房間，迫不及待地四處張望，想看見她的身影。痛苦吞噬著我的心，我瘋狂地祈求著哪怕只看她一眼，我急得大汗淋漓——不，應該是熱血直冒。我感覺到她就在我身邊——我幾乎就要看見她了，可是我最後還是沒見到她。她活著的時候，就是這樣折磨我的，現在她已經死了，卻還是這樣對待我，而且從此以後，我一直忍受著這種痛苦的折磨，只是有時劇烈，有時緩和罷了。我真像是生活在地獄裡啊！她始終把我搞得這麼神經緊張，幸好我的神經像羊腸線一樣柔韌，要不然早就像林敦那樣，脆弱到那種不堪一擊的地步。

「當我和哈里頓坐在屋子裡的時候，彷彿一走出去就能看見她；當我在荒原上散步的時候，彷彿一回到家裡就會發現她在等著我，所以無數次我急急忙忙從家裡跑出來，又急急忙忙趕回去。我總覺得她待在山莊某個地方，這是一定的。我睡在她的臥室，卻被趕了出來——只要我一閉上眼睛，她就在窗外，要不然就在橡木櫃那裡，或者走到床邊來，把她可愛的頭靠在她還是小女孩時睡過的枕頭上，而這個時候我非得睜開眼睛看個究竟不可。這樣一來，夜裡我就得睜開眼睛上百次，可是每次都看不到她，每次都是失望。她這是在折磨我啊！我時常痛苦得大聲呻吟，弄得約瑟夫一口咬定我在忍受著良心煎熬。

「昨天夜裡，我終於看見她了，我的心情平靜了，但只是平靜了一點。這真是在索命啊！十八年來，她就是用這種幽靈般縹緲的希望在折磨著我，不是一寸一寸地索要你的命，而是一絲一絲地將你置於死地。」

說到這裡，他停住了，擦擦他汗水涔涔的額頭。他的頭髮完全濕透了，黏在頭皮上，他的眼睛直瞪著爐裡燃燒的餘燼，兩道眉毛抬得高高的，靠近太陽穴，這讓他看上去少了幾分陰鬱，多了幾分不安和痛苦，彷彿內心被一件永遠無法拋開的事情牽絆著。與其說他在和我說話，不如說他一直在和自己交流，我討厭聽他說話，始終沒有開口回應什麼。過了片刻，他又開始出神地端詳那幅畫，並把它取下來，擱在沙發上，選了個最好的角度觀賞。正當他專注地看著肖像的時候，凱西小姐進來了，說她已經準備好了，只等著她的小馬裝好馬鞍。

「明天叫人把那幅肖像送來。」希克利夫吩咐我，然後轉過身對凱西小姐說：「今天晚上天氣很好，妳用不著騎馬，妳在咆哮山莊也不需要騎馬，出門去哪裡都靠自己的一雙腳足夠了。來吧！」

「再見！我的艾莉！」我親愛的小主婦低聲和我道別。當她親我的時候，我感覺到她的嘴唇冰涼：「妳要來看我哦！艾莉，別忘了。」

「妳可別做這樣的事，迪恩太太！」她的新父親說道：「有事情的時候，我自然會到這裡來找妳，我可不喜歡妳在我的房子裡東張西望的。」

他做了個手勢，示意凱西小姐先走一步，又回頭瞪了我一眼，就像在我的心上插了一把刀。凱西小姐先走出門，希克利夫趕了上去，我站在窗前看著他們順著花園走去。希克利夫把凱西小姐的手臂夾在他的手臂下，儘管她一開始不太情願，但最後還是屈服了。他邁開大步，拖著她急忙走上花園的小路，最後消失在樹叢裡。

第三十章

自從希克利夫把她帶走以後，我再也沒有見到過凱西小姐。後來，我去過咆哮山莊一次，但仍然沒有見到她。約瑟夫用手擋著門，我說我是特地來探望希克利夫太太的，他仍然不讓我進去，說是主人不在家，希克利夫太太也正在忙。後來，好心的齊拉跟我談了一些家裡的情況，要不然我連誰死誰活都不知道。

齊拉說凱西小姐很傲慢，她不喜歡她那種大小姐的樣子。從她的話中，我猜到了這究竟是怎麼一回事。凱西小姐剛到山莊的時候，曾要求齊拉幫她做這做那，但希克利夫事先早已吩咐過齊拉不要理她，讓他的兒媳婦自己照料自己。齊拉是個沒見識的女人，主人這麼說當然求之不得，省了她不少事。凱西小姐受了這樣的怠慢，不免耍孩子氣，露出一副不屑一顧的樣子，還把她劃歸到敵人一邊，好像齊拉真的做了什麼對不起她的事情似的。

大約六個星期前，也就是你來的前不久，我在原野上碰見了齊拉，兩個人很快聊開了，她對我說：

「希克利夫太太一踏進山莊，和誰都不打招呼，馬上跑上樓去，跑到林敦的房間裡，然後關上了門。直到第二天早上，主人和哈里頓正吃早餐時，她戰戰兢兢地走進來，說林敦病得厲害，可不可以請個大夫來看看。

「『知道了。』希克利夫回答道：『現在，他的命一文不值，我可不願在一個沒用的人身上浪費錢。』

「『那怎麼辦？』希克利夫太太說道：『如果沒有人幫我一把，他真的要死了。』

「『給我滾出去，』主人嚷道：『他的事我一概不管，這裡沒人在乎他的死活。如果妳想管，妳當他的護士好了；如果妳也不想關心他，那把他的房門鎖上就好了。』

「那個丫頭開始糾纏我，叫我幫她的忙。我告訴她我討厭那個沒出息的林敦，已經受夠了他的罪，我們這裡各人有各人的事情，伺候林敦跟我沒什麼關係，這是主人的命令。

「他們兩個人在屋子裡的情形如何，我不太清楚。我猜想病床上的林敦一定老發脾氣，整天整夜地叫喊，看到希克利夫太太眼皮浮腫，臉色灰白，就可以想像得到她根本沒有時間休息。有時候她失魂落魄地走到廚房裡來，好像是想求我們幫忙。可是我照樣沒有理她，我不敢違抗主人的命令，迪恩太太，我從來就不敢反對他，儘管我也覺得不請坎尼斯大夫來不應該，但這不關我的事，輪不到我去指責哪個、抱怨哪個，況且我不是個愛管閒事的女人。

「有一兩次，我們都上床睡覺了，我碰巧開了一下門，看見她正坐在樓梯口傷心地抹眼淚。我馬上把門關上，生怕心腸一軟，又捲進那些事端中。說實在的，我同情這個女孩，可是妳知道，我可不願因為管別人的事而丟掉飯碗。

「最後，有一天晚上，她終於怒氣沖沖地闖進我的屋子，毫不客氣地扔下了幾句話，把我嚇壞了。

「『妳去告訴希克利夫一聲，說他兒子馬上就要死了。我敢確定他這次活不成了，妳馬上起床去告訴他。』

「她說完之後扭頭就走。我躺在床上，一邊仔細地聽著周圍的動靜，一邊害怕得不停地發抖，四下裡靜悄悄的，沒有一點聲響。

「『她一定搞錯了，』我安慰自己：『那小子能撐過去的，用不著去打擾其他人休息。』這樣想著想著，大約一刻鐘之後我又睡著了。可是沒多久，一陣尖銳鈴聲再次把我從睡夢中驚醒。那鈴是特地為林敦裝上的，全家只有這麼一個。主人叫我去看看出了什麼事情，還吩咐不許他們再搖鈴。

「我把希克利夫太太的話轉告他。他聽了以後，喃喃地咒罵起來，兩三下就穿好衣服，拿了一支蠟燭上樓到林敦的房間去。我默默跟在他後面。進了房間，我看見希克利夫太太坐在林敦的床邊，雙手抱著膝蓋。希克利夫先生用燭光照了一下林敦的臉，看了他一眼，又摸了一下，然後轉過身來對她說：

「『凱薩琳，現在妳感覺怎麼樣？』

「她一句話也沒說。

「『妳覺得怎麼樣，凱薩琳？』他又問了一遍。

「『他已經解脫了，我也自由了，』她回答道：『我應該感覺不錯呀——可是，』她頓了一下，帶著一種無法掩蓋的悲痛繼續說道：『你丟下我一個人陪伴著林敦，和他一起對抗死亡，我感覺到的、看到的都是死亡，我感覺自己就像死了一樣。』

「她看上去真像個死人，臉色發白，嘴唇發青，我給她喝了一點酒。哈里頓和約瑟夫被鈴聲和腳步聲吵醒，在房外聽見我們的談話後也跟著進來了。林敦去世了，我相信約瑟夫為此感到高興，哈里頓心裡似乎七上八下的，不過他更多的心思在希克利夫太太身上，來不及多想念死去的人。主人叫哈里頓快去睡覺，這裡並不需要他來攪和，然後叫約瑟夫把林敦的屍體移到他的房間，又讓我回房休息，房間裡只留下希克利夫太太一個人。

「第二天早上，他要我去叫希克利夫太太下樓吃飯，再三強調一定要她來。我上樓去看她，她卻已經脫去衣服躺在床上，說她不舒服。我想她是生病了，對此我一點也不感到意外。我急忙把這件事情告訴希克利夫先生，他回答說：『好吧！隨她的便，等下葬的時候再叫她也不遲。最近妳每隔一陣子去看看她，她要什麼只管拿給她，等她好些了，再告訴我。』」

齊拉說凱西小姐在樓上一共待了兩個星期。這期間，齊拉每天去看她兩次，本想好好伺候她一下，卻處處碰釘子，更別說和她親近了。

希克利夫去過她的房間一次，給她看林敦的遺囑。林敦把他所有的財產，連同原本屬於凱西小姐的財產全部給了他的父親。這個軟弱的傢伙，在他舅舅去世後，凱西小姐回到山莊前的一個星期裡，寫下了這份遺囑。不用說，這又是在他父親的逼迫下或者哄騙下寫的。至於田地，由於林敦沒有成年，因此無權過問，希克利夫根據他妻子的繼承權以及他們的夫妻關係，宣稱這份田地是屬於他的，也把它掌握在自己手中——我想他是有法律依據的。一句話，凱西小姐現在一無所有了，沒有錢，沒有朋友，財產全部落到了希克利夫的口袋裡。

「除了我以及希克利夫先生去過那裡一次以外，」齊拉繼續說道：「沒有人去她的房間看她，也沒有人問過她的情況。她第一次下樓到正廳來，是一個星期天的下午。

「那天我把中飯送到她房間裡，聽見她嚷嚷著說，讓她再待在這寒冷的屋子裡，她快受不了啦！我告訴她主人要到畫眉山莊去，只有哈里頓和我在家。她一聽希克利夫要騎馬出門，很快就出現在樓下。她穿著一身黑衣裳，把漂亮的黃色鬈髮梳在耳朵後面，樸素得像個清教徒。

「以往，每到星期天，約瑟夫和我都要上禮拜堂（迪恩太太解釋說，吉姆屯的那個教堂已經沒有牧師了，現在人們把美以美會或浸禮會的會所叫做禮拜堂）。約瑟夫已經走了，我想了想還是決定留在家裡，年輕人有個上了年紀的人來管畢竟比較好。哈里頓很怕羞，但並不代表他不調皮。我告訴他，他的表妹一會要下來，她是個守安息日禮節的人，最好別當著她的面擺弄他的槍支彈藥，也別在屋子裡做那些雜活。

「他聽我這麼一說，臉刷地紅了，眼光落在自己一雙黑呼呼的手和髒兮兮的衣服上。很快，那些鯨油和彈丸都不見了，不知道他把它們塞到哪裡去了。看他那手忙腳亂的樣子，我猜想他是要把自己打扮得體面點，想好好陪她聊一會，便忍不住笑出聲來——希克利夫在的時候我可不敢笑。問他要不要我幫忙，還取笑他怎麼這麼慌亂。他面露窘色，臉也陰沉了下來，開始咒罵起來。

「現在，迪恩太太，」齊拉接著說，她一定察覺到在小姐的問題上我和她有異議，「妳可能覺得妳家小姐是個高貴、典雅的女孩，我們哈里頓高攀不上，也許妳是對的。可是我必須承認，我就是希望挫挫她那不可一世的傲氣。以她目前的處境，她的學識、她的文雅，對她又有什麼意義呢？她和妳、我一樣窮，甚至比我們還要窮，這可不是胡說的。她現在一分錢也沒有，而妳在攢錢，我也在努力攢錢。」

後來，哈里頓允許齊拉幫他的忙，她說了許多鼓勵哈里頓的話，他非常高興。等到凱西小姐出現的時候，他幾乎已經把她以前對他的羞辱忘得一乾二淨，腦子裡只想著如何讓她感到高興。齊拉說道：

「希克利夫太太走了進來，冷冰冰的，像一根直立的冰柱，又像一位傲慢的公主。我站起來把自己的座位讓給她，誰知道這個自以為是的太太昂著頭，翹著鼻子，對我的殷勤不屑一顧。恩休也站了起來，請她到高背長椅上坐下，好靠近爐火一點，還關切地問她是不是餓了。

「『我已經餓了一個多月啦！』她回答道，故意把那個動詞拖得特別長，完全是非常輕蔑的語氣。

「她幫自己搬了一把椅子，放在離我和恩休都較遠的地方。等身子暖和了，她開始四處張望，發現櫃子裡有好幾本書。她立即站起來，想伸手去拿，可是書放得太高了，她搆不到。恩休猶豫了一下，最後還是鼓起勇氣上去幫了她。她兜起上衣的口袋，他將拿下的書塞進了她的口袋裡。

「雖然只是一件很小的事情，可是對那個靦腆、自卑的小伙子來說，這可是很大的進步。她沒有對他說謝謝，可是看得出他感到心滿意足，因為她接受了他的幫助。他膽子大了起來，站到她的身後一起看書，有時候甚至彎下腰，伸出手對著書中幾幅他感興趣的插圖指指點點。這個時候，太太往往『啪』地把書很快翻過那一頁，不讓他的手指碰著書，一副瞧不起人的樣子。恩休並沒有被她莽撞的舉動嚇倒，反而表現得平心靜氣，往後退了一步，沒有再去看她的書，而是把目光對準了她。

「那個喜歡讀書的丫頭只顧著看書，也許在書中尋找什麼喜歡的東西吧！恩休的注意力漸漸集中在她那一頭又亮又濃密的頭髮上。他看不見她的臉，她也看不見他。也許他是看得太出神，根本不清楚自己在做什麼，像小孩子被燭光吸引住一樣，終於從用兩隻眼睛看到動手去摸。他伸出一隻手，輕輕撫摸一團捲起的金髮，像觸摸一隻小鳥的羽毛。這一摸可不得了啦！就像一把刀子捅進了她的脖子一樣，她猛地轉過身來。

「『馬上給我滾開！你竟敢碰我？你待在這裡做什麼？』她怒氣沖沖地嚷道：『我受不了你，你要是再靠近我，我馬上回到樓上去。』

「哈里頓立即膽怯地縮回了手，那樣子要多蠢有多蠢。他沮喪地坐回到高背長椅上，她則繼續看她的書。過了半個小時，哈里頓走到我跟前，湊到我耳邊悄悄地說：

「『齊拉，妳請她念一段給我們聽好嗎？我現在沒事可做，憋得發慌，很想——我想我會喜歡聽她念書的。妳就說妳想聽，可別說是我出的主意。』

「『哈里頓先生想聽妳念點什麼，太太，』我馬上把話原樣翻過來：『他會很感謝妳的。』

「她皺皺眉頭，把頭一抬，說道：

「『哈里頓先生，還有你們這些人，請放明白點，你們的虛情假意我一概不接受，我打從心裡瞧不起你們，和你們沒什麼話好說。當初我苦苦哀求你們，希望你們能幫幫我，哪怕只是說一句和氣的話，甚至只能看見你們的一張臉。可是現在事情都過去了，我才不會向你們訴苦呢，只是在屋子裡冷得沒法思考了！這才下樓來暖和一下，我可不是來給你們哪個解悶或作伴的。』

「『我做錯了什麼呀？』哈里頓開口道：『怎麼怪起我來了呢？』

「『沒你什麼事，我沒把你算在裡面，』林敦太太回應道：『我也從來不在乎你關不關心我！』

「『我可是不只一次提出過，也請求過，』哈里頓有點冒火了，對方的話未免太傷他的心了：『請求希克利夫先生讓我幫妳守夜……』

「『你給我閉嘴！我寧可一個人待在屋子外面，或者隨便什麼地方，也不想聽到你這令人討厭的聲音。』希克利夫太太說道。

「哈里頓嘀咕了一句，說她就是下地獄也不關他的事，然後從牆上拿下那支槍，再也不必顧忌在星期天不幹活之類的事了。現在，他放鬆了下來，想說什麼就說什麼。她立刻看出她最好還是回到自己的房中，獨自待著更好，可是外面已經下雪了，天氣更加寒冷，她再怎麼傲慢，也不得不留下來和我們待在一起。我小心翼翼的，儘管我脾氣好，也不願受到她的奚落。自從那天以後，我和她都板著臉孔，在山莊沒有人愛她或喜歡她，她也不配。誰要是對她說句話，她馬上轉過臉去，一副傲慢無禮的樣子。她對誰都是兇巴巴的，甚至連主人都要頂撞，分明是自己討打，而且她吃的苦頭越多，變得就越兇。」

聽了齊拉一番話之後，我為凱西小姐感到擔心。最初我決定辭去我在山莊的職位，租一間茅屋，把凱西小姐接過來一起住，但是後來一想，希克利夫絕對不會放她走。希克利夫那個霸道鬼連哈里頓自立門戶都不同意，更別說放小姐走了。我看不出有什麼好辦法，除非她再嫁，可是要辦理這樣的大事我又力不從心。

＊　＊　＊

迪恩太太的故事到這裡就結束了。儘管大夫把我的病情說得很嚴重，但我還是很快就恢復了。現在是正月第二個星期，我打算一兩天之內就騎馬出去，到咆哮山莊去告訴希克利夫先生，我準備上半年住在倫敦，如果他願意，可以另找房客，我過了十月再搬進山莊住，反正我是不會在這裡再過一個冬天了。

第三十一章

昨天天氣晴朗、靜謐，有霜凍。我說過我要去一趟咆哮山莊，今天真的出發了。艾莉請我給她的小姐捎一封短信，我沒有拒絕，因為在這個好心的女人看來，順路帶一封信給熟人是舉手之勞。山莊的前門開著，外面的柵欄和上次來的時候一樣，仍然緊緊地用鎖鏈栓住，就像有意要提防陌生人闖進來似的。我敲了敲門，恩休從花園的苗圃裡走過來，打開門鎖，把我放了進去。這小子的模樣還不賴——在鄉巴佬裡面已經算是長得好看的了，所以我故意多打量了他一下。不過他好像故意糟蹋自己，把自個兒弄得不成人樣，唯恐給別人留下什麼好印象。

我問希克利夫先生是否在家，他說不在，不過吃中飯的時候會回來。當時已經十一點了，我說明了來意，表示願意等他回來。他一聽，趕緊放下手裡的工具，陪我進到裡面的屋子，他的那個樣子就像一條看家狗。

我們兩個一起走進去。凱西正在那裡幫忙準備午餐的蔬菜。比起第一次看見她時，她好像顯得更加悶悶不樂，一副無精打采的樣子。她連看都沒看我一眼，只顧做著手裡的家務，依然不講究什麼見面的禮節。我主動對她鞠躬，向她問了聲早安，她居然連頭都懶得點一下。

「她看起來並不是那麼可愛嘛！」我暗暗思忖：「迪恩太太把她說得天花亂墜，我還真以為她好得不得了呢！是的，她是個美人，可是不是一個天使。」

恩休固執地非要叫凱西把手上的東西拿到廚房去。「你自己拿去好了。」她對他說了一句，把剛準備好的蔬菜從身邊推開，站起來退到窗前一張凳子邊，然後坐在那裡，拿著剩下的蘿蔔皮，在上面雕刻小鳥和野獸的花紋。

我走到她身邊，佯裝欣賞花園裡的景色，很機敏地把迪恩太太的信掉落在她的膝蓋上。我的動作很迅速，並沒有讓哈里頓察覺到，可是這個笨拙的凱西卻大聲嚷道：

「那是什麼東西？」並隨手把它扔掉了。

「妳的老朋友，山莊女管家迪恩太太給妳的信。」我回答她，心裡有點不是滋味。我好心將信悄悄傳給她，她卻大肆聲張，別人還以為那是我寫給她的私人信件呢！聽我這麼一說，她慌忙去撿那封信，不巧被哈里頓搶了先，搶過去塞進他的背心口袋裡，說得先給希克利夫先生看一下才行。凱西難過地轉過頭去，掏出她的手帕來擦眼淚。她表哥見此，心軟了下來，猶豫一陣後又把信從口袋裡抽出來，隨手扔在她身邊的地板上，態度極其粗魯。

凱西趕緊把信撿起來，匆忙地看了一遍，然後問起我山莊那邊的情況來。她問的問題有些倒合情合理，有些根本風馬牛不相及。問了沒幾句，她便凝望著遠方的小山，喃喃地自言自語：

「我多想騎著米妮到那些地方去，爬上遠處的山頭啊！唉！我已經厭倦了現在的生活，如今的我就像被關在籠子裡一樣啊！哈里頓。」她把那美麗的額頭仰靠在窗台上，嘴裡發出一個聲音，像是打呵欠，又像是嘆息，然後陷入了沉思，露出一臉茫然的悲傷。我們在一旁看著她，她根本不在乎，或許壓根就沒有察覺。

「希克利夫太太，」沉默良久後，我主動找她說話：「妳有所不知，我已經算得上妳的一個熟人了。我把妳看作親人，妳卻對我不理不睬，讓我真不明白。妳以前的管家談起妳、讚美起妳來，簡直滔滔不絕，我如果不帶點妳的什麼情況或口信回去，只是說妳收到了她的信，卻沒有多的一句話，她難免會感到失望的。」

她聽了我的話好像很驚訝，問道：

「艾莉喜歡你嗎？」

「那當然，很喜歡。」我很乾脆地回答。

「你一定要告訴她，」她接著說：「我很想回信給她，可是這裡沒有用來寫信的東西——連一本書都沒有，否則我還可以從書上撕下一頁當信紙。」

「天啊！一本書都沒有！」我感嘆道：「恕我直言，一本書都沒有，那妳在這裡的日子怎麼過呀？山莊有很大一個書房，我還不免感到無聊呢！如果誰把我的書拿走了，那我真要感到絕望啦！」

「我一向很愛看書的，」凱西說道：「可是希克利先生卻從來不看書，所以也不讓別人看書，把我的書全部毀了。好幾個星期，我連書的影子都沒看見。只有一次，我去翻約瑟夫的神學書，想找找看有什麼好看的，結果惹得他很不高興。」

「還有一次，我在哈里頓的房間發現一個祕密藏書庫——有拉丁文的、希臘文的，有很多故事和詩歌，這些書我都很熟悉。詩集是我從山莊帶過來的。哈里頓，你像喜鵲喜歡蒐集銀匙一樣，把它們一本本蒐集起來，只是因為你喜歡偷東西，因為那些書對你毫無用處，要不然就是你不懷好意，自己沒法從書中得到樂趣，也剝奪別人看書的權利。你嫉妒我，所以給希克利夫先生出了這個主意，搶走我那些心愛的書，是不是？但是，告訴你吧！那些書的內容都裝在我的腦子裡，你是奪不走的。」

哈里頓聽見凱西指責他私下蒐集文藝書，氣得滿臉通紅，結結巴巴地堅決否認。

「哈里頓先生是想增長他的知識，」我替他辯解道：「他並不是嫉妒妳什麼，而是羨慕妳，想迎頭趕上妳呀！我敢說，不出幾年他一定能成為一個聰明的學者。」

「可是他卻想讓我在短短時間內墮落成一個十足的笨蛋！」凱西不屈不饒：「是的，我聽見他一個人在那裡偷偷地學拼音、念書，可是錯誤百出。你倒是像昨天那樣再念一遍Chevy Chase呀！真是讓人笑破肚皮了。我聽見你在念，還翻查字典，查那些難懂的字，搞了半天又懊惱地罵起來，因為他連字典裡的解釋都讀不懂。」

那個小伙子真是運氣太壞了，以前是因為不學無術而被人嘲笑，現在又因為想擺脫不學無術的狀況而遭人譏諷，不禁讓我心生同情。我記得迪恩太太對我說過，他從小不曾受到教養，後來曾想把自己從黑暗的愚昧中解脫出來。於是我為哈里頓幫腔道：

「希克利夫太太，什麼事都有個開始。每個人在開始學習知識的時候都摔倒過、跌跌撞撞過，要是我們的老師只知道嘲笑我們，而不懂得耐心教導，恐怕我們至今還像他一樣呢！」

「噢！」她回答說：「我才不想去阻攔他的上進，可是他也沒權利把別人的東西占為己有呀！再說了，他讀書的樣子的確讓我感到好笑，盡讀錯字，錯誤百出。那些書本，無論是詩歌還是散文，對我來說都有種神聖感情，可從他嘴裡冒出來，意境全無，簡直就是褻瀆，而且他選中的正是我最喜歡的那幾篇，就像故意要和我作對似的。」

這個時候，哈里頓已經憤怒至極，雖然不吭一聲，但胸口卻劇烈地起伏著。顯然，他掙扎在深深的屈辱和憤怒中，拚命控制自己洶湧的感情。為了不讓他感到狼狽不堪，也基於一種紳士風度，我站起身，走到門口觀賞外面的景色。哈里頓和我一樣也離開了屋子，可是沒多久他又回來了，手裡拿著五、六本書。他走到凱西面前，把書全扔到她的膝蓋上，嚷道：「拿去吧！從此以後我再也不會去想這些書了，更不會去聽、去念了。」

「現在，我也不稀罕這些書了，」她回答道：「我一看見這些書就會想到你，我已經討厭它們了。」

她打開一本書——顯然是哈里頓時常翻弄的——裝腔作勢地扮成才認識幾個字的樣子，拖著長聲調念了其中一段，然後大笑起來，並隨手把書扔掉。「聽著！」這個女孩還想繼續捉弄他，又用同樣的聲調念起一首民謠來。

對方的自尊心已無法再忍受這樣的折磨了。我聽見一個聲音——他給了她一記耳光，（雖然我並不是一點都不贊成），用這種粗魯的辦法來制住她傲慢而放肆的舌頭。這個壞丫頭一味地傷害他那敏感的、無知的感情，要回敬這種欺人太甚的人，唯一能採取的措施就是用巴掌說話。然後，他把那些書收起來，統統扔進火裡。我從他的表情可以看出，他是多麼痛苦，是憤怒的力量驅使他毀滅了他最珍愛的東西。當書在烈火中焚燒時，我猜想，他一定在回憶當初他從書中所獲得的知識，而且期盼將來獲得更多的知識，心裡不由得產生一種洋洋得意的感覺。我甚至可以猜想得到，他是在怎樣一種動力驅使下埋頭苦學。他本來是個安於體力勞動的人，過慣了粗野的牲口般生活，直到有一天他遇見了凱西，就像黑暗中出現一縷曙光。她的嘲諷給他帶來的恥辱，以及想要贏得她讚賞的渴望，這些都成為他不斷進取的動力。可是他何曾想到，他的一番努力不僅沒有免除他的羞辱，讓他獲得一點點讚賞，反而更加強烈地傷害了他的自尊。

「行呀！像你這樣的大老粗，除了把書拿來取暖之外，還能從書裡得到什麼益處呢？」凱西繼續不屈不撓地嚷道。她咬著她那挨了一巴掌的下嘴唇，瞪著一雙怒氣沖沖的眼睛，看著面前熊熊燃燒的火焰，同時也看著一團憤怒的火焰在他心中熾烈地燃燒著。

「妳馬上給我閉嘴！」哈里頓兇狠地吆喝道。

他已經激動得一句話也說不出來了，掉頭衝出去，我急忙讓道給他。不料，在門前石階正好撞上從花園石板路上迎面而來的希克利夫。他一把抓住恩休的肩膀，問道：

「你要幹什麼，我的小伙子？」

「沒什麼！沒什麼！」他一邊說一邊掙脫出來，去找個沒人的地方獨自撫慰內心的悲哀和憤怒了。

希克利夫回頭打量了一下他的背影，無奈地嘆了口氣。

「我把他留在身邊，這麼做該不會把我自己擊敗吧？」他小聲嘀咕著，並不知道我在他背後：「我本來是想從這小子臉上看見他父親的影子，沒想到時間一天天過去，我卻覺得他越看越像她了。見鬼！他怎麼會像起她來了呢？看一眼都叫人受不了。」

希克利夫兩眼看著地面，垂頭喪氣地走進屋子裡，臉上流露出一種不安和焦慮的神情，這可是我以前沒見過的，他本人也好像比以前消瘦、憔悴了一些。

他的兒媳婦從窗戶看見他進來，馬上逃到廚房去了，屋裡便只剩下我和他兩人了。

「洛克伍德先生，看到你又能夠出門了，我真替你高興。」他對我的招呼表示回應：「我這樣說也是為自己著想。在這麼荒涼的地方，一旦失去你，恐怕一時半刻很難再找個人來填補空缺。我時常納悶，你怎麼會想到要到這裡來呢？」

「也許是心血來潮，先生。」我回答道：「要不然，就是某個不安分的怪念頭讓我耐不住性子待在家裡。下個星期我要去倫敦，先跟你說一聲，十二個月的租借期到了之後，我不會再續租了。」

「哦！真的嗎？你是不是已經厭倦了這種遠離喧囂的生活？」他說道：「可是，你如果因為不再繼續租房，就想讓我免去你剩餘的房租，那你這一趟算是白跑了。你必須按照約定的租期付足房錢，一分一毫都少不得，要知道，我討賬向來是不留任何情面的。」

「我並不是為了少付房租才來找你的。」我反駁道，心裡很不舒服：「要是你願意的話，我現在就把錢結清。」說著，我從口袋裡掏出了筆記本。

「不用，不用。」他冷淡地推託：「就算你不回來，你也會留下足夠的財產來抵償你欠下的房租，況且我並不急需用錢。坐下來，一起吃頓午飯吧！你一定是不會再來了，像你這樣的客人總是受歡迎的。凱薩琳，快把餐具拿來。妳在哪裡？」

凱西出現了，手裡端著一個放滿刀叉的盤子。

「妳待在廚房裡，和約瑟夫一起吃飯，」希克利夫說道：「等這位先生走了才能出來。」

她完全遵照他的指示，也許是對我這個紳士根本沒有一點動心，所以也不想做出什麼違抗命令的舉動。一天到晚跟這些鄉巴佬、厭世者一起生活，即使遇到上流社會的優秀男人，她大概也無法欣賞吧！

在餐桌上，我如坐針氈，一邊坐著冷峻陰鬱的希克利夫先生，另一邊坐著悶不吭聲的哈里頓，這頓午餐我吃得夠彆扭的！吃完飯後，我立刻就告辭了。我本想從後門走，最後趁機看一眼凱西，順便還可以捉弄一下那個老傢伙約瑟夫，可是哈里頓已經把我的馬牽來了，主人又多此一舉地親自送我到門口，讓我最後的希望也落空了。

「這一家人的生活太乏味了。」我騎著馬順著大路走的時候不禁感嘆：「要是林敦・希克利夫太太和我兩情相悅，就像那個女管家所期望的那樣，並一起到繁華熱鬧的城裡去住，那麼，對她來說，將會實現比神話還富有浪漫氣息的美夢啊！」

第三十二章

從一八〇二年至今年九月期間，一個北方朋友邀請我去原野打獵。然而，令我意外的是，到他家裡的路途中，我經過了一個離吉姆屯不到十五英哩的地方。路邊客棧的一個僕役提著一個水桶餵我的馬兒喝水，正在這時，一輛裝著燕麥的大車從我面前經過，那燕麥綠油油的，剛從田裡收割起來。那僕役對我說道：

「你是從吉姆屯來的吧！嘿！那裡的人做事總是拖拖拉拉，人家已經收割了三個星期了，他們才開始收割。」

「吉姆屯！」我把這三個字重複了一遍。我在那裡度過了一段時光，但那些日子在記憶中已經逐漸模糊，如同夢幻一樣：「哦！我知道那個地方。從這裡去還有多遠？」

「翻過山或許還有十四英哩吧！不過道路很崎嶇。」他回答說。

突然從我心底湧起一種莫名的衝動，促使我想再次看看那久違的畫眉山莊。那時還不到中午，我考慮了一下：與其在這人生地不熟的客棧裡過夜，還不如在自己已經付了租金的屋子裡舒舒服服的睡上一覺。再說，這一天時間我還可以和我的房東把房租的事情了結，免得以後再勞神費力跑一趟。休息了一會後，我讓我的僕人詢問了去村子的詳細道路，於是在經歷了三個小時的顛簸後，我們到達了那裡。

我把僕人留下來，獨自下了山谷。吉姆屯灰色的教堂比起以前，好像顯得更加陰暗，那寂靜的教堂墓地似乎更加淒涼。我還看見一隻生活在沼澤地的綿羊貪婪地吃著墳上的青草。今天是晴朗的一天，陽光暖洋洋的，這種天氣出門旅行是有點熱了，但並不會讓人有炎熱的感覺，不會影響到我欣賞眼前景色麗人的田園風光。如果是在剛過八月的日子裡看到這迷人的景色，我想我一定會經不起誘惑，在這清爽環境中消磨一個月時光。那些在群山懷抱裡的溪谷、那些高低起伏的遼闊荒原，沒有哪個地方的冬季比它們更加荒涼淒清，也沒有哪個地方的夏季比它們更加美妙神奇。

我趕在夕陽西下之前到達了山莊，敲了敲門，好一會都沒人出來應門。廚房煙囪正冒著一圈圈藍色煙霧，我想山莊的人大概都待在後面，所以沒聽見我的敲門聲，於是我騎著馬逕自進了院子，只見一個十歲左右的女孩坐在走廊裡編織東西，一個老婦人靠在門檻上悠閒的抽著菸斗。

「迪恩太太在家嗎？」我問那個老婦人。

「迪恩太太嗎？不在。」她頓了一下說：「她已經搬走了，住到山莊去了。」

「這麼說，妳是這裡的女管家了？」我問她。

「沒錯，現在我在管這個家。」她回答道。

「好吧！我是洛克伍德先生，這屋子的主人。不知今晚有沒有現成的房間，我打算在這裡住一夜。」

「主人來了！」她大吃一驚，不禁嚷了起來：「誰會料到你會突然回來呢？你該事先帶個信來呀！這屋子還沒收拾過，沒有地方是乾淨的，簡直沒法接待主人啊！」

她放下菸斗，趕忙朝裡面奔去，那女孩跟在她的後面，我也跟著走了進去。看得出來，她說的確實是實話，我這個不速之客把她慌得手足無措。我好言安慰她，叫她不用著急，我出去散一會步，她有足夠的時間收拾客廳和臥室，我就可以在一個像樣的地方吃飯、睡覺了。我還特地吩咐她，房間不必掃地、撢灰塵，只要生起一爐火，床上鋪上乾被單就行了。她工作倒是很賣力，只是我在旁邊令她太緊張了，結果把爐帚當著火鉗，還用錯了好幾種工具。我想我還是出去走走為妙，等我蹓躂回來之後，憑她那股幹勁，一定已經準備好一個棲身之處了。

咆哮山莊是我準備前去的目的地。才走出院子，我忽然想起什麼，又走了回去：「咆哮山莊的人都還好吧？」

「當然，沒聽說哪個不好。」她回答道，然後端著一鍋熱碳渣匆忙走到一邊去了。

我本想問問迪恩太太為什麼離開了山莊，但看到她緊張得手忙腳亂的樣子，不忍心去打擾，只好轉身走開。出了門，我信步向著山莊邁進，身後是一片火紅夕陽，前方是一輪皎潔明月，一個漸漸黯淡，一個漸漸亮起，別有一番情趣。這時，我已走出了林苑，踏上通往山莊的石子路。在到達山莊之前，西邊的天空只剩下一片朦朧琥珀色，但皎潔的月光照耀著大地，我得以看清路邊的每一顆小石子和每一片草葉。

來到花園的柵欄門前，不用翻越柵門，也不必敲門，只是輕輕一推，柵門就打開了。我心想，比起以前，這可是個極大的改善。緊接著，我又聞到了從果樹叢中飄來的紫羅蘭和黃牆花的芬芳，我真是驚喜萬分。

門窗都開著，和許多產煤區一樣，屋子裡燃燒著熊熊爐火，映紅了壁爐的煙囪。一眼望去，那紅紅火焰給人一種舒適、溫馨的感覺，讓人不必擔心室內的溫度太高。不過，幸好咆哮山莊的正廳很寬敞，屋子裡的人都坐在離窗口不遠的地方休息，以避開爐火的高溫，因此，我還沒進門，已聽到有人在說話。強烈的好奇心和嫉妒心讓我充滿了各種複雜的情感，驅使我停下腳步，而當我仔細聆聽之後，內心的那種情感越來越濃烈了。

「Contrary！」一個銀鈴般清脆的嗓音說道：「這已經是第三遍了，我不會再繼續教下去，你這個蠢貨！這次一定要記住，要不然我要扯你的頭髮了。」

「好吧！Contrary。」另一個回答道，聲音深沉而柔和：「來，親我一下吧！妳看我學的多努力。」

「不行，先把這一句念準確了再說，這一遍不許有一個錯。」

那男人有模有樣地開始念了。那是個年輕的小伙子，穿著得體，規矩地坐在一張桌子邊，面前放著一本書。他那英俊的臉龐因為滿心歡喜而顯得容光煥發，目光總是不安分地從書頁上溜到搭在他肩頭的那隻白皙小手上。當他被發現不專心的時候，那隻小手就會很敏捷地在他的臉頰上拍打一下。小手的主人站在他的背後，當她彎下腰來輔導他功課時，她一頭柔順發亮的鬈髮便垂下來，披散在他那棕色的頭髮上。幸虧那小伙子看不見她那張嬌媚的臉，否則他無論如何都不能安心學習的。但不幸的是，那張美麗的臉卻映入了我的眼瞼。我咬著嘴唇，為失掉一個獲得美人的機會而悔恨不已，我本來是大有希望的，現在卻只能看在眼裡、痛在心上了。

課上完了，那個犯了不少錯誤的學生卻要求得到獎勵，結果幸運地獲得了五個吻，而他又慷慨地回敬了他的老師同樣多的吻。接著他們走到門口，從他們的談話中，我聽出他們打算到原野上去散步。這個時候，如果我這個失意的人突然出現，哈里頓・恩休即使嘴上不說，心裡也會詛咒我不得好死。我一下子覺得很自卑，心裡也感到很不痛快，於是知趣地避開了他們，繞到屋子後面的廚房。

廚房門同樣是敞開著的，不像過去那樣時常緊閉，我的好朋友艾莉・迪恩正坐在門口，一邊做針線活，一邊唱著歌，只可惜從屋子裡面不時傳來一陣又一陣粗魯的責罵聲，打亂了歌聲的節奏。

「我寧願一天到晚聽到咒罵聲，也不願聽妳在那裡哼哼哈哈！一點都不想聽。」一躲在廚房裡的那個人怨聲載道：「簡直是傷風敗俗！妳可怕的歌聲足以顛倒是非，把榮耀歸於魔鬼撒旦，把幸福歸於塵世中最罪孽深重的邪惡，什麼時候我的耳根才能清靜下來，可以好好看我的《聖經》啊！妳是個一無是處的女人，那個女人也一無是處，那可憐的小伙子栽在妳們兩個手裡了，沒得救了。」他唉聲嘆氣地又添上一句：「我敢確定，他一定是被魔鬼迷住了呀！人世間真是沒有王法和正義啊！還是由神聖的上帝審判她們吧！」

「我看恰恰相反，否則我們早就被綁在乾柴堆裡活活燒死了。」那個女人反唇相譏：「得了吧！老頭子，你還是像個基督徒一樣安心念你的《聖經》，少管閒事。我唱的是《安妮仙子的婚禮》——一支很好聽的歌曲，特別適合跳舞。」

迪恩太太剛要繼續展開她洪亮的嗓音，我走了過去，她立刻認出我來，高興得跳了起來，大聲嚷道：「哎喲！洛克伍德先生，你怎麼回來了呢？畫眉山莊的所有東西都收起來了，你應該事先通知我們一聲才對呀！」

「那邊的一切我都安排好了，有人照顧我，想住多久就住多久。」我回答道：「不過，我明天又要動身離開這裡。我倒覺得奇怪，妳怎麼搬到這裡來住了？迪恩太太。快告訴我。」

「你去倫敦後不久，齊拉就辭職了。希克利夫先生把我安排在這裡，想等你回來之後再重新調整。你請進吧！今天晚上你是從吉姆屯走路過來的嗎？」

「我從山莊來。」我說道：「趁她們替我收拾房子的空檔，我想過來把以前的事情都了結了。我想以後一定忙得不可開交，可能再也沒機會跑這一趟了。」

「什麼事情？先生。」艾莉把我帶進正屋：「他們現在出去了，一時半刻還不會回來。」

「就是租約的事情呀！」我回答道。

「哦！那你得找凱西小姐商量，」她提議說：「要不跟我說也行，她現在還沒學會如何經營她的產業，只好暫時由我來幫幫她。」

我露出大吃一驚的樣子。

「噢！我明白了，你還沒聽說希克利夫先生已經離開人世了。」她解釋道。

「希克利夫先生死啦？」我嚷道，這個消息更讓人大為震驚。

「都三個月了。你還是坐下來吧！把帽子給我，我會把來龍去脈都告訴你的。等等！你一定還沒吃東西吧！是不是？」

「我沒有胃口，再說山莊的人已經替我準備了晚飯。妳也坐下來好了，我做夢都沒想到希克利夫先生會突然死掉，快告訴我這到底是怎麼回事？剛才你說的他們一時回不來——是不是指那兩個年輕人？」

「是啊！我每天晚上都要責怪他們，不要三更半夜還在外面遊蕩，可是他們總是把我的話當耳旁風。這樣吧！再怎麼樣你也應該喝一點我們自己釀造的酒，你看起來有點疲倦，這酒可以提神醒腦。」

她說完就去拿酒了，就是想拒絕她的盛情也沒機會。我聽見一旁的約瑟夫又數落起她來：「這麼一大把年紀的女傭人還要把男人勾引到廚房來，讓人家來追求她，真不知廉恥！難道不是嗎？這還不夠，還要拿主人地窖裡的酒來獻殷勤，連我這個老頭子都看不下去了，都替你感到臉紅。」

她並沒有理會約瑟夫，很快端著一壺酒出來了。我先品嘗了一小口，連連稱讚這是上等美酒。喝了幾杯以後，迪恩太太把希克利夫先生後來的事情詳細告訴了我。聽她所講，我倒覺得希克利夫的結局真是稀奇而古怪。

你離開我們不到兩個星期，我就被叫到咆哮山莊去了。我一直掛念著凱西小姐，所以高高興興地去了。

這是我和她分開後第一次見面，心裡既傷心又驚異——這麼一段時間以來，她變化太大了。希克利夫先生並沒有告訴我為什麼改變了先前的主意，只是叫我去，說他不想再看見凱西小姐。他讓我住在小客廳裡，平時把她帶在身邊，每天只是出現那麼一兩次，不會頻頻出現在他的眼前，他也就滿意了。

這樣的安排或許讓凱西小姐暗自高興。我從山莊一點一點地運來了許多她以前很喜歡讀的書，以及其他一些東西，想充實一下她的生活。我滿心以為我們以後的日子會好過些，可是好景不長，這種想法很快泡湯了。

剛開始，凱西小姐倒還滿意這樣的生活，可是沒多久，她的情緒變得煩躁不安。希克利夫不准她跨出花園一步，春天已經來了，卻依然把她封閉在一個狹小空間裡，這讓她懷恨在心。我每天都要忙著料理瑣碎的家務，很多時候都不能和她在一起，她說她感到十分寂寞，寧可到廚房裡和約瑟夫拌嘴，也不願把自己一個人悶在死氣沉沉的房子裡。

她和約瑟夫吵鬧，我倒無所謂，可是當主人要獨自享用正廳的時候，哈里頓往往不得不躲到廚房裡。一開始，凱西小姐一看見哈里頓就馬上離開廚房，要不然就不聲不響地幫我做家務，不和他說一句話，也絕不提到他這個人。而哈里頓也繃著一張臉，不吭一聲，兩人那勢不兩立的架式真是夠嗆。

儘管如此，沒過多久，凱西小姐對哈里頓反感的情緒漸漸有所轉變，不再那麼目中無人了，開始對他評頭論足起來，什麼愚昧啊！什麼懶惰啊！她說她想不通，一個小伙子怎麼能安心過這樣的生活，居然願意一整晚坐在那裡對著爐火發呆或是打瞌睡？

「他和狗沒有兩樣，難道不是嗎？艾莉。」有一次她發表這樣的看法：「要不然，就是一匹拉車的馬。瞧，他就知道用體力工作、吃飯、睡大覺……永遠重複著這樣原始的生活。他的頭腦一定十分簡單、灰暗，恐怕連夢都沒有做過。哈里頓，你做過夢嗎？都夢見些什麼？唉！可惜你是不會和我和和氣氣地說上幾句話的。」

說到這裡，她看著他，他不吭一聲，也不看她一眼。

「也許他現在正在做夢呢！」她接著打趣道：「瞧他扭動肩膀的樣子，活像我們家的那條母狗朱諾。」

「要是妳的嘴不收斂點，小心哈里頓先生把妳攆到樓上去，小姐。」我責備凱西小姐。

此刻他不只是扭動肩膀，連拳頭都握緊了，似乎想找個地方試試它的威力。

「我明白了，為什麼我在廚房的時候他老是不開口，」她換了個話題嚷道：「因為他怕我笑他。妳說呢？艾莉。有一次，我取笑他念書時笨拙的樣子，他就把那些書全燒了，從此徹底放棄，碰都不碰一下書，他這樣做不是個傻瓜嗎？」

「妳是不是太淘氣呢？」我問她：「妳回答我呀！」

「也許我是，」她繼續嚼著舌頭：「可是我沒想到他會這麼愚蠢呀！哈里頓，如果我現在給你一本書，你願意收下嗎？讓我試探一下他。」

說著，她掏出一本正在閱讀的書放在他的手上，沒想到立即被他扔到一邊。他嘴裡咕嚕著說，如果她還繼續拿他當笑柄，他就擰斷她的脖子。

「既然這樣，我只好把我的書放在這裡，」她噘著嘴說：「或者桌子的抽屜裡，誰想拿就去拿好了，我要上床休息了。」

凱西小姐悄悄地叮囑我，讓我留意他有沒有去拿那本書，然後走開了。

哈里頓並沒有去拿書。第二天早晨我告訴她結果，讓她好失望。從她的表情可以看得出，她很難過，哈里頓又回到以前安於現狀、不思進取的老樣子了。我知道她已經開始感到自責，當初不該用那麼尖酸苛薄的話來嚇退別人的上進心，把事情做絕了。

不過，這個丫頭太聰明了，自然會想出辦法來撫平別人心靈的創傷。每當我在廚房燙衣服或做些雜活的時候，她總是帶來一些有趣的書，大聲地朗讀給我聽。如果哈里頓也在場，她會在念到最精采的地方時突然停止，然後把書放在那裡，自己走開了。她就這樣一次次地要這樣的花招，想要引起哈里頓重新對書產生興趣。

誰知那個頑固得如同毛驢般的小子無論如何都不肯上鉤，不但這樣，而且還變本加厲。一到雨天，他就和約瑟夫混在一起，還學起抽菸來。他們兩個悠閒自在地坐在火爐邊，年長的那個津津樂道地說，幸虧自己耳朵聾了，聽不到凱西小姐在那裡惡意地嚼舌根，年少的那個更是擺出一副神氣活現的樣子，裝著根本不想聽她在一邊說話。要是遇上天氣晴朗的時候，晚上他就會出去打獵，很晚都不回來，搞得凱西小姐呵欠不斷，連連唉聲嘆氣，要我找話和她說。可是當我剛開口，她又心事重重地跑到院子或花園裡去了。這一回，這個伶俐的女孩也無計可施了，終於失望地放聲大哭起來，還說什麼她已經活膩了，她的命已經沒有什麼用了。

希克利夫先生現在卻變得越來越孤僻，不想和任何人打交道，連哈里頓也拒之門外。三月初，哈里頓出了一點意外，有幾天不得不待在廚房裡。他一個人在小山上打獵的時候，槍不小心走火了，碎片扎進他的手臂，血流不止，回到家的時候已經失血過多，必須在溫暖的爐火邊靜養，直到傷口痊癒。有他在廚房裡，凱西小姐似乎興致特別高，更不喜歡待在樓上臥室了，老逼我到廚房裡找事做，可以冠冕堂皇地待在那裡。

復活節到了。星期一早晨，約瑟夫趕著幾頭牛到吉姆屯的集市去了，下午我在廚房裡熨被單，哈里頓像往常一樣，悶聲不響地坐在壁爐一角，而我的小女主人無聊地坐在那裡消磨時間。一個小時過去了，她不是在玻璃窗上畫圖案，就是輕輕哼著什麼歌，有時又嚷嚷一兩聲。她時而轉過頭去，瞄她表哥幾眼，目光裡包含著焦躁和苦惱，而他拚命抽著菸，眼睛只注視著壁爐的柵欄。

我對凱西小姐說，她把我的光線全擋住了，讓人無法工作。她聽我這麼一說，馬上挪到壁爐邊上。我沒留意她在做什麼，過了一會，我聽見她說道：

「我發現，其實我很樂意——很喜歡有你這麼一個表哥，要是你對我稍微熱情一點，不那麼粗暴、任性的話。」

哈里頓根本不理她。

「哈里頓！哈里頓！哈里頓！你聽見我說話了嗎？」她不耐煩地問道。

「走開！」他沒好氣地對她大吼，這個倔強的小子要是固執到底，一點不認輸。

「讓我拿開你的菸斗。」她說著，小心翼翼地伸手過去，把他嘴裡的菸斗抽出來。

他立即伸手去搶，結果把菸斗折斷了，掉在火堆裡。他罵了她一句，又把另一支菸斗放進嘴裡。

「等等！」她嚷道：「聽我把話說完。眼前這些煙霧，讓我沒辦法跟你講話。」

「見鬼去吧！」他一臉兇巴巴的樣子，大聲罵道：「別惹我！」

「不，」她毫不讓步：「我偏不！我不知道我到底要怎麼做，你才肯和我說話，而且你還發誓說絕不領我的情。我以前說過你笨，那只是隨便說說而已，並沒有瞧不起你的意思。你心裡應該有我這個表妹，你畢竟是我的表哥，這點難道你都不承認嗎？」

「我和妳無話可說！瞧妳那副臭架子，還有那模仿別人讀書的鬼樣子。」他氣呼呼地說：「我寧願下地獄，靈魂、肉體都掉進去，也不想再看妳一眼。給我滾蛋，越遠越好，馬上滾！」

凱西小姐皺了皺眉頭，咬著嘴唇，退回到靠窗的位置。她想裝作若無其事，故意陰陽怪氣地哼起歌來，免得讓人發覺她其實很想大哭一場啊！

「哈里頓，和你的表妹重歸於好吧！」我插了句嘴：「既然她已經後悔，當初不該冒犯你。再說，言歸於好對你只有好處，讓她成為你的朋友，教你讀書寫字，說不定真能讓你變成另外一個人呢！」

「和她作伴？」他嚷道：「可能嗎？她恨我都來不及了，覺得我連幫她擦皮鞋都不配呢！不行！就算我現在當上國王，我也不願意為了討好她而受到無情的取笑。」

「我哪裡恨你了？明明是你恨我呀！」凱西小姐哭著說道，心中的苦惱再也掩飾不住了，「你恨我，不遜於希克利夫先生，而且對我恨之入骨。」

「妳在撒謊！」哈里頓開口了：「照妳這麼說，我幹嘛為了妳一而再、再而三地惹他生氣呢？起碼有一百次都是為了護著妳，我這不是自討苦吃嗎？妳取笑我，看不起我，算我倒楣。我要到那邊去了，現在是妳把我從廚房趕出來的。」

「我怎麼知道你處處向著我？」她一邊說，一邊擦乾淚水：「那時候我心情不好，見到任何人都是一肚子氣。可是我現在已經向你道歉，求你原諒了，你還要我怎麼樣？」

她走到壁爐邊，很真誠地伸出手給他，可是他卻一臉陰霾，怒氣不散，如同夏天裡雷雨前帶電的烏雲。他把兩個拳頭握得緊緊的，兩隻眼睛死瞪著地面。

凱西小姐憑著聰明的天性判斷出，這是他性格倔強的一種表現，並不代表他真的討厭她。他的脾氣太倔了，任何人都難以討好他。猶豫了一會，她終於俯下身子，湊過去，在他的臉頰上輕輕吻了一下。

這個古靈精怪的女孩還以為我沒看見，坦然地回到她原來窗前的座位上，裝出一副文文靜靜的樣子。我不以為然的搖了搖頭，她的臉一下紅了，悄悄說道：

「這是沒有辦法的辦法，艾莉。哈里頓不肯和我握手，連看都不看我一眼，我總得用什麼方式向他表示我願意和他做朋友呀！」

我不清楚這一吻是不是讓哈里頓認識到他表妹的一片真心。不過有那麼幾分鐘，他努力不讓別人看見他的臉，就像恨不得找個地方把自己藏起來一樣。等他把臉抬起來的時候，我看得出他心慌意亂，眼光都不知該往哪裡放。

接著，凱西小姐用一張白紙將一本漂亮的書整整齊齊的包起來，再紮上一條綢帶，在上面寫上「哈里頓・恩休收」，要我把它轉交給他。

「告訴他，如果他願意接受，我就教他好好念書；」她說道：「如果他拒絕，那我就上樓去，從此再也不理他了。」

我把書送了過去，並轉告了她的意思。哈里頓好半天不肯伸手去接禮物，於是我把書擱在他的兩膝上，他沒有把書「啪」地扔掉。我又回去繼續做我的事。

凱西小姐把頭和手臂都趴在桌上，靜靜的聆聽哈里頓的動靜，終於聽到了那打開紙包的窸窸聲音。這下她躡手躡腳的走了過去，悄悄坐在她表哥身旁。他臉色通紅，手腳發抖，以往的粗魯、兇狠和倔強統統消失了。他的表妹含情脈脈地看著他，並柔聲細語地請求他，起初他完全鼓不起勇氣說出一句話來。

「快說你寬恕我吧！哈里頓，一句話就行，這會讓我興高采烈的。」凱西小姐請求道。

他不知道在嘴裡咕嚕了一句什麼話，我聽不清楚。

「這麼說你願意和我做朋友了？」凱西小姐試探著問道。

「不是那個意思。可是在以後的日子裡，妳會因為我而感到羞恥的。」他終於開口說道：「妳越瞭解我，就越會為我感到可恥，這讓我無法接受。」

「這麼說你不願意跟我做朋友了？」她問道，露出甜甜的一笑，像吃了蜂蜜一樣，又把身子向他靠近。

以後他們再說什麼我就沒有聽清楚了。不過當我回頭的時候，只見兩張笑顏逐開的臉龐湊在一起，正津津有味的讀那本書呢！很明顯，兩個冤家對頭已經冰釋前嫌，成為好朋友了。

他們閱讀的那本書裡有很多精美、考究的插圖，兩個人看得可起勁了。兩個人親親熱熱地緊靠著坐在一起，直到約瑟夫回來還不曾挪動半步。

那個可憐的古板老傢伙，看見凱西小姐和哈里頓居然坐在一條長椅上，她還把白皙的手臂搭在他的肩膀上，頓時大驚失色，猶如狠狠挨了一記悶棍。他搞不懂，他的那個寵兒哈里頓竟然容忍她緊緊靠著他，他氣得一句話也說不出來，只是將一肚子怒氣化作仰天長嘆。他翻開桌上的《聖經》，從他的小本子裡拿出白天交易所得的那些骯髒鈔票放在《聖經》上。最後，他終於忍不住把哈里頓從椅子上叫了過去。

「孩子，把這些送去給主人，」他說道：「然後就待在那裡。我要上樓回自己房間了，實在沒辦法在這裡待下去，太不成體統了，我們還是趁早離開這裡吧！」

「來吧！凱西小姐，」我說道：「我們也應該『趁早走』了，等我把衣服熨完就一起走，妳說呢？」

「還不到八點，」她回答道：「哈里頓，我把這本書放在壁爐架上，明天我再拿些書下來。」

「不管妳留下什麼書，我都要拿到正廳去。」約瑟夫說道：「要是我讓妳在這裡再看到書的影子，那才怪呢！好吧！隨便妳。」

凱西小姐馬上聲明，如果他敢動她的書，那麼他的書也保不住了。她從哈里頓身邊走過，帶著幸福的笑容，唱著歌上樓去了。我敢說，除了頭幾次來看林敦之外，這是她來到山莊後最開心的時候。

就這樣，凱西小姐和哈里頓和好之後，那種親密關係日趨牢固，雖然偶爾也不免會發生一點小摩擦，但整體來說，他們相處得很愉快。畢竟哈里頓在短時間內不是說變就變的，而我家小姐也不是涵養很好的哲學家，但兩顆心終究是走到一起了，他們互相愛著對方，一個想努力學會如何尊重對方，另一個只想努力獲得對方的尊重。

你瞧，洛克伍德先生，要贏得凱西小姐的芳心並不那麼難。不過，我很慶幸你當初沒去嘗試一下，因為我現在最大的心願就是看見這兩個人有朝一日結合在一起。當他們舉行婚禮的那一天，我用不著羨慕誰了，能夠看著兩個年輕人幸福地生活在一起，我想我應該是全英國最快樂的女人了。

第三十三章

星期一早晨，哈里頓的傷還沒好，無法到田裡做些粗重工作，只得待在家裡。我很快發現，想讓凱西小姐像以前一樣一天到晚圍在我的身邊，是不可能的了。她比我先下樓，然後來到花園裡，在一旁看著她的表哥做些輕便工作。後來我叫他們吃早飯的時候，發現他聽了她的意見，在一片枝繁葉茂的醋栗樹叢中清理出一塊空地，還商量要在這一塊空地上種植一些美麗的花草。

我頓時嚇壞了，沒想到在短短半小時時間裡，他們竟然完成了這麼大的破壞，把醋栗樹連根拔起了。那些樹全是約瑟夫的命根子啊！她卻偏偏選中這塊地方來做花圃。

「好呀！一旦讓那個不開竅的老東西發現了，他會馬上帶著主人來看你們做的好事。」我嚷道：「誰叫你們自作主張拔掉那些醋栗樹的，我看你們拿什麼對主人交代。等著瞧吧！這件事情又要引來大鬧一場了，我可是十拿九穩的。哈里頓先生，我怎麼也沒想到你也會頭腦發昏，竟然和她一起胡鬧，把花園搞得亂七八糟。」

「我忘了這是約瑟夫種的樹，」哈里頓一下子回過神來說道：「不過我會給他一個交代的。」

我們通常和希克利夫先生同桌吃飯，我坐在主婦的位子上，因為需要有人來切肉、倒茶，做些伺候人的工作。凱西小姐平時總是坐在我旁邊，可是她今天卻神不知鬼不覺地坐在離哈里頓很近的位置。很明顯，他們現在已經不是冤家對頭了，而是同一個鼻孔出氣的死黨。我告誡她要慎重一點，要懂得克制自己的感情。

「小心點，別和妳表哥說個沒完，也不要有事沒事盯著他。」進屋的時候，我悄悄囑咐凱西小姐：「妳那樣只會把希克利夫先生惹火，抓住你們兩個不放的。」

「我才不會呢！」她很有自信地說。可是才過了一分鐘，她就控制不住自己了，把身子靠近他，還把幾朵櫻草花放在他的粥盆裡。

他不敢跟她在餐桌上講話，甚至也不敢看她一眼，可她卻老是去招惹他，有幾次他差點被她逗笑了。我不禁皺了皺眉頭，瞄了主人一眼。從希克利夫茫然的眼神中可以看出，他正在想心事，沒有留意身旁的人。有那麼一會的時間，她變得規規矩矩，只是用眼睛打量著他，但很快她又胡鬧起來，哈里頓終於忍不住笑出聲來。希克利夫先生吃了一驚，眼睛掃視著每個人的臉，當他的目光與凱西小姐的目光碰在一起時，他看見了一種既緊張又挑釁的目光，而這正是他最痛恨的。

「算妳運氣好，我搆不到妳，要不然我會給妳好看。」他嚷道：「妳中邪啦？別老是用妳那雙眼睛瞪著我！眼睛放低點，別總是提醒我還有妳的存在。我還以為我已經醫治好了妳那招惹是非的笑聲了呢！」

「是我在笑。」哈里頓咕嚕說。

「你說什麼？」主人追問道，沒想到哈里頓居然敢護著她。

哈里頓盯著自己的盆子，沒有吭聲。

希克利夫先生瞪了他一眼，沒有追究下去，繼續吃他的飯，再次陷入沉思之中。

早餐接近尾聲，兩個年輕人也識趣地挪開了一點距離，我想今天這頓早飯不會再出什麼差錯了。誰知這個時候，約瑟夫上氣不接下氣地跑了進來，他氣急敗壞，嘴唇打顫，眼裡燃燒著怒火，顯然已經發現有人破壞了他的樹叢。

他一定看到凱西小姐和哈里頓往花園裡走去，然後順著他們所走的路檢查過去，最後發現那裡的樹被糟蹋了，於是匆匆跑來告狀。他的情緒異常激動，說話很快，上下顎像母牛反芻一樣不停地磨動著，我們幾乎沒有聽懂他究竟在說什麼。他說道：

「我在這裡做了六十年了，本來打算死也要死在這裡，可是如果主人現在給我工錢，我會馬上就走。我把我的書，還有零零碎碎的東西都塞到閣樓去，把廚房也讓給他們，就是想圖個清靜。我向來喜歡壁爐邊那個位置，為了他們我也不得不忍痛割愛。沒想到，她居然得寸進尺，連我的花園也霸占了。主人，我受不了啦！你要是受得了，自己去受吧！我受不了啦！我這個老頭子無法適應他們一天到晚地玩花樣，我寧可扛著榔頭到大路邊去混口飯吃，也不想和他們在一起了。」

「得了，得了，你這個老糊塗，」希克利夫不耐煩地打斷他說：「說明白點！到底是怎麼一回事？如果你是和艾莉吵架，那我管不著，她就是把你丟進煤洞裡我也不會管。」

「才不是艾莉呢！」約瑟夫回答道：「儘管艾莉是一個沒頭腦的女人，心眼壞到家了，但我不會為了她這麼斤斤計較，更不會說待不下去的話。謝天謝地！她還不能勾去別人的魂，就憑她那個長相，男人是不會感興趣的。噢！是那個可怕的臭丫頭，她把咱們的哈里頓徹底俘虜了，憑她那雙勾魂眼，還有什麼丟臉的事情做不出來？他們……唉！說她做什麼？我的心好痛呀！都快碎啦！我幫過哈里頓無數次，一手培育他長大，他把我對他的好全都忘得一乾二淨，居然親自動手把花園裡最出色的一排醋栗樹連根拔起來了。」說到這裡，他竟然當眾嚎啕大哭起來，一點都不像個男人，就像人家虧待了他似的。唉！恩休這小子做事太衝動了，也不想想那樣做會有多麼危險的後果。

「這個傻瓜喝醉了嗎？」希克利夫問道，仍然沒聽懂他的意思：「哈里頓，他是不是在說你？」

「我拔掉了兩三株樹，」哈里頓承認了：「我打算把那幾棵樹重新種起來。」

「你幹嘛要拔掉這些樹呢？」主人問。

反應敏捷的凱西小姐插嘴說：「我想在那裡種些花。這不關哈里頓的事，是我非要他這麼做的。」

「見鬼！誰給了妳權力動花園裡的一草一木？」他的父親責問道，感到震驚：「又是誰要你聽她的瞎指揮的？」他轉身問哈里頓。

那小伙子不說話，他的表妹倒是理直氣壯：「不過是用區區幾碼土地來種花，有什麼捨不得？——你都把我所有的土地拿去啦！」

「妳的土地？妳在胡說八道些什麼？妳何時有過什麼土地？」希克利夫有點冒火了。

「豈止是土地，還有錢呢！」凱西小姐睜著一雙憤怒的眼睛瞪著他，嘴裡還嚼著一塊吃剩的麵包皮。

「妳給我住嘴！」希克利夫惱羞成怒。

「還有哈里頓的土地、錢，也被你霸占了。」那個不知死活的小東西停不了口：「哈里頓和我都是受害者，我要把你的事情全部告訴他。」

主人氣得話都說不出來了，臉色一下子變得慘白。他突然站起來，兇狠地瞪著她，顯示出不共戴天的仇恨。

「如果你打我，哈里頓饒不了你。」她神氣十足地說道：「你還是給我乖乖坐下。」

「才怪哪！如果哈里頓不把妳攆出這個房間，我會一拳把他打到地獄裡去。」希克利夫暴跳如雷：「妳這個小妖精竟然挑撥我和他之間的關係，妳想造反了嗎？艾莉，把她扔到廚房去，我要和她一刀兩斷，要是讓她再出現在我面前，我非宰了她不可。」

哈里頓大氣不敢出，用眼神示意她走開。

「快把她拖走！」希克利夫一臉殺氣：「難道妳還想賴在這裡不成？」看那個架式，他已經準備親自動手了。

「你這個混蛋！他再也不聽你的話了。」凱西小姐這回真的不要命了，繼續頂撞希克利夫，「他現在和我一樣痛恨你。」

「噓！噓！」哈里頓咕嚕地埋怨道：「算了吧！不要這樣鬧下去了，我不希望看到妳這樣跟他說話。」

「可是你總不至於眼睜睜看著他打我吧？」她嚷道。

「那麼，就不要再吵了。」他低聲說道。

可是他的勸告太晚了，希克利夫已經一把抓住了她。

「現在你閃到一邊去！」他對哈里頓發出命令：「這個該死的小妖精！我已經忍無可忍了，我要讓妳後悔一輩子。」

他狠狠地抓住凱西小姐的頭髮，哈里頓想上前把她那可憐的鬈髮從魔掌中救出來，懇求他放了她這一回。希克利夫的黑眼睛裡放射出駭人的光芒，他的神情彷彿恨不得把凱西小姐撕成碎片。我鼓起勇氣，準備不顧一切衝上前去救小姐，不料希克利夫的手好像被一種神奇力量控制住，忽然鬆開了。他的手從她的頭髮上滑落到她的手臂上，死盯著她那張臉，接著雙手捂住自己的眼睛，一動不動地站在原地，顯然是在努力讓自己鎮定下來。然後，他轉過身，裝出一副若無其事的樣子說道：

「妳以後注意點，別把我惹火了，要不然小心我殺了妳。跟迪恩太太去吧！跟她待在一起，有什麼不滿對她說吧！至於哈里頓，如果再讓我看出他對妳言聽計從，我馬上就會打發他到外面去賺錢養活自己。妳的愛情會讓他淪落成一個乞丐的。艾莉，把她帶走。你們也都走開吧！我要一個人待一會。」

我把小姐帶了出去。她能僥倖逃脫，心裡真是高興得不得了，於是乖乖跟著我走，哈里頓也跟著離開了。希克利夫先生獨自待在屋子裡，直到吃午飯的時候。

我勸凱西小姐在樓上吃飯，免得又惹來什麼麻煩，沒想到希克利夫看見她的位子空著，卻要我去叫她下來。吃飯的時候，他沒和任何人說話，吃得也很少，一吃完飯就出去了，說要到晚上才回來。

正廳裡只剩下兩個新朋友了。我聽見哈里頓說他不想聽到別人說希克利夫的壞話，不許他的表妹再提起希克利夫當年如何對待他父親的事，即使希克利夫是個魔鬼也無所謂，他仍然要維護希克利夫先生的名聲，而且哈里頓寧可她像過去一樣痛罵他一頓，也不願她去冒犯希克利夫。

凱西小姐聽了他的這番話，不免很生氣，可是他卻反問了她一句，假如他說她父親的壞話，她會不會高興呢？於是凱西小姐終於明白了，哈里頓把主人的名譽看得至高無上，束縛他的那根鎖鏈是因為長年累月和希克利夫在一起所培養出的習慣，絕不是理智能砸碎的，而且若是強行砸碎它，也未免有些殘忍了。從此以後，每當說到希克利夫先生，她不再用怨恨的語氣，還對我說她感到很後悔，不該挑起哈里頓去仇恨他，充分顯示出她心地的善良和仁慈。我相信，在此之後她從來沒有對哈里頓說過一個字，要他和她的欺壓者作對。

這場小小風波過去之後，他們又友好地在一起了，一個當老師，一個當學生，忙的不亦樂乎。我工作結束之後，便和他們待在一起，看到他們是那麼快樂，我感到非常高興和欣慰，不知不覺時間很快溜走了。我覺得，他們就像我的孩子，凱西小姐一直是我的驕傲，而現在我同樣敢說哈里頓也會讓我感到驕傲。他因為從小沒受到良好教養，所以變得十分墮落，但在凱西小姐的耐心教導下，他那誠實聰慧的天性幫他很快擺脫了愚昧和粗野，同時，凱西小姐真摯的讚揚又鼓舞著他更加勤奮地學習。他吸收了知識的養分，心靈頓時豁然開朗起來，這使他的外貌也變得神采飛揚起來，具有了高貴、優雅的氣質。我真難以想像，那年凱西小姐第一次去磐尼頓山岩出遊，我追到咆哮山莊後所見到的那個粗野的人，與如今的哈里頓竟然是同一個人。

我正在思考，他們正在用功的時候，夜幕漸漸降臨，黃昏時分主人回來了。我們沒料到他會從前門進來，他突然出現在我們面前，把屋子裡的情景看得一清二楚。照我看來，他所看到是一幅再也沒有比這更加歡樂、純潔的景象了，如果他要責罵的話，那真是他的恥辱。熊熊爐火映紅了兩張生機蓬勃的臉，屋子裡充滿了孩子氣似的熱烈氣氛——儘管他二十三歲、她十八歲了，但他們仍然很單純，還有很多新鮮東西需要他們去仔細感受和體會，不可能表現出那種冷靜、成熟的情感。

他們一起抬起頭來，望著希克利夫先生。也許他從來沒注意過，他們的眼睛長得幾乎一模一樣，都是凱薩琳・恩休的那雙眼睛。這個凱西小姐並沒有多少地方像她的母親，但母女倆寬闊的額頭和微微上翹的鼻子卻十分相像，無論她是否願意，這讓她顯得高傲而嬌貴。哈里頓的模樣就更像凱薩琳・林敦了，任何人一眼就能看出來，而這個時候則更加明顯了，因為他所學到的知識讓他變得聰慧起來，沉睡已久的心靈正在覺醒，思想變得活躍。我猜想，也許正是他們的外貌與凱薩琳・林敦如此相似，使得希克利夫的心軟了下來。他走到壁爐邊，情緒顯得異常激動，但當他看著那個小伙子時，激動很快就消失了——或許可以這麼說，激動沒有消失，只是改變了性質而已。

他從哈里頓手裡拿過書來，看了一眼，沒說什麼就把書還給了他，然後示意凱西小姐走開。沒過多久，哈里頓也離開了。我正準備出去時，他卻要我留下來。

「這是個很傷心的結局，是不是？」目睹了剛才的一幕，他沉思片刻後說道：「我一向冷酷無情，卻得到這樣一個結果，是不是太可笑了？為了毀滅兩個家族，我動用一切手段，把自己磨練得異常兇狠，並且像赫瑞克勒斯一樣拚命去實現我的目標。然而，等到一切準備就緒，所有人都逃不出我的手掌心時，我卻發現自己的頑強意志消失了，連毀掉兩座山莊一片瓦的能力都沒有了。我戰勝了我的仇人，而且現在正是向他們的後人報仇雪恨的好時機，假如我想這麼做，誰也別想阻攔我。可是，這樣做有何意義呢？我不想打人了，連抬手都嫌麻煩。聽起來就像是多年來我煞費苦心，只是為了要顯示我的寬容和仁慈。不，完全不是這麼回事。我已經喪失了愉快地看著他們毀滅的興趣，也懶得去做那毫無意義的破壞了。

「艾莉，我感到一個奇妙的變化即將到來，但它現在還很模糊，無法看得清楚。如今我對一切似乎都毫無感覺，就連吃喝這樣的事也想不起來，只有剛剛走出這間屋子的兩個人，還能在我心裡留下一個清的形象，而且深深刺痛著我，令我痛苦萬分。我對凱薩琳什麼也不想多說，也不願多想，只求永遠不要看見她，她的形象都快讓我發瘋了。哈里頓同樣刺痛著我的心，但那種感受完全不同，可是，只要我能做到別人不把我當成瘋子看待，我寧願永遠不再見到他。他的形象在我內心喚起了我對過去種種的追憶和懷想，假如我把這些想法告訴妳，也許妳會以為我簡直就是個瘋子。」他補充了這麼一句，勉強笑了笑：「艾莉，我對妳所說的話不要告訴別人。我的心靈大門一向都是緊閉著的，只是到了最後，需要向一個人敞開，吐露我的真實想法。

「五分鐘以前，哈里頓彷彿就是年輕時候的我，剎那間，各種感受湧動在我心頭，我幾乎沒辦法清醒地面對他。

「首先，他的模樣太像凱薩琳了，這樣他便和她緊緊地聯繫在一起了。妳也許以為他的外貌最能引起我的聯想吧！實際上那卻是最微不足道的。對我來說，這世上還有什麼不是和她聯繫在一起的呢？還有什麼不讓我想起她呢？我一低頭，她的面容就浮現在這石板地上。在每一朵雲裡，每一棵樹上，在夜晚的空氣中，白天我的目光觸及之處，我總是看見她，她的形象總是環繞在我身邊。看見一張普通男人或女人的臉，甚至就連我自己的臉，都像在嘲弄似的對我說，和她太相像了。整個世界彷彿就是個巨大無比的紀念館，處處都在提醒著我，她曾經存在過，而我卻失去了她。

「噢！哈里頓的模樣是我那不朽愛情的幻影，是我瘋狂報復的幻影，是我的墮落、我的驕傲、我的幸福、我的悲傷的幻影……

「我是不是真的瘋了，竟然把內心的東西反覆地告訴妳？我無非是想讓妳明白，我並不願意永遠這樣孤獨，可是，即使有他陪伴，不但絲毫不能消除我的孤單寂寞，反而讓我不斷承受著更加痛苦的折磨。我之所以不再理會他和他表妹之間的事，部分就是因為這個原因，我已經沒有心思再去管他們的事了。」

「可是你所說的『變化』究竟是什麼呢？希克利夫先生。」我問道。儘管他不像有發瘋或死亡的危險，但他的神情確實嚇壞了我。根據我的判斷，他的身體健壯，沒病沒痛，而且他也沒有失去理智，他從小就喜歡幻想那些陰森古怪的事情。在我看來，他除了對他那死去的崇拜對象有點偏執狂以外，在其他方面他的頭腦跟我一樣健全。

「在變化到來之前，我也不知道，」他說道：「我現在只是隱約地感覺到它的存在。」

「你沒有生病的感覺吧？」我問道。

「沒有，艾莉，我沒有病。」他回答。

「那你不是怕死吧？」我又追問道。

「怕死？不可能的事！」他回答道：「我對死亡從來沒有預感，我既不怕死，也不期盼著死。為什麼呢？因為我身體健壯，生活有節制，也不做冒險的事，我應該很有可能是老死。可是，現在我無法再這樣繼續活下去了。每天我得提醒自己要呼吸，幾乎也得提醒我的心要跳動，這就像強行把一根硬彈簧弄彎曲似的。即使是最簡單的一個動作，如果我不去想，也只是機械地做出來的。天地萬物如果不與我的思想發生聯繫，那我也是被動地注意到它們的存在的。現在，我的生命中只有一個願望，我渴望著如願以償的那一天。我無時無刻不在渴望著，已經渴望了很久，我深信，要不了多久，那一天就會到來，因為這個願望已吞噬了我的存在，我夢寐以求地期待著那一天到來。

「我的自白並不能讓我輕鬆起來，可是這番話可以說明，為什麼我會表現出那樣複雜多變的情緒。啊！上帝！這是一個多麼漫長的搏鬥啊！我只期盼著盡快結束這一切！」

他焦躁不安地在屋子裡踱來踱去，自言自語咕嚕著些可怕的話，到後來我不得不相信（他說約瑟夫也相信），良心的譴責已經讓他的心變成了人間地獄。我真難以想像，一切會是怎樣的結局。

儘管他以前很少吐露他的心聲，就連神色中也不曾流露過，但我毫不懷疑這就是他平常的內心心聲。他現在只不過是親口說出來罷了，要是他不說，僅僅從他日常的言談舉止中看，誰會想像得到他的內心是這樣的呢？洛克伍德先生，當初見到他時，你也沒有想到他會是這樣的人吧？在我剛才所說的那一段時期，他依然和從前一樣，只是更加孤獨，而且更不喜歡與人說話了。

第三十四章

那天晚上之後，希克利夫有好幾天都避免在吃飯時見到哈里頓和凱西小姐，但他不願意說出來。他現在不容許自己完全受制於內心的好惡感情，因此寧可吃飯的時候不來，一天只吃一頓飯對他似乎已經足夠了。

一天夜裡，大家都睡了，我聽見他下樓去，出了大門，但沒有聽見他再回來，到了早上他仍然沒有回來。

那時正是四月，天氣溫暖宜人，經過雨水和陽光的滋養，小草變得蔥綠可愛，靠南牆的兩棵蘋果樹開滿了花。早飯過後，凱西小姐要我搬一把椅子到屋子盡頭的樅樹下，坐在那裡一邊做我的工作，一邊享受這美妙的春光。哈里頓的傷已經痊癒了，這時正依照凱西小姐的吩咐翻土，為她整理出一個小花園，只是這個小花園因為約瑟夫的訴苦而被移到了另一個角落裡。在藍天白雲下，我愜意地享受著大自然的芬芳氣息。凱西小姐在柵欄門邊採集櫻草苗，準備栽種在小花園的周圍，可是她只採了一半就出現在我們面前，說希克利夫先生回來了。「他還跟我說話。」她遲疑了一下，說了這麼一句，臉上滿是疑惑不解的神情。

「他說什麼呢？」哈里頓問。

「他說：『妳快快走開吧！』」她回答道：「可是他的神情看起來和平常完全不一樣，我走了幾步又轉過身去盯著他看了一會。」

「有什麼不一樣？」他問道。

「噢！幾乎是興高采烈的，興奮極了，可以說是高興得手舞足蹈了。」

「那是夜裡出去散步令他感到很高興吧！」我裝作毫不在意的樣子，其實我和她一樣吃驚。我很想去探個究竟，看她說的是否屬實，因為他如此興奮的時候真是太少見了。

於是我找了個藉口，向屋子裡走去。希克利夫站在門口，他的臉色蒼白，渾身都在發抖，可是，他眼裡確實閃爍著一種奇異而快樂的光芒，讓他整個面容都改變了。

「你要吃點早飯嗎？」我問道：「你在外面遊蕩了一夜，也餓了吧？」我很想知道他去哪裡了，可是我不願意直截了當地問他。

「不，我不餓。」他回答道，並掉過頭去。他的聲音充滿不屑的意味，就像他早已料到我是想打探他為何會這麼高興似的。

一時之間，我有些不知所措，不確定現在是否適合對他提出一些忠告。

「夜晚你不睡覺，卻跑到外面去遊蕩，我覺得這樣不太好。」我發表我的看法：「現在這個季節天氣很潮濕，你這麼做，無論如何都不是聰明之舉。我敢說，你會感冒的，或許還會發燒，現在你就好像有點不對勁。」

「沒什麼，我的身體吃得消，」他回答道：「而且這一夜過得還挺高興的，不過要是妳現在不再打擾我，我就更高興了。進屋去吧！不要來煩我。」

我沒再說什麼，走進了屋子。在走過他身邊的時候，我聽到了急促的呼吸聲，就像貓在喘氣一樣。

「這下可好啦！」我心裡暗自想道：「很快就要大病一場了，真不知他這一夜究竟在搞什麼名堂。」

吃午飯的時候，他下樓來和我們坐在一起，並且從我手裡接過滿滿一盤子的食物，彷彿這一頓就要把以前沒吃的飯全部補回來一樣。

「我沒有感冒，也沒有發燒，艾莉。」他說道，這是對我早上問話的回答：「妳弄了這麼多東西，我不吃的話，豈不是太可惜了？」

他拿起刀叉，正準備要吃，突然又沒了胃口。他放下刀叉，急切地望著窗外，然後走了出去。我們快吃完飯的時候，看見他在花園裡走來走去。哈里頓說他去問問，為什麼他不想吃飯。這個年輕人以為我們又惹他不高興了。

「他回來吃飯嗎？」看見哈里頓回來，凱西小姐嚷道。

「不回來，」他回答道：「可是他並沒有生氣。老實說，他這麼高興確實非常難得，倒是我要他回來吃東西，跟他說了兩遍，令他不耐煩了，他叫我快走開，到妳這裡來。他說他不能理解，我幹嘛還需要別人作伴呢！」

我把他的午飯放在壁爐的柵欄上，以免一會就涼了。過了一兩個鐘頭，他進來了，這時屋子裡只剩下我一個人。他沒有一點平靜的跡象，在那濃黑的眉毛下仍然閃爍著奇異而快樂的光芒，臉上仍然毫無血色，並不時地齜牙咧嘴一笑。他渾身顫抖，不是因為寒冷或衰弱而顫抖，而是像一根繃緊了的弦在顫動——因為受到強烈的震撼而顫抖。

我得去問問究竟是怎麼一回事，如果我不問，就沒有人會問了。於是我說道：「聽到什麼好消息了嗎，希克利夫先生，瞧你高興的。」

「我會有什麼好消息呢？」他說道：「我這是餓得平靜不下來，可是卻一口也吃不下。」

「你的飯就在這裡，」我說道：「為什麼不吃呢？」

「現在我不想吃，」他急忙咕嚕道：「等到吃晚飯的時候再說吧！艾莉，我最後說一遍，也算是我求妳啦！叫哈里頓和凱薩琳離我遠一點，誰都不要來打擾我，我想一個人待著。」

「你把自己和大家隔離開來，有什麼特殊原因嗎？」我問道：「告訴我吧！你這幾天為什麼這麼古怪？希克利夫先生。昨天夜裡你去了哪裡？我這樣問無非是基於無聊的好奇心，可是……」

「妳是基於無聊的好奇心？」他打斷我說道，接著笑了一聲：「那麼好吧！我告訴妳，昨天晚上我在地獄門口徘徊，而今天我看見了我的天堂，千真萬確的，離我還不到三尺呢！好啦！妳都知道了，現在最好走開吧！如果妳能管住自己，不去打探別人的隱私，那妳就不至於看到或聽到什麼，把妳嚇得魂飛魄散。」

打掃了爐台、擦過桌子之後，我走了出去，更加憂心忡忡了。

那天下午，他獨自待在房裡沒有出去，也沒人去打擾他。到八點鐘的時候，儘管他沒有叫我，我還是認為應該送一支蠟燭和晚飯給他。

窗戶打開著，他正坐在窗台上，但沒有向外張望，臉朝著屋內。房間裡一片黑暗，充滿著潮濕而溫和的空氣，爐火只剩下一點點餘燼。四周一片寂靜，吉姆屯那邊清晰地傳來了潺潺流水聲，甚至連小溪沖刷卵石、撞擊岩石所發出的聲響也能聽見。看到快要熄滅的爐火，我不滿地叫了一聲，隨即把一扇扇窗戶關上，最後來到他靠著的那扇窗戶前。

「要不要關上窗戶？」看到他一動不動地坐在那裡，我故意向他問道。

我說話時，燭光剛好照在他的臉上。上帝啊！洛克伍德先生，可把我嚇壞了，我沒辦法說清楚我當時是感到多麼的震驚，他那對黑眼睛深深凹陷了下去，慘白的臉和古怪的笑容毫無活人的氣息。我覺得眼前這個人不是希克利夫先生，而是個妖魔鬼怪。我感到恐懼極了，手裡的蠟燭一下子倒了，燭芯碰到了牆壁，屋子裡頓時一片漆黑。

「好吧！把窗戶關上吧！」他說道，那是我熟悉的聲音：「嘿！怎麼把蠟燭橫著拿呢？真是愚蠢！趕快再去拿一支來。」

我幾乎被嚇呆了，神情呆滯地走了出去，我害怕得不得了，怎麼也不敢再到他的房間去了，於是對約瑟夫說：「主人要你拿支蠟燭去，再把爐火生起來。」

約瑟夫拿了一些煤進去，可是一會又出來了，一隻手托著希克利夫的晚餐，說希克利夫先生要睡覺了，今晚什麼都不想吃，明天早晨再說。我們聽見他上樓，但沒有去平時睡的臥室，而是進了那間有橡木櫃子的屋子。我以前曾經提到過，那間屋子的窗戶很寬敞，人可以輕鬆自如地爬進爬出。我忽然想到，他是打算再一次半夜三更出去，而不驚動我們。

「他究竟是個食屍鬼，還是個吸血鬼呢？」我心裡想道。我曾經讀過關於這一類的故事，說有一種猙獰的魔鬼會變成人的樣子。可是我轉念一想，他從小就是我照顧的，又看著他長大成人，我幾乎跟了他一輩子，而現在卻對他產生了恐懼，甚至疑心他不是人，豈不是很荒謬？

「可是他是從哪裡來的呢？一個好心人收留了他，可他卻給好心人的家庭帶來了巨大災難。」我昏昏欲睡，低聲咕噥著……

我迷迷糊糊地思考著，感到好累啊！我想到他的親生父母是什麼樣的人，再次重溫了一遍我清醒時所想的事，還在夢中把他的一生追溯了一遍，最後想到他的死亡和葬禮，我只記得我非常苦惱，因為在他的墓碑上刻什麼字得由我負責，可是我連他姓什麼都不知道，又說不出他的年齡，只好和守墓人商量，最後只刻了一個名字「希克利夫」。這個夢後來真的應驗了。如果你去教堂的墓地，在他的墓碑上只能讀到一個名字和他的死亡日期。

黎明時分，我從夢中醒來。我站起來定了定神，眼睛適應了黑暗之後，便到花園裡去了，想檢查一下他的窗戶下有沒有腳印，結果沒看見。

「他沒有出去，」我心想：「今天他不會有事了，可能已經平靜了。」

我像往常一樣準備好早餐，然後告訴哈里頓和凱西小姐不必等主人一起吃，他要多睡一會。他們喜歡在樹下吃飯，我便搬了一張小桌子出去。

當我回到屋子的時候，發現希克利夫先生已經在樓下了，和約瑟夫正談論著田地裡的事。他對每件事都給了指示，意思明確、條理清楚，不過他說話很急迫，總是不停地轉過頭去，臉上仍然是那種神情，或許比昨天更嚴重。約瑟夫走了之後，他坐在平時慣常的位子上，我端了一杯咖啡放在他的面前。他把杯子挪近了些，然後把手臂放在桌上，望著對面那面牆。瞧他那雙眼睛，閃爍著不安和急迫，幾乎把那面牆從上到下都打量了一遍，而且有半分鐘時間，他甚至有點透不過氣來。

「好啦！」我說道，把麵包塞進他手裡：「趁熱吃吧！麵包和咖啡擱了快一個鐘頭了。」

他沒有理會我，可是笑了笑。上帝啊！我寧可看見他咬牙切齒，也不願看見他這樣的笑容。

「希克利夫先生！主人！」我大聲叫道：「別這樣，看在上帝的份上，別這麼瞪著眼，好像看見了什麼妖魔鬼怪似的。」

「看在上帝的份上，不要這麼大喊大叫，」他轉過身來說道：「這裡就只有我們兩個人嗎？」

「是啊！」我回答道：「當然只有我們兩個。」

我沒有再嚷嚷，也搞不清他在說什麼。他把桌上的杯盤碗盆全部推開，手臂往前伸，上身盡力向前傾，然後張望著。

我仔細觀察他，終於明白了，他並不是在看著牆壁，而是在凝視著兩碼之內的什麼東西。無論那是什麼，從他臉上交織著的悲傷與狂歡的表情上判斷，那東西顯然給了他最大的痛苦和歡樂。那幻影似乎是遊動的，他的眼睛一眨不眨地移動著，甚至在跟我說話的時候也捨不得移開目光。我提醒他好久沒吃東西了，可是一點用也沒有，即使他伸手去拿什麼東西，比如去拿一塊麵包，他的手在還沒碰到麵包之前就會停下來，然後擱在桌上，再也不會去拿了。

我很有耐心地坐在那裡，想著他那份專注的樣子，只希望能夠把他從幻想中喚醒。最後，他感到煩躁不安，站了起來，問我為什麼不能讓他愛什麼時候吃飯就什麼時候吃飯，以後不需要我伺候他吃飯了，把東西放下就行了。說完之後，他離開了屋子，慢慢地順著花園小徑走去，出了柵欄門，然後就消失了。

時間在焦慮不安中緩緩過去，又是一個晚上到來了。我很晚才上床睡覺，可是怎麼也無法入睡。他半夜過後回來了，但並沒有上樓睡覺，而是待在樓下屋子裡。我仔細聽著，在床上翻來覆去，各種憂慮在我心頭翻騰，太難受了，我乾脆起床，穿上衣服下了樓。

我聽到希克利夫先生的腳步聲——他煩躁不安地在石板地上踱來踱去，不時長嘆一聲，像是在呻吟，打破了夜晚的寂靜。他斷斷續續地自言自語，我只聽出了「凱薩琳」這個名字，並伴隨著幾聲十分溫柔或是痛苦的呼喊。他說話的語氣就像是有個人站在他面前似的，聲音低沉而熱切，那些話都是從他的心靈深處迸發出來的。

我沒有勇氣走進他的房間，可是又想讓他從幻想中清醒過來，於是使勁撥弄廚房裡的爐火，搞出很響的聲音來，而且煤灰四溢。果然驚動了他，他立刻打開門，說道：

「艾莉，到這裡來。是早晨了嗎？帶支蠟燭進來。」

「已經四點了，」我回答道：「你需要帶支蠟燭上樓去，就在爐火上點燃蠟燭吧！」

「不，我不想上樓。」他說道：「進來吧！給我生個火，再把房間收拾一下。」

「我現在得煽火，等這堆煤燒紅了才能把煤拿進去。」我回答道，搬來了一把椅子和一個風箱。

他根本沒理會我說什麼，只是急促地來回走動，那樣子就像是快要精神錯亂了。他接連不斷地發出沉重的嘆氣，彷彿沒有呼吸的餘地了。

「天亮後我要派人去請格林來。」他說道：「趁我現在還能冷靜處理事情，我想向他諮詢一些法律上的問題。我還沒有立遺囑，我沒辦法決定怎樣處理我的財產。上帝啊！但願我能把這些財產全部毀滅掉。」

「我可不願意這樣，希克利夫先生。」我插嘴說道：「還是把遺囑的事先放一邊吧！如果你想為這輩子做了許多不公道的事而懺悔的話，也放在以後懺悔吧！瞧你的樣子，我以前從來沒想到你的精神會錯亂，可是現在錯亂得離譜，這都是你自找的。想想吧！這三天你是怎麼過的？像你這樣，就是泰坦①也會垮掉的。你還是吃點東西、睡一會吧！

你瞧瞧鏡子裡自己的模樣，就知道你多麼需要吃飯、睡覺了。你的兩個臉頰陷下去了，眼睛布滿血絲，就像一個快要餓死的人，因為幾天不睡眼睛都快瞎了。」

「我吃不下、睡不著，這不能怪我，」他回答道：「我並不是有意要這樣的呀！要是我馬上能吃能睡，那我立刻會這麼做。可是，假如一個人落水了，不停地掙扎，眼看就要到岸邊了，這個時候妳能叫他休息一下嗎？我必須先爬上岸，然後才能休息。好吧！別管什麼格林先生了。說到我做的不公道的事，我沒有做過不公道的事，什麼也不會懺悔。我真是太幸福了，可是又還不夠幸福，我的靈魂殺死了我的生命，但是它並沒有得到滿足。」

「幸福？」我大聲嚷道：「多麼奇怪的幸福啊！如果你能聽我說幾句話，聽了也不生氣，那麼，我倒是可以給你一些忠告，讓你感到更幸福。」

「什麼忠告？」他問道：「說吧！」

「你很清楚自己，希克利夫先生，」我說道：「你從十三歲起就過著一種自私自利的、異教徒似的生活，大概從那時起，你的手就從來沒有摸過《聖經》，一定早把那些訓誡忘得一乾二淨了，現在你可能也沒時間去翻閱了。假如去請個牧師（哪個教會的牧師都可以）為你講解一下《聖經》，那他就會告訴你，你違背了訓誡，而且在歧途上走了很遠了，你是多麼不配進入天堂，除非在你死前能夠徹底悔悟。這樣做有什麼不好呢？」

「與其說生妳的氣，倒不如說感激妳呢！艾莉，」他說道：「因為妳提醒了我，告訴你們我希望將來怎麼安葬自己。要在晚上把我抬到教堂墓地，如果妳和哈里頓願意的話，可以陪著我去。最重要的是，要那個教堂守墓人遵照我的指示處置那兩口棺木。我不需要牧師，也不需要念什麼經文。我跟妳說，我快要到達我的天堂了，別人的天堂在我的眼裡毫無價值，我一點也不羨慕。」

「像你現在這樣絕食下去，一旦死了，要是他們拒絕把你安葬在教堂墓地裡呢？」我說道，他心中連上帝都沒有了，這令我感到震驚。

「他們不會這麼做的。」他回答道：「如果他們這麼做，妳一定要叫人悄悄把我安葬在那裡。要是妳不管這件事，那妳將會看到，死者並沒有完全消亡，我的冤魂一定會來纏著妳。」

這時，其他人開始起床了，他一聽到動靜就立刻回到房間，我也吐出一口氣。

下午，約瑟夫和哈里頓正在工作，他神情瘋狂地來到了廚房，叫我到正廳去，他需要有個人陪著他。我拒絕了，並明確地告訴他，他古怪的言談舉止令我害怕，我沒有勇氣也不願意獨自跟你作伴。

「我相信妳一定認為我是個惡魔吧！」他苦笑了一下說道：「是個不知道是什麼的可怕東西，不配生活在一個體面的家裡。」

說完，他轉過身去，帶著半譏笑的語氣對凱西小姐說道（她剛好進來，看到他向她走來，趕忙躲在我身後）：「妳過來吧！好嗎？小寶貝！我不會傷害妳的，絕對不會。

過去對妳那麼壞，我簡直變成魔鬼了。不過，總算還有那麼一個人不怕跟我作伴。上帝啊！她是多麼殘忍呀！唉！該死的！血肉之軀怎麼忍受得了啊？就連我都忍受不了啦！」

之後他不再要求誰去陪他。黃昏時分，他上樓回到自己的臥室。整個晚上，直到天亮，我們都聽見他在痛苦地呻吟，在小聲地自言自語。哈里頓著急得要命，想進去看看他怎麼了，但我叫他先去請坎尼斯大夫，之後再去看他。

大夫來了，我敲了門之後把門推開，發現上了鎖。希克利夫在裡面大聲叫嚷著，要我們都滾到地獄去，他已經好些了，不要來打擾他。於是坎尼斯大夫只得走了。

夜晚，下起了傾盆大雨，一直下到天亮。早晨，我像往常一樣圍著屋子散步，看到主人房間的窗戶開著，在風中搖來晃去，雨直打進了屋子。我心想，他不會在床上吧！否則大雨可要把他濕透了。他不是起來了，就是出去了。我覺得自己沒有必要在這裡胡思亂想，乾脆鼓起勇氣進去看看。

我找出房間鑰匙，將門打開。屋裡沒人，我又推開板壁，往裡面張望——希克利夫先生正仰著頭躺在那裡。他盯著我，眼光是那麼銳利、兇猛，把我嚇了一跳，接著他彷彿又笑了笑。

我不能判斷他是不是死了，可是他的臉、喉嚨都淋著雨，床單也在滴水，而他卻一動也不動。他的一隻手放在窗台上，窗戶搖來晃去地碰撞著，把他的那隻手擦破了，可是破損的地方竟然沒有血。我伸手一摸，再也不用懷疑了——他死了，而且已經僵硬了！

我走過去關上窗戶，然後幫他把披散在前額的、長長的黑髮梳起來。我想闔上他的眼睛，為他熄滅那像活人似的、恐怖的、狂喜的凝視，免得其他人看見。可是我根本做不到，那雙眼睛怎麼也不肯闔上，就像在嘲笑我白費功夫。還有，他的嘴張開著，那尖利雪白的牙齒閃著寒光，也像是在嘲笑人。我不禁害怕起來，大聲叫喊著約瑟夫。約瑟夫拖著步子上樓來了，叫了一聲，卻一口拒絕管那死人的事。

「魔鬼把他的靈魂抓去啦！」他嚷道：「再讓魔鬼把他的屍體也抓去吧！我不在乎。呸！瞧他的樣子，多邪惡啊！死了還要齜牙咧嘴地笑。」這個老罪人②學著死人的樣子，也齜牙咧嘴地笑了一下。

我以為他還會興高采烈地圍著床又跳又蹦一番呢！可他忽然安靜了下來，跪在地上，高舉雙手，嘴裡不停地說著感謝上帝，終於讓合法的主人與古老的家族又恢復了他們的權利。

這個情景讓我一下子愣在那裡，我不禁懷著悲傷，回想起那些逝去的風雨歲月。可是，可憐的哈里頓受到的傷害最深，卻是唯一真正感到悲傷的人。他整夜守候在死者身旁，痛哭不已，握住死者的手，親吻那張誰都不敢多看一眼、滿含譏諷而兇狠的臉。他深深哀悼死者，那種強烈的悲傷透露出他有顆寬容的心，同時那顆心又像鋼一樣堅韌。

坎尼斯大夫感到很迷惑，不知道主人死於什麼病。事實上，我隱瞞了他四天沒吃東西這件事，免得惹麻煩。不過，我並不認為他是故意絕食，他是因為得了一種奇怪的病才絕食的，而不是因為絕食才得病的。

我們依照他的願望埋葬了他，周圍的村民對此議論紛紛。送葬的人只有哈里頓和我、教堂守墓人，以及其他六個抬棺木的人。那六個人把棺木放入墓穴後就走了，我們留在那裡看著它被掩埋。哈里頓臉上掛著淚珠，掘了一些綠色草皮覆蓋在那深褐色的墳墓上，這樣它和周圍的墳墓一樣地青綠了，但願墳墓裡的人也能睡得同樣安穩。

然而，如果你問這一帶的村民，他們會手按《聖經》起誓說，他走出了他的墳墓。有的人說在教堂附近或荒原上遇見過他，有的甚至說在這座山莊裡見過他。我想，你一定會說這是無稽之談，我也是這麼認為的。可是，約瑟夫卻信誓旦旦地說，自從主人死後，每逢下雨的夜晚，從他的臥室窗戶向外望去，就能看見他們兩個③在荒原上遊蕩。

大約一個月之前，我也遇見了一件奇怪的事。一個漆黑夜晚，空中隱約傳來了雷聲，我正趕往畫眉山莊。剛走到咆哮山莊的轉彎處，我遇見了一個小男孩，他身旁有一隻羊和兩隻羔羊。他哭得很厲害，我還以為是羔羊受了驚嚇，不聽他的話。

「怎麼回事，我的小東西？」我問道。

「希克利夫和一個女人在那邊的山腳下，」他哭著說：「我不敢過去。」

我四處看看，什麼也沒看見，可是他和那些羊怎麼也不肯往前走，於是我讓他從另一條路繞過去。我想，也許他獨自穿過荒原的時候，不禁想起了他的父母和同伴們告訴他的那些無稽之談，因此就幻想出鬼魂來了吧！

延伸閱讀

1.《米蒂亞》（*Medea*） 西元前四三一年，（古希臘）歐里庇得斯

米蒂亞是個美麗、聰慧、勇敢的女性，她深愛著自己的丈夫伊阿宋。珀利阿斯篡奪了伊阿宋的王位，為了丈夫，米蒂亞不僅背叛了祖國，而且還殺死了自己的兄弟，以及帕利阿斯。可是，伊阿宋在得到珂任托斯王位後，為了獲得更大的財富、地位與金錢，竟然拋棄了米蒂亞，娶公主為妻。當米蒂亞得知伊阿宋忘恩負義後，內心強烈的愛變成了強烈的恨，她的憤怒無法控制，她必須懲罰伊阿宋，才能洩心頭之恨。米蒂亞和伊阿宋都愛他們的兒子，而兒子對於擁有王權的伊阿宋來說特別重要。於是，經過痛苦的掙扎，最後仇恨的怒火泯滅了她的母性、毀滅了她的人性，米蒂亞採取了殺子的報復手段，以殘忍的罪惡方式實現了她的復仇願望。

歐里庇得斯善於刻畫人物的心理，詩人逼真地描寫了米蒂亞遭到遺棄後痛苦、絕望、憤怒的情緒，細膩地展現了她決心報復的心理過程，以及親手殺死兒子的內心激烈衝突，悲劇氣氛渲染得非常濃厚，令人震撼。

2.《浮華世界》（*Vanity Fair*）一八四七—一八四八年，（英國）薩克雷

麗貝卡・夏珀出身卑微，她漂亮、聰明，為了獲得金錢和上流社會顯赫的地位，她墮落成了一個出賣靈魂、自私自利、冷酷無情的人。她誰也不愛，每個人都只是她向上爬的階梯，甚至她的丈夫、兒子也不例外。她工於心計、機巧奸詐、手段卑鄙，不惜以色相勾引他人，以虛偽的甜言蜜語掩蓋真實的冷酷自私。然而，在浮華世界出賣了靈魂和肉體後，麗貝卡最終卻一無所獲。

作者善於剖析人物陰暗的內心活動，十分重視人物性格與周圍環境之間的關係，從環境的發展中去描寫性格的發展。

3.《美國的悲劇》（*An American Tragedy*）一九二五年，（美國）德萊塞

小說主角克萊特出身於不太富裕的傳教士家庭，當他看到人們利用金錢過著醉生夢死的生活，遂不滿於自己的家庭，渴望擁有金錢。於是，他用辛苦掙來的錢出入高級餐廳、妓院等地方，終於一步步走向墮落。他的貪欲越強，膽子就變得越來越大，他一邊攀附闊小姐桑德拉，一邊玩弄女工蘿貝達。最後，他為了與桑德拉結婚，實現其輕鬆獲得金錢、地位、美好前途的目的，竟然將已有身孕的蘿貝達推入湖裡淹死。

作者細緻入微地描寫了主角克萊特心理的形成和發展，還利用真實案件的信件、審判紀錄等獨特的新聞報導式手法，使小說具有了強烈真實感。

咆哮山莊

暢銷新裝版

Wuthering Heights

扭曲的人性與愛的救贖

文學菁選 17

作　　　者／愛蜜莉 ‧ 勃朗特（Emily Bronte）
發　行　人／詹慶和
總　編　輯／蔡麗玲
執 行 編 輯／白宜平
編　　　輯／蔡毓玲．劉蕙寧．黃璟安．陳姿伶．李佳穎
封 面 設 計／黃聖文
執 行 美 編／陳麗娜
美 術 編 輯／李盈儀 ‧ 周盈汝 ‧ 翟秀美
出　版　者／雅書堂文化事業有限公司
郵政劃撥帳號／18225950
戶　　　名／雅書堂文化事業有限公司
地　　　址／新北市板橋區板新路 206 號 3 樓
電 子 信 箱／elegant.books@msa.hinet.net
電　　　話／(02)8952-4078
傳　　　真／(02)8952-4084

2015 年 05 月二版一刷　定價 320 元

總經銷／朝日文化事業有限公司
進退貨地址／新北市中和區橋安街 15 巷 1 號 7 樓
電話／（02）2249-7714
傳真／（02）2249-8715

國家圖書館出版品預行編目 (CIP) 資料

咆哮山莊：扭曲的人性與愛的救贖 / 愛蜜莉 勃朗特（Emily Bronte）著 .
-- 二版 . -- 新北市 : 雅書堂文化 , 2015.05
面；　公分 . -- (文學菁選 ; 17)
譯自 : Wuthering Heights
ISBN 978-986-302-243-5 (精裝)

874.57　　104002848